C. M. Ewan

Das Ferienhaus

Und du denkst, du bist sicher

D1923392

Buch

Tom und Rachel Sullivan trauern um ihren Sohn, der bei einem Autounfall ums Leben gekommen ist. Gemeinsam mit ihrer Tochter ziehen sie sich in ein Ferienhaus mitten im schottischen Nirgendwo zurück, um zur Ruhe zu kommen und die Risse, die innerhalb der Familie entstanden sind, zu kitten. Doch genau hier, in der ländlichen Abgeschiedenheit, treten ihre Probleme noch deutlicher zutage. Während Tom von Angst- und Schuldgefühlen geplagt wird, scheint Rachel irgendetwas vor ihm zu verbergen. Als sie in ihrer ersten Nacht um 2 Uhr früh ein Fenster bersten hören, werden Toms schlimmste Albträume Wirklichkeit. Jemand ist im Haus. Er trachtet ihnen nach dem Leben. Und sie können nirgendwohin …

Autor

C. M. Ewan wurde 1976 in Taunton geboren und hat an der Universität von Nottingham Amerikanische und Kanadische Literatur und später Jura studiert. Nach elf Jahren auf der Isle of Man ist er mit seiner Frau, seiner Tochter und seinem Hund nach Somerset zurückgekehrt, wo er sich ganz dem Schreiben widmet. Mit »Das Ferienhaus«, seinem ersten Roman bei Blanvalet, hat er gleich die SPIEGEL-Bestsellerliste erklommen und zahlreiche Fans gewonnen.

Von C. M. Ewan bereits erschienen

Das Ferienhaus · Etage 13

Besuchen Sie uns auch auf www.instagram.com/blanvalet.verlag und www.facebook.com/blanvalet.

C. M. EWAN

DAS FERIENHAUS

UND DU DENKST, DU BIST SICHER

Aus dem Englischen
von Bernd Stratthaus

blanvalet

Die Originalausgabe erschien 2020
unter dem Titel »A Window Breaks« bei Pan Books, London.

Sollte diese Publikation Links auf Webseiten Dritter enthalten,
so übernehmen wir für deren Inhalte keine Haftung,
da wir uns diese nicht zu eigen machen, sondern lediglich auf deren
Stand zum Zeitpunkt der Erstveröffentlichung verweisen.

FSC www.fsc.org MIX Papier | Fördert gute Waldnutzung FSC® C014496

Klimaneutral* Druckprodukt ClimatePartner.com/14044-1912-1001

Penguin Random House Verlagsgruppe FSC® N001967

1. Auflage
Copyright der Originalausgabe © 2020 by C. M. Ewan
Published by Arrangement with Christopher Ian Ewan
Dieses Werk wurde vermittelt durch die
Literarische Agentur Thomas Schlück GmbH, 30161 Hannover
Copyright der deutschsprachigen Ausgabe © 2022 by Blanvalet,
in der Penguin Random House Verlagsgruppe GmbH,
Neumarkter Str. 28, 81673 München
Redaktion: Susann Rehlein
Umschlaggestaltung und -motiv: © Johannes Wiebel | punchdesign,
unter Verwendung von Motiven von stock.adobe.com
(cceliaphoto, Ivan Kurmyshov) Shutterstock.com
(Angelo Coltraro, tofutyklein) und Eric Guémise
JaB · Herstellung: DiMo
Satz: KCFG – Medienagentur, Neuss
Druck und Bindung: GGP Media GmbH, Pößneck
Printed in Germany
ISBN 978-3-7341-1243-0

www.blanvalet.de

In Gedenken an Colin Moore Ewan,
meinen wunderbaren Vater
27. Juni 1942 – 19. August 2018

Funken in der Dunkelheit. Sie sind das Letzte, an das Michael sich erinnert. Das blendende Glitzern kleiner Scherben aus Windschutzscheibenglas, die auf ihn zufliegen und ihn ins Gesicht stechen.

Davor ein Gefühl der Schwerelosigkeit. Als wäre er ein Astronaut, der durchs Weltall taumelt. Als wäre er weit weg – woanders –, aber nicht hier. In dieser Wirklichkeit.

Dann das Reißen und das Einschneiden des Sicherheitsgurts. Das wilde, schmerzhafte Ziehen.

Michael spürt, wie er sich vorwärts in den Airbag schraubt – sein Inneres beschleunigt noch immer –, wie der Gurt sich vergeblich bemüht, ihn zurück nach hinten zu ziehen. Zurück aus diesem Augenblick. Zurück in die Welt, von der Michael nun mit Sicherheit weiß, dass er sie verlässt. Zurück an einen Ort, an dem keiner so schnell fährt oder so unvermittelt stoppt, ohne dass alles andere ebenfalls stoppt.

1

Autofahren macht mir Angst. Ich werde nervös. Unruhig. Kribbelig vor Schuldgefühlen.

So ist es nicht immer gewesen. Ich kann mich an eine Zeit erinnern, in der ich beim Fahren sorglos Rockklassiker aus dem Autoradio mitgesungen, Rachels Hand gehalten oder als Papas Taxiservice die Kinder in glücklichem Chaos von Indoor-Spielplätzen zu Geburtstagspartys gefahren habe, später dann zum örtlichen Kino oder in die Disco.

Aber die Dinge ändern sich, und heute fühlte unser Volvo sich an wie ein Käfig, angefüllt mit meinen schlimmsten Gedanken und Ängsten. Gedanken an Michael. An Rachel und Holly. An das, was uns in London passiert war, und an das, was vor uns lag.

Die Scheibenwischer sausten im Nieselregen von einer Seite auf die andere. Schottland war urwüchsig und verschwommen. Die einzigen Geräusche waren das Surren des Motors und das Zischen der Reifen auf dem nassen Asphalt. Die Stille kroch aus den Belüftungsschlitzen wie Giftgas.

Ich packte das Lenkrad fester und warf im Rückspiegel einen Blick auf Holly – meine dreizehnjährige Tochter. Eine glühend heiße Nadel durchstach mein Herz. Vier Tage war der Überfall nun her, und Holly sah immer noch aus, als wäre ihr eine Handgranate im Gesicht explodiert.

Die Nase war geschwollen und verfärbt, die Nasenwurzel ein einziger Bluterguss unter den weißen Pflastern, die kreuzweise darüberklebten, um die Nasenlöcher gab es Ränder aus getrocknetem Blut. Die geschwollene Haut unter den Augen war von einem tiefen Dunkelrot, das an den Seiten in ein gelbliches Stachelbeergrün überging.

Holly hielt meinem Blick mit leblosen Augen stand – vermutlich versuchte sie mich zu beruhigen –, und wirklich, etwas in mir zerriss und löste sich.

Meine Tochter geht zweimal die Woche zum Turnen. Samstagmorgens spielt sie Hockey. Wie sie über ein Kunstrasenfeld sprintet, erinnert sie an eine Kriegerprinzessin mit dem festen Entschluss, ihren Erzfeind zu skalpieren. Ich habe sie immer für furchtlos gehalten, aber jetzt saß sie da, starrte zu mir zurück und versuchte stark zu wirken, wo sie doch ganz offensichtlich verletzt und aufgewühlt war.

Meine Kehle brannte. Es schmerzte mich, Holly so zu sehen, aber am schlimmsten war, dass sie versuchte, ein tapferes Lächeln aufzusetzen, und dann sofort vor Schmerzen zusammenzuckte.

Ich musste an die Ereignisse in der Gasse zurückdenken.

Hollys gebrochener Schrei. Der Mann im Hoodie, der zuschlug. Holly, die rückwärtsfiel, während ich wusste, dass ich nicht rechtzeitig bei ihr sein könnte.

Meine Lunge verkrampfte sich. Meine Augen fühlten sich heiß an, und ich rieb darüber. Meine Hände ballten sich um das Lenkrad zu Fäusten. Bei allem, was ich über Vaterschaft weiß (nicht viel) und nicht weiß (eine ganze Menge), kann ich eins mit Sicherheit sagen: Nichts ist schlimmer, als mitanzusehen, wie das eigene Kind in Gefahr gerät. Ich konnte nicht wissen, ob Holly das Trauma jemals ganz würde überwinden können, aber ich wusste bereits jetzt, dass ich selbst es nie mehr vergessen würde.

Neben mir saß Rachel und starrte abwesend nach vorn. Sie

musste meinen Blick wohl auf sich ruhen gespürt haben, denn sie wandte sich mit einem vage angedeuteten Lächeln zu mir um.

Meine Frau ist schön. Wird es immer sein. Allerdings hatte sie im Lauf der letzten acht Monate zu viel an Gewicht verloren. Hier und jetzt, im trostlosen Licht des frühen Nachmittags, wirkte sie blass und ausgelaugt, ihr normalerweise üppiges braunes Haar hing schlaff und ungekämmt herab. Ich hätte mir selbst etwas vormachen und mir sagen können, dass das wegen des frühen Aufbruchs um sechs Uhr so war oder aufgrund der mehrstündigen Fahrt am Vortag, aber ich wusste, dass es um wesentlich mehr ging.

»Hast du was gesagt?«, fragte sie mich.

»Nein. Ich seh dich nur an.«

In der Vergangenheit hätte Rachel vielleicht mitgespielt, zurückgeflirtet, doch jetzt unterstrich ihr brüchiges Lächeln nur, wie schmal und hager ihr Gesicht geworden war. »Du hast dich schon immer leicht ablenken lassen.«

»Ist doch schön, wenn das, wovon ich mich ablenken lasse, das Ablenkenlassen auch wert ist.«

»Tom.« Sie schüttelte den Kopf und seufzte. »Mach das nicht, okay?«

»Zu viel?«

Sie wies mit dem Kinn auf die Welt außerhalb der Windschutzscheibe. »Ich mag dieses Wetter einfach nicht besonders.«

»Anfang Juni in den Highlands. Ich habe trotzdem meine Sonnencreme eingepackt.«

Okay, ich bemühte mich also zu sehr, und wir beide wussten es. Aber ich musste es einfach tun. So wie sich die Dinge zwischen uns in letzter Zeit entwickelt hatten, war das allemal besser, als es gar nicht mehr zu versuchen.

»Soll ich ein Stück fahren?«, fragte Rachel. »Bist du müde?«

Rachel weiß, dass ich nicht gern fahre. Und ich weiß, dass es ihr nicht anders geht. Es bedeutete mir also viel, dass sie es mir anbot, auch wenn ich ihre Erleichterung bemerkte, als ich den Kopf schüttelte.

Doch ja, ich war müde. Müde, mir immer wieder Fragen zu stellen, die ich nicht beantworten konnte. Müde, mich zum hundertsten Mal zu fragen, was Rachel wohl gerade dachte und ob es ein Fehler gewesen war, die ganze Strecke hierherzukommen.

»Sollen wir eine Pause machen?« Meine Frau war früher einmal die Entschlossene von uns beiden gewesen. Oder – um es ein bisschen schnoddriger auszudrücken – sie hatte in unserer Ehe die Hosen angehabt. Das war für mich immer okay gewesen. Inzwischen konnte ich allerdings nicht anders, als zu bemerken, wie viele ihrer Äußerungen in Frageform daherkamen oder wie oft sie die Entscheidung mir oder Holly überließ. »Holly, was denkst du?«

»Mum, mir geht's gut. Wirklich.«

»Bist du sicher? Ich kann dir noch mehr Codein geben.«

»Vielleicht wenn wir ankommen. Im Moment geht es noch.«

Rachel war sichtlich nicht überzeugt und blickte in den wirbelnden Nieselregen hinaus. Sie legte sich einen Finger an den Hals und fuhr sich in kreisförmigen Bewegungen über die Haut.

Noch ein Flashback zu den Geschehnissen in der Gasse.

Der Mann mit der Kapuze zerrte brutal an Rachels Haar. Die Messerklinge an ihrem Hals. Und dieser hilflose Blick, den Rachel mir zugeworfen hatte. Flehend. Verängstigt. Orientierungslos.

Der Schweiß brach mir aus und lief mir heiß über Schultern und Rücken. Meine Hände wären beinahe vom Lenkrad abgerutscht, und nicht zum ersten Mal verspürte ich den Wunsch, ich hätte die Fähigkeit, verstörende Bilder aus meinem Geist zu verbannen.

Ein Straßenschild wischte an uns vorüber. Unsere Ausfahrt zu der namenlosen Straße, die zum Loch Lurgainn führte, würde bald kommen. Ich setzte den Blinker und bog ab. Das Navi sagte eine Fahrtzeit von neununddreißig Minuten bis zu unserem Ziel an der schottischen Westküste voraus.

Ich lockerte die Schultern und ließ den Nacken knacken. Normalerweise hasst Rachel es, wenn ich das tue, aber heute sagte sie nichts dazu, und das Schweigen zwischen uns drückte von innen gegen die Autoscheiben wie ein sich ausdehnendes Gas. Ich fühlte einen Schmerz, als ich darüber nachdachte, sie mit den Worten zu trösten, die sie hören musste. Aber es war schon lange her, dass ich gewusst hatte, wie diese Worte lauteten. Wochenlang hatte Rachel mir gesagt, dass wir reden müssten, hatte mich gedrängt, mir die Zeit zu nehmen. Ich war ihr ausgewichen, denn ich fühlte mich zu schwach und hatte zu viel Angst, mir anzuhören, was sie zu sagen hatte. Und jetzt war es vielleicht zu spät.

Hinter uns zog Holly ihren Sicherheitsgurt etwas weiter heraus und lehnte sich seitwärts, um den Kopf an Buster, unseren dunklen Labrador, zu schmiegen. Buster ist groß und lieb, mit einem dicken, dichten Fell und braunen Kulleraugen, denen man unmöglich widerstehen kann. Wir haben ihn aus dem Tierheim geholt, als die Kinder noch klein waren, und manchmal benimmt er sich immer noch so, als hätte er Angst, dass wir ihn dorthin zurückschicken. Vielleicht ist er deshalb der loyalste Hund, den ich je kennengelernt habe.

Ein weißer Kastenwagen rauschte an uns vorbei, und Spritzwasser landete auf unserer Windschutzscheibe. In der Ferne ragten zackige Gipfel in den dunklen Himmel, als gehörten sie zu irgendeiner apokalyptischen Landschaft. Wir fuhren an braunen und grünen Feldern vorbei, auf denen Schafe standen, an breiten bewaldeten Streifen und an küstennahen Lochs.

Ich wollte gerade die Hand nach dem Radio ausstrecken – mit irgendetwas musste ich die Stille überbrücken –, als die Lautsprecher summten und knisterten und mein Handy über das Freihandsystem zu zirpen begann. Eine unbekannte Nummer wurde angezeigt.

Ich drückte auf einen Knopf am Lenkrad und wartete.

»Mr. Sullivan? Constable Baker. Ich wollte Sie bezüglich ein paar neuer Entwicklungen auf dem Laufenden halten.«

Mein Herz machte einen Satz, und ich tauschte einen besorgten Blick mit Rachel. *Sollten wir das wirklich über Lautsprecher besprechen?*

»Ist schon okay, Dad.« Holly setzte sich auf und lehnte sich zwischen unseren Sitzen nach vorn. »Ich sage euch doch schon die ganze Zeit, dass es mir gut geht.«

Rachel zuckte mit den Schultern und neigte den Kopf, als wüsste sie auch nicht, was das Beste wäre, sei aber der Meinung, dass Holly mithören solle.

Ich wartete. Der Volvo schnurrte weiter voran. Schließlich räusperte ich mich. »Haben Sie den Mann gefunden, der uns überfallen hat?«

»Noch nicht. Wir hatten aber Glück mit den Überwachungskameras. Wir haben ein paar Aufnahmen eines Mannes, auf den die Beschreibung passt, die Sie uns gegeben haben, und der vom Tatort weggelaufen ist. Er hatte etwas bei sich, was Ihre Aktentasche gewesen sein könnte.«

Mein Telefon vibrierte, und das Gespräch wurde kurz unterbrochen. Eine Nachricht war angekommen, aber ich las sie nicht sofort.

»Haben Sie ihn gefunden?«

»Seine Spur verliert sich in der Nähe des Leicester Square.«

Ein Stich der Enttäuschung. Ich ließ diese Information sacken. Es kam mir komisch vor, mir den Mann im Hoodie in so einer belebten Gegend vorzustellen. In meiner Vorstellung war er eine Gestalt fürs Zwielicht.

»Wie ist das denn möglich?«

»Das läuft nicht wie im Fernsehen, Mr. Sullivan. Die Aufzeichnungen sind nicht lückenlos. Zu einigen der Kameras haben wir keinen Zugang.«

Rachel seufzte, schüttelte den Kopf und zog eine Augenbraue hoch, schien zu fragen: *Was hast du erwartet?*

Um der Wahrheit die Ehre zu geben, hatte ich nicht viel erwartet. Vielleicht noch nicht einmal diesen Anruf. Unsere ganze Familie hatte mit der Polizei nicht die allerbesten Erfahrungen gemacht – daher rührte auch Rachels Haltung. Und mir war klar, dass die Londoner Polizei viel zu tun hatte. Ich wusste, dass es jeden Tag unzählige neue Vorfälle gab, um die sie sich kümmern mussten.

Ein Gedanke, der mir zuvor schon gekommen war, quälte mich nun erneut. Vielleicht sollte ich meinen Chef Lionel darum bitten, ein paar seiner Kontakte bei der Polizei zu nutzen. Doch wie standen die Chancen, dass irgendwer den Täter fassen würde? Vielleicht wäre es besser, mit allem so schnell wie möglich abzuschließen.

Ich dachte noch immer darüber nach, als Baker erneut das Wort ergriff.

»Da wäre noch etwas, worüber wir hätten sprechen sollen, Mr. Sullivan. Sie haben mir gesagt, dass Sie den Angreifer nicht erkannt haben.«

Das hatte ich nicht gesagt. Ich hatte ihm berichtet, dass ich den Mann wegen seiner Kapuze und wegen der dunklen Strumpfhose, die er sich übers Gesicht gezogen hatte, nicht richtig hatte erkennen können.

»Na ja, ich habe vergessen, Sie zu fragen, ob Sie irgendwen kennen, der Ihnen oder Ihrer Familie eventuell Schaden zufügen möchte.«

»Sie glauben, der Überfall ist nicht zufällig geschehen?«

»Haben Sie irgendwelche Feinde, Mr. Sullivan? Oder vielleicht Ihre Frau?«

Das war verrückt. »Nein. Keine Feinde. Mir fällt niemand ein, der mir oder meiner Familie Schaden zufügen will. Ich bin nur ein einfacher Anwalt, meine Frau ist Ärztin.«

»Verzeihen Sie, Mr. Sullivan. Aber immerhin war da die Geschichte mit Ihrem Sohn.«

Unvermittelt schien ein entgegenkommender Lastwagen auf uns zuzurasen.

Ich scherte auf den Straßenrand aus und stieg auf die Bremse. Mein Herz pochte wie wild in meiner Kehle.

»Soweit ich weiß, ist er bei einem Verkehrsunfall ums Leben gekommen«, bohrte Baker nach.

Der Lastwagen rumpelte vorbei. Ich sah ihm in meinem Seitenspiegel nach, wie er davonwackelte. Unser Volvo stand jetzt, und ich machte keine Anstalten weiterzufahren. Erneut herrschte Schweigen.

Rachel drückte kurz meine Hand und griff dann über mich hinweg, um die Warnblinkanlage anzuschalten. Die Lichter blitzten auf und klickten. Dann lächelte sie schwach und beugte sich zum Lautsprecher vor. Als sie dann etwas sagte, bemerkte ich, wie angespannt sie klang.

»Warum ist das wichtig?«, fragte sie.

»Es gab noch ein weiteres Opfer, Mrs. Sullivan. Eine junge Frau.«

Wenn Holly nicht im Auto gesessen hätte, wäre ich vielleicht nach vorn zusammengesunken und hätte den Kopf gegen das Lenkrad geschlagen.

Vor acht Monaten war unser Sohn Michael umgekommen, als er mit meinem Audi durch ein Waldstück ein paar Meilen von unserem Haus entfernt gefahren war. Er war erst sechzehn Jahre alt. Noch nicht alt genug für den Führerschein. Er ist einfach so mit meinem Auto los. Es war eine verregnete Nacht. Die Straße war glitschig. Michael ist zu schnell gefahren, an einer scharfen Kurve ins Schleudern geraten und gegen einen Baum geprallt.

Die Autopsie hat ergeben, dass er sofort tot war. Das Gleiche galt für Fiona Connor, seine Freundin. Sie waren seit etwas über einem Jahr zusammen.

Mehrmals am Tag gab es noch dunkle Momente, in denen mich der Schrecken dessen, was Michael getan hatte, wie eine schwarze Welle überspülte. Es war schon schlimm genug, dass er unerlaubt mein Auto genommen hatte. Dass er ohne Führerschein gefahren war. Dass er fahrlässig mit seinem eigenen Leben und dem der anderen Autofahrer umgegangen war, die in jener Nacht unterwegs waren.

Aber Fiona mit in den Tod zu reißen. Das Leben eines fünfzehnjährigen Mädchens auszulöschen, die eine liebevolle Familie und ihre ganze Zukunft noch vor sich hatte, war unverzeihlich.

In diesem Punkt waren Rachel und ich nicht einer Meinung. Es war die schartige Bruchlinie, die sich in unserer Ehe gebildet hatte. Wann auch immer ich jetzt an Michael dachte, fiel es mir schwer, meine Erinnerung nicht von einem überwältigenden Schamgefühl eintrüben zu lassen.

Rachel hingegen war davon überzeugt, dass Michael einfach nur Pech gehabt hatte, als dieser eine Moment jugendlicher Rebellion so eine verheerende Konsequenz hatte. Das war eine Haltung, die meiner Meinung nach über mütterliche Loyalität hinausging – ein Akt mutwilliger Selbsttäuschung.

»Mr. und Mrs. Sullivan?«, brachte Baker sich in Erinnerung.

Irgendwie fand ich meine Sprache wieder. »Das hat überhaupt nichts miteinander zu tun. Fionas Familie weiß, wie leid uns das alles tut.«

Diesmal musste ich an Fionas Begräbnisgottesdienst zurückdenken. Ich erinnerte mich, wie Fionas Vater sich auf seiner Bank vorn in der Kirche umgedreht hatte, als wir versuchten, uns hinten hineinzuschleichen. Wie er mit rotem Kopf und vollkommen außer sich aufgestanden war, getobt hatte und den Mittelgang heruntergestürmt war, um uns zu verjagen. Rachel und ich waren zu unserem Auto zurückgerannt und hatten uns eingeschlossen. Meine Frau hatte noch Stunden nachher gezittert.

Machte ihn das zu unserem Feind? Das konnte ich mir nicht vorstellen.

»Tut mir leid, dass ich es angesprochen habe«, entschuldigte sich Baker. »Ich hoffe, Sie verstehen mich. Ich muss einfach …«

»Gibt es sonst noch etwas?«

»Wir haben das Messer ins forensische Labor geschickt. Mit ein bisschen Glück erbringt uns das einen Hinweis.«

Unwahrscheinlich. Unser Angreifer trug Handschuhe. Und die Strumpfhose über seinem Kopf hatte sicherlich verhindert, dass er irgendwelche Haare verloren hatte.

Ich hatte den Eindruck, ich sollte Baker noch ein paar Fragen stellen, aber ich kam einfach auf keine. Und ich wollte Rachel und Holly nicht noch mehr Kummer bereiten.

Also dankte ich ihm und legte auf.

Rachel wandte sich ab und blickte aus ihrem Seitenfenster, zu spät, um ihre Tränen zu verbergen. Holly legte sich wieder zu Buster und schloss ihn fest in die Arme.

Der Warnblinker blinkte. Die Scheibenwischer wischten.

Ganz benommen nahm ich mein Telefon in die Hand und sah auf das Display. Die Nachricht stammte von Lionel.

Lass dir dein Ego nicht dabei im Weg stehen, die Sache mit Rachel wieder in Ordnung zu bringen, Tom. Hör dir genau an, was sie zu sagen hat. Eure Ehe ist zu wichtig. Lass dir das von jemandem sagen, der weiß, wovon er spricht.

2

Beinahe hätten wir die Ausfahrt zum Landhaus verpasst. Rachel war diejenige, die mich darauf hinwies und dann die Hand aufs Armaturenbrett legte, während ich bremste, und der Volvo über lose, feuchte Erde rutschte.

Die Zufahrt wirkte nicht sehr spektakulär, war nur eine Lücke in einer knorrigen Hecke, die sich auf eine steile geschotterte und gekieste Auffahrt hin öffnete. Auf einem verblichenen Holzschild stand: WEBSTER. PRIVATSTRASSE.

Ich gab Gas. Die Reifen drehten auf der unbefestigten Steigung durch, griffen schließlich doch und arbeiteten sich voran, wobei sie nassen Kies nach hinten ausspuckten.

Oben angelangt, erhaschten wir einen Blick auf einen aufgewühlten grauen Ozean unter einer tiefhängenden grauen Wolkendecke, dann führte die Straße wieder abwärts und auf ein hohes, hässliches Tor zu.

Das Tor war eine Überraschung. Es bestand aus zwei grünen Metallplatten, die wenigstens drei Meter hoch sein mussten. An jeder Seite schloss sich ein Metallzaun aus stumpfen Pfosten aus demselben grünen Metall an. Tor und Zaun waren mit Stacheldraht besetzt, der sowohl nach außen als auch nach innen gespreizt war. Im Inneren des umzäunten Geländes pressten sich dicke Bäume dagegen. Hätte ich es nicht besser gewusst, hätte ich darauf getippt, dass wir an einer abgelegenen Kaserne angelangt wären.

Seltsam.

Ich bremste den Volvo neben einer niedrigen Metallsäule ab, in die eine Kamera und eine Gegensprechanlage eingelassen waren. Die Stille des Waldes hatte eine Klarheit an sich, in der man eine Stecknadel hätte fallen hören. Ich ließ das Fenster auf der Fahrerseite herunter und lehnte mich hinaus, doch bevor ich noch etwas sagen konnte, hörte ich ein tiefes elektrisches Summen, gefolgt von einem metallischen Klicken, mit dem sich das Tor zitternd teilte und sich in zwei engen Bögen auswärts öffnete.

Ich kämpfte ein kleines überraschtes Zusammenzucken nieder. Bevor wir am vorigen Morgen von London aufgebrochen waren, hatte Lionel mich gebeten, ihm unser Kennzeichen durchzugeben. Nun wusste ich, warum.

Rachel schaute mich mit gerunzelter Stirn an, Holly sah von ihrem Smartphone auf, und sogar Buster rappelte sich auf die Pfoten, um einen Blick auf die Umgebung zu werfen. Ich schaltete den Scheibenwischer aus. Der Nieselregen ging jetzt nur noch ganz leicht nieder, mehr wie ein Nebel.

»Also …«, sagte Holly. »Glaubt ihr, dass Lionel vielleicht 'nen Therapeuten braucht?«

»Holly!«

»Was denn, Dad? Ich mein doch nur, nach dem, was mit seiner Frau passiert ist …«

Sie beendete den Satz nicht, aber wir dachten alle dasselbe. Das Tor und der Zaun waren für so eine abgelegene Gegend komplett übertrieben. Doch jetzt, da meine eigene Familie bedroht worden war, konnte ich nur zu gut verstehen, warum Lionel Wert auf Sicherheit legte.

Ich nahm den Fuß von der Bremse, und der Volvo rollte weiter, legte an Geschwindigkeit zu, als die Auffahrt steil abfiel. Hinter uns schloss sich das Tor surrend und knirschend wieder, und Rachel warf noch einen Blick über die Schulter.

»Alles okay?«, fragte ich sie.

Zitterte sie etwa? »Ich glaube schon.«

Seltsame Geschichte. Rachel war diejenige gewesen, die darauf gedrungen hatte, dass wir hier hinausfuhren, doch jetzt spürte ich bei ihr eine leichte Unruhe. Vielleicht wurde ihr erst jetzt allmählich klar, was ich bereits begriffen hatte: Hier draußen wären wir wirklich auf uns allein gestellt. Wir könnten uns auf keinen Fall mehr vor dem verstecken, was auch immer wir einander zu sagen hatten – auch nicht vor den unangenehmen Wahrheiten, die wir einander vielleicht enthüllen würden.

Die Bäume umstanden uns dicht gedrängt auf beiden Seiten, hohe Äste streckten sich über die Auffahrt, verbanden sich dort miteinander, sodass man teilweise den Himmel nicht mehr erkennen konnte. Spritzend fuhren wir durch matschige Schlaglöcher und rumpelten über Entwässerungsschläuche. Dann wurde der Hang weniger abschüssig, und die Auffahrt öffnete sich auf eine großzügige, gekieste runde Lichtung inmitten eines Rings aus hoch aufgeschossenen Fichten, Lärchen und Kiefern.

»Dad? Sind wir wirklich richtig?«

Lionel hatte sein Landhaus eine Hütte genannt, und ich hatte mir darunter etwas Rustikales und Bescheidenes, gleichzeitig aber gut Ausgestattetes vorgestellt. Eine Art Holzfällerhütte, mit groben Dielen und einer offenen Veranda davor, vielleicht auch ein geweißeltes Bauernhaus mit Reetdach.

Falscher hätte ich gar nicht liegen können.

Auf einer felsigen Landzunge, die sich von der Küste ins Wasser erstreckte, stand auf einer engen Lichtung zwischen den Kiefern eines der bemerkenswertesten Häuser, die ich je zu Gesicht bekommen hatte.

Es war lang gezogen und schmal, hatte ein asymmetrisches

Schrägdach, ein Fundament aus unbehauenem Stein und bestand dazwischen aus einer kunstvollen Struktur aus Balken und Glas. Die Balken waren gebogen und gewölbt, geschwungen und abgewinkelt, sodass sie ein komplexes Gitter formten, in das die getönten Glasscheiben eingelassen waren. An der Rückseite erstreckte sich fast über die gesamte Länge des oberen Stockwerks ein Balkon. Darauf standen ein paar Gartenmöbel, außerdem unter einer Nylonplane ein Gaskocher.

Das Ganze wirkte wie eine luxuriöse Skihütte, und wenn es an den Hängen von Val d'Isère oder Gstaad gestanden hätte, wäre es immer noch höchst beeindruckend gewesen. Hier draußen, vor fremden Blicken verborgen und ganz allein in der schottischen Wildnis, blieb einem der Mund offen stehen.

»Holly, was denkst du?«

»Ziemlich cool, Dad.«

»Rachel?«

»Atemberaubend.«

Wir stiegen aus dem Auto und traten auf einen Teppich aus Kies und herabgefallenen Kiefernnadeln. Ein paar versprengte Regentropfen hingen in der Luft. Der Duft nach feuchtem Wald war überwältigend.

Die uns umgebenden Bäume standen dicht beieinander. Unter dem üppig grünen Laubdach erstreckte sich ein Teppich aus Rindenmulch und Moos in welligen Beulen und Gräben bis in die undurchdringliche Finsternis. Ganz in der Nähe, hörte ich, brandeten die Wellen rauschend an die Küste.

»Buster!«, rief Holly. »Komm!«

Mein Herz zog sich zusammen, als ich Buster aus dem Auto springen und Holly zum Waldrand folgen sah. Ganz ehrlich, wenn irgendwer jemals behauptet, dass Hunde nicht trauern, lügt diese Person. Buster schlief noch drei Monate nach Michaels Tod am Fußende seines Betts. Rachel hatte mir erzählt, dass sie ihn manchmal noch immer dabei ertappte, wie er sich dort spätnachts herumdrückte und die Bettdecke anstupste, als suchte er darunter nach unserem Sohn.

Es war keine Übertreibung zu behaupten, dass Busters Anwesenheit der Hauptgrund dafür war, dass Holly so gut mit Michaels Tod klarkam. Sie umarmte ihn ständig. Ich hatte zufällig mitbekommen, dass sie sich ihm anvertraute. Und Buster war Holly gegenüber noch beschützerischer geworden. Zu Hause folgte er ihr von einem Zimmer ins nächste. Er vermisste sie schrecklich, wenn sie in der Schule war. Eine Psychologin hätte wohl gesagt, dass Holly sich so sehr auf Buster stützte, weil sie sich nicht mehr auf Michael stützen konnte. Ich wusste nicht, ob das stimmte, doch ich wusste genau, dass zwischen den beiden ein unzerstörbares Band bestand.

Schritte auf dem Kies.

Ein stämmiger Mann kam vom Eingang des Landhauses auf uns zu. Buster begann zu knurren und bellte dann zweimal kurz hintereinander als Warnung, während Holly rasch zu Boden blickte und ihr Gesicht verbarg.

»Hallo, da ist ja die Familie Sullivan.« Sein schottischer Akzent war so warm und rauchig wie guter Whiskey. »Ich heiße Brodie.«

Er war groß und kräftig, hatte breite Schultern und riesige Pranken. Sein braunes Haar war gelockt, und sein Gesicht wurde von einem buschigen Hipsterbart bedeckt. Das Karohemd, das er zu abgewetzten Jeans und Wanderstiefeln trug, spannte sich stramm über seinen ausgeprägten Brustmuskeln und den Oberarmen. Es war nicht unsere erste Begegnung, obwohl wir vorher noch nie miteinander gesprochen hatten.

»Hey, Hund, wie geht's dir?« Brodie schlug sich auf die Schenkel und winkte Buster heran, doch erst als Holly ihm einen Stups mit dem Fuß gab und ihm so die Erlaubnis erteilte, trabte er zu Brodie hinüber, beschnupperte ihn, ließ sich streicheln. »Haben Sie gut hergefunden?«

Das bejahte ich, und er richtete sich auf, um mir die Hand zu geben. Er hatte einen festen Händedruck, die Handflächen waren rau und schwielig, und ich musste mich anstrengen nicht zusammenzuzucken, als er mir beinahe die Finger brach. Sein Machogehabe wurde sanfter, als er Rachel begrüßte. Mir fiel auf, dass er sie kurz taxierte und dann den Blick senkte, wie aus Schüchternheit. Es war wirklich nicht das erste Mal, dass ich beobachten konnte, dass Rachel diese Wirkung auf Männer hatte, doch in letzter Zeit hatte mich das mehr gestört, als mir lieb war.

»Hallo, Fräulein.«

Brodie winkte Holly zu, die noch immer bei den Bäumen stand. Sie hatte die Hüfte verdreht und die Schultern eingezogen, als wollte sie mit dem Wald verschmelzen. Brodie sagte nichts zu ihren Verletzungen. Er starrte sie auch nicht an. Ich nahm an, dass Lionel ihn gebrieft hatte, und darüber war ich froh.

»Das ist Holly«, stellte ich vor. »Ich bin Tom. Und das ist meine Frau Rachel.«

»Freut mich, Sie alle kennenzulernen. Holly, willkommen am schönsten Platz von ganz Schottland. Soll ich Ihnen mit dem Gepäck helfen, Tom?«

»Ist schon in Ordnung. Das schaffen wir schon.«

»Es macht keine Mühe, dafür bin ich ja hier. Und Sie können mir glauben, dass Lionel Sie danach fragen wird. Er kann es gar nicht leiden, wenn ich nichts mache.«

Das Gefühl kannte ich.

Brodie warf Rachel noch einen raschen Blick zu, dann ging er an mir vorbei und öffnete den Kofferraum des Volvo. Er klemmte sich Hollys Reisetasche unter den Oberarm und griff dann nach Rachels Koffer, hob ihn aus dem Auto, als wäre er leer.

»Hast du Lust, das Haus zu besichtigen, Holly?«

Meine Tochter war normalerweise ziemlich gesprächig, doch nun zuckte sie nur wortlos mit den Schultern.

»Du wirst es hier lieben. Das verspreche ich. Willst du mit mir kommen?«

Zunächst reagierte Holly nicht. Ich war mir ziemlich sicher, dass sie gleich den Kopf schütteln würde. Doch dann sah sie zu Buster, dessen Lefzen sich zu einem seligen Lächeln verzogen und dessen wedelnder Schwanz begeistert gegen Brodies Bein klopfte.

»Okay«, sagte sie leise.

»Großartig. Tom, Sie sollten das Auto nach dort drüben umparken.« Mit der Hand, in der er Rachels Koffer hielt, zeigte er auf einen holzüberdachten Stellplatz. »So ist es später nicht voller Kiefernnadeln und Harz.«

Unter dem Dach des Stellplatzes war Platz für zwei Fahrzeuge. Ein schlammbedeckter Toyota-Geländewagen nahm den linken Platz ein.

»Das ist meiner«, erklärte Brodie. »Aber machen Sie sich keine Sorgen, ich bin gleich weg. Ich wohne in der Nähe von Lochinver.« Dann wandte er sich an Rachel. »Sind Sie so weit?«

Sie nickte und schenkte ihm ein warmherziges, erwartungsvolles Lächeln.

Ich sah Brodie daraufhin zusammen mit meiner Frau, meiner Tochter und meinem Hund davongehen und zog dann noch meinen eigenen Koffer aus dem Kofferraum. Noch immer hatte ich Mühe, mich an die Idee zu gewöhnen, mit meiner Familie zusammen jetzt hier zu sein, so weit weg von London. Dafür gab es natürlich zahlreiche Gründe, aber auch … Lionels *Hütte*. Bis vor ein paar Tagen hatte ich noch nicht einmal von der Existenz dieses Ortes gewusst.

Zum ersten Mal hatte ich auf einem glamourösen Wohltätigkeitsball davon gehört, der in einem Hotel in Mayfair stattgefunden hatte. Es war eine Fundraising-Veranstaltung für *Justice For All*, eine Stiftung, die sich um die Rehabilitation von Wiederholungstätern kümmert. Lionel war nicht nur der Gastgeber der Gala gewesen und hatte sie finanziert; er ist außerdem der Gründer und Stiftungsvorsitzende von *Justice For All*. Es gibt Leute, die glauben, dass Lionel die Stiftung nur wegen seiner politischen Ambitionen gegründet hat, um sein Image aufzupolieren. Als Vorstandsvorsitzender und Eigentümer von Webster Ventures – dem führenden Investor für Tech-Start-ups und hochspezialisierte Technikfirmen im Vereinigten Königreich – ist er ein sagenhaft reicher und einflussreicher Mann, und es hatte schon lange Gerüchte darüber gegeben, dass er eines Tages für den Bürgermeisterposten kandidieren würde. Ich weiß mit Sicherheit, dass mehrere Kabinettsmitglieder auf seinen Kurzwahltasten sind. Vielleicht bin ich allzu naiv, aber ich glaube Lionel, wenn er mir versichert, dass er die Stiftung dessentwegen gegründet hat, was seiner Frau zugestoßen ist.

Jennifer habe ich nie kennengelernt. Sie wurde vor neun Jahren ermordet, und damals kannte ich Lionel noch nicht. Es geschah bei einem furchtbaren Überfall auf ihren Hauptwohnsitz in der Nähe des Regent's Park. Lionel war zu der Zeit auf Geschäftsreise in Hongkong, und die Polizei vermutete, dass Jennifer einen Einbrecher überrascht hatte. Diese Theorie wurde dadurch weiter befeuert, dass ein Degas-Original – die Bronzestatuette einer Ballerina – aus Lionels Arbeitszimmer verschwunden war, als er aus Hongkong zurückkehrte. Die

Polizei hatte auch bereits einen Tatverdächtigen: Ein Mann namens Tony Bryant hatte früher schon einige Zeit wegen schweren Raubes gesessen. Nur wenige Monate vor der Tat war er aus dem Gefängnis entlassen worden, und seine Fingerabdrücke hatten sich überall am Tatort befunden.

Doch trotz dieser heißen Spur war die Anklage gegen Bryant schnell in einer Sackgasse gelandet, weil die Polizei weder ihn noch die gestohlene Degas-Skulptur aufspüren konnte. Es gab Gerüchte, Bryant habe sich nach Spanien abgesetzt. Lionel glaubte – und vermutlich ist er da ein bisschen naiv –, dass Jennifer – Lionels große Liebe – noch am Leben sein könnte, wenn der Täter nach seiner ersten Verurteilung nur die richtige Unterstützung und Anleitung erhalten hätte. Lionel hat mal zu mir gesagt, dass es sich gelohnt habe, wenn *Justice For All* auch nur eine einzige Person vor dem Kummer bewahren könne, den er selbst erfahren hatte.

Sosehr ich Lionel auch mag und respektiere, hatte ich doch nicht bei der Gala sein wollen. Nicht etwa weil JFA keine edlen Ziele verfolgt – das tut die Stiftung ohne Zweifel –, sondern aufgrund dessen, was mein Sohn getan hatte. Sagen wir einfach, dass ich mich dort nicht ganz wohl in meiner Haut fühlte. Der einzige Grund, aus dem ich doch hinging, war, dass ich Rachel unterstützen wollte. Lionel hatte sie gebeten, ihm bei der Ausrichtung der Veranstaltung behilflich zu sein. Sie würde eine Rede halten, und ich war mir ziemlich sicher, dass sie deshalb nervös wäre.

Doch als ich ankam, hatte Rachel mich kaum eines Blickes gewürdigt. Die ersten fünf Minuten hatte ich mich am Büfett herumgedrückt und durch den Raum hindurch dabei zugesehen, wie ein gut aussehender junger Mann im Smoking mit meiner Frau flirtete, sie am Arm berührte, sie zum Lächeln brachte. Rachel sah in ihrem eleganten schwarzen Abendkleid natürlich wieder umwerfend aus. Ihr kastanienbraunes Haar hatte sie hochgesteckt. Ich mochte schon immer, wenn sie es so trug. Ich beobachtete sie dabei, wie sie den Kopf zurückwarf und über irgendetwas lachte, was der Mann gerade gesagt hatte. Es schmerzte mich daran zu denken, dass ich mich nicht mehr daran erinnern konnte, wann ich sie zum letzten Mal so zum Lachen gebracht hatte.

»Mal ganz unter uns«, flüsterte mir Lionel zu, als er neben mich trat, »ich habe gehört, dass Wissenschaftler es inzwischen für so gut wie unmöglich halten, dass man den Kopf eines Mannes zum Explodieren bringen kann, indem man ihn einfach nur anstarrt.«

Lionel war genauso sehr mein Chef wie mein Freund, und es war wohl auch angemessen, ihn meinen Mentor zu nennen. Seit sechs Jahren leitete ich nun seine Rechtsabteilung.

»Schau dir den Typen doch an«, erwiderte ich. »Glaubst du, dass er sich überhaupt darum schert, dass sie verheiratet ist?«

»Glaubst du es denn?«

Lionel zog eine Augenbraue hoch. Sein stahlgraues Haar war zu einem strengen Seitenscheitel gegelt, und sein Smoking war eine teure Maßanfertigung. Der Ballsaal war mit den Größen der Londoner Gesellschaft gefüllt, doch selbst in dieser Umgebung zog Lionel die Aufmerksamkeit mehr auf sich als ein Filmstar. Mir fiel auf, dass sich uns mehrere Partygäste vorsichtig näherten, um ein paar wertvolle Minuten mit ihm zu verbringen.

Ich verschränkte die Arme und starrte wieder. »Wer ist das?«

»Das willst du gar nicht wissen.«

»Reich?«

»Also, das willst du *wirklich* nicht wissen.«

Ich starrte noch ein bisschen auf Rachel und Mr. Wahrscheinlich-ein-Internetmillionär. Uniformiertes Servicepersonal flitzte mit silbernen Tabletts voller Champagnerflöten hin und her. Ein Streichquartett spielte in einer der Ecken. Zu anderer Gelegenheit hätte mich das alles vielleicht beeindruckt, aber an jenem Tag hatte ich andere Sorgen.

»Hör mal, Tom, warum fragst du Rachel nicht, ob sie mit dir übers Wochenende wegfahren will, nur ihr zwei? Ich habe eine Hütte oben in Schottland, die könntest du benutzen.«

Ich richtete mich auf und runzelte die Stirn. Eine schottische Wochenendhütte. Das klang nicht sehr nach Lionel. Ein schickes Apartment in Paris vielleicht. Ein Stadthaus in New York …

Er lächelte, als könnte er meine Gedanken lesen. »Nur sehr wenige Menschen wissen darüber Bescheid. Ich gehe dorthin, um wieder aufzutanken. Mich auszuklinken. Sie ist … na ja, abgelegen ist vielleicht nicht ganz das richtige Wort. Siehst du den Mann dort drüben?«

Lionel zeigte quer durch den Raum auf einen großen Mann mit buschigem Bart und einem schlecht sitzenden Smoking, der unbeholfen ganz allein dastand, zu viele Canapés in der einen Hand, während er mit der anderen seinen Hemdkragen zu lockern versuchte.

»Er heißt Brodie«, erklärte Lionel. »Er kümmert sich für mich um die Hütte. Ich bin mir nicht sicher, ob ich ihn vor heute Abend schon mal ohne eine Axt in der Hand gesehen habe. Warum tust du mir nicht den Gefallen, gehst zu ihm und fragst ihn ein bisschen aus? Er könnte jemanden gebrauchen, mit dem er sich unterhalten kann, und ich glaube wirklich, dass es für dich und Rachel gut wäre, dort ein bisschen gemeinsame Zeit zu verbringen.«

»Das ist sehr nett von dir, Lionel. Aber …« Ich zuckte mit den Schultern. Nickte in Richtung meiner Frau. »Ich glaube, wir beide wissen, dass das nicht passieren wird. Es ist außerdem noch ein bisschen zu früh, um Holly allein zu lassen.«

»Wirklich?«

»Das weißt du genau.«

»Na ja, vielleicht sollten wir sie das selbst fragen …« Er nahm mich beim Arm und führte mich durch die Menge an die Bar.

»Holly?«

»Hallo, Dad. Mums Babysitter hat abgesagt. Und Lionel hat mich ewig bekniet, dass ich hierher mitkommen soll.«

Als sie Rachel erwähnte, musste ich den Drang niederkämpfen, mich noch einmal nach ihr umzudrehen. Holly saß auf einem Barhocker und hielt ihr leuchtend pinkfarbenes Smartphone in der Hand. Sie trug noch ihre Schuluniform – blauer Blazer, grauer Rock, dunkle Strumpfhose – und ihr braun gelocktes Haar hatte sie zu einem Pferdeschwanz hochgebunden. Wie immer brachte das Lächeln, das sie mir schenkte, mein Herz zum Schmelzen.

»Wie ist die Party?«

»Ich würde mal sagen, nicht *total* langweilig.«

»Das liebe ich an deiner Tochter, Tom.« Lionel stupste Holly in die Seite. »Sie hat so ein sonniges Gemüt.«

»Ich nehme an, das ist der Grund, warum du in letzter Zeit so viel bei uns zu Hause rumgehangen hast.« Holly rollte mit den Augen. »Ehrlich, Dad. Dein Boss ist eigentlich ziemlich süß. Er hat sich vergewissert, dass es Mum und mir gut geht.«

»Tatsächlich?«

Manchmal hatte ich den Eindruck, dass er uns als Ersatz für die Familie ansah, die er selbst nie gehabt hatte. Und ich hatte den Überblick verloren, wie oft er mich schon aufgefordert hatte, mich zusammenzureißen und meine Beziehung zu Rachel zu kitten. Dennoch ärgerte es mich, dass er einfach so bei meiner Frau und meiner Tochter zu Hause hereingeschneit war, ohne mir etwas davon zu erzählen. Außerdem war ich auch nicht wirklich froh über Hollys wenig subtile Erinnerung daran, dass ich sie und ihre Mum im Stich gelassen hatte.

Lionel – dem ganz offenbar auffiel, wie unangenehm die Situation auf einmal geworden war – begann sich im Saal nach einer Ablenkung umzusehen.

»Wie geht es Mum?«, fragte ich Holly. »Steht sie wegen ihrer Rede sehr unter Stress?«

»Dad. Gar nicht cool.«

Ich hob die Hände. Holly hatte recht. Nachdem ich von zu Hause ausgezogen war, waren Rachel und ich bei einer Sache vollkommen einer Meinung, nämlich dass unsere vorübergehende Trennung so schmerzlos wie möglich für Holly bleiben sollte. Und das bedeutete, sie nicht in Angelegenheiten mit hineinzuziehen, die nur Rachel und mich betrafen.

Stattdessen wollte ich sie gerade fragen, wie die Schule gewesen sei, als Lionel über mich hinweggriff und jemanden heranzog, der hinter mir stand. Er klopfte mir auf die Schulter und drehte mich um, sodass ich zwei Polizisten in Galauniform gegenüberstand.

»Tom Sullivan«, sagte Lionel. »Darf ich dir Assistant Commissioner Richard Weeks vorstellen? Und du hast sicher schon von DCI Kate Ryan gehört.«

Das hatte ich tatsächlich. DCI Ryan war in letzter Zeit ständig in den Nachrichten gewesen. Obwohl sie nicht im Dienst gewesen war, war sie eingeschritten, als zwei Typen auf einem Mofa beinahe eine schwangere Frau vor einen Bus gerissen hatten, in dem Versuch, ihr die Handtasche zu klauen. Mitschnitte des Vorfalls hatten sich im Internet verbreitet. Ryan war sowohl von Berühmtheiten als auch von Politikern mit Lob überschüttet worden. Das war gute Publicity für die

Londoner Polizei, und eine ganze Reihe von Reportagen über sie persönlich waren gefolgt. Vielleicht bin ich ja ein Zyniker, aber ich glaube nicht, dass es schadete, dass Ryan straff und fit war, raspelkurzes Haar und scharfe Gesichtszüge wie eine Statue hatte. Ich konnte mich daran erinnern, dass ihr Vater ebenfalls Polizist war, dass sie Freiluftaktivitäten schätzte, wie zum Beispiel Segeln oder Klettern, dass sie im Vorjahr beim Klettern einmal schlimm gestürzt und trotzdem rasch wieder in den Dienst zurückgekehrt war und – ach ja – dass sie gerade Single war.

Assistant Commissioner Weeks schien sich dieser letzten Tatsache ziemlich klar bewusst zu sein. Er war gute fünfzehn Jahre älter als Ryan, hatte einen Bürstenschnitt, ein ausgeprägtes Kinn und ein kraftvoll-sachliches Auftreten, doch der Art nach zu urteilen, wie seine Hand auf ihren unteren Rücken wanderte, als wir einander vorgestellt wurden, war ihre Beziehung nicht rein beruflicher Natur.

»Mr. Sullivan.« Weeks nickte mir nicht sehr interessiert zu.

»Tom ist mein bester Kopf in Gesetzesangelegenheiten«, erklärte Lionel.

»Bei der JFA?«

Ich sah kurz weg. Rachel musste woandershin gegangen sein, denn ich konnte weder sie noch den Mann mehr sehen, mit dem sie sich unterhalten hatte. Ich war mir nicht sicher, ob ich deshalb eher erleichtert oder besorgt hätte sein sollen.

»Ich helfe, wo ich kann«, murmelte ich.

»Nun, das hier ist wirklich für einen guten Zweck, Tom.« Er schüttelte mir die Hand. »Sie sollen wissen, dass wir bei der Londoner Polizei sehr schätzen, was die JFA so alles leistet.«

»Und nicht etwa nur, weil es uns den Job erleichtert«, fügte Ryan mit einem Augenzwinkern hinzu.

Sie wartete darauf, dass ihr Kollege noch etwas sagte, doch

bevor er auf sein Stichwort reagieren konnte, erhob sich ein Raunen im Raum. Rachel stand auf einem Podest. Neben ihr eine große Farbfotografie von Jennifer. Flüchtig trafen sich unsere Blicke, und Rachel schenkte mir ein gebrochenes, beinahe entschuldigendes Lächeln. Dann strich sie sich eine Haarsträhne hinters Ohr und lehnte sich zum Mikrofon.

»Meine sehr verehrten Damen und Herren, viele von den hier Anwesenden wissen vielleicht, dass mein Sohn Michael letztes Jahr am 2. Oktober ums Leben gekommen ist.«

Ein mitfühlendes Gemurmel erhob sich in der Menge. Ich schluckte schwer und ergriff Hollys Hand, während Lionel mir die Schulter drückte. Mir fiel auf, dass Brodie von der gegenüberliegenden Seite zu uns hersah. Lionel hatte ihm wohl schon Bescheid gesagt, dass er mit mir über die Hütte sprechen solle.

»Wie Sie sich vorstellen können«, fuhr Rachel fort, »ist Michaels Tod für uns als Familie ein schwerer Schlag gewesen. Und als seine Mutter wäre es ziemlich leicht für mich zu glauben, dass sein Tod das einzige Ereignis an jenem Abend gewesen ist, das wirkliche Konsequenzen hatte. Aber ich möchte mit Ihnen über etwas anderes sprechen …«

Ich hörte nicht mehr zu. Nicht etwa, weil es mich nicht interessierte, sondern weil meine Frau zuallererst Ärztin ist. Daher überraschte es mich nicht, dass ihre Rede sich auf umfangreiches statistisches Material stützte. Zum großen Teil ging es darin um die Anzahl der Verbrechen, die in der Nacht von Michaels Tod von Wiederholungstätern begangen worden waren. Ich konnte nur staunen, wie gut Rachel die Fassade aufrechterhielt, während ich kaum noch Luft bekam. Michaels Tod hatte sie hart getroffen, an manchen Tagen waren Trauer und Depression so schrecklich gewesen, dass sie kaum aus dem Bett gekommen war. Und jetzt … Nun, es sollte ausreichen zu sagen, dass mein Herz in einer Mischung aus Traurigkeit und Stolz anschwoll, als sie sich dem Ende ihrer Rede näherte.

»... Nur noch eine letzte Statistik würde ich gern mit Ihnen teilen«, sagte sie, und ihr Blick verschleierte sich, als sie mich erneut in der Menge entdeckte. »Mein wunderbarer Sohn war nicht der Einzige, der in jener Oktobernacht gestorben ist. Ein junger Mann namens James Finch, ein zweimal verurteilter ehemaliger Häftling, hat sich am selben Abend das Leben genommen. Er war erst achtundzwanzig. Er hat seine sechsjährige Tochter Phoebe und seine Partnerin Janine hinterlassen, mit der er seit acht Jahren zusammen war. *Justice For All* konnte James nicht mehr helfen, aber mit Hilfe Ihrer freundlichen Großzügigkeit heute Abend haben wir vor, anderen ehemaligen Straftätern wie ihm zu einem besseren Leben zu verhelfen, zu einer anderen Zukunft. Und, das sage ich aus ganzem Herzen, ich möchte jeder und jedem von Ihnen für Ihre Unterstützung danken.«

Ich wünschte, ich könnte behaupten, dass die Geschichte dieses Abends an dieser Stelle endete, mit einem bittersüßen Moment, in dem der Applaus aufbrandete und Rachel sich ihren Weg durch die Menge zu uns bahnte – wir uns umarmten, ich ihr einen Kuss auf die Wange drückte und wir uns ein wenig zu lange in die Augen schauten. Stattdessen hatte Rachel Lionel ein warmes Lächeln geschenkt und dann die Hand nach Holly ausgestreckt und eine ihrer Haarsträhnen berührt.

»Die große Rede ist vorbei, Liebes. Und morgen ist Schule. Ist es für dich okay, wenn wir jetzt nach Hause gehen?«

Holly runzelte die Stirn. »Ich dachte, du hast gesagt, es würde nicht gut aussehen, wenn du als Erste aufbrechen würdest?«

»Das hat sie.« Lionel tätschelte Rachels Arm, und ich fühlte ein leises Ziehen. Ich wusste nicht, was mich mehr überraschte: Die beiläufige Vertraulichkeit, die sich zwischen meiner Frau und Lionel entwickelt zu haben schien, oder die Tatsache, dass ich das nicht hatte kommen sehen. »Und dann habe *ich* gesagt, dass das gar niemand mitkriegen würde, weil ich es so eingerichtet habe, dass mein Wagen in der Gasse hinter der Küche auf euch wartet. Ihr könnt da lang raus. Niemand wird etwas bemerken.«

Zuerst heiterte Hollys Gesicht sich auf. Doch dann lief ein Schatten darüber. »Was ist mit Dad?«

Rachel wandte sich zu mir um und neigte den Kopf. Ich konnte die Verletztheit und das Bangen in ihren Augen sehen. »Was meinst du, Tom? Können wir dich vielleicht zu deiner neuen Wohnung mitnehmen? Vielleicht könnten wir sogar ausmachen, wann wir uns endlich mal unterhalten?«

Möglicherweise wollte ich Rachel einfach nur von Lionel oder dem Typen im Smoking loseisen, der mit ihr geflirtet hatte. Eventuell war es auch der hoffnungsvolle Ausdruck auf Hollys Gesicht oder dass ich Rachel über Michael hatte reden hören. Was auch immer der Grund dafür war, ich sagte Ja, holte unsere Jacken und ging dann zu Rachel und Holly, die draußen in der Gasse auf mich warteten.

Dann ereignete sich der Überfall. Die schwindelerregende Eile von atemlosem, verzweifeltem Schrecken. So schlimm es auch gewesen war, es hätte noch viel schlimmer kommen können, wenn nicht ein Mitglied des Küchenpersonals durch die Schwingtür nach draußen getreten wäre, um zu rauchen, wenn diese Person nicht nach Hilfe gerufen hätte, weiteres Personal aufgetaucht wäre und der Täter sich daraufhin davongemacht hätte.

Das Leben geht bisweilen seltsame Wege. Denn als ich jetzt so auf der Lichtung stand und Rachel und Holly nachsah, konnte ich nicht anders, als mich zu fragen: Was wäre passiert, wenn ich damals abgelehnt hätte, mit ihnen zusammen aufzubrechen? Hätten sich die Dinge zwischen uns anders entwickelt? Hätte der Täter vielleicht gar nicht angegriffen? Rachel nicht das Messer an die Kehle gepresst, Holly nicht ins Gesicht geschlagen? Und – am allerwichtigsten – wären wir jetzt nicht zusammen hier in Lionels Landhaus?

3

Nachdem ich unseren Volvo rückwärts eingeparkt hatte, ging ich zurück und schnappte mir meinen Koffer.

»Tom?«, rief Rachel mir zu. »Sieh dir das an.«

Ich schleppte meinen Koffer zu ihnen hinüber und sah mich um. Und ganz ehrlich? Es war unglaublich.

An der Vorderseite des Hauses erstreckte sich bis ins seichte Küstenwasser eine hölzerne Terrasse, von der aus man einen Ausblick hatte, der einen glauben machen konnte, man stünde am Bug eines exklusiven Ozeandampfers.

Ein Plastikrechen für die Blätter lehnte ganz links an der Brüstung. Den Kiefernnadeln, Zweigen und anderen Waldabfällen nach zu urteilen, die hier überall aufgeschichtet waren, sah es so aus, als hätte Brodie damit vor unserer Ankunft die Terrasse gefegt. Ein paar Stufen führten hinter der Stelle, an der der Rechen lehnte, direkt ins Wasser.

Sanft drückte ich Hollys Schulter, und zusammen ließen wir den Blick die Küste entlangschweifen. Am Ufer Bäume, so weit das Auge reichte, dazwischen ein paar Felsen und Strandstreifen, steinige Kämme und versteckte Buchten. Das Meer war eine ölig graue Fläche, in der sich die Regenwolken ebenso spiegelten wie die riesige Glasfront des Landhauses.

»Wie weit reicht Lionels Grundstück denn?«, fragte Rachel.

»Es umfasst so ziemlich alles, was Sie sehen können, und noch mehr«, erklärte uns Brodie. »Das nächste Haus liegt über zwei Meilen in diese Richtung.« Er zeigte nach Norden. »Die nächste Siedlung, die so etwas wie einem Dorf nahekommt, liegt vier Meilen dahinter. Aber sparen Sie sich ein bisschen was von der Aussicht für später auf. Drinnen ist die Hütte auch nicht zu verachten.«

Er ging zurück und schob eine Tür in der Glaswand mit einem »Tada!« beiseite und führte uns in einen großzügigen Wohnbereich, der nach oben offen und deshalb lichtdurchflutet war. Auf doppelter Raumhöhe gab es im hinteren Teil des Wohnbereichs ein Zwischengeschoss. Die freischwebende Holztreppe, die dort hinaufführte, schloss mit der hinteren Wand ab, und ein riesiges modernes Gemälde hing darüber. Die gegenüberliegende Wand war mit grauem Schiefer verkleidet und wurde von einem futuristischen Kamin dominiert, der von der Decke herabhing und über dem Eichenholzparkett und dem Kuhfellteppich schwebte, der davor ausgebreitet worden war.

Zu beiden Seiten des Kamins stand je ein L-förmiges Sofa. Ein bisschen weiter hinten gab es noch einen Liegestuhl mit Metallgestell, der mit Fell überzogen und zur Aussicht hin ausgerichtet war. Es gab ein Teleskop und dahinter einen gläsernen Esstisch, an dem mehr als ein Dutzend Gäste Platz hatten. Unter dem hohen Zwischengeschoss befand sich eine hochwertige Küche, mit Arbeitsplatten aus weißem Granit und Geräten aus gebürstetem Aluminium.

»Oje, ich weiß nicht so recht, Brodie.« Rachel drehte sich langsam im Kreis. »Ich nehme an, damit werden wir wohl auskommen müssen!«

Ich hätte mich eigentlich darüber freuen sollen, dass Rachel beinahe schon wie sie selbst klang. Seit dem Überfall auf Holly hatte sie sich wieder von mir zurückgezogen, und zwar so sehr, dass es mich nervös machte. Vielleicht hatte Lionel ja recht: Vielleicht brauchte Rachel einfach nur ein bisschen Abstand, einen Tapetenwechsel. Doch unser Aufenthalt hier war nicht allein Holly und dem Überfall geschuldet. Lionel hatte mir das Landhaus aus gutem Grund schon vor diesem Ereignis angeboten.

Ich liebe meine Familie. Sie bedeutet mir alles. Von zu Hause auszuziehen war die härteste Entscheidung, die ich jemals treffen musste. Und ja, sie war selbstsüchtig. Das war mir klar. Aber ich habe sie nicht getroffen, weil ich meine Ehe beenden wollte. Ich habe es getan, weil ich Rachel dazu bringen wollte, mich wieder an sich heranzulassen. Keine Ahnung, wahrscheinlich habe ich geglaubt, dass ich sie durch meinen Auszug aufrütteln könnte, damit sie für das kämpfte, was auch immer von uns übrig war. Vielleicht hatte der Raubüberfall nun uns beide aufgerüttelt.

»Ist das von jemandem, den wir kennen sollten?« Ich zeigte auf das riesige Gemälde über der freischwebenden Treppe. Darauf war eine leuchtend bunte Kugel aus vielen verschiedenfarbigen Punkten zu sehen.

»Damien Hirst. Sie werden hier auch noch ein paar andere Sachen finden. Holly, soll ich dir dein Zimmer zeigen?«

Meine Tochter biss sich auf die Lippe, ballte die Fäuste und blickte hilfesuchend zu Rachel. Mitanzusehen, wie sie sich wieder so nervös und schüchtern verhielt, versetzte mir einen Stich.

»Ich glaube, Holly hätte lieber, dass Sie ihr einfach nur sagen, wo es ist«, erklärte Rachel.

»Sie könnten mitkommen.«

»Ich glaube, ich möchte mich erst noch ein bisschen hier unten umsehen.«

»Klar, kein Problem. Holly, ich trag die Taschen einfach hoch, und du kannst dich dann alleine umschauen. Okay?«

Holly nickte, noch immer ein bisschen widerstrebend, dann streckte sie die Hand zu Buster hinab. »Du wartest hier«, flüsterte sie. »Ich bin in einer Minute wieder da, dann sehen wir uns um.«

Buster mochte das gar nicht. Er sah Holly nach, als sie Brodie hinterher die Treppe hinaufstieg, legte sich dann hin und war nur noch ein mürrischer Haufen Fell.

»Holly, dein Zimmer ist gleich hier rechts den Gang runter.« Brodie stellte ihre Reisetasche vor ihr ab. »Die Tür ist links neben dir. Deine Eltern schlafen hier, an der anderen Seite des Zwischengeschosses. Habt ihr den großen Balkon bemerkt, als ihr hergefahren seid?«

Holly starrte ihn wortlos an.

»Du und deine Mum habt Zugang. Dein Dad hat sein Zimmer gegenüber.«

Hm. Brodie war also nicht nur über Hollys Verletzungen in Kenntnis gesetzt worden. Er wusste auch etwas darüber, wie es zwischen Rachel und mir stand. Ich fragte mich, wie viel Lionel ihm gesagt hatte.

Ich blickte zu Rachel – sie stand mit dem Rücken zu mir – und fühlte, wie sich meine Kehle zuzog. Das mit unseren Schlafzimmern kam nicht wirklich überraschend, vor allem da wir letzte Nacht ebenfalls getrennte Hotelzimmer in der Nähe von Penrith genommen hatten, aber ich fragte mich immer noch, ob auch sie das schmerzlich bedauerte.

Über unseren Köpfen ging Brodie weiter. Holly umfasste das polierte Metallgeländer, das das Zwischengeschoss umgab, und genoss die Aussicht. Das riesige Gewölbe schien sie zu verschlucken.

»Möchtest du, dass ich zu dir hochkomme?«, rief ich.

»Nein, ist schon okay.«

»Warte, bis du den Pool und den Wellnessbereich gesehen hast!«, rief Brodie von irgendwoher aus dem Zwischengeschoss. »Die wirst du lieben.«

Das Wort »Wellnessbereich« schien zwischen Rachel und mir in der Luft zu hängen. Schweigend betrachtete ich meine Frau und bemerkte, wie mir eine prickelnde Hitze über die Arme lief. Ich sah nicht, dass sich ihr Hals, ihr Rücken oder ihre Hände unvermittelt versteiften, bemerkte keine abrupten oder hektischen Bewegungen. Sie sah Holly dabei zu, wie sie in die Hocke ging und ihre Tasche den Gang hinunterschleppte, dann wandte sie sich mit einem bereitwilligen, wenn nicht sogar sehnsüchtigen Lächeln an mich.

»Ein Pool?«, fragte sie.

Ich brauchte kurz, um meine Stimme wiederzufinden. »Das Erste, was ich davon höre.«

»Ist dieses Haus nicht fantastisch, Tom? Ich komme mir vor, als wäre ich mitten in einem Hochglanzmagazin gelandet.«

»Es ist ziemlich luxuriös.«

»*Luxuriös.* Komm schon, spürst du es nicht?« Sie streckte die Hand nach mir aus und berührte flüchtig meine Finger. Ihr Blick zuckte hin und her, während sie mich taxierte. »Ich glaube, das hier ist genau, was Holly gebraucht hat. Und wir ebenfalls. Denkst du nicht?«

Vielleicht. Vielleicht auch nicht. Ich wünschte mir wirklich, dass ich es hätte glauben können. Ich kann gar nicht sagen, wie sehr ich Rachel erwidern wollte, was sie hören wollte. Doch in diesem Augenblick konnte ich nichts, als gezwungen lächeln und mechanisch nicken, während in meinem Kopf in Dauerschleife das ablief, was uns entzweit und hierher geführt hatte.

4

»Ein Bier, Tom?«

Brodie kniete neben den Stufen am Rand der Veranda, hatte die Ärmel bis über die Ellbogen aufgerollt und zog an einer Angelschnur, die an einen Pfahl geknotet war. Ein Sixpack Ale tauchte auf. Brodie griff es sich und stellte es auf der Veranda ab.

»Besser als jeder Kühlschrank«, sagte er. »Die stammen aus einer örtlichen Brauerei. Glauben Sie, Rachel möchte auch eins?«

»Später wahrscheinlich. Ich denke, im Moment möchte sie einfach nur Zeit mit Holly verbringen.«

Außerdem wollte ich nicht, dass er sich schon wieder auf die Suche nach Rachel machte. Ich hatte ihn schon zu oft ertappt, wie er sich in ihrer Nähe herumgedrückt hatte, während ich mit dem Rest unseres Gepäcks und den Vorräten einige Male zwischen Auto und Haus hin- und hergelaufen war. Rachel hatte ebenso höflich wie standhaft die meisten seiner Gesprächsversuche abgewehrt. Mein Verdacht war, dass sie mir keine schlechte Laune machen wollte. Ich gab mein Bestes, es gelassen hinzunehmen, aber langsam riss mir der Geduldsfaden. Wenn er nicht bald aufbrach, würde ich etwas sagen müssen.

Ich fing die Bierdose auf, die er mir zuwarf, und öffnete sie. Eiskalter Schaum lief mir über die Hand. Regen hing über dem aufgewühlten Meer. Ich konnte da draußen keine Schiffe entdecken, was wahrscheinlich ein gutes Zeichen war. Die Wellen waren so zerklüftet, dass sie direkt einem der Piratenbilderbücher entsprungen zu sein schienen, die ich Michael immer vorgelesen hatte. Diese Bücher hatte er wirklich geliebt, obwohl ich es wahrscheinlich noch mehr liebte, sie ihm vorzulesen.

»Dauert nicht mehr lang, bevor uns das da ereilt«, sagte Brodie und zeigte auf die Regenwolken.

Ich nickte und lauschte, wie die Wellen unter die Veranda brandeten und dann über einen unsichtbaren Kiesstrand wieder zurückflossen. Ich zog das Handy aus der Tasche, überprüfte die Nachrichten und bemerkte, dass ich keine neuen empfangen hatte.

»Kein Netz?«, fragte ich Brodie.

»Tut mir leid, Tom. Dafür müssen Sie zwei, drei Meilen in diese Richtung fahren.« Mit der Bierdose in der Hand zeigte er in die Richtung zurück, aus der wir hergekommen waren. »Es gibt im Haus aber WLAN, wenn Sie Mails checken müssen. Passwort hängt am Kühlschrank. Ohne könnte Lionel schließlich keine Filme für sein Heimkino streamen, oder?«

Ich hatte keine Ahnung, dass es hier ein Heimkino gab, schon gar nicht, wo es sich befand. Ich hatte noch keine Zeit für die Besichtigungstour gehabt, auf die Brodie mit Rachel und Holly gegangen war.

»Wie oft kommt Lionel denn hier raus?«, fragte ich und steckte mein Telefon wieder weg.

Brodie führte die Bierdose an die Lippen und musterte mich über den Rand hinweg. »Oft genug, dass ich etwas zu tun habe.«

»Und wenn er nicht hier ist?«

Er trank einen Schluck und wischte sich Schaum vom Bart. »Ich kümmere mich um das Anwesen, sowohl um das Grundstück als auch um das Haus.«

»Und was ist mit dem Zaun?«

»Um den auch.«

»Wie weit reicht er denn?«

»Wie gesagt, Lionels Grundstück ist ziemlich groß.«

»Und es ist überall eingezäunt?«

Brodie deutete ein Nicken an und ließ das Bier dann in der Dose kreisen, während er wortlos aufs Meer hinausblickte. Wahrscheinlich hätte mich das nicht überraschen sollen. Lionel hielt seine Angestellten zur Diskretion an. Und wie Holly schon bemerkt hatte, hatte der Mord an Jennifer Lionel der Gefahren für seine eigene Sicherheit schmerzlich bewusst werden lassen. Zum Beispiel wusste ich, dass er dann und wann Personenschützer engagierte, vor allem wenn er im Ausland war. Außerdem hatte er Regeln erlassen, die zur Folge hatten, dass ich mich auf zwei verschiedene Arten ausweisen musste, nur um in mein Büro zu gelangen.

»Holly ist ein tolles Kind.« Brodie prostete mir zu und trank noch einen Schluck Bier. »Ich hoffe, Sie nehmen es mir nicht übel, wenn ich Sie darauf anspreche, aber ich habe gehört, was Ihnen nach dieser Party in London passiert ist.«

»Das hatte ich schon vermutet.«

»Holly hat es mir gegenüber gerade noch einmal erwähnt. Ich glaube, sie wollte mir erklären, warum … Sie wissen schon.«

Er ließ die Hand vor seinem Gesicht kreisen, und die Erinnerung daran, wie Holly zusammengeschlagen worden war, füllte meinen Kopf wie ein signalroter Farbstrich aus. Ihre Nase war gebrochen. Nachdem wir in einem verschwommenen Wirbel aus Blut, Schreien und Panik beim nächsten Krankenhaus angekommen waren, erklärte uns der Arzt in der Notaufnahme, dass sie gerichtet werden müsse. Noch immer konnte ich das schreckliche Knirschen und Hollys gurgelnden

Schrei hören; konnte das Zappeln ihres Körpers auf der Liege sehen. Allein der Gedanke daran verursachte mir Übelkeit.

»Was hat sie Ihnen denn erzählt?«, fragte ich Brodie und bemühte mich um einen neutralen Tonfall.

»Dass irgendein widerlicher Kerl versucht hat, Sie auszurauben. Dass er sie geschlagen hat, bevor Sie ihn daran hindern konnten.«

»Das ist wohl die eine Version der Geschichte.«

»Gibt es noch eine andere?«

»Nein, wahrscheinlich nicht.«

Es fiel mir allerdings immer noch schwer, das zu akzeptieren. Alles andere beiseitegelassen – die Plötzlichkeit und die Geschwindigkeit des Überfalls, die Tatsache, dass der Täter mit einem Messer bewaffnet gewesen war und ich nicht –, blieb ich immer noch ein Vater, der seine Tochter nicht hatte beschützen können, als es darauf ankam. So einfach war das.

Brodie klopfte mit dem Daumennagel gegen die Bierdose. »Als ich Kind war, gab es einen Rummel neben meinem Zuhause. Er kam jedes Jahr wieder. War nichts Besonderes, kam mir aber trotzdem so vor. Ich habe meine Eltern damit genervt. Ich war vielleicht vierzehn. Wollte da mit meinen Freunden hin, wissen Sie?«

Ich nickte. Ich wusste, was er meinte.

»Es hat fast den ganzen Tag gedauert, aber irgendwann hatte ich sie so weit. Sie erlaubten mir hinzugehen. Aber ich musste meine kleine Schwester Ailish mitnehmen. Ailish war zehn. Ich sollte sie nicht aus den Augen lassen. Und raten Sie mal.«

Ich zuckte mit den Schultern. »Sie waren vierzehn.«

»Eben. Ich bin mit meinen Freunden losgezogen. Habe die Zeit vergessen. Es muss eine Stunde gedauert haben, bevor mir auffiel, dass Ailish nicht mehr bei uns war. Eine Stunde später haben wir sie gefunden. Sie wollte mir nicht verraten, wo sie gewesen ist oder was ihr passiert war. Aber sie war vollkommen verängstigt. Und sie ist danach nie mehr ganz die Alte gewesen.«

Das ließ ich einen Augenblick lang sacken. »Geben Sie sich die Schuld daran?«

»Nein.« Er schüttelte energisch den Kopf. »Das ist es ja gerade. Früher habe ich mir Vorwürfe gemacht. Aber dann ist mir ein Licht aufgegangen. Ich war doch noch ein Kind. Und Ailish auch. Die einzige Person, die Schuld an dem hat, was passiert ist, ist die Person, die sie erwischt hat, als ich gerade nicht da war. Was auch immer sie getan hat.« Er schüttelte noch einmal den Kopf und atmete lang und kräftig aus.

Ich nickte verlegen. Was Brodies Schwester zugestoßen war, tat mir leid, und ich begriff, was er mir damit sagen wollte, aber ich wusste nicht, ob ich den Überfall aus dieser Perspektive betrachten konnte. Auch bei Rachel war ich mir da nicht sicher.

»Hattest du Angst?«, hatte sie mir zugeflüstert, als der Arzt irgendwann wieder fort war und die Schmerztabletten und der Schock Holly hatten einschlafen lassen. Ich antwortete ihr, dass ich entsetzliche Angst gehabt hatte. Dass ich diese endlosen Sekunden lang, in denen der Mann uns angriff, befürchtete, sie beide verloren zu haben.

Rachel hatte genickt und Tränen weggeblinzelt, und ich hatte zum Krankenhausbett geschaut, von den weißen Knöcheln, mit denen Rachel Hollys Hand umklammerte, zu dem zerschundenen Gesicht meiner Tochter. Es hatte sich angefühlt, als hätte mir jemand immer und immer wieder Schnitte versetzt. Die Schnitte wurden noch tiefer, als ich an Michael dachte. Ihn hatte ich ja auch nicht beschützt, oder? Und auf einmal musste ich mich von dem Krankenbett entfernen. Ich brauchte Luft. Rachel gegenüber behauptete ich, ich wolle einen Kaffeeautomaten suchen, dann schob ich die Vorhänge beiseite, die als Sichtschutz aufgehängt waren, stolperte durch die stille nächtliche Station und rannte zum ersten Mal in Constable Baker. Er stand vor dem Erstaufnahmezimmer. Mit kantigem Kinn und glattrasiert, war er an die zwei Meter groß. Unter seiner kugelsicheren Weste und der Polizeiuniform war sein muskulöser Körper deutlich zu erahnen. In der Hand trug er einen Plastikbeutel mit einem Teppichmesser darin.

Ich starrte auf den Beutel. Und fühlte, wie ich ins Wanken geriet.

»Mr. Sullivan? Warum setzen wir uns nicht dort drüben hin?« Er führte mich zu ein paar Plastikstühlen an einer zerschrammten beigefarbenen Wand. »Erkennen Sie dieses Messer wieder? Einer der Küchenmitarbeiter hat gesehen, wie Ihr Angreifer es am Ende der Gasse fallen gelassen hat.«

Ich nickte und beugte mich vor. Mein Bein zitterte vor Nervosität, dann lieferte ich ihm meinen Bericht, erzählte ihm von der Gasse, der Dunkelheit, den einzelnen Gedächtnisfetzen, die ich noch an die Momente hatte, nachdem der Mann aufgetaucht war. Baker machte sich ein paar Notizen und nickte dazu. Ich erwähnte nicht, was für eine schreckliche Angst ich gehabt hatte, erwähnte nicht, dass die Furcht und das Adrenalin sich noch immer wie Batteriesäure durch meine Adern fraßen.

Als wir fertig waren, standen wir beide auf, und ich gab ihm meine Kontaktdaten, doch dann zögerte ich, ich wollte ihn etwas fragen, wusste aber nicht, ob ich es tun sollte. Er überragte mich um einen ganzen Kopf. Und wog wahrscheinlich über neunzig Kilo.

»Was hätten Sie anders gemacht?«, platzte ich schließlich heraus. »Wenn Sie in dieser Gasse gewesen wären, meine ich. Wenn das Ihre Familie wäre.«

Baker runzelte die Stirn. »Nichts. Vielleicht wollen Sie das ja nicht hören, aber Sie hatten einfach Pech, Mr. Sullivan. Sie haben diesem Mann Ihre Sachen sofort gegeben, nachdem er Sie dazu aufgefordert hat. Ich hätte gar nichts anders gemacht.«

Keine Ahnung, ob er das wirklich dachte oder mir einfach nur erzählte, was ich hören wollte. Ich grübelte noch immer darüber nach, als ich an Hollys Bett zurückkehrte und Lionel dort vorfand, der sich im Flüsterton mit Rachel unterhielt.

Als ich eintrat, verstummten sie. Lionel hatte sich die Fliege abgebunden und den Hemdkragen aufgeknöpft. Das Hemd hing ihm an einer Seite aus der Hose. Wie er da so stand und ganz zerzaust aussah, wirkte er seltsam reduziert. Eigenartig sterblich.

»Tom.« Er umarmte mich – Noten von Sandelholz und Zigarren –, dann schob er mich von sich, um mein Gesicht zu mustern. Seine Augen waren gerötet, die sie umgebende Haut voll tiefer Falten, und mir wurde urplötzlich bewusst, dass er geweint hatte. »Ich hasse, dass eurer Familie das zugestoßen ist. Ich hasse es, dass ich euch in diese Gasse geschickt habe.«

Ich versicherte ihm, das sei Unsinn. Er habe ja unmöglich wissen können, was passieren würde. Und das meinte ich auch so, denn wenn Michaels Tod mich irgendetwas gelehrt hatte, war es, dass das Leben aus dem Nichts und ohne jeden Grund furchtbare Erfahrungen für einen bereithält. Jennifers Tod, da war ich mir sicher, hatte ihn dasselbe gelehrt.

Ich ging zu Holly hinüber. Sie zitterte im Schlaf. Ich legte ihr eine Hand auf die Hüfte, die andere auf den Kopf. Das habe ich über die Jahre hinweg sehr oft getan. Als Kind hatte sie das immer beruhigt.

In diesem Moment ergriff Lionel wieder das Wort und sprach über die wohltuenden Kräfte seiner schottischen Hütte.

Er wurde ganz überschwänglich, als er davon sprach, zu den einfachen Dingen zurückzukehren und eine Bindung zur Natur zu knüpfen. Es war spürbar, dass er Rachel bereits davon erzählt hatte. Seine Stimme klang ganz heiser, als er über das Trauma redete, das wir als Familie im letzten Jahr durchgemacht hätten, und dass Rachel als Ärztin sicher verstehen würde, dass Ruhe das Beste war, um ein Trauma zu überwinden. Er bestand darauf, dass ich mir freinahm. Er wollte, dass ich mit Rachel und Holly aus London wegfuhr, an einen sichereren Ort, an dem wir heilen konnten, dass seine Hütte dafür perfekt wäre, weil …

Ich hob die Hand, um seinen Redeschwall zu stoppen. Ich entgegnete ihm, dass wir sein Angebot sehr zu schätzen wüssten, dass wir aber im Moment … Und dann verstummte ich selbst, denn Rachel ergriff meine Hand, ihr Gesicht war tränenüberströmt.

»Bitte, Tom«, flüsterte sie. »Ich will, dass wir es ausprobieren. Bitte. Für Holly, wenn schon nicht für mich.«

Also waren wir jetzt hier. Zusammen. Irgendwie.

Ich ließ mein Bier kreisen und sah von Brodie weg in Richtung Haus. Buster lag auf einem der Sofas, sein Kopf hing an einem Ende herunter, und er beobachtete uns. Von Rachel oder Holly keine Spur. Als ich sie zuletzt gesehen hatte, hatte Holly Rachel bekniet, mit ihr den Pool auszuprobieren. Vermutlich hatten sie Buster ausgesperrt, denn ansonsten würde er mit ihnen zusammen dort herumplantschen.

»Sehen Sie das, Tom?«

Brodie stampfte auf einer nassen Stelle auf der Veranda auf, kauerte sich dann hin, steckte den Finger durch einen eingesetzten Stahlring und öffnete eine versteckte Luke, sodass ein paar feine Tropfen aufspritzten.

»Eine Feuerstelle. Es ist schon alles vorbereitet. Das Holz ist gut abgelagert und trocken. Wenn Sie Gelegenheit dazu haben, sollten Sie mit Rachel und Holly zusammen ein Feuer machen. In der Nacht kann das wirklich spektakulär sein.«

Ich nickte abwesend. »Danke. Das machen wir vielleicht.«

»Wenn Sie meinen Rat wollen, sollten Sie es gleich heute Abend machen. Es könnte zwar ein bisschen feucht werden, aber die Wettervorhersage für den Rest der Woche ist noch schlechter. Hier draußen können die Stürme ziemlich heftig werden, glauben Sie mir.«

Er ließ die Klappe wieder zufallen und wischte sich die Hände am Hosenboden ab. »Okay, das wäre dann alles, glaube ich. Ich sollte jetzt wahrscheinlich aufbrechen, Tom. Ihnen Zeit mit Ihrer Familie geben.«

Die Worte »Zeit« und »Familie« passten in diesen Tagen nicht zusammen.

»Ich verabschiede mich nur kurz von Rachel und Holly, in Ordnung?«

»Nein«, erwiderte ich ein wenig zu heftig. »Ich meine, das ist wirklich unnötig. Ich kann den beiden einen Gruß ausrichten.«

Er wirkte ein bisschen beleidigt, und dazu hatte er wohl jedes Recht, vor allem nachdem er versucht hatte, sich mir gegenüber mit der Geschichte über seine Schwester zu öffnen, aber ich blieb hart.

»Na gut, okay.« Er fuhr mit dem Fuß über den Boden. »Wenn es irgendwas gibt, was Sie brauchen, Tom, meine Nummer ist in das Festnetztelefon in der Küche einprogrammiert. Auf der 1. Ich wohne ungefähr eine halbe Stunde Autofahrt von hier entfernt. Wenn ich nichts von Ihnen höre, komme ich am Samstag zurück, um Sie zu verabschieden.«

Ich nickte, und wir schüttelten einander noch einmal die Hand, dann sah ich ihm nach, wie er schnell um die Seite des

Hauses davonging. Ich wartete, bis ich den Motor seines Land Cruisers hörte, der über den Kies davonfuhr. Dann atmete ich aus und wandte mich der getönten Glaswand vor mir zu, starrte mein Spiegelbild an, ganz allein am Meeresrand.

5

Der Pool befand sich in einem verglasten Seitenflügel. Ich ging über die Veranda dorthin und schielte hinein. Das Innere sah aus wie der Wellnessbereich eines Luxushotels. In der Mitte des Raums befand sich ein langer, schmaler Pool zum Schwimmen, umgeben von gepflegten Fliesen, hölzernen Liegestühlen im skandinavischen Design, in einem Regal Stapel flauschiger weißer Handtücher und edle Badelatschen. An der rechten Seite des Pools gab es zwei Türen mit gläsernen Bullaugen. Auf einer stand SAUNA, auf der anderen DAMPFBAD. Eine Tür an der linken Seite verband den Pool – so nahm ich an – mit dem Rest des Hauses.

Rachel schwamm Bahnen, das Wasser schäumte und strudelte um sie herum und schwappte in die Abflüsse an den Seiten. Von der anderen Seite der Scheibe aus winkte Holly mir zu. Sie lag auf einem der Liegestühle, die Beine angewinkelt, und schaute sich irgendetwas auf ihrem Handy an. Sie hatte sich ein weißes Baumwollhandtuch über dem Badeanzug um die Brust gewickelt. Das Haar hing ihr in nassen Locken herab.

Als sie mich erblickte, schlug ich mir mit der Hand aufs Herz und stolperte in gespielt erschrockener Überraschung rückwärts. Holly schüttelte den Kopf und formte mit den Lippen das Wort »Blödmann«, aber sie lächelte, als sie ihre Aufmerksamkeit wieder dem Handy zuwandte, und ich spürte, wie sich ein warmes Gefühl in meiner Brust breitmachte.

Es ebbte allerdings wieder ab, sobald ich ihr Gesicht betrachtete. Rachel hatte mich gewarnt, dass die Schwellungen erst noch schlimmer würden, bevor sie abklängen, aber gerade fürchtete ich mich davor, wie viel schlimmer es überhaupt noch werden konnte.

Ich wollte Holly in den Arm nehmen, wie ich es getan hatte, als sie noch ein kleines Kind war, doch stattdessen stand ich hier draußen, durch eine doppelte Glasscheibe von meiner Frau und meiner Tochter getrennt. Ich vermutete, dass das die Art von Bild war, aus der ein Paartherapeut ziemlich viel Profit schlagen könnte.

Zu meiner Rechten gab es eine Welle, und ich sah, wie Rachel eine Bahn beendete und ihren Arm dann über den Beckenrand legte. Sie entdeckte mich, strich sich die Haare aus dem Gesicht, stemmte sich aus dem Pool, schnappte sich ein Handtuch und tappte auf mich zu. Ihr Badeanzug war an den Oberschenkeln hoch geschnitten, und das Wasser perlte von den schlanken Schultern über ihre Brust.

Da war sie wieder, die alte vertraute Begierde; der Aufruhr der Hormone, den schon ein kurzer Blick auf Rachels Körper in mir auslösen konnte. Es abzustreiten hätte keinen Sinn gehabt. Ich hatte Rachel zu viele Jahre lang zu sehr geliebt.

Wann ich mich in Rachel verliebt habe? Ich kann die genaue Sekunde angeben. Es war zwei Wochen, nachdem wir einander kennengelernt hatten, das Morgenlicht tröpfelte in mein Wohnheimzimmer an der Universität. Ich hatte mich auf den Ellbogen aufgestützt und Rachel beim Schlafen zugesehen. Dann hatte sie – die Augen noch immer geschlossen – gelächelt, mich einen »Perversling« genannt, mich zu sich gezogen und mich geküsst. Und *bumm*. Das war's. In diesem Augenblick wusste ich, dass sie die Frau war, mit der ich den Rest meines Lebens verbringen wollte. Kitschig, ich weiß, aber nichts als die Wahrheit.

Wann alles allmählich morsch geworden ist? Da wird es ein bisschen unscharf. War es in der Nacht von Michaels Unfall? In den zermürbenden Monaten danach? War es, als wir zu streiten begannen? Als wir damit aufhörten? War es vor sechs Wochen, als ich eine Tasche packte und von zu Hause ausgezogen bin? Oder war es vor vier Tagen, als ich dabei versagte, einen Fremden daran zu hindern, unsere Tochter anzugreifen?

Jetzt sah Rachel mich an, tupfte sich das Gesicht mit dem Handtuch ab und presste es sich dann gegen die Brust. Dann lehnte sie sich vor und hauchte gegen das Glas. Auf die beschlagene Scheibe schrieb sie mit dem Finger »Hi«.

Ich hob die Hand mit gespreizten Fingern und fühlte mich unwohl und gehemmt. Rachel betrachtete mich mit einem besorgten Stirnrunzeln.

Da fragte ich mich: Was sah sie nur in mir?

Was konnte ich in ihr sehen?

Es gibt Dinge, die ich mit absoluter Sicherheit über meine Frau weiß. Intime Details, die ich über die Jahre von ihr erfahren habe, darüber, wie sie fühlt und wie sie denkt. Dinge, die sie mir anvertraute. Und dann gibt es Dinge, die zu erfahren ich mich fürchte.

Wie das mit dem Wellnesshotel vor drei Wochen.

Ich war an dem Wochenende an der Reihe gewesen, auf Holly aufzupassen, und Rachel hatte mir gegenüber behauptet, sie habe für sich und ein paar Freundinnen einen Aufenthalt in einem Wellnesshotel gebucht. Sonntagmorgen wollte ich mit Rachel besprechen, wann ich Holly zu Hause vorbeibringen könne, denn ich musste noch einmal wegen einer Sache ins Büro, die vor Montagmorgen erledigt sein sollte. Aber Rachel antwortete nicht auf meine Nachrichten, und als ich sie anrief, war das Handy ausgeschaltet. Ich versuchte es stattdessen im Hotel, doch die Rezeptionistin erklärte mir, dass Rachel nicht bei ihnen wohne. Ich bat die Frau, auch die Namen von Rachels Freundinnen zu überprüfen, doch auch das ergab nichts.

Und okay, ich wusste, dass es möglich wäre, dass sich ihre Pläne geändert hatten, doch dann hatte mich ein schwindelerregenderer Gedanke getroffen: Vielleicht war sie bei einem anderen Mann.

Ich wusste nicht, ob es so war oder nicht, denn ich hatte Rachel hinterher nicht danach gefragt. Ich wollte nicht als paranoid rüberkommen oder die Dinge für Holly noch schwerer machen. Außerdem – um die ganze Wahrheit zu sagen – wollte ich mich auch nicht dem stellen, was gewesen wäre, wenn mein Verdacht sich als berechtigt herausgestellt hätte.

Man könnte es Feigheit nennen. Oder Verdrängung. Wie auch immer, es hatte für mich ganz gut funktioniert, bis Brodie den *Wellnessbereich* hier erwähnt hatte – bis dieses Wort zwischen uns in der Luft gehangen und ich gespürt hatte, wie mir der Atem stockte, als ich Rachel angesehen und auf irgendeine verräterische Reaktion gewartet hatte.

Doch die hatte es nicht gegeben. Keinerlei Andeutung von Schuld oder schlechtem Gewissen. Nur mein eigener giftiger Verdacht und vielleicht eine Lügengeschichte über ein Mädelswochenende und wer weiß was für andere Geheimnisse sonst noch.

Ich blinzelte. Rachel bewegte die Hand langsam vor meiner Nase, formte meinen Namen mit den Lippen und riss mich so aus meiner Benommenheit. Als sie meine Aufmerksamkeit erlangt hatte, deutete sie von mir auf den Pool und machte dann Brustschwimmgesten, während sie mich fragend anblickte.

»Später«, antwortete ich.

Ich hatte nicht vor ihr mitzuteilen, dass ich vergessen hatte, die Badehose einzupacken. Es war die Art von Detail, an die Rachel mich früher immer erinnert hatte.

Sie strich sich übers Kinn und bedachte mich mit einem nachdenklichen Blick. Dann sah sie zum Wald hinüber, und an ihrem Gesicht war abzulesen, dass sie eine Idee hatte. Sie vollführte noch ein bisschen Pantomime, diesmal nutzte sie die Finger der einen Hand, um einen Spaziergang über ihre Handfläche darzustellen, dann zeigte sie auf uns alle drei.

Ich zuckte mit den Schultern: *Klar. Warum nicht?* Und Rachel wandte sich an Holly, um ihr mitzuteilen, was wir vorhatten. Ich sah noch, wie Holly theatralisch den Kopf zurückwarf und zu jammern begann, doch zu diesem Zeitpunkt zog ich mich bereits wieder über die Terrasse zurück, um im Süden am Waldrand auf sie zu warten.

Es war hier so ruhig. So grün und unheimlich still. Das einzige Geräusch stammte von der leichten Brise, die durch die Kiefern strich, vom Vogelzwitschern und dem Rauschen der Wellen am Ufer.

Michael war an einem Ort umgekommen, der diesem hier nicht ganz unähnlich war: ein baumbestandener Landstrich an einer ruhigen, wenig befahrenen Straße. Ich hatte Fotos gesehen, die von der Verkehrspolizei gemacht worden waren. Aus allen möglichen Blickwinkeln. Gnadenlose Bilder. Sie waren bei der Anhörung der Gerichtsmediziner auf einen Bildschirm projiziert worden. Ich sah, dass mein Audi verzogen und in der Mitte zusammengestaucht war; dass die Windschutzscheibe in tausend Scherben zerborsten war; dass der Baum, gegen den Michael gefahren war, durch die Wucht des Aufpralls beinahe entwurzelt worden war.

Zeit für ein Geständnis: Ich gab nicht nur Michael die Schuld. Sondern auch mir selbst.

Warum? Nun, zuallererst war ich derjenige gewesen, der

mit Michael manchmal am Wochenende auf einem ausgemusterten Parkplatz in der Nähe unseres Hauses ein bisschen Fahren geübt hatte.

Ich hatte ihn auch in seiner Beziehung zu Fiona bestärkt, obwohl Rachel mich gebeten hatte, mit Michael darüber zu sprechen, ob sie es vielleicht bis nach seinen Prüfungen etwas langsamer angehen lassen könnten.

Ich war derjenige, der an den Tagen erst spät von der Arbeit heimgekommen war, an denen Michael Rachel gegenüber beleidigend und unverschämt gewesen war, an denen er sich mit Holly gekabbelt hatte, mit seinen Freunden auf örtlichen Sportplätzen abgehangen hatte, obwohl wir es ihm verboten hatten. Ich war derjenige, der immer beteuert hatte, er werde am nächsten Morgen mit ihm sprechen, das aber nur selten wirklich in die Tat umgesetzt hatte.

Ich hatte Michael viel Freiraum gegeben. Zu viel für einen leichtsinnigen Sechzehnjährigen.

Alle Anzeichen waren da gewesen. Ich hatte sie nur nicht wahrnehmen wollen.

Er hatte mein Auto gestohlen. Er war zu schnell damit gefahren, hatte versucht, Fiona zu beeindrucken, hatte Gesetzen und Regeln und dem gesunden Menschenverstand eine lange Nase gedreht.

Es hatte ihn das Leben gekostet. Er hatte Fiona ihres geraubt. Es hatte seinen Ruf ruiniert. Rachel und mich als schlechte Eltern entlarvt. Unsere Ehe in die Luft gejagt.

Und trotz allem konnte Rachel der Wahrheit noch immer nicht ins Auge sehen. Sie wollte, dass es für Michaels Tod eine tiefgründige Erklärung gab, die seinen Taten irgendwie einen Sinn verleihen konnte. Eine Ursache für die Wirkung.

Nach dem Unfall hatte es Momente gegeben, wo ich sie in Michaels Zimmer dabei angetroffen habe, wie sie seine Sachen durchsuchte. Als ob eine zufällige Kritzelei am Rand einer Buchseite oder ein zusammengefalteter Zettel in der Jackentasche ihr irgendwie dabei helfen könnte, Michaels Handeln zu verstehen.

Doch natürlich hat sie nie irgendetwas gefunden.

Manchmal … passieren schlimme Dinge einfach. Ein Fremder bricht in jemandes Haus ein und tötet brutal dessen Frau. Jemandes Tochter wird bei einem Überfall verletzt. Jemandes Sohn kommt bei einem Autounfall ums Leben. Diese Dinge passieren ständig, auf der ganzen Welt. Wir alle wissen das und hoffen doch, dass es uns niemals treffen wird.

Aber manchmal trifft es uns eben doch.

Vor ein paar Wochen war ich aus dem Haus gegangen, es war mitten in der Nacht, und ich konnte nicht schlafen. Rachel hatte sich herumgedreht und mir aus dem Nichts in der Finsternis etwas zugemurmelt.

»Ich kann noch immer nicht glauben, dass er das getan hat. Das sah ihm gar nicht ähnlich. Er würde das einfach nicht tun, Tom.«

Und doch hatte er.

Der Baum ragt in Michaels Blickfeld auf. Er ist riesengroß, und sein Stamm hat einen Durchmesser von mehreren Metern – wie einer der Mammutbäume, von denen er in Erdkunde gelernt hat. Ein Baum wie aus einem Epos. Sagenhaft.

Die Rinde, hell angestrahlt vom gleißenden Licht der Scheinwerfer, ist knorrig und steinhart.

Michael hat nur noch wenige Sekunden, bis er auf sie aufprallt. Vielleicht noch Zeit genug, um das Lenkrad herumzureißen.

Doch Lenken wäre jetzt vergeblich.

Das Auto wird vorwärtskatapultiert. Rumpelt über einen Gully. Hebt ab.

Michael sitzt auf dem Fahrersitz, weiß aber, dass er nur noch ein Passagier ist. Das Auto ist unausweichlich auf dem Weg gegen den Baum, genau wie Michael seinen Blick nicht mehr von dem Baum lösen kann.

Fiona streckt die Hand aus und berührt ihn am Arm. Ihre Finger krallen sich fest und ziehen. Der Baum rast auf sie zu. Fionas Schrei schrillt in seinen Ohren.

6

Pfoten, die über Holz kratzten, ließen mich aus meinen Gedanken hochschrecken, dann schoss Buster in einem Wirbelwind aus Laub und Zweigen auf mich zu. Ein Stock lag zwischen uns auf dem Boden, und Buster stupste ihn näher zu mir hin. Ich hob ihn auf und warf ihn zwischen die Bäume, sah Buster nach, wie er als brauner Blitz durch die Farne sprang, bis ich ihn zwischen den hohen Kiefern, die über ihm knarrten, nicht mehr ausmachen konnte.

»Ich soll dir sagen, dass Mum unterwegs ist.«

Holly hatte kurz hinter mir angehalten und klaubte nun die lose Rinde von einem Kiefernstamm. Sie trug ein langärmeliges rosa Oberteil, dazu eine knallpinke Jogginghose und gepunktete Gummistiefel. Sie hatte sich nicht die Mühe gemacht, sich die Haare zu föhnen.

Sie wirkte traurig und übellaunig, und etwas an ihrer Haltung verursachte mir Unwohlsein.

»Ist Brodie weg?«, fragte sie.

Ich nickte. »Wie geht's dir, mein Schatz?«

»Mum hat mir noch mehr Schmerzmittel gegeben.«

Das war keine Antwort auf meine Frage.

»Hör zu, Holly, wenn du über das, was passiert ist, reden willst, kannst du jederzeit zu mir kommen, okay?«

Meine Tochter verzog das Gesicht. »Dad, du kapierst aber schon, dass ich ein Teenager bin, oder?«

»Klar.«

»Denn wenn ich mal als Teenager spreche, ist es irgendwie meine Pflicht, dich darauf hinzuweisen, dass mir zu sagen, dass du jetzt da bist, einfach nur unterstreicht, dass du vorher nicht da warst, weißt du? Als du Mum und mich allein gelassen hast?«

Uff.

Hollys Blick war unerbittlich. Eine plötzliche Panikattacke durchfuhr mich, als hätte sie mir eine Stange Dynamit neben die Füße geworfen, deren Lunte rasch herunterbrannte.

Holly war für ihr Alter immer schon schlau gewesen. Schon als kleines Kind hatte sie einen bemerkenswert großen Wortschatz besessen. Normalerweise war das etwas Gutes. Aber es bedeutete eben auch, dass ihre Zunge scharf genug war, um zu verletzen.

»Holly, ich …«

»Entspann dich, Dad. Ich sag ja nur: Wenn ich volle Kanne teenagermäßig darüber rumschmollen wollte, könnte ich das absolut tun. Ich meine, ich hätte jedes Recht dazu.«

Während Holly sprach, kam Buster zu uns zurück und hatte einen vollkommen anderen Stock im Maul als den, den ich geworfen hatte. Zunächst mal war er viel größer, ungefähr das Doppelte seiner Körperlänge und seines Gewichts. Deshalb war er auch viel zu schwer, als dass er ihn hätte tragen können, also musste er ihn über den Boden zerren, Hintern voran und aus der Kehle knurrend. Trotzdem fühlte ich mich, als wäre er in diesem Augenblick der Klügere von uns beiden.

»Okay«, entgegnete ich vorsichtig. »Und, schmollst du volle Kanne teenagermäßig rum?«

»Im Moment stecke ich da noch mitten im Entscheidungsprozess.«

»Darf ich dir dann vielleicht einfach sagen, dass ich, glaube ich zumindest, eine Vorstellung davon habe, wie schwer die letzte Zeit für dich gewesen ist, und dass es mir leidtut? Aber zwischen deiner Mum und mir ist das Verhältnis im Augenblick kompliziert, Holly. Ich wünschte, das wäre anders, aber das ist es nun mal. Ich wollte nie ausziehen. Ich hab es nur getan, weil …«

Holly sog die Luft scharf ein und pulte weiter am Baum. »Also, Dad. Holly, der Teenager, würde dir jetzt mitteilen müssen, dass du von ganz allein in diese Falle gelaufen bist. Wahrscheinlich würde sie etwas in der Art sagen wie: Ja, ich weiß. Mum hat's mir erklärt, *nachdem* du weg warst.«

Ich fühlte mich hilflos. Ich wollte zu Holly gehen und die Distanz zwischen uns überbrücken. Instinktiv wusste ich aber auch, dass das der falsche Weg wäre. Und währenddessen brannte die Lunte an der Dynamitstange herunter.

Hektisch suchte ich nach den richtigen Worten. Ich war mir ziemlich sicher, dass ich sie nicht treffen würde, versuchte es aber trotzdem.

»Dann würde ich Teenager-Holly wohl antworten müssen, dass ich das verdiene. Aber ich will auch, dass sie weiß, dass ich diese Woche nicht nur deshalb hier rausgefahren bin, weil sie verletzt worden ist.« Ich beugte mich zur Seite, um Holly in die Augen zu sehen, aber das war kein leichtes Unterfangen, solange sie den Blick auf ihre Hände richtete, mit denen sie das Rindenstück zwischen ihren Fingern zerriss und zerrieb. »Es wäre mir sehr wichtig, dass Teenager-Holly das weiß. Und ich möchte auch betonen, dass ihre Mutter und ich uns nur probehalber getrennt haben. Weil wir nämlich versuchen, die Dinge wieder in Ordnung zu bringen. Wir wollen es in Ordnung bringen. Und, Holly, mein Schatz, ich habe nie aufgehört, dich zu lieben oder dich zu vermissen, nachdem ich ausgezogen bin. Niemals. Keine Sekunde lang. Das könnte ich gar nicht. Okay?«

Holly zuckte mit den Schultern. Dann schwieg sie lange. Als sie das Wort wieder ergriff, hätte mich das Zittern ihrer Stimme beinahe dazu gebracht, mir selbst mit Busters Ast eins überzuziehen.

»Ich bin böse auf dich, Dad.«

»Ich weiß«, sagte ich. »Ich bin auch böse auf mich selbst.«

»Auch auf Mum und Michael?«

»Ich versuche, nicht böse auf sie zu sein.«

Holly nickte und dachte darüber nach. »Ich gehe jetzt spazieren.«

»Darf ich mitkommen?«

»Ich glaube, ich will erst mal nur mit Buster losgehen.«

Ohne innezuhalten, drückte sie sich an mir vorbei, dann packte sie das eine Ende des Astes, an dem Buster nagte, und zog ihn mit sich über den Waldboden, während Buster schwanzwedelnd neben ihr herging und der Ast über Baumstümpfe und Wurzeln hüpfte.

»Hast du dir einen Satz heiße Ohren von ihr abgeholt?«

Ich wirbelte herum, und das Herz pochte mir bis zum Hals. Rachel duckte sich tief unter den Kiefernästen hindurch, die über den Rand der Veranda ragten. Sie trug einen gemusterten Pulli, Jeans und schlammverschmierte Wanderschuhe. Dicke Wollsocken hatte sie sich über die Knöchel gerollt. Und ja, sie war müde, sie war verunsichert – wir tasteten uns hier ja nur vor –, aber als ich sie sah, durchströmte mich ein aufgeregter Schauer, und alles andere schien gar keine Bedeutung mehr zu haben.

»Nichts, worauf ich nicht hätte gefasst sein sollen«, sagte ich.

»Ich habe nicht gelauscht, Tom. Ich habe versucht, euch beiden ein bisschen Raum zu geben. Sie beruhigt sich schon wieder. Sie liebt dich.«

»Ich hab sie vermisst.«

»Und sie dich. Wir beide. Weißt du, ich habe dich ja nie darum gebeten zu gehen.«

Aber sie hatte mich auch nicht gebeten zu bleiben. Als Rachel mich in unserem Schlafzimmer beim Packen angetroffen hatte, hatte sie nur einen Blick für die Taschen übrig gehabt, sich dann wortlos umgedreht, war quer über den Flur in Michaels Zimmer verschwunden und hatte die Tür hinter sich geschlossen. Ich hatte zaghaft angeklopft. Aber Rachel hatte nicht geantwortet. Als ich hineingegangen war, hatte sie mit dem Rücken zu mir auf Michaels Bett gesessen und hatte sich seinen alten Bademantel gegen das Gesicht gepresst. Als ich sie bat mich anzusehen, weigerte sie sich. Es kam mir vor, als wäre sie gar nicht mit mir hier im Zimmer. Vollkommen ausgeklinkt.

»Michael hätte es hier gefallen«, sagte sie jetzt, und ich folgte ihrem Blick dorthin, wo Holly und Buster durch den Wald gingen. Für einen kurzen Moment konnte ich ihn beinahe auch sehen.

Er hätte herumgealbert. Sie hätten Fangen gespielt. Michael wäre Baumstämme hinaufgerannt und hätte akrobatisch Rückwärtssalti geschlagen, sich wie ein Orang-Utan von hohen Ästen baumeln lassen und dabei vor Lachen gebrüllt.

Trauer ist ein seltsamer Begleiter. Ich weiß, dass sie bis zu meinem Tod bei mir sein wird, dass sie als Schatten über meinem Herzen liegt. Wenn ich jetzt an Michael denke, fühlt es sich meistens an, als wäre ich gegen eine unsichtbare Mauer gelaufen, sodass mir die Luft wegbleibt. Aber als ich mir vorstellte, wie der Geist meines toten Sohnes mit seiner Schwester und unserem Familienhund durch den Wald raste, war die Trauer etwas Gutes.

»Ist alles in Ordnung?«, fragte Rachel mich.

Ich wandte mich zu ihr um und nickte. In diesem Augenblick brachte ich kein Wort heraus, aber Rachel sah die Wahrheit in meinem Blick.

»Ich vermisse ihn so sehr«, sagte sie. »Und es hört nie auf wehzutun, oder? Alles, was er verpasst. Und die schreckliche Wahrheit ist, dass wir ihm nicht helfen konnten und nicht geholfen haben. Wir waren seine Eltern, Tom. Es war unsere Aufgabe, für seine Sicherheit zu sorgen.«

Meine Frau hilft gern Menschen. Sie hat ein gutes Herz. Wenn sie einen Fehler als Allgemeinmedizinerin hat, dann den, dass sie sich zu sehr um ihre Patienten sorgt. Sie diese Worte sprechen zu hören überraschte mich also nicht wirklich, aber ich bin mir nicht sicher, was sie hätte tun können, um zu verhindern, was unserem Sohn zugestoßen ist.

Als Michael getötet wurde, war ihre Trauer überwältigend gewesen. Ich hatte alles versucht, was mir einfiel, um sie daraus zu befreien – für Holly und für mich selbst –, aber es war schwer, das Gefühl abzuschütteln, dass zu viel von der alten Rachel nun fort war. Bis wir hierhergekommen waren, war ich mir nicht sicher gewesen, ob wir sie je wieder zurückbekommen würden.

Dann trat sie vor und schmiegte sich in meine Arme, und plötzlich fühlten sich die einfachsten, gewöhnlichsten Dinge ganz klar und wirklich an. Die Form und die Wärme von Rachels Körper. Das Trommeln ihres Herzens. Der Chlorgeruch auf ihrer Haut. Ich blickte zu den Baumwipfeln auf, die grün und verschwommen über uns hingen. Sie schienen sich ineinander zu verweben und sich zu drehen.

In der Ferne konnte ich hören, wie Holly nach Buster rief, doch als ich den Kopf drehte, konnte ich sie nirgends entdecken. Wie Michael hatten sie sich jetzt irgendwo weit weg im Wald verloren.

Rachel schniefte, löste sich wieder aus meiner Umarmung und wischte sich mit dem Handballen über die Augen.

»Hat Brodie dich genervt?«, fragte sie mich.

»Nein. Hat er dich genervt?«

Sie schüttelte den Kopf. »Ich muss dir was sagen«, fügte sie dann hinzu, und ihr nervöser Gesichtsausdruck erzeugte in mir einen harten Knoten. »Lionel möchte meinen Aufgabenbereich bei der JFA erweitern. Er möchte, dass ich Teil des Vorstands werde. Er hätte gern, dass ich die Stiftung nach außen vertrete.«

Der Waldboden schien unter meinen Füßen wegzusacken.

»Der Gedanke gefällt dir nicht, stimmt's?«

Ja. So war es. Er gefiel mir *überhaupt* nicht. Weil Michael jemanden getötet hatte. Er hatte meinen Wagen gestohlen. Er war gegen einen Baum gefahren. Und er hatte jemanden getötet. Und jetzt wollte Rachel eine herausgehobene Rolle bei einer Stiftung übernehmen, die sich um die Rehabilitation von Straftätern kümmerte.

Straftätern, wie mein Sohn einer war.

Es ist seltsam, wenn einem die eigene Frau fremd wird. Noch seltsamer ist es allerdings, wenn man die Person, an die man sich erinnert, noch so sehr liebt, dass man fast alles dafür tun würde, wieder einen Weg zu ihr zurückzufinden.

Irgendwie kramte ich die Worte aus der Grube aus Angst und Schrecken in meinen Eingeweiden hervor, von denen ich wusste, dass sie sie hören wollte. »Wenn es das ist, was du wirklich willst, unterstütze ich dich dabei.«

»Wirklich?«

Ich nickte und fühlte tief in meinem Inneren einen Schwindel. Rachel drückte meine Hand und sah mir ins Gesicht. Ich bemerkte, dass ihr Tränen und Überraschung in den Augen standen. Vielleicht sogar – und möglicherweise war hier der

Wunsch Vater des Gedankens – eine neue Form eines zerbrechlichen Vertrauens.

»Tust du mir noch einen Gefallen?«, flüsterte sie. »Nur solange wir hier sind? Würdest du darüber nachdenken, Michael zu vergeben? Einfach nur ... kannst du dir selbst gestatten, darüber nachzudenken, wie sich das anfühlen würde?«

Und da war sie wieder. Die unsichtbare Mauer. Ich fühlte mich, als wäre ich frontal dagegen gelaufen. Ich fühlte mich, als wäre kein bisschen Luft mehr in meiner Lunge.

Ich versprach ihr nicht, dass ich es versuchen würde, denn ich wusste nicht, ob ich das konnte. In jenem Moment hatte ich schon genug Mühe mit dem Reden selbst.

»Lass uns zu Holly gehen«, murmelte ich. »Sie sollte sich da draußen nicht allein rumtreiben.«

7

Bis wir zwischen den Bäumen hervor auf den Strand traten, war der Regen herangekommen. Er wehte in feuchten Böen vom Meer herein. Holly kauerte neben Buster im Regen auf einer Ansammlung zerklüfteter Felsen. Sie hielt ihn am Halsband fest, und Buster knurrte tief und kehlig. Holly war durchnässt und bibberte, die Kleidung klebte ihr am Körper.

Vor ihnen gab es eine grüne Lücke zwischen den Bäumen.

Nein, es war etwas anderes.

Eine optische Täuschung.

Ich sah genauer hin. Am Meeresufer stand ein kleines Gebäude, zu dem eine poröse schiefe Ebene hinaufführte. Es hatte ein Fundament aus unbehauenem Stein – ganz wie unsere »Hütte«. An der Vorderseite gab es im Erdgeschoss eine Öffnung, wo ein kleines Boot andocken konnte. Doch tatsächlich war der obere Teil des Gebäudes das wirklich Bemerkenswerte. Er war dreieckig und ganz mit großen, spiegelnden Platten verkleidet.

Die Spiegel reflektierten die umgebende Landschaft. Die grünen Bäume, den grauen Himmel, die schieferfarbene See. Der Effekt reichte beinahe aus, um das Gebäude unsichtbar werden zu lassen. Es war ein seltsam beunruhigender Anblick.

»Er bellt die ganze Zeit!«, rief Holly durch den Regen zu uns hinunter. »Ich glaube, die Spiegel machen ihm Angst.«

Rachel streckte mir die Hand entgegen, und wir kletterten gemeinsam über die Felsen, vorbei an der Stelle, an der Buster seinen Ast hatte liegen lassen. Oben angekommen, legte ich ihm die Hand auf den Kopf und kraulte ihn. Vom Knurren vibrierte sein Kopf.

Sein Verhalten machte mich nicht allzu misstrauisch. Ich habe schon gar nicht mehr gezählt, wie oft er die Mülltonne am Ende unserer Einfahrt angebellt hat. Ich war also drauf und dran, dass seine Nackenhaare sich aufstellten, abzutun, doch als ich das kantige futuristische Gebäude näher betrachtete – und den Lichtreflex in seinem Zentrum –, fühlte ich mich, als würden mir Spinnen über die Haut krabbeln.

»Was, glaubst du, ist das?«, fragte mich Holly.

»Keine Ahnung«, sagte Rachel. »Eine Art luxuriöse Vogelbeobachtungsstation?«

»Dad?«

Ich drehte mich im Kreis und suchte die Umgebung ab, versuchte abzuschätzen, wie weit wir gelaufen waren. Ein paar Hundert Meter nördlich konnte ich verschwommen die dreieckige Spitze der Veranda vor unserem Haus erkennen, die in den aufgewühlten Ozean hinausragte. Südlich von uns standen windgebeugte Bäume, und ich sah Streifen kargen Strandes, auf die der Regen und die heranrauschenden Wellen prasselten.

Dahinter erstreckte sich ein zackiger Felsenkamm ins Meer, der Zaun darauf markierte wohl die südliche Grenze von Lionels Grundstück. Der Stacheldrahtzaun wirkte auf dem Felsenkamm wie die Schuppen eines schlafenden Urzeitwesens aus den Tiefen des Ozeans.

»Ich weiß es nicht, Holly.« Als ich erneut auf das Gebäude starrte, schien die verspiegelte Fassade das gesamte fahle Nachmittagslicht in sein Zentrum zu saugen, und ich verspürte auf einmal den widersinnigen Drang, Holly und Rachel zu packen und festzuhalten. »Brodie hat davon nichts erwähnt.«

»Kommen wir irgendwie dorthin?«

Ich musterte die vom Regen glitschigen Steine vor uns sowie die Brandung am unteren Ende der schiefen Ebene. Wir waren zwar ohnehin schon fast bis auf die Haut durchnässt, aber ich wollte nicht, dass irgendwer ins Meer fiel.

»Ich will nur, dass Buster weiß, dass es okay ist, Dad. Wenn er daran ein bisschen rumschnüffeln kann, wird er sich wahrscheinlich entspannen. Er ist ganz aufgeregt.«

Ich sah zu Buster hinunter, der an seinem Halsband zerrte, die Zähne fletschte und dessen Beine zitterten. Vielleicht war es nicht die allerschlechteste Idee. Außerdem, nach allem, was Holly durchgemacht hatte, wollte ich nicht, dass sie mitten in der Nacht irgendwelche Zweifel wegen dieses Gebäudes plagten.

»Okay, aber sei vorsichtig.«

Sobald Holly Buster losließ, schoss er vorwärts und im Zickzack mit geschmeidiger Leichtigkeit über die Felsen. Wir brauchten eine ganze Weile, bis wir ihn bei dem Anlegeplatz wieder eingeholt hatten. Dort unten war es kalt, und eine Stille vibrierte, die jedes Geräusch zu schlucken schien, ganz wie die Spiegelkacheln das Licht schluckten.

Buster huschte hin und her, Nase nach unten, Schwanz aufgerichtet, und schnüffelte den klammen, kellerartigen Geruch, der in der Luft lag. Ein Graben war in das Zementfundament des Gebäudes gehauen worden. Er stand unter Wasser, und Schaum hatte sich auf der abgestandenen schwarzen Brühe gebildet, in der verrottendes Laub und Zweige sowie Müll trieben. Dahinter befand sich eine schmale Holztür, die mit Platten aus gebürstetem Aluminium verkleidet war. Holly drückte die Klinke hinunter, doch die Tür war verschlossen. Als wir uns umsahen, konnten wir nirgends einen Schlüssel entdecken.

Ich weiß nicht genau, warum, aber ich war erleichtert, als

ich erkannte, dass wir das Gebäude nicht betreten konnten. Hinter uns hatte sich Buster beruhigt. Er legte sich auf den Bauch, sein Schwanz wedelte den Staub vom Boden auf, und er zog die Lefzen zu einem breiten Grinsen zurück.

»Ist jetzt alles wieder gut?«, fragte ich ihn.

Er hechelte und wedelte noch ein bisschen mit dem Schwanz.

»Ich wünschte, wir könnten da hoch«, meldete sich Holly. »Es sieht cool aus.«

»Wahrscheinlich gibt es einen Schlüssel dazu im Haus. Ich könnte Brodie anrufen und ihn fragen.«

»Dann lass uns zurückgehen.« Rachel schlang sich die Arme um den Körper. »Mir wird langsam kalt, und ich will aus diesen nassen Klamotten raus und in was Trockenes schlüpfen. Soll ich uns dann allen eine heiße Schokolade machen?«

Die heiße Schokolade überzeugte Holly. Wir gingen zurück, kletterten über die regennassen Felsen, weg von dem Gebäude, dann auf das schroffe Ufer hinauf, wo Buster sich erneut in seinen Ast verbiss und ihn zwischen die Bäume zerrte, wobei er sich in einem unbeholfenen Krebsgang fortbewegte und mit dem Ast ständig irgendwo hängen blieb.

Wir folgten ihm in unseren feuchten, am Körper klebenden Kleidern, der Regen peitschte uns ins Gesicht, und wir hatten ungefähr ein Drittel des Rückwegs an der Küste entlang zurückgelegt, als Buster knurrte und fauchte, sich auf die Vorderpfoten senkte und Tauziehen mit seinem Ast spielte.

»Buster!«, rief Holly. »Lass ihn doch einfach liegen. Hör auf mit dem Unsinn.«

Aber Buster hörte nicht auf sie. Und er wurde immer aufgeregter. Ich ging zu ihm und wollte ihn von dem Ast oder der Wurzel oder was auch immer das war, befreien, woran er sich verfangen hatte, doch als ich hinuntergriff und zog, fühlte ich einen stechenden Schmerz in der Schulter.

Der Ast ließ sich nicht losrütteln. Ich beugte mich hinab und sah genauer hin, da fühlte ich, wie etwas Kaltes und Fettiges mir unter den Hemdkragen glitt.

Eine Nylonschlinge war am Ende des Astes befestigt.

»Tom?«

Das leichte Zittern in Rachels Stimme passte zu dem Flimmern meines Herzens. Sie war mit Holly vorausgegangen, und die beiden standen nun zwischen Kiefern auf einem Flecken schütteren Grases am Ufer. In der Mitte der kleinen Lichtung lagen die verkohlten Überreste eines Lagerfeuers, umgeben von einem Ring aus rußgeschwärzten Steinen.

Ich schob Buster von dem Ast weg und scheuchte ihn fort, bis er endlich schnaubend davontrottete und stattdessen an dem schwarz verkohlten Holz und der grau-weißen Asche schnüffelte. Als ich näher trat, entdeckte ich noch eine leere, versengte Konservendose und eine verbogene Gabel.

Schweigend standen wir da, der salzige Wind wehte uns Regen ins Gesicht, die See zog sich in breite, seichte Rinnen zurück und stieg dann wieder mit enormen schaumgekrönten Wellen auf.

»Das könnte von Lionel stammen«, vermutete Holly. »Vielleicht war er mit ein paar Gästen hier?«

Doch das erschien mir unplausibel. Dem Lionel, den ich kannte, waren feine Bettlaken, auffällige Möbel und teure Kunstwerke wichtig – all das, was wir in dem Landhaus vorgefunden hatten. Er war nicht der Typ, der Schlingen auslegte, im Wald an einem Lagerfeuer saß und etwas aus einer Konservendose aß. Außerdem gab es auf der Terrasse doch die Feuerstelle für so etwas. Vielleicht sogar das seltsame verspiegelte Gebäude.

»Das sieht mir eher nach Brodie aus«, erwiderte ich. *Vielleicht ist er zum Angeln hergekommen*, dachte ich. Er hätte am

Rand der Lichtung stehen und eine Leine auswerfen, eine Schlinge anbringen können. Vielleicht hatte er sich ein Feuer gemacht, um sich zu wärmen, hatte sich hingekauert und die Hände aneinandergerieben, während der Flammenschein über sein bärtiges Gesicht geflackert war. »Das ergibt wohl mehr Sinn.«

Rachel nickte, als stimmte sie mir zu, doch dann spannte sie die Kiefer an, wischte sich mit dem Pulloverärmel den Regen von den Augen und starrte in Richtung des Landhauses. Hier und da konnte man zwischen den Bäumen hindurch einen Blick darauf erhaschen.

8

Manchmal frage ich mich, wie alt die eigenen Kinder sein müssen, bis sie einen durchschauen. Holly war zwar klug, aber ihr entgingen dennoch Rachels angestrengter Tonfall und ihre einstudierte Lässigkeit, als sie Holly sagte, sie solle nach oben gehen, um ihre Schulaufgaben zu erledigen, die ihr die Lehrer für den Aufenthalt hier mitgegeben hatten.

Eventuell half es, dass Rachel Holly einen Teller Kekse zu ihrer heißen Schokolade mitgab und dass Buster ihr auf ihr Zimmer folgte. Vor zwanzig Minuten waren wir wieder im Haus angekommen, hatten uns umgezogen und trugen nun alle warme Jogginghosen und Hoodies. Es gab eine Waschküche, den Gang hinunter, an der Küche vorbei. Sie hatte mich dort hingeschickt, um unsere matschigen Schuhe zu verstauen und die nasse Kleidung in den Trockner zu werfen. Bevor ich damit fertig war, war sie zu mir hereingekommen und hatte mir rasch zugeflüstert, dass wir Brodie erst anrufen sollten, sobald wir allein wären.

Als sich Hollys Zimmertür schloss, nahm Rachel den Hörer vom Festnetztelefon an der Küchenwand, stellte es auf Lautsprecher und wählte Brodies Nummer. Während wir darauf warteten, dass er ranging, musterte ich eine Gegensprechanlage an der Wand, die genau wie die am Eingangstor aussah. Sie hatte einen Bildschirm, mit dem man die Bilder von der Torkamera überwachen konnte, und einen Knopf, auf dem TOR ÖFFNEN stand.

»Brodie?«, sagte Rachel, als er abnahm. »Hier ist Rachel Sullivan. Aus dem Landhaus?«

Es entstand eine kurze, verwirrte Pause. »Oh. Habe ich was vergessen? Ist alles in Ordnung?«

Wie sollte man auf diese Frage antworten? Wenn ich hätte erklären sollen, warum wir so beunruhigt von dem waren, was wir im Wald draußen gefunden hatten, wäre das nicht leicht in Worte zu fassen gewesen. Es war wohl mehr eine Ahnung. Ein Instinkt. Wie wenn man eine Art misstönendes Rauschen empfängt.

Und okay, vielleicht schaukelten wir uns durch unsere Angst gegenseitig hoch und machten uns verrückt. Schließlich waren es nur ein altes Lagerfeuer und eine einzelne Schlinge. Aber ganz ehrlich? Möglicherweise hatten die Tatsache, Michael auf diese Weise zu verlieren, und der Überfall in London unsere Sicht auf die Dinge verändert. Man könnte sagen, es habe uns paranoider gemacht, oder aber davon ausgehen, dass wir jetzt feinere Antennen für mögliche Gefahren hatten. Für mich – und wahrscheinlich auch für Rachel – hatte sich das Auffinden des Lagerfeuers und der Schlinge aus Gründen, die ich nicht vollständig erklären konnte, gefahrvoll angefühlt.

Rachel blickte zu mir, bevor sie antwortete. Anscheinend fühlte sie sich unwohl. »Tom ist auch hier. Wir sind gerade im Wald spazieren gewesen. Wir haben da was gefunden … Es sieht aus wie die Überreste eines Lagerfeuers.«

Erneut antwortete Brodie nicht sofort. Ich bekam den Eindruck, dass er etwas anderes erwartet hatte. Vielleicht hatte er befürchtet, dass Rachel ihn anrufen würde, um sich darüber zu beschweren, wie er sich vorhin ihr gegenüber verhalten hatte.

»Tom meint, es stammt vielleicht von Ihnen?«, hakte Rachel nach.

»Unser Hund hat außerdem etwas gefunden, was wie eine

Schlinge aussieht«, fügte ich hinzu und sah Rachel dabei fest in die Augen. Ich gewann den Eindruck, dass ich ihr Herz in meiner Hand hielt.

»Ach ja?«, fragte Brodie. »Eine Schlinge, ja?« Er klang jetzt entspannter. »Da haben wohl nur irgendwelche Leute aus der Gegend Fallen aufgestellt. Sie wissen, dass das Landhaus die meiste Zeit des Jahres über leer steht. Sie müssen sich deshalb keine Sorgen machen.«

Ich stutzte. »Kaninchenfallen?«

»Hasen, Tom.«

Ich zog die Augenbrauen hoch und sah Rachel an. Das ergab wohl Sinn. Andererseits bereitete mir der Gedanke an Jäger, die sich hier draußen im Wald rumtrieben, auch kein gutes Gefühl.

»Gab es früher schon Ärger mit ihnen?«

»Keinen Ärger, nein. Es ist einfach nur so, dass sie schon hier waren, bevor das Haus gebaut wurde, daher glauben sie, ein Anrecht zu haben, hier zu jagen. Vor allem wegen des Zauns. Manche Leute sehen ihn eher als Herausforderung.«

Apropos, der Zaun war ziemlich hoch, oder? Und das Eingangstor ziemlich beeindruckend. Wenn man die Torkamera noch dazuzählte, hätte das zusammen nicht alles in der Lage sein sollen, keine Ahnung, die Leute von hier fernzuhalten?

»Wie kommen die Leute denn rein?«, fragte ich. »Sie haben doch erzählt, dass der Zaun Lionels gesamtes Grundstück umgibt?«

»Tut er auch. Aber nicht die Seeseite. Es ist nicht allzu schwer, mit dem Kajak von der Küste her reinzupaddeln.«

Darauf hätte ich auch von selbst kommen können. Allerdings schien mir die noch größere Frage zu sein, warum Lionel daran nicht vorher gedacht hatte, bevor er das ganze Geld für einen so gewaltigen Zaun ausgegeben hatte.

»Was ist das für ein Gebäude, mit der verspiegelten Fassade?«

»Das ist die Sternwarte. Die hab ich vergessen zu erwähnen. In einer klaren Nacht kann man von da drinnen aus so ziemlich alles sehen.«

Ich spürte, dass ich hier behutsam vorgehen musste. Rachels Nerven waren bereits ziemlich beansprucht, und ich wollte ihr nicht mehr Angst als nötig machen. Weder Rachel noch Holly hatten sich mir gegenüber besonders besorgt wegen der Sternwarte gezeigt, doch in dieser Frage stimmte ich eher mit Buster überein. Irgendetwas daran störte mich.

»Wir haben versucht sie zu betreten. Die Tür war allerdings verriegelt.«

»Stimmt. Weil für die nächsten Tage Sturm angekündigt ist, dachte ich mir, Sie würden sie sowieso nicht benutzen. Ich habe die Schlüssel hier bei mir.«

Ich drehte den Kopf und blickte über die Schulter. Draußen peitschte der Regen vom Meer herein und prasselte gegen die große Glasfront des Hauses. Der Himmel war wolkenverhangen. Brodie hatte recht. Für Astronomie waren das wirklich furchtbare Bedingungen.

»Glauben Sie mir, diese Leute werden Ihnen keinen Ärger machen«, fügte er noch hinzu. »Hier draußen spricht sich alles ziemlich schnell rum. Sie wissen Bescheid, dass im Haus jetzt jemand wohnt, und werden vor Ihrer Abreise nicht mehr auftauchen. Etwas sollten Sie allerdings beachten. Sie sollten Buster nicht zu weit unbeaufsichtigt herumstromern lassen. Es hört sich an, als hätte er bei dieser Schlinge noch mal Glück gehabt.«

Ich zuckte zusammen, als ich mir vorstellte, wie Buster am Hals hochgerissen wurde, ihm die Zunge heraushing und die Augen aus den Höhlen traten, wie die Pfoten verzweifelt auf dem Boden scharrten. Ich war noch immer dabei, dieses Bild wieder aus meinem Kopf zu kriegen, als Brodie das Gespräch mit der Erinnerung daran beendete, dass wir ihn jederzeit anrufen könnten, wenn wir etwas brauchten.

»Was meinst du?«, fragte Rachel mich. Sie verzog das Gesicht, und ich erkannte, dass sie sich immer noch Sorgen machte.

»Fragst du mich, ob ich es hier für sicher halte?«

»Wahrscheinlich schon, ja.«

»Wenn ich die Vernunft sprechen lasse, dann würde ich denken, dass alles, was Brodie erzählt hat, plausibel klingt. Außerdem haben wir da draußen ja niemanden gesehen, Rachel. Das Feuer könnte schon vor langer Zeit verloschen sein. Vielleicht schon vor Wochen.«

»Und wenn du die Unvernunft sprechen lässt?«

Ich zuckte mit den Schultern. »Was willst du mir sagen? Sollen wir Holly hier wegbringen? In ein Hotel oder eine Pension fahren?«

»Das wäre wohl keine so gute Idee.«

»Sie wird wissen wollen, warum.«

»Und ich will ihr ja keine Angst machen. Wir haben sie hierher gebracht, damit sie sich sicher fühlt.«

»Dann sollten wir ihr nichts davon sagen. Lionel hat hier nie irgendwelchen Ärger gehabt, jedenfalls hat er nichts davon erwähnt.«

Darauf erwiderte Rachel nichts. Denn woher sollten wir das schließlich wissen?

»Was hältst du davon?«, versuchte ich es. »Ich geh noch mal kurz raus und seh mich um. Diesmal gehe ich hinter dem Stellplatz raus. Es dauert noch ein Weilchen, bis es dunkel wird. Ich überprüfe alles. Um sicherzugehen, dass wir auch wirklich allein hier sind. Würde das helfen?«

Rachel biss sich auf die Lippe. »Führe ich mich albern auf?«

»Nein. Und ein Spaziergang wird mir guttun.«

»Dann solltest du es vielleicht so machen? Nur damit wir uns keine Sorgen mehr machen.«

Meine Schuhe waren unangenehm nass, als ich sie anzog. Ich nahm meine Outdoorjacke von einem der Haken an der Wand der Waschküche und zog mir die Kapuze über den Kopf. Der Regen prasselte in Böen auf mich nieder, als ich die gläserne Schiebetür aufzog. Buster beobachtete mich von seinem Sofa aus, ohne auch nur eine Pfote zu rühren. Nicht einmal er war dumm genug, mich bei diesem Wetter nach draußen zu begleiten.

Unter den Bäumen angekommen, nahm ich die Kapuze ab. Wahrscheinlich war das nur ein weiteres Zeichen für Paranoia, aber falls tatsächlich jemand hier draußen war, wollte ich weder mein Gehör noch mein Sichtfeld eingeschränkt wissen. Das Licht hatte abgenommen. Unter den Kiefern war es düster und still.

Eine halbe Stunde lang wanderte ich in Kreisen und Achten umher. Während der ganzen Zeit sah ich nichts, das mich hätte beunruhigen können. Meine Schuhe sanken tief in Kiefernnadeln ein, und es schien, als wäre hier seit vielen Monaten niemand mehr unterwegs gewesen, bis ich irgendwann, nun mit dem Rücken zum Meer, hügelaufwärts die ganze Länge des Zauns abschritt.

Das offene Grasland dahinter wirkte körnig und unscharf im feuchten Zwielicht. Ich streckte die Hand nach einem der abgeschrägten Pfosten aus. Sie bewegten sich keinen Millimeter, und die Lücken zwischen den Pfosten waren außerdem zu klein, als dass sich auch nur ein Kind hätte hindurchzwängen können.

Oben auf dem Zaun zitterten Regentropfen auf dem gespreizten Stacheldraht. Er machte es unmöglich, dass irgendwer zu einem der Bäume darüber hinwegkletterte, selbst mit einer Leiter, außerdem gab es keine überhängenden Äste, die man sich hätte greifen können. Über mir entdeckte ich eine blasse Wölbung an einer der Kiefern, Ich nahm an, dass Brodie hier mit der Kettensäge am Werk gewesen war. Einerseits beruhigte mich das, andererseits durchlief mich schon wieder ein Schauer. Denn wer baut schon so einen Schutzzaun, wenn er nicht glaubt ihn zu brauchen? In diesem Augenblick begann die schiere Anwesenheit des Zaunes, mir ironischerweise eher ein unsicheres Gefühl zu bereiten.

Ich sah auf meine Zehen hinab, unter denen eine schmale Abflussrinne zu sehen war. Die dunkle, feuchte Rinne folgte dem Zaun und ich ihr bis zur Auffahrt, dann trat ich in eine rötlich dampfende Dämmerung und einen leichten Abendregen hinaus.

Ich zog mein Handy aus der Tasche. Immer noch kein Signal. Ich hielt es mir über den Kopf und drehte mich, streckte den Arm sogar bis zur Schulter durch eine Lücke im Zaun. Keine Balken. Kein Empfang.

Das Metall des Tores glänzte in der feuchten Dämmerung, und ich berührte es. Die grüne Farbe – die im abnehmenden Licht kohlrabenschwarz wirkte – fühlte sich wächsern an. Zu meiner Rechten stand ein weiterer niedriger Pfosten mit einer weiteren aufmontierten, zigarrenförmigen Kamera, die diesmal nach innen gerichtet war. Ich kauerte mich in der Nässe hin und drückte den versenkten Knopf der Gegensprechanlage. Dann wartete ich.

Keine Antwort.

Ich drückte den Knopf erneut, diesmal länger.

Ich wartete weiter.

Dann ertönte ein wildes Knistern.

»Was gibt's, Dad?«

»Holly, kannst du mich sehen?«

»Ja. Auf dem Monitordings in der Küche. Deswegen musste ich jetzt runterkommen?«

Sie klang genervt.

»Kannst du das Tor öffnen?«

»Warum?«

»Ich hätte einfach gern, dass du das Tor kurz öffnest.«

»Wovor hast du denn solche Panik?«

»Ich hab keine Pa …« Ich verstummte und schüttelte den Kopf. »Holly, könntest du bitte einfach das Tor aufmachen?«

»In Ordnung. Mannomann. Dad, komm mal wieder runter.«

Es folgte eine Stille, dann ertönte der gleiche tiefe elektrische Summton wie zuvor. Das gleiche metallische Klacken und das gleiche statische Brummen. Die Torflügel erzitterten, teilten sich und schwangen nach außen im selben engen Winkel auf.

Der Scheitelpunkt der Zufahrt erschien in der Öffnung und war noch genauso leer wie vor ein paar Stunden in meinem Rückspiegel. Dahinter verlief, wie ich wusste, die einsame Küstenstraße. Ich sah keine vorbeifahrenden Autos. Ich hörte auch keinerlei Motorengeräusch.

Ich stand nur da und horchte auf mein Herz, das im dunklen Hohlraum meines Brustkorbs klopfte. Dann klapperte das Tor erneut, wurde langsamer und stoppte am äußersten Radius. Weniger als eine Minute später summte und brummte und rollte es langsam wieder zu. Ich sah, wie die beiden metallenen Torflügel sich in der Mitte vereinigten und irgendein schwerer verborgener Riegel mit einem dumpfen Geräusch einrastete.

»Dad?«, meldete sich Holly über die Gegensprechanlage. »Mum sagt, du sollst jetzt zum Abendessen kommen.«

9

Als ich durch die Schiebetür zur Terrasse das Haus betrat, roch es nach Pizza. Holly saß bereits am gläsernen Esstisch und biss in ein Stück Pizza Hawaii. Buster hatte seinen Kopf mit großen Bettelaugen auf ihren Schoß gelegt.

Mit einem Glas Weißwein in der Hand und einem besorgten Gesichtsausdruck beobachtete Rachel mich von der Küche aus. Ich schüttelte den Kopf und lächelte sie kurz auf, wie ich hoffte, beruhigende Weise an, dann zog ich die Schuhe aus und ging auf Strümpfen zur Waschküche.

»Dad?«, rief Holly mir nach. »Wir schauen uns in Lionels Heimkino später einen Film an.«

Ich steckte den Kopf durch die Tür. »Was für einen Film denn?«

»Einen von deiner Lieblingssorte.«

Ich stöhnte auf und hängte die Jacke auf, dann schlich ich mich hinaus und von hinten an Holly an. »Du meinst doch sicher eine deiner belanglosen romantischen Komödien auf Netflix, oder?« Ich tippte ihr auf die linke Schulter, und als sie sich umdrehte, beugte ich mich rechts an ihr vorbei, um ihr ein Pizzastück zu stibitzen.

»Hey!«

Ich biss ab und drehte mich mit vom Teig ganz fettigen Händen zu Rachel um. »Alles in Ordnung«, formte ich mit den Lippen. »Da draußen ist nichts.« Dann fügte ich lauter hinzu: »Holly? Ist es okay, wenn ich mich für heute Abend ausklinke? Brodie hat mir von der Feuerstelle draußen auf der Terrasse erzählt, und ich hab mir mich schon als Cowboy mit allem Drum und Dran vorgestellt.«

Ich versuchte lässig zu klingen, aber ich hoffte, dass Rachel begriff, dass ich ihr nur ein so sicheres Gefühl wie möglich geben wollte. Ich dachte, wenn ich mich für ein paar Stunden als eine Art Wache draußen postierte, würde ihr das vielleicht dabei helfen, sich zu entspannen.

»Ich bringe dir und Mum auch was zu knabbern rein.«

»Was denn genau?«

Es stellte sich heraus, dass Rachel Toffee-Popcorn, Maltesers und Marshmallows eingepackt hatte. Als wir uns an der Pizza satt gegessen hatten, räumte ich das Geschirr weg und schüttete den Knabberkram in Schüsseln, dann trug ich sie auf einem Tablett zur Tür mit dem Bullauge am hinteren Ende des Korridors, die zum Schwimmbad führte.

Das Heimkino befand sich zu meiner Rechten. Die Wände waren mit glänzendem Stoff bespannt. Vorne gab es eine große Leinwand, und zwölf Lehnstühle waren in drei Reihen auf Stufen hintereinander angeordnet. Ein Projektor warf staubiges Licht auf die Leinwand, vor der Holly und Rachel saßen. Buster hatte sich vor sie auf den Boden gefläzt. Er stand auf und fing an zu betteln, als ich Rachel das Tablett reichte. Sie gab mir ihr Weinglas.

»Könnte ich vielleicht noch eins bekommen?«

»Für dich? Alles, was du willst.«

»Und für mich bitte eine Dose Cola light, Dad.«

Kurz wurde mir ein bisschen warm ums Herz. Das hier war fast normal, und ich hätte am liebsten den Moment ausgekostet, aber als ich in die Küche zurückkam, bemerkte ich Rachels iPhone, das an der Steckdose hing. Ich starrte darauf und spürte ein unangenehmes Prickeln im Nacken.

Nein. Jetzt nicht.

Ich versuchte es zu ignorieren, indem ich den Kühlschrank öffnete und eine Dose Cola und eine kalte Flasche Weißwein herausnahm. Das Wellnesshotel allerdings – es störte mich noch immer.

Ich schüttelte den Kopf und entkorkte die Flasche, setzte an einzugießen.

Dann blickte ich wieder auf das Handy. Fürs Protokoll, ich habe eigentlich nicht die Angewohnheit, hinter meiner Frau herzuspionieren. Selbst mein Anruf im Wellnesshotel war ja nur ein Zufall gewesen. Doch in diesem Moment war es schwer, der Versuchung zu widerstehen.

Ich warf einen Kontrollblick in den Gang hinter mir. Leer. Der Hals der Weinflasche klirrte gegen Rachels Glas. Dann stellte ich die Flasche in einer schnellen Bewegung ab, griff mir ihr Handy und drückte mit dem Daumen auf den Homebutton.

Meine Hand zitterte. Der Sperrbildschirm auf Rachels Handy zeigte ein Foto von Michael, der Holly umarmte. Ich erkannte es als eines wieder, das in unserem letzten Familienurlaub in Cornwall aufgenommen worden war. Die Kinder schnitten Grimassen. Michael streckte die Zunge heraus. Holly hatte die Backen aufgeblasen, und die Augen traten ihr aus den Höhlen.

Weitermachen oder aufhören?

Kurz entschlossen drückte ich noch einmal auf den Homebutton, und diesmal erschien der Bildschirm, auf dem ich das sechsstellige Passwort eingeben musste. Ich tippte Rachels Code ein. Sechs Zahlen. Monat und Jahr von Michaels Geburtstag.

Der Bildschirm schüttelte sich. Der Lautsprecher summte. Das Handy vibrierte in meiner Hand.

Ach?

Ich versuchte es erneut.

Und erzielte dasselbe Ergebnis.

Das Herz schlug mir schmerzhaft in der Brust.

Rachel hatte ihr Passwort geändert.

Zu einem anderen Zeitpunkt, unter anderen Umständen wäre das keine große Sache gewesen. Aber jetzt …

Rachel benutzt seit Jahren dasselbe Passwort, für ihre Bankkarten genauso wie für ihr Handy. Warum hatte sie es jetzt also geändert? Gab es Informationen, die sie vor mir geheim halten wollte? Zum Beispiel Einträge in ihrem Kalender oder Nachrichten, von denen sie nicht wollte, dass ich sie sah?

Oder gab es einen vollkommen unschuldigen Grund für den Wechsel? Eine einfache Sicherheitsmaßnahme? Vielleicht sogar ein heilsamer Schritt, um Michaels Tod hinter sich zu lassen?

Mein Daumen zuckte. Beinahe hätte ich es noch einmal versucht, diesmal mit einem anderen Passwort. Doch das tat ich nicht, weil ich Rachel nicht aus ihrem Handy aussperren wollte, und sie sollte auch nicht erfahren, dass ich herumgeschnüffelt hatte. Stattdessen goss ich ihr Wein ein. Unwissenheit ist ein Segen. Sagt man nicht so? Aber in diesem Moment konnte ich das nicht nachvollziehen.

10

Der Witz mit dem Cowboysein – direkt nachdem ich es ausgesprochen hatte, wusste ich, dass es ein alberner Spruch gewesen war. Aber als ich dann in der Nacht draußen am Feuer saß, die Flammen in der Brise flackerten, die vom Meer hereinwehte, überwältigte mich das Gefühl, dass ich an einer Art Grenze saß und über meine Familie wachte.

Ich öffnete ein weiteres von Brodies Bieren und mummelte mich in meine Jacke ein. Da ich mich sehr bemühte, nicht darüber nachzudenken, warum Rachel das Passwort für ihr Telefon geändert hatte, begann ich über das nachzudenken, worum sie mich gebeten hatte. Ich traute mich, mir vorzustellen, wie es sich anfühlen würde, Michael zu verzeihen, aufs Neue an ihn zu glauben. Zu wissen, dass er ein guter Junge gewesen war und an der Schwelle stand, ein guter Mann zu werden. Zu erkennen, dass er einfach nur Pech gehabt hatte und dass ich ihm daraus keinen Vorwurf machen sollte.

Wie würde sich das anfühlen? Es würde sich anfühlen, als ob ich endlich aus dem tiefsten, dunkelsten Graben auftauchte, den man sich vorstellen konnte. Es würde sich anfühlen, als könnte ich wieder in vollen Zügen saubere Luft atmen.

Doch es war nichts als ein Hirngespinst. Ein Märchen, das Rachel für sich selbst ersonnen hatte. Denn in Wahrheit war Michael nicht schuldlos. Und ich ebenso wenig. Also steckte ich weiter in dem Graben fest und erstickte an dem schwarzen Wasser, das meine Lunge füllte.

Ach. Und erwähnte ich bereits, dass meine Frau das Passwort an ihrem Handy geändert hatte?

»He, Dad.« Holly tauchte mit Buster auf, der neben ihr herumschnupperte. Ich hatte sie nicht kommen hören. Ich war eine tolle Wache.

Ich klopfte auf den Platz neben mir und wartete, dass Holly sich hinsetzte, während Buster zum Waldrand trottete, um zu pinkeln.

»Wie war euer Film?«

»Ganz okay. Mum ist schon schlafen gegangen. Sie hat mich gebeten, dir zu sagen, dass du noch mal nachsehen sollst, ob auch alle Türen und Fenster verschlossen sind, bevor du hochkommst. Du weißt schon, wegen der hohen Kriminalitätsrate in der Gegend.«

Holly knuffte mich, und ich lächelte schwach und starrte weiter ins Feuer. Doch noch immer tat es mir weh, dass Rachel sich hier so verwundbar fühlte und dass ich nicht viel tun konnte, um das zu ändern. Wenn es hier im Landhaus schon so schlimm war, wie würde es dann erst daheim in London werden? Ich fragte mich, ob ich ihr vielleicht noch mal irgendeine Art Therapie zur Trauerbewältigung vorschlagen sollte. Nach Michaels Tod hatte ich versucht, Rachel zu so etwas zu überreden, aber sie hatte das stets rundheraus abgelehnt. Als ob sie sich, indem sie keine Hilfe in Anspruch nahm, irgendwie loyaler gegenüber Michael verhalten würde. Ich hielt das für Quatsch, aber andererseits hatte ich auch keine Therapie gemacht, da durfte ich kaum Ratschläge geben.

»Kann ich auch eine kriegen, Dad?«

»Was denn, Holly?«

»Eine von den Zigaretten, die du vor mir zu verstecken versuchst.«

»Hm?« Ich hob die Zigarette hoch und sah zweimal kurz

hintereinander hin, als hätte sie sich zu meiner Überraschung gerade aus dem Nichts materialisiert. In meiner Jugend hatte ich immer geraucht, aber Rachel hatte mich zum Aufhören gezwungen, als Michael zur Welt kam. In letzter Zeit hatte ich mich diesem Laster dann und wann wieder zugewandt. Eine klassische Ablenkung, nehme ich an. »Erzählst du Mum davon?«

»Ich schätze mal, das hängt von dir ab, Dad.«

»Erpressung? Wirklich?«

»Ich will's einfach mal probieren.«

Ich sah sie an, als ob ich ernsthaft darüber nachdenken würde. Und ganz ehrlich? Es war verlockend, Ja zu sagen, denn es war schon zu lange her, dass Holly mich das letzte Mal darum gebeten hatte, ein Geheimnis mit ihr zu teilen. Aber andererseits …

»Tut mir leid, aber du weißt, dass deine Mutter mich umbringen würde.« Ich zog einmal an der Zigarette und presste demonstrativ ein Husten hervor, dann warf ich sie in die Flammen.

Wir sahen ihr lange beim Brennen zu, bevor Holly erneut das Wort ergriff.

»Du musst dir um mich nicht so viele Sorgen machen, weißt du?«

»Das ist das Vorrecht der Erwachsenen, mein Schatz.«

»Das weiß ich. Aber manchmal fühlt es sich an, als ob Mum und du bei mir nach Anzeichen dafür sucht, dass ich so was wie Michael machen könnte. Das werde ich aber nicht. Das würde ich nie tun.«

»Glaubst du wirklich, dass Mum und ich das befürchten?«

Sie nickte. Ich sah, wie sich winzige Flammen im feuchten Glitzern ihrer Augen spiegelten. Beim Blick in ihr angeschwollenes Gesicht zerbarst mir schier das Herz.

»Holly, das Ausmaß dessen, worüber deine Mum und ich sich deinetwegen Sorgen machen«, ich schüttelte den Kopf, »es ist gewaltiger als dieser Ozean. Aber das ist unser Problem, nicht deins.«

»Ist es doch, Dad. Weil ich euch nämlich nicht enttäuschen will.«

Ich fühlte einen Stich im Herzen. »Das wirst du nicht, Holly.«

»Vielleicht ja doch. Das hat er mir weggenommen. Michael. Denn ich darf jetzt nicht mehr versagen, oder? Er ist gestorben, also muss ich in Sicherheit bleiben. Alles, was ich tue, muss sicher sein. Darum seid ihr so durchgedreht, als das in der Gasse passiert ist. Darum sind wir hier, oder nicht?«

Ich sah noch ein bisschen ins Feuer, war traurig und bedauerte Holly furchtbar, aber zugleich genoss ich das Gefühl, ihr wieder nahe zu sein. Und ja, ich wusste, was sie meinte. Und nein, es war nicht fair. Es war auch nicht vernünftig. Aber sie lebte nun in so vielerlei Hinsicht für sie beide weiter. Ihre Zukunft wäre gewissermaßen immer auch Michaels Zukunft. Die Wege, die sie einschlug. Die Entscheidungen, die sie traf. Ich würde sie mit denen vergleichen, die ihr Bruder vielleicht getroffen hätte, wenn er noch am Leben wäre. Ich wusste, dass Rachel dasselbe tun würde. Es war unausweichlich. Nicht zu vermeiden.

»Wir wollen dich nur beschützen, Holly. Tut mir leid, aber so ist es nun mal. Und das wäre auch nicht anders, wenn dein Bruder noch am Leben wäre.«

»Aber nicht so stark.«

»Nein, nicht so stark.«

Ich tastete in meiner Jacke nach der Zigarettenschachtel und zerdrückte sie theatralisch, bevor ich sie in die Flammen warf.

»Tolle Geste, Dad. Sie wäre noch viel toller, wenn ich nicht gesehen hätte, dass du noch eine davon im Auto versteckt hast.«

»Ach, Holly.« Ich zog sie an mich und hatte ganz plötzlich das Bedürfnis, sie nie wieder loszulassen. Am anderen Ende der Terrasse sah ich Buster von den Bäumen wieder zu uns zurücktraben.

»Kommt Mum und du wieder zusammen?«

Ich erstarrte. Wie sollte ich das am besten ausdrücken? »Es ist kompliziert, Holly. Das weißt du.«

»Sie will.«

»Das hat sie dir aber nicht so gesagt.«

»Nein, das muss sie auch nicht, Dad. Es ist ziemlich offensichtlich. Du musst einfach nur versuchen, du weißt schon, es nicht zu verkacken.«

11

Vielleicht war es offensichtlich für Holly, für mich war es das nicht.

Holly leistete mir noch zehn Minuten Gesellschaft, bevor sie mir mit einer Umarmung eine gute Nacht wünschte und ins Bett ging, Buster tappte hinter ihr her. Ich blieb noch ein Weilchen draußen, dachte über Rachel nach, erinnerte mich an unsere erste Begegnung. Es war in der Bar unserer Studentenvertretung. Rachel schwankte betrunken auf einem der Tische, trug einen blauen OP-Kittel und um den Hals ein Stethoskop. Sie hielt eine Plastikspritze in der Hand, mit der sie Wodka-Shots in die Münder derer spritzte, die ihre medizinische Versorgung benötigten. Ich war der Typ, dem sie das Zeug aus Versehen ins Auge spritzte. Es brannte – wenn auch vielleicht nicht ganz so heftig, wie ich behauptete –, und Rachel sprang vom Tisch herunter, um nachzusehen, ob ich in Ordnung war. Sie hatte eine ziemlich einzigartige Diagnosemethode. Sie bestand darin, mein Gesicht zum Licht zu drehen, mir an den Hintern zu fassen und mich zu küssen.

Der Kuss war wundervoll spontan und überwältigend. Ich kann das Aroma von Kirschwodka auf ihrer Zunge noch immer schmecken. Als wir uns schließlich atemlos wieder voneinander lösten, knisterten elektrische Funken in ihren Augen. Dann folgte dieses aufgekratzte, plätschernde Lachen – etwas, von dem ich sofort wusste, dass ich es immer und immer wieder würde hören wollen.

Wohin war diese umwerfend komische junge Frau nur verschwunden? Was hatten wir einander angetan?

Ich ging nach drinnen, verriegelte die Schiebetür hinter mir, hängte meine Jacke auf und stellte die Schuhe in die Waschküche, dann durchquerte ich auf Strümpfen das Erdgeschoss, überprüfte die Fenster in der Küche und ging dann den Korridor zum Pool hinunter. Eine Reihe von Wandlampen leuchtete schwach im Heimkino. Ich schaltete sie aus und duckte mich dann in einen kurzen, abgewinkelten Gang gegenüber, an dessen Ende sich ein schmales, hohes Fenster befand. Nach einer scharfen Linkskurve folgten ein paar Stufen, die in eine kleine Bibliothek mündeten – eine Nische voller Bücher auf maßangefertigten Regalen, die die ganze Wand bedeckten. Sonst gab es hier nicht viel zu sehen.

Im Schwimmbad trieb mir der Chlorgeruch Tränen in die Augen. Das Becken wurde von einer Reihe von unter Wasser installierten Lampen giftgrün erleuchtet, und Wellenmuster zeichneten sich auf den Wänden und dem dunklen Glas ab, sodass ich mich fühlte, als wäre ich in einem Aquarium gefangen. Ich drückte die Klinke an der Tür zur Veranda am hinteren Ende des Raums. Sie war ebenso verschlossen wie alle anderen.

Alles erledigt.

Ich ließ mein Spiegelbild hinter mir in der Glasfront zurück und ging durch den Flur, den Wohnbereich und dann die freischwebende Treppe hinauf. Die Tür zu Hollys Zimmer war nur angelehnt, und ein Lichtschein fiel durch den Spalt.

Ich steckte den Kopf hindurch. Holly lag mit geschlossenen Augen unter der Bettdecke, ihr Mund stand offen, das Licht von dem angeschlossenen Bad fiel auf ihr blau geschlagenes Gesicht. Mir wurde kurz schwindelig, als ich sie so schlafen sah. Seit sie sieben war, hatte Holly nicht mehr bei Licht geschlafen.

Buster hatte sich an ihrem Fußende zusammengerollt und versuchte, sich so klein zu machen und so reglos zu sein, wie es ihm nur möglich war. Ich räusperte mich missbilligend und schüttelte den Kopf. Buster kannte die Regeln. Er wusste, dass er in seinem eigenen Körbchen hätte liegen sollen. Aber wahrscheinlich wusste er auch, dass ich diese Regel heute Nacht nicht durchsetzen würde.

Ich ließ Hollys Tür angelehnt, schlich dann auf Zehenspitzen über die Galerie und bog in den Flur ein, der Rachels Zimmer von meinem trennte. Auch ihre Schlafzimmertür war nur angelehnt, und auch hier brannte noch Licht.

»Du kannst reinkommen, Tom.« Etwas lag in ihrem Tonfall. »Ich bin noch wach.«

Der Lichtschein stammte von einer Nachttischlampe. Daneben stand Rachels Weinglas und die fast leere Weinflasche aus dem Kühlschrank, außerdem ihr Handy. Mir wurde bewusst, dass ich es anstarrte. Kein geschickter Zug.

Rachel schniefte und wischte sich mit der Hand über die Augen, und auf einmal bemerkte ich, dass sie geweint hatte. Sie saß dort mit nackten Beinen, die sie an die Brust gezogen hatte, und trug ein altes, ausgewaschenes T-Shirt aus einem Familienurlaub in San Diego, den wir vor vielen Jahren unternommen hatten.

»Geht es dir gut?«

Sie blickte zu mir auf und schüttelte den Kopf, ihre Wangen waren fleckig. »Hast du das alles nicht langsam satt, Tom? Ich habe es so satt. Ich will nur, dass es aufhört. Ich möchte, dass alles wieder so ist wie früher. Und ich will Michael zurück. Ich will ihn so sehr zurück.«

Ich trat zu ihr, beugte mich über sie und zog sie an mich. Sie fühlte sich zu leicht an. Zu zerbrechlich. Ich hatte das Gefühl, als könnte ich etwas kaputtmachen, wenn ich sie zu fest drückte.

»Ich weiß«, flüsterte ich. »Ich weiß. Das wünsche ich mir auch.«

»Ich habe versucht stark zu sein, für Holly, doch das ist mir einfach nicht gelungen. Ich weiß nicht mehr, wie ich mit ihr eine Verbindung aufbauen soll. Oder mit dir. Ich habe alles so gründlich vermasselt.«

»He«, sagte ich zu ihr. »He, das reicht. Ich hätte nicht ausziehen sollen, Rachel. Das war falsch. Ich hatte unrecht. Ich wollte nur …«

»Ich weiß.« Sie drückte den Kopf gegen meine Brust. »Ich bin verschwunden«, sagte sie mit erstickter Stimme. »Aber es ist so schwer gewesen, das zu verhindern, Tom. Und jetzt bin ich erschöpft. Von allem. Die ganze Zeit.«

Ich hob ihr Kinn an und strich ihr mit dem Daumen die Tränen weg. Der Regen trommelte auf das Dachfenster in der Kuppeldecke über uns. Der Wind brummte und jaulte.

»Buster liegt bei Holly im Bett«, sagte ich leise. »Er bewacht sie für uns.«

Rachel nickte und wich dann ein wenig von mir zurück. »Es gibt etwas, worüber ich mit dir reden muss. Etwas Wichtiges.«

Oh-oh. War jemals eine gute Nachricht mit diesen Worten eingeleitet worden? Ich dachte an das Wellnesshotel. An das Passwort zu Rachels Handy. *Ich habe alles so gründlich vermasselt.* Alles schien auf einmal über mir einzustürzen, es war, als ob die Zimmerwände um mich herum nachgaben. Ich wollte es nicht hören. Nicht jetzt.

Du musst einfach nur versuchen, du weißt schon, es nicht zu verkacken.

»Rachel, hat das nicht bis morgen Zeit?«

»Aber, Tom, ich …«

»Bitte, Rachel. Lass es uns einfach verschieben, ja? Ich denke wirklich, dass das das Beste wäre.«

Sie lächelte widerstrebend, dann hob sie die Schultern. »Vielleicht hast du recht. Vielleicht bin ich im Augenblick einfach zu …« Sie schüttelte den Kopf, als käme sie nicht auf den richtigen Ausdruck.

»Beschwipst?«

»*Neeein.*« Sie lächelte ein bisschen breiter, drückte ihre Stirn gegen meine und legte die Hände an meinen Nacken. »Aber ich möchte klar denken können«, flüsterte sie. »Es gibt so viel, was ich dir sagen muss, Tom.«

Ich schluckte schwer. »Morgen also?«

»Morgen.« Sie nickte und streichelte meinen Nacken. »Du könntest dich zu mir legen«, flüsterte sie. »Du könntest bleiben. Mir würde das nichts ausmachen.«

Darauf erwiderte ich nichts, und kurze Zeit später seufzte Rachel, ließ mich los und lehnte sich zurück.

»Du hältst das für keine gute Idee?«

»Würde ich gern, wenn das was nützt«, erwiderte ich vorsichtig. »Aber vielleicht sollten wir nichts überstürzen?«

Und vielleicht sollte ich mir auch erst anhören, was du mir morgen zu sagen hast.

»Achtzehn Jahre verheiratet, und du willst nichts überstürzen?«

»Rachel, komm schon, ich …«

»Nein. Nein, ist schon okay, Tom. Wahrscheinlich hast du recht. Ich bin nicht mal mehr sicher, ob ich meiner eigenen Entscheidungsfähigkeit gerade trauen kann. Vielleicht sollte ich also besser deiner trauen.«

Ich hielt inne und sah zu lange auf ihr Handy hinunter, bevor ich den Blick wieder davon losreißen konnte. »Kommst du hier allein klar?«

»Das wird schon.«

»Dann sollte ich jetzt wahrscheinlich gute Nacht sagen.«

»Wahrscheinlich.«

Sie betrachtete mich mit einer Traurigkeit, die ich nicht zu deuten wusste, also saß ich unbeholfen ein paar Sekunden einfach da und hätte beinahe meine Meinung geändert und wäre geblieben.

»Also dann. Gute Nacht, Rachel.«

»Gute Nacht.«

Ich stand auf und ging über den Flur in mein Zimmer, wo ich mich bis auf meine Boxershorts auszog, dann schaltete ich das Licht aus, schlug die Decke zurück und legte mich auf meine übliche Bettseite. Dort lag ich und horchte auf den Regen und den Wind, die draußen tobten, dachte wieder und wieder über mein Gespräch mit Rachel nach, fragte mich, was ich falsch und was ich richtig gemacht hatte, fragte mich, ob ich aus dem Bett steigen und zu ihr hinübergehen sollte. Und einige Zeit später – ich weiß nicht genau wie lange, etwa eine Dreiviertelstunde vielleicht, denn ich hatte mich auf die Seite gerollt und war fast schon eingeschlafen – drückten sich die Federn meiner Matratze zusammen, und es wackelte etwas, als Rachel in mein Bett schlüpfte. Sie rutschte unter der Decke zu mir, schmiegte sich an mich, und ich konnte die Wärme ihres Körpers spüren.

»Denk nicht nach«, flüsterte sie. »Lass dich einfach gehen, okay?«

Überrascht es irgendwen, dass ich genau das tat, als ihre Hand sich auf meine Hüfte legte und sich unter den Bund meiner Boxershorts schob?

Ich drehte mich zu ihr um und fuhr ihr mit der Hand durchs Haar. Ich zog ihren Kopf zu mir heran.

Rachel. Ihre Zunge schmeckte diesmal nicht nach Kirschwodka, aber sie zu küssen verursachte mir immer noch eine Gänsehaut. Ich ließ meine Hände über die vertrauten, aber eben auch wieder neuen Konturen ihres Körpers gleiten. Ich zog an ihrem T-Shirt.

Wie ich vorhin schon gesagt habe, liebe ich meine Frau. Trotz allem, was geschehen war – obwohl ich Rachel verletzt hatte und sie mich –, hatte sich das nie geändert.

Ich begehrte sie. Das würde sich auch nie ändern.

Ich drehte sie auf den Rücken und sah im Dunkeln auf sie hinunter.

»Ich liebe dich, Tom Sullivan«, sagte sie, und ihre Wimpern flatterten an meiner Wange.

»Ich liebe dich auch«, erwiderte ich.

Unser beider Atem verband sich. Ihr Herz pochte an meinem. Verloren im Augenblick – in Rachel verfangen –, erschien es mir fast möglich, daran zu glauben, dass tatsächlich alles gut würde.

»Michael, pass auf.«

Fionas letzte Worte.

Doch es ist schon viel zu spät. Die Straße macht am Ende einer langen Geraden eine scharfe Kurve nach links, das Auto hat die Richtungsänderung allerdings nicht mitgemacht.

Mit weit aufgerissenen Augen reißt Michael das Lenkrad herum. Der Audi neigt sich und kommt von der Straße ab, die Reifen scharren über den rutschigen Asphalt.

Die Federung presst sich zusammen und entspannt sich dann wieder. Der Schwung bringt das Fahrwerk aus dem Gleichgewicht. Michael fühlt, wie sich die Beifahrerseite anhebt, bis Fiona über ihm ist, umflossen von ihrem langen Haar. Schlagartig ist er sich sicher, dass das Auto gleich kippen wird. Auch nur das kleinste Bremsmanöver würde dazu führen, dass es sich überschlägt. Er reißt das Lenkrad in die Richtung, in die der Wagen rutscht.

Ein Quietschen. Ein kurzes gummiartiges Jaulen.

Das Auto knallt herab und schiebt sich weiter, dann richtet es sich wieder auf.

Michael, pass auf.

Worauf?

Auf die Bäume, die aus der Dunkelheit auf sie zurasen?

Auf die grundlegenden Gesetze der Physik?

Er tritt auf die Bremse, aber die Zeit reicht nicht. Der Abstand auch nicht.

Die reflektierende Oberfläche eines Straßenschildes pulsiert in sein Sichtfeld. Sie durchschlagen es, und die Motorhaube bäumt sich auf.

»Es tut mir leid«, sagt Michael.

Dass das hier passiert. Dass du hier bei mir bist. Dass ich es vermasselt habe. Alles tut ihm leid.

12

»Tom?«

Rachel rüttelte mich an der Schulter.

»Tom, wach auf.« Sie flüsterte mir ins Ohr: »Ich glaube, ich hab was gehört.«

Ich stöhnte auf und presste das Gesicht ins Kissen.

»Tom, es hat sich angehört, als ob ein Fenster eingeschlagen würde. Ich glaube, es ist jemand unten im Haus.«

Ich stöhnte noch ein bisschen weiter. Rachel hat einen leichten Schlaf. Sie hört jeden Mucks in der Nacht. Und ich bin derjenige, den sie immer und immer wieder dazu auffordert, aufzustehen und nach unten zu schleichen, um nachzusehen.

»Tom?«

Unter der Decke war es warm und stickig – meine Beine waren um Rachels geschlungen –, und ich hätte so leicht wieder einnicken können. Zwar hörte ich die Angst in Rachels Stimme, aber es reichte nicht ganz, um mich vollständig aufwachen zu lassen.

Dann störte mich ein leises, fernes Geräusch auf. Möglicherweise hatte es wie Glas geklungen, auf das jemand getreten war.

Mein Herz verkrampfte sich, als Rachel an meinem Oberarm zog.

»Tom, wach bitte auf!«

Mit offenen Augen lauschte ich angestrengt.

Im Zimmer war es stockdunkel. Das einzige Licht war das schwache Leuchten meiner Armbanduhr. Es war kurz nach 2 Uhr morgens.

Noch einmal ein Knirschen.

Oh Gott.

Ich blinzelte und starrte in die pulsierende Finsternis, während ein gewaltiges Angstgefühl meine Brust auszusaugen schien. In meinem Kopf lief ein körniger Schwarz-Weiß-Film ab. Eine lange Kamerafahrt – über den Teppich und zur Schlafzimmertür hinaus, den dunklen Gang entlang, in kleinen, engen Halbkreisen von rechts nach links schwenkend. Bei der Galerie der Blick über das polierte Stahlgeländer in den Wohnbereich nach unten. Wie an einem Draht fiel die Kamera nun, drehte sich in alle Richtungen, suchte nach dem sandigen Knirschen, das ich gehört hatte.

»Ich hab Angst, Tom.«

»Pst.«

War das gerade das Flüstern der Glastür zur Terrasse hin gewesen, die zur Seite geschoben wurde? Und nun das dumpfe Geräusch der Tür, die auf den Türstopper aus Gummi traf?

Rachel klammerte sich erneut an meinem Arm fest. Unter der Decke hatte ich nichts an. Und okay, das hätte im Augenblick nicht wichtig sein sollen, aber es ist erstaunlich, wie verwundbar man sich fühlen kann, bloß weil man nackt ist.

Stille.

Ich wartete ab.

Mein Herz pochte wie ein Presslufthammer in meiner Brust. Ich schob mich von der Matratze. Rachels Finger krallten sich an mir fest.

Es blieb still, aber auf eine unnatürliche Weise. Die Stille fühlte sich belastend an. Erzwungen. Als hielte im Erdgeschoss jemand den Atem an.

Ich horchte so angestrengt, dass es mir vorkam, als ob ich das Pulsieren der Luft selbst hören könnte – das Geräusch von Millionen winziger Moleküle, die aneinanderrieben und vibrierten. Es war ein Geräusch, das keinem anderen ähnelte. Das Geräusch reiner Angst mitten in der Nacht.

Und bevor Rachel mich aufgeweckt hatte, hatte ich da noch etwas anderes gehört? Vage erinnerte ich mich an einen Laut aus den Tiefen meines Traums. Klagendes, summendes Jammern wie das eines Wäschetrockners auf voller Drehzahl. Wie eine Kettensäge, die einen Baum fällte.

Wirklichkeit oder Einbildung?

Eindringling oder nicht?

»Schritte«, flüsterte Rachel.

»Glaubst du?«

»*Ja*. Unten. Und Stimmen, glaube ich.«

Mir strömte kalter Schweiß über Stirn und Nacken.

Aber jetzt hörte ich nichts mehr. Alles, was ich hörte, waren die gedämpften nächtlichen Geräusche eines Hauses im Ruhezustand. Das Toben und Heulen des Windes draußen. Das Trommeln und Peitschen des Regens auf dem Dach.

Und das Hämmern des Blutes in meinen Ohren.

Okay, denk nach.

Denk nach.

Vielleicht hatte ich die Schiebetür nicht richtig verschlossen. Das war doch möglich, oder? Es war das erste Mal, dass ich diese Tür verriegelte, dabei hätte ich einen Fehler gemacht haben können. Ich war mit den Gedanken woanders gewesen. Ich hatte etwas getrunken gehabt. Vielleicht hatte ich die Tür also nicht richtig zugemacht, und der Wind hatte sie wieder aufgerüttelt. Vielleicht war auch ein Ast abgebrochen und hatte eine Fensterscheibe zertrümmert.

Mein Mund war trocken. Auf meiner Brust lastete ein

Druck. Mein Kopf steckte noch immer in den klebrigen Fesseln des Schlafes fest.

Meine Instinkte waren sich der Bedrohung allerdings vollkommen bewusst. Ich spürte, wie die Härchen auf meinen Armen sich aufrichteten.

Rachel zuckte zusammen und wirbelte zur Tür herum. Die Federn der Matratze quietschten zu laut. Hatte sie etwas gehört? Inzwischen umklammerte sie meine Hand wie ein Schraubstock. Es erinnerte mich daran, wie sie sie bei Michaels und Hollys Geburt gedrückt hatte.

Holly.

»Könnte es Holly sein?«, flüsterte ich.

»Warum sollte sie denn rausgehen?«

Rachel hatte das Geräusch der Schiebetür also ebenfalls gehört. Oder es zu hören geglaubt.

»Vielleicht kann sie nicht schlafen.«

Oder vielleicht schlich sie sich auch auf die Terrasse zur Feuerstelle. Vielleicht hatte sie eine Zigarette dabei, die sie rauchen wollte. Sie hatte mir ja gesagt, dass sie meinen Vorrat im Auto entdeckt hatte. Es war möglich, dass sie vorhin eine stibitzt hatte. Unwahrscheinlich, aber denkbar.

Doch nein, das passte nicht zusammen. Holly hatte eine Tür zum Balkon, der ihr Zimmer mit dem von Rachel verband. Wenn sie eine meiner Zigaretten rauchen wollte, wäre es einfacher für sie gewesen, dort hinauszugehen. Aber warum sollte sie bei diesem Wetter überhaupt nach draußen gehen?

Außerdem, egal wie sehr ich daran glauben wollte, das ganze Szenario war unwahrscheinlich. Eine Ausgeburt meines benebelten Verstandes. Ich wusste gar nicht, wann Holly zuletzt in der Nacht aufgestanden war. Sie schlief tief. Das war schon immer so gewesen. Sogar als Kleinkind war sie nur aufgewacht, wenn sie sich fürchtete oder krank war.

Dann kam mir unvermittelt ein neuer Gedanke. Könnte es Brodie sein? Aber warum sollte er mitten in der Nacht hierherkommen?

»Mach das Licht an.« Das Kratzen der Angst in Rachels Stimme klang wie Fingernägel auf einer Schultafel. »Bitte, Tom.«

Ich hielt ganz still. Je mehr wir redeten, desto mehr konnten wir auch gehört werden. Außerdem hatte ich den Verdacht, dass Rachels Stimme ein weiteres schwaches Geräusch aus dem Erdgeschoss überdeckt hatte. Ein reißendes Geräusch, allerdings gedämpft und langsam.

Etwas Kaltes und Glattes ballte sich in meinem Magen zusammen, als ich mich an den Einbruch in Lionels Londoner Haus und an den brutalen Überfall auf Jennifer erinnerte. Ihre Ermordung war das Ergebnis eines verpfuschten Raubes gewesen.

Ich musste an die Bilder an den Wänden hier denken. Ging es vielleicht darum?

Dann kam mir noch ein Gedanke: das Lagerfeuer im Wald. War am Ende doch jemand da draußen gewesen?

Ich biss die Zähne zusammen und spürte, wie meine Nackenmuskulatur sich verspannte. Ich sagte mir, dass sich alles als Einbildung herausstellen würde, wenn ich mich nicht bewegte, wenn ich mich einfach in meinem Bett zusammenrollte.

Ich wollte nicht, dass wirklich etwas geschah.

»In Ordnung. Dann mache *ich* eben Licht.«

Rachel streckte sich nach dem Nachttisch aus. Das plötzliche Klicken des Schalters der Nachttischlampe klang wie das Laden einer Waffe.

Nicht dass ich irgendwas von Waffen verstehe, doch zu Gelegenheiten wie diesen macht das Gehirn, was es will.

Das Licht erhellte das Zimmer schlagartig. Es war zu hell. Zu früh.

Ich lauschte auf eine Reaktion von unten.

Nichts.

Rachel wandte sich mir langsam zu, ihre Augen blitzten dunkel in dem gleißenden Licht. Ihr Kiefer war schlaff, ihre Haut wirkte glänzend und blutleer. Sie sah furchtbar verängstigt aus.

»Vielleicht ist es auch Buster«, sagte ich.

Wenn Buster nachts aufwachte, streckte er sich normalerweise nur und wackelte mit den Ohren, kratzte sich am Hintern, grunzte und rieb den Kopf auf dem Teppich, leckte über die Hand von irgendwem, weckte einen *von uns* auf, denn er wusste, dass ihm das bei Holly nicht gelingen würde, und so ziemlich der einzige Grund, warum Buster sich nachts überhaupt bewegte, war, wenn er nach draußen musste, um sich zu erleichtern. Aber jetzt waren wir in einem fremden Haus. Vielleicht konnte er uns nicht finden.

»Glaubst du, er ist nach unten gegangen?«, flüsterte ich.

Rachel gab mir keine Antwort. Sie drehte sich um und sah noch einmal zur offenen Tür. Das Licht der Nachttischlampe fiel schräg in den Flur hinaus. Sie richtete sich ein bisschen weiter auf, als hätte sie da draußen irgendwas gehört. Das Herz in meiner Brust pochte wie wild.

»Was ist los?«

»Ich weiß nicht. Ich denke nach.«

Über die Schiebetür wahrscheinlich. Über die dachte ich auch nach. Denn es gab keine Möglichkeit, dass Buster sie selbstständig hätte öffnen können.

Also in Ordnung. Vielleicht war es Buster zum ersten Mal in seinem Leben gelungen, Holly statt einen von uns aufzuwecken. Schließlich war er bei ihr im Zimmer gewesen. Vielleicht war Holly also mit ihm aufgestanden, statt uns Bescheid zu sagen.

Es gab doch für alles ein erstes Mal. Oder vielleicht hatte Holly auch der Schmerz wegen ihrer Gesichtsverletzungen aufgeweckt, und sie hatte sich ein Glas Wasser geholt, um ein paar Tabletten zu schlucken. Vielleicht hatte Buster sie nach unten begleitet. Vielleicht hatte Holly ihr Glas fallen lassen.

Das ergab Sinn.

»Ich sehe mal nach.«

»Sei vorsichtig.«

Ich schlug die Decke zurück und setzte mich an den Bettrand. Die Nachtluft war kühl. Eine Gänsehaut breitete sich über meine Arme, Schultern und Beine aus.

Meine Boxershorts lagen zusammengeknüllt auf dem Boden. Ich zog sie an. Dann kauerte ich mich neben meinen Koffer, zog eine Jogginghose und eine Jacke an und tappte barfuß durchs Zimmer. An der Tür blieb ich stehen, horchte und schlüpfte anschließend nach draußen in den Flur.

Nur der Flur war dunkel. Nicht vollständig, der Schein von Rachels Nachttischlampe fiel noch immer in die Schwärze hinein. Und am Ende des Zwischengeschosses sah ich das flackernde Leuchten der Lichter im Erdgeschoss. Holly musste sie eingeschaltet haben.

Ich spürte eine plötzliche Erleichterung, eine Entspannung meiner Gliedmaßen.

Sie war ein gutes Kind. Achtete darauf, uns nicht aufzuwecken. Das war tapfer, wenn ich an all das dachte, was sie in letzter Zeit durchgemacht hatte.

Allerdings hatte sie ihren Eltern auf diese Weise fast einen Herzinfarkt verursacht.

Ich ging weiter in Richtung des Lichtscheins im Wohnbereich. Dabei rieb ich mir die Augen. Unterdrückte ein Gähnen.

Ich bereitete mich auf ein Gespräch mit meiner Tochter vor. Doch als ich die Galerie erreichte und das Geländer umfasste, durchfuhr mich ein plötzlicher elektrischer Schlag.

Holly war nicht dort unten.

Es war viel, viel schlimmer.

13

Die Angst trieb mich in mein Zimmer zurück – diese lähmende, beklemmende, herzrasende Art von Angst, die einen nur in einer wirklichen Krise erwischt.

»Was ist los?«, fragte Rachel.

Sie kniete im T-Shirt auf dem Bett, zerrte und wrang den Saum in ihren Händen. Sobald sie mich erblickte, riss sie die Augen auf.

»Stimmt etwas nicht?«

Wie sagt man das seiner Frau? Wie fängt man diesen Satz an?

Meine Schläfen pochten so sehr, dass mein Sichtfeld zitterte.

»Da unten sind zwei Männer.«

»*Was?*«

»Pst. Sie haben Buster was angetan.«

»Was meinst du mit ›sie haben ihm was angetan‹?«

Ich meinte, dass einer der Männer Buster gebückt an den Hinterbeinen über den Boden geschleift hatte. Ich meinte, dass Buster schlaff und leblos gewesen war und dass ihm die Zunge aus dem Maul gehangen hatte.

Der andere Mann hatte an der offenen Verandatür gestanden und in den Sturm hinausgeblickt. Der Wind hatte ihm ins Gesicht gepeitscht und einen stürmischen Regen herangetragen, der sich wie verschüttetes Salz über das Parkett ausgebreitet hatte.

Mein Puls hämmerte mir bis zum Hals.

»Tom, bitte. Geht es Buster gut? Was ist los?«

»Ich glaube, sie haben ihn umgebracht.«

»*Was?*«

Rachel kippte nach vorn auf Hände und Knie und beugte den Nacken.

Ich musste an die Jäger denken, von denen Brodie uns erzählt hatte. Gehörten die beiden Männer etwa zu ihnen? Die ruppige Art, auf die einer von ihnen Buster wie einen Hasen herumgezerrt hatte, den sie in einer ihrer Fallen gefangen hatten, schien das nahezulegen.

Brodie hatte doch gesagt, sie kämen nicht zurück, solange wir hier wären. Es würde sich herumsprechen. Aber was, wenn es sich tatsächlich herumgesprochen hatte und sie genau deshalb hergekommen waren?

Oder – und das hielt ich sogar für noch schlimmer – was, wenn sie sich von Anfang an hier aufgehalten hatten? Was, wenn sie schon den ganzen Tag hier gewesen waren? Gewartet hatten?

»Oh Gott, Tom, wo ist Holly?«

»Ich gehe nachsehen. Ich gehe über den Balkon. So können sie mich nicht sehen. Du musst dich anziehen, Rachel. Und zwar sofort.«

Doch Rachel hörte mir gar nicht zu. Sie sprang vom Bett, schubste mich zur Seite und schoss dann über den Flur in ihr Zimmer.

Ich raste ihr hinterher. Sie war schon auf dem Weg nach draußen, auf den Balkon. Als Rachel losließ, packte der Wind die Tür, und ich musste sie festhalten, damit sie nicht mit einem lauten Knall zuschlug.

Ich drückte die Tür hinter mir zu, der Wind brauste gegen meinen Rücken. Der Sturm hier draußen tobte wild. Vorhänge aus Regen prasselten heftig nieder. Der Balkon war total überschwemmt. Ein wässriger Film glänzte blau-weiß im Mondlicht und spritzte fächerförmig auf, als Rachel hindurchrannte. Ich platschte ihr mit pochendem Herzen hinterher, dann packte sie den Griff an Hollys Tür und rüttelte daran.

Verschlossen.

Rachel wimmerte vor Panik, wischte mit ihrem Unterarm den Regen von der Scheibe und spähte ins Zimmer.

»Sie ist da drin.« Ihre Hände quietschten über das klatschnasse Glas. »Ich glaube, sie schläft.«

Eilig sah ich mich um, dann packte ich hinter mir einen der metallenen Gartenstühle. Der Regen prasselte nieder wie fallende Silbermünzen, prallte von dem Stuhl ab, als ich ihn hochhob, drehte und drauf und dran war, mit einem der Metallbeine die Scheibe einzuschlagen.

»*Nein!*« Rachel verschränkte die Arme vor dem Gesicht und stellte sich mir in den Weg. »Zu laut.«

Sie wischte sich den Regen vom Gesicht und starrte mich an. Sie hatte recht. Die Männer würden den Knall in der Stille des Hauses ganz sicher hören. Dasselbe galt für die Variante, an ihre Tür zu klopfen und den Versuch zu unternehmen, Holly aufzuwecken. Was, wenn wir sie erschreckten und sie irgendetwas sagte? Die Männer wären wahrscheinlich bei ihr, bevor wir sie da rausholen konnten.

Ich sah mich um. Der Regen hing in Tropfen an mehreren Stahlseilen, die waagerecht unter dem Geländer gespannt waren und im Wind vibrierten.

Ich lehnte mich vor und ließ den Blick über den Hof schweifen, während mir der Regen ins Gesicht peitschte. Das einzige Fahrzeug, das ich erkennen konnte, war unser Volvo auf seinem überdachten Stellplatz. Er sah klein und sehr weit weg aus.

»Hier lang, Rachel. Schnell.«

Ich rannte den Balkon entlang zurück, während ich mir die

Augen mit der Hand beschirmte. Die Wipfel der nahen Kiefern bogen und schüttelten sich. Der Regen prasselte weiterhin heftig nieder.

»Wir können sie doch nicht einfach zurücklassen, Tom.«

Ich wirbelte herum und starrte Rachel an, mein Brustkorb hob und senkte sich ruckartig und unregelmäßig. Wie konnte sie nur so etwas von mir denken? Wie konnte sie auch nur einen Moment lang glauben …?

»Ich will sie nicht zurücklassen«, sagte ich. »Ich hole sie. Das verspreche ich. Aber wir müssen uns beeilen. *Sofort.*«

Ich packte sie und zerrte sie hinter mir her in ihr Schlafzimmer. Ihr Handy lag auf dem Nachttisch. Ich drückte es ihr in die Hand.

»Ruf die Polizei. Schreib jemandem eine Nachricht. Egal wem. Hol Hilfe.«

Rachel nahm das Telefon und tippte auf das Display.

Ich drehte mich um und sah mich nach einer behelfsmäßigen Waffe um. Das Zimmer verschwamm vor meinen Augen. Ich hatte Schwierigkeiten, einen klaren Gedanken zu fassen, und mein gesamter Körper schien sich dem Rhythmus meines hämmernden Herzens anzupassen. Ich sah die Nachttischlampen auf beiden Seiten des Betts. Wenn ich mir eine von ihnen schnappen würde, würde ich allerdings das Kabel hinter mir herschleifen. Außerdem waren sie klobig und unhandlich. Dann vielleicht die Weinflasche?

»Das WLAN funktioniert nicht.«

Ich wirbelte herum. Rachel presste sich die Hand gegen die Stirn. Ich spürte, wie sich eine Leere in mir auftat.

»Es funktioniert nicht, Tom. Es gibt kein Signal.«

»Warte hier.«

Ich stolperte über den Flur in mein eigenes Schlafzimmer und nahm mein Telefon vom Nachttisch.

Bitte funktioniere. Bitte funktioniere. Bitte …

Doch als ich es anschaltete, erhielt ich dasselbe Ergebnis.

Kein WLAN. Kein Signal.

Meine Lunge schien zu kollabieren. Ich blickte auf und sah, wie sich das Zimmer um mich zu drehen begann. Rachel stand in der Tür, ihr T-Shirt war durchnässt, und sie raufte sich die Haare.

Zwei fremde Männer. Zwei Eindringlinge mitten in der Nacht. Rachels schlimmste Ängste waren wahr geworden. Ihr ganz persönlicher Albtraum.

Aber es war noch schlimmer, als sie ahnte.

Eine kalte Taubheit breitete sich über meinen Körper aus, als ich das Handy einsteckte und sie zurück in ihr Zimmer schob.

»Hör mir gut zu, Rachel. Ich muss dir das sagen. Sie tragen Anzüge.«

»Anzüge?«

»Schutzanzüge. Eine Art Wegwerfoverall, die vorne einen Reißverschluss hat. Sie tragen Kapuzen und Masken. Plastikhandschuhe.«

Und sie hatten knöchelhohe Gummistiefel an den Füßen. Wie Wissenschaftler, die von der Regierung geschickt wurden, um einen Chemieunfall zu beseitigen. Wie Arbeiter in einem Schlachthof.

Rachel sackte in sich zusammen. Ich hielt sie an den Armen aufrecht. Sie wirkte blutleer und außer sich. Aber sie verstand, was ich ihr gerade erklärt hatte. Beinahe hätte ich mir gewünscht, das wäre nicht der Fall gewesen.

»Das hier ist kein Einbruch, Tom. Einbrecher sind nicht so angezogen.«

Ich starrte sie an. Vielleicht. Doch vielleicht eben auch nicht. Ich musste einmal mehr an den fehlgeschlagenen Raub in

Lionels Londoner Wohnung denken, der Jennifer das Leben gekostet hatte. Ich dachte an den Hauptverdächtigen der Polizei, an Tony Bryant, und daran, dass er nie erwischt worden war. Dann dachte ich an das Bild von Damien Hirst über der freischwebenden Treppe. War Bryant zurückgekehrt und wollte mehr? Vielleicht zusammen mit einem Komplizen? Falls die Männer hier waren, um das Bild zu stehlen, kämen sie bald die Treppe hoch.

Die Raumtemperatur – sowieso schon kühl – schien um weitere zehn Grad zu fallen.

Wir hatten keinen Handyempfang. Das WLAN funktionierte nicht. Das einzige Festnetztelefon, das mir aufgefallen war, befand sich unten in der Küche. Unsere Jacken und Schuhe befanden sich in der Waschküche. Die Gegend hier war abgelegen, und der Sturm schnitt uns noch weiter von der Außenwelt ab.

Oh Gott.

Ich brauchte unbedingt irgendeine Waffe, und zwar sofort.

»Versuch es weiter mit deinem Telefon.«

Ich trat in das angeschlossene Bad. Die Luft schien zu knistern. In Rachels Kulturbeutel gab es eine Nagelschere. Ich packte sie mit meiner klammen Faust, doch es fühlte sich nicht an, als wäre das genug. Ich steckte die Nagelschere in meine Jogginghose, dann trat ich wieder aus dem Bad und riss die Schranktüren auf, schob dabei einen Frotteebademantel beiseite.

Da.

Eine lange Metallstange. Sie hatte einen Haken am einen Ende, einen Gummigriff am anderen. Ganz unten gab es außerdem eine Kurbel. Es war die Stange, mit der das Oberlicht in der gewölbten Decke geöffnet und geschlossen werden konnte.

Ich zog sie hervor und hielt sie schräg vor mich, prüfte ihr Gewicht. Sie fühlte sich zu schwer und zu leicht zugleich an: zu schwer, da meine Arme vor Angst ganz schwach waren; zu leicht, weil ich nicht sicher war, was ich damit für einen Schaden anrichten konnte.

»Ich hole jetzt Holly.«

Meine Stimme klang, als käme sie aus jemand anderem – einer Person, die nicht ganz glauben konnte, was sie da sagte. Ich ging an Rachel vorbei und auf die Zimmertür zu. Ich atmete so schwer, dass ich fast hyperventilierte.

»Spinnst du? Die entdecken dich doch.«

Wenn ich jetzt nicht ging, fürchtete ich, würde ich gar nicht mehr gehen.

»Vorhin haben sie mich auch nicht gesehen. Ich bin vorsichtig. Zieh dich an. Versuch weiter, ob du ein WLAN-Signal bekommst. Und schließ die Tür hinter mir ab. Schieb die Kommode davor, wenn du kannst.«

Die Kommode war ein ziemlicher Brocken. Sie bestand aus massivem Mahagoniholz, mit fünf geschwungenen Schubladen. Ich war mir nicht sicher, ob Rachel sie allein bewegen könnte, doch falls es ihr gelänge, würde sie eine vernünftige Barriere abgeben.

»Sieh dich nach einer Waffe um. Alles, was du finden kannst. Haarspray. Eine Rasierklinge. Was auch immer.«

»Tom.«

»Alles wird gut, Rachel.« Ich blinzelte, und schwarze Punkte tanzten vor meinen Augen. »Wir schaffen das schon.«

»Tom, bitte. Warte kurz.«

Aber ich wartete nicht. Ich war schon weg.

14

Aus dem Schlafzimmer. Den Gang hinunter. Ich hielt mich geduckt. Fest gegen die Wand gepresst und auf allen vieren vorwärtskriechend, den Metallstab in einer Hand, meinen Pulsschlag spürte ich bis zum Hals.

Ich hatte keinen Plan. Ich wusste nicht, was ich tun sollte. Sollte ich versuchen, die Männer anzugreifen, sie anzubrüllen, ihnen Angst zu machen? Oder sollte ich mich versteckt halten und versuchen, Rachel und Holly von hier fortzuschaffen?

Die Ellbogen knickten mir weg. Ein Zittern durchlief mich.

Ein Geräusch. Unter mir, weiter vorn. Nichts, was ich hätte zuordnen können. Nur die gedämpften, undeutlichen Geräusche, die zwei Fremde machten, die so lautlos wie möglich agieren wollten. Dann und wann hörte man das Rascheln und Knistern der Wegwerfoveralls. Dumpfe Schritte in Gummistiefeln auf dem Parkett. Das Heulen des Windes draußen.

Mein keuchender Atem machte das alles schwer hörbar. Ich hechelte jetzt sehr schnell. Doch das schien nicht zu helfen. Es gab nicht genug Luft in meiner Lunge.

Der Schweiß prickelte mir auf der Kopfhaut, als ich den Hals reckte und nach unten spähte. Weit unter mir stand die gläserne Schiebetür noch immer offen, und es regnete herein, als käme das Wasser aus einem Schlauch. Keine Spur von Buster. Oder Holly.

Vielleicht glaubten die Männer, das Haus stünde leer? Oder waren sie gekommen, weil sie wussten, dass wir hier waren?

Fragen. Zu viele davon. Zu furchterregend, um sich ihnen zu stellen. Und jetzt hatte ich gerade ohnehin keine Zeit dafür. Ich ließ den Blick nach links schweifen, zu Hollys Zimmer. Ihre Tür war noch immer angelehnt, genau wie ich sie vorhin zurückgelassen hatte.

Komm jetzt nicht raus. Bitte, komm nicht raus. Schlaf weiter, bis ich zu dir komme.

Dann geh jetzt zu ihr!

Ich kroch weiter. Erst schob ich meine rechte Hand und das rechte Knie vorwärts. Dann folgte die linke Seite. Mein Zittern wurde nun immer heftiger, und ich fühlte Schwindel – als ob ich über einen schmalen Balken über einer bodenlosen Schlucht kriechen würde.

Ein anderer Blickwinkel auf den Wohnbereich. Vorsichtig hob ich den Kopf. Mein Atem stockte. Die beiden Männer kauerten nebeneinander und zogen die Reißverschlüsse von drei großen Sporttaschen auf. Sie waren auf einer blauen Plastikfolie ausgebreitet. Zwei von ihnen waren leer. Die dritte nicht.

Mein Herz pochte noch schneller.

Die leeren Sporttaschen – und das wollte ich wirklich nicht glauben – sahen aus wie improvisierte Leichensäcke.

Ich schloss die Augen und spürte, wie eine kalte Taubheit sich von meinen Gliedmaßen her ausbreitete.

Beruhige dich. Denk nach. Für Holly.

Ein leises Klimpern, und ich öffnete die Augen wieder. Die Männer leerten ihre Ausrüstung aus der dritten Tasche auf die Plastikfolie. Meine Sicht pulsierte. Es gab Seile und Fesseln. Eine doppelläufige Schrotflinte und eine Pistole. Es gab ein Stemmeisen, eine Axt mit kurzem Heft, eine Rolle Gaffer-Tape, einen Zimmermanns- und einen Gummihammer.

Oh Gott. Das ist nicht gut. Gar nicht gut.

Drei Leichensäcke. Drei Familienmitglieder.

Die Plastikfolie. Die Wegwerfoveralls. Die Feuerwaffen und die finstere Handwerkerausrüstung.

Das hier ist kein Einbruch, Tom.

Ich musste meine Familie hier fortschaffen. Und zwar sofort.

Die Männer richteten sich plötzlich auf, und ich streckte mich nach vorn aus, sodass ich flach auf dem Boden lag und mein Kinn am Teppich entlangschabte.

Hinter mir ertönte ein Scharren. Es hörte sich an, als ob Rachel die Kommode vor ihre Zimmertür schieben würde.

Gut.

Hörten die Männer das? Ich sah hoch. Nein, es hatte nicht den Anschein. Sie hatten die Köpfe nun zusammengesteckt, als ob sie sich durch ihre Masken hindurch etwas zuflüsterten. Die Masken waren Papierschalen mit Gummibändern, die sie sich um die Plastikkapuzen gelegt hatten. Die Höhe, aus der ich zu ihnen hinabsah, verzerrte ihre Dimensionen, doch ich konnte erkennen, dass einer der Männer größer und breiter war. Der andere schlanker und kleiner.

Ich konzentrierte mich auf den Größeren, und ein schwindelerregender Gedanke traf mich schlagartig. Könnte das Brodie sein? Trug er deshalb einen Overall, der sein Gesicht verdeckte? Er schien in etwa die richtige Statur zu haben, auch die richtige Größe. Und er wüsste auch vom WLAN. Er wüsste, wie man es abstellte.

Hat Brodie dich genervt?

Ich hatte das Rachel gegenüber verneint, aber in Wahrheit hatte mich sein Interesse an ihr sehr wohl genervt. Es hatte eine Nachdrücklichkeit gehabt, die ich schwer fassen konnte. Was, wenn er Rachel ihr abweisendes Verhalten übelgenommen hatte? Was, wenn ich ihn verärgert hatte, als ich ihm erklärte, dass es Zeit für ihn zum Aufbruch sei? Was, wenn er heute Nacht wegen meiner Frau wiedergekommen war?

Ich riss mich zusammen und beobachtete weiter. Der kleinere Mann schien zu bestimmen. Er hatte die Hand gehoben und bedeckte damit seinen maskierten Mund, als ob er Anweisungen gäbe, die der größere Mann nickend zur Kenntnis nahm.

Also doch nicht Brodie?

Eine kurze Pause entstand, dann kauerte sich der größere Mann wieder hin und hob die Pistole und die Axt auf. Der kleinere Mann entschied sich für die Schrotflinte. Ich fühlte, wie mir ein heißer Schauer durch die Adern lief. Dann drehten die Männer sich herum und blickten zum Zwischengeschoss hoch.

Ich machte mich ganz flach, presste meinen Körper in den dicken Teppich. Mein Puls pochte mir in den Ohren. Dahinter konnte ich gerade noch das leise Knistern und Rascheln der Overalls hören. Dann folgten Schritte, der Klang änderte sich von einer dumpf-brüchigen Erschütterung zu einem hohlen Stampfen vorsichtig aufgesetzter Gummisohlen.

Auf der Treppe.

Ich schluckte etwas herunter, was in etwa die Größe eines Golfballs und auch dessen Beschaffenheit aufwies.

Hier konnte ich nicht bleiben. Ich musste mich verziehen, aber ich konnte nicht aufstehen und losrennen, denn dann hätten die Männer mich bemerkt.

Kriech auf dem Bauch weiter.

Ich robbte vorwärts, drückte Ellbogen und Finger in den Teppich.

Die langsamen Schritte hinter mir ließen mich vermuten, dass die Männer mich nicht gesehen hatten. Dann, mit einem kalten Adrenalinschub, wurde mir klar: *Sie glauben, wir schla-*

fen. Sie wollen uns nicht aufwecken. Sie haben vor, sich anzuschleichen.

Wie viele Stufen gab es? Mindestens fünfzehn?

Vielleicht sogar zwanzig, zweiundzwanzig? Falls der große Mann vorausging, würde sein Blick auf einer Ebene mit dem Boden des Zwischengeschosses sein, sobald er noch sieben oder acht Stufen vom oberen Ende der Treppe entfernt war.

Meine Vermutung war, dass er schon auf der vierten oder fünften Stufe angelangt sein musste, noch weiter, wenn er zwei Stufen auf einmal nahm.

Ich kroch am oberen Ende der Treppe vorbei, zog die Füße hinter mir an und presste meinen Körper gegen die Wand. Mein Herz raste und hämmerte. Ich atmete schwer und schwitzte noch heftiger, blinzelte mir kalten Schweiß aus den Augen.

Denk nach.

Hollys Zimmertür war nur ein paar Meter entfernt. Ich konnte den Lichtschein aus ihrem Bad sehen. Wenn ich schnell war, könnte ich hindurchflitzen und die Tür hinter mir zuschlagen. Den Schlüssel im Schloss drehen.

Und dann?

Die Männer würden mich hören. Sie waren mit Schusswaffen und Äxten bewaffnet. Ein Schloss würde dagegen nicht viel ausrichten. Und was wurde aus Rachel? Sie wäre dann auf sich allein gestellt. Die Kommode konnte sie nicht ewig schützen. Ich hatte ihr gesagt, sie solle sich mit Haarspray und Rasierklingen bewaffnen. *Haarspray*, während die Männer Pistolen hatten.

Und da wurde es mir bewusst. Schlagartig und unwiderlegbar: Ich konnte mich vor all dem nicht einfach nur verstecken. Ich konnte nicht einfach nur weglaufen. Ich musste meine Familie verteidigen. Und in diesem Augenblick – egal wie sehr ich mich fürchtete – bedeutete dies, dass ich angreifen musste.

Aber wie?

Ich stellte mir vor, wie ich den Rücken flach gegen die Wand presste und mit der Metallstange ausholte. Wenn der vordere Mann in Sicht kam, könnte ich mit voller Wucht zuschlagen?

Aber was, wenn er sich duckte? Oder ich ihn verfehlte? Was, wenn ich ihn nicht heftig genug erwischte? Ich hatte noch nie zuvor einen Menschen angegriffen. Und außerdem gab es immer noch den zweiten Mann.

Die Zeit war beinahe verstrichen. Mir rauschte das Blut in den Ohren, aber ich konnte gerade noch die Schritte näher kommen hören.

Also riskierte ich etwas und entschied mich für einen Kompromiss. Eine klassische Rechtsanwaltslösung. Eine Schummelei.

Ich stand schnell auf, meine Beine fühlten sich wie Gummi an, und drückte mich flach gegen die Wand.

Warte.

Meine Lungenflügel waren wie zwei Säcke voll feuchtem Sand.

Warte.

Noch mehr Schweiß lief mir in die Augen, doch diesmal blinzelte ich ihn nicht weg. Wild entschlossen starrte ich durch das stechende Brennen.

Warte.

Die behandschuhten Hände des vorderen Mannes erschienen. Sie hielten die Pistole und die Axt.

Oh Gott.

Jetzt.

Ich trat nach vorn und stellte mich vor ihn. Und wäre beinahe wieder zurückgewichen.

Hätte beinahe die Stange fallen lassen.

Es war der größere Mann. Von Nahem wirkte er riesig. Ein Schrank von einem Mann.

Einen Fuß hatte er auf dem Boden, der andere war gerade in der Luft. Das bedeutete, dass er für diesen Sekundenbruchteil ganz zwangsläufig aus dem Gleichgewicht war.

Alles passierte nun in Zeitlupe. Dieser winzige Sekundenbruchteil dehnte sich immer weiter aus, wurde elastisch. Ich sah, wie der Mann sein maskiertes Kinn aufwärtsreckte. Ich sah, wie sich seine Augen vor Überraschung weiteten. *Auf keinen Fall ist das Brodie.* Das verrieten mir meine Instinkte. Das hier war jemand anders.

Dann verging die Zeit wieder schneller, und ich sah dabei zu, wie er an der Hüfte nach vorn zusammenklappte, als ob ein langes, an seiner Wirbelsäule befestigtes Bungeeseil seine maximale Dehnung erreicht hätte und ihn nun sehr schnell und mit aller Gewalt zurückrisse. Er beugte sich so, weil ich ihm mit dem Ende der Oberlichtstange mitten auf den Brustkorb geschlagen hatte – fast ohne darüber nachzudenken, in einer Art nervösem Zucken.

Der Schlag war nicht heftig, aber ich erreichte damit mehr, als ich gehofft hatte, denn der Mann kippte nach hinten.

Der Arm, mit dem er die Pistole hielt, streckte sich nach oben, um das auszugleichen, doch er erzeugte damit nur noch mehr Schwung. Die Hand mit der Axt wurde hochgerissen. Ich beobachtete ihn verblüfft, bis er die Axt losließ und wild nach mir griff, seine Finger schlossen sich um meine Jacke.

Er zog mich zu sich heran. Es fühlte sich an, als ob er mir das Herz herausrisse. Er konnte seinen eigenen Sturz zwar nicht mehr verhindern, aber er konnte mich mitreißen oder mich vielleicht sogar von der Treppe zerren, sodass ich aus dieser Höhe ins Erdgeschoss fiel.

Und das hätte er wohl auch getan, wenn ich nicht in einer weiteren verzweifelten, ruckartigen Bewegung den Metallstab aufwärtsgerissen hätte, sodass er ihn am Unterarm traf und ihm die Hand wegschlug.

Seine Waffe blitzte blendend hell. Etwas pfiff an meinem Kopf vorbei. Es gab einen lauten Knall, und ich duckte mich und fuhr mir erschrocken über den Kopf, aus Angst, ich könnte von einer Kugel getroffen worden sein. Der Rückstoß reichte allerdings, um den größeren Mann nach hinten zu werfen und mit dem kleineren Mann, der ihm folgte, zusammenstoßen zu lassen.

Eine Kugel schlug dumpf irgendwo in die gewölbte Decke ein. Brocken des Dachgebälks fielen klappernd herab. Außerdem hörte ich das Krachen, Knirschen und Grunzen der Männer, als sie zusammenstießen und beide die Treppe hinunterfielen.

Doch in diesem Augenblick schlüpfte ich bereits in Hollys Zimmer, während meine Beine unter mir nachgaben, und ich knallte die Tür zu.

Dann drehte ich den Schlüssel im Schloss.

15

»Dad? Was war das für ein Krach?«

Ich schaltete das Deckenlicht ein. Ließ den Stab für das Oberlicht fallen. Mein Brustkorb hob und senkte sich. Ich zitterte, zuckte, war außer mir vor Angst.

Ich konnte noch immer den Griff des Mannes an meiner Jacke spüren, der mich nach vorn zog. Der Lärm des Schusses schien sich in meinem Kopf verfangen zu haben und darin hin- und herzusausen. Ich tastete meinen Brustkorb und meinen Kopf ab. Es war schwer zu glauben, aber ich war weder mit dem Mann zusammen abgestürzt noch von ihm erschossen worden. Es fühlte sich unwirklich an. Nichts von all dem wirkte real. Ich wartete die ganze Zeit darauf, dass es vorbei war. Als ob ich irgendwie aus einem Albtraum hochschrecken, die Nacht wieder auf Anfang setzen und von vorn beginnen könnte.

»Dad!«

Holly sah mich hinter den Blutergüssen in ihrem Gesicht hervor an. Sie war schon halb aufgestanden, hatte die Decke zurückgeschlagen, die Beine hingen seitlich heraus. Als ich sie sah, fühlte ich einen stechenden Schmerz in der Brust. Ihr rosa Schlafanzug war verdreht, eines der Beine über ihr Knie hochgerutscht.

»Holly, du musst aufstehen. Zieh dir Schuhe an.«

»Was?«

Keine Zeit. Ich raste zu ihr hinüber, packte sie, hob sie aus dem Bett und trug sie zu ihrem Koffer. Ich spürte, wie mein Herzschlag gegen ihre Rippen pochte. Doch als ich sie absetzen wollte, hielt sie meinen Hals umklammert, so wie sie es immer getan hatte, als sie noch ein kleines Mädchen war.

»Holly, bitte. Hör mir zu. Tu einfach, was ich sage.«

»Ich verstehe ni…«

»Zwei Männer sind im Haus!«, rief ich lauter, als ich eigentlich wollte. »Böse Männer. Wir müssen von ihnen wegkommen.«

Der Schock trat unmittelbar ein, als hätte ich ihr im Dunkeln eine Ohrfeige verpasst. Ihre Arme rutschten von meinem Hals, und sie stolperte rückwärts, während ich in ihren Koffer griff und Kleidung beiseitewarf.

»Wo sind denn deine Schuhe?«

»Wo ist Mum? Geht es ihr gut?«

»Deine Schuhe, Holly.«

»Ich will wissen, wo Mum ist.«

Sie hämmerte gegen die Glastür hinter uns. Rachel stand auf dem Balkon im Regen. Sie hatte einen roten Rollkragenpullover und dunkle Jeans angezogen. An den Füßen trug sie alte Laufschuhe.

Rachel zu sehen – die helle Panik zu sehen, in der sie sich befand – überzeugte Holly wohl schließlich vom Ernst der Lage. Sie bückte sich nach ihren Sachen, während Rachel erneut gegen die Scheibe klopfte – inzwischen wütend – und uns zurief, wir sollten aufmachen. Mir wurde klar, dass sie den Schuss ebenfalls gehört haben musste. Keine Chance, dass sie ihn verpasst hatte, der gewaltige Knall hallte noch immer in meinem Schädel wider.

Rachel hielt ihr Telefon in der Hand. Lieber Gott, ich hoffte, dass sie die Polizei inzwischen erreicht hatte.

»Dad!«

Schwere Schritte im Flur. Ich drehte mich um und sah, wie die Innenwand erbebte. Mein Herzschlag setzte aus. Die Klinke der Schlafzimmertür klapperte heftig. Stoppte. Klapperte wieder. Dann ertönte ein einziger gewaltiger Schlag gegen das Holz.

»Aufmachen!«, schrie jemand. »Mach diese Tür auf!«

Aus irgendeinem Grund ließ der Klang dieser Stimme meine Panik noch ein bisschen schlimmer werden. Die Stimme machte alles noch realer.

»Schuhe, Holly. Jetzt.«

Sie reagierte nicht, sondern starrte nur auf die Tür.

»Holly! Wo sind deine Schuhe?«

»Hier.« Sie bückte sich und griff sich ein Paar pinke Turnschuhe, als wüsste sie nicht, worum es sich dabei handelte.

»Zieh sie an. Dann geh zu Mum.«

Und was dann?

Ich hatte keine Ahnung.

Rachel schlug mit den Handflächen erneut gegen die Scheibe. Die Männer schlugen zur gleichen Zeit gegen die Schlafzimmertür. Ich sah von einer Tür zur anderen, und meine Beine knickten ein, als ich mich aufrichtete.

Selbst wenn es Rachel gelungen war, die Polizei zu kontaktieren, mussten wir mehrere Meilen von der nächsten Dienststelle entfernt sein. Hier draußen in der Wildnis hatten sie wahrscheinlich ohnehin nur eine Handvoll Beamter. Und die wären nicht so bald hier.

Erneut klapperte die Klinke der Schlafzimmertür, und zwar so heftig, dass ich fürchtete, sie würde abfallen. Dann verzog sich die Tür auf Übelkeit erregende Weise im Rahmen. Er musste sie mit der Schulter gerammt haben. Vielleicht hatte er auch dagegengetreten.

»Holly. Geh zu Mum. Raus hier.«

Aus dem Augenwinkel sah ich sie durchs Zimmer hüpfen und mit ihrem zweiten Schuh kämpfen.

Ich streckte Hände und Füße seitlich vom Körper weg und versuchte, mich so breit wie möglich zu machen. Wenn sie durchbrachen, würde ich mich ihnen entgegenwerfen müssen. Das war vielleicht sinnlos, aber in diesem Moment mein einziger Plan.

Ein weiterer heftiger Schlag vor mir. Es fühlte sich an, als hätte mir jemand die Faust in den Magen gerammt. Die Schlafzimmertür war aus Eichenholz. Wie alles im Haus sah sie aus, als wäre sie für viel Geld angefertigt und von Fachleuten eingepasst worden. Aber einem dauerhaften Angriff würde sie dennoch nicht standhalten.

Wie lange würde ich sie aufhalten können? Eine Sekunde? Vielleicht zwei? Da mein Leben auf dem Spiel stand – und Hollys und Rachels Leben ebenso –, wusste ich, dass ich einen besseren Plan brauchte.

Ich sah nach rechts. Neben der Tür stand ein großer Kleiderschrank. Dunkles Holz. Auf Hochglanz polierter rötlicher Glanz. Ich sprang hin, spreizte die Beine weit und drückte.

Der Kleiderschrank neigte sich ein bisschen, es war kaum ein Zittern, dann schaukelte er wieder in die ursprüngliche Position zurück. Ich drückte ein zweites Mal dagegen, zog und dehnte jede Sehne. Mein Rücken brannte. Meine Hände bebten.

Der Kleiderschrank rührte sich nicht von der Stelle.

Das nächste Krachen gegen die Tür. Es hörte sich an, als ob beide Männer es diesmal gemeinsam versuchten. Ich zuckte zusammen. Die Tür bog sich, und der Rahmen gab nach und verzog sich. Ein Teil davon hatte sich in einer Staubwolke aus der Wand gelöst, Schrauben und Dübel waren mit herausgebrochen.

Ich starrte hin, erfüllt von einer absoluten, bebenden Furcht davor, dass die Männer nur noch wenige Sekunden brauchen würden, bis sie durchkämen.

Dann fühlte ich einen kalten Luftzug im Rücken, und Rachel und Holly standen neben mir, drückten gegen den Kleiderschrank, stemmten die Füße auf den Boden, neigten ihre Körper, grunzten und schrien und schoben. Ich schob und strengte mich sogar noch mehr an. Ich hebelte mit den Armen, drückte mit den Beinen.

Der Kleiderschrank kippte … und kippte … und …

Rachel schrie auf, als der Schrank schwer umfiel, dabei eine Furche in die Wand pflügte und mit einem dumpfen Knall auf dem Boden aufkam.

Wir purzelten übereinander, fielen auf die Knie, umarmten uns, weinten. Rachel drückte mich fest an sich.

Der Schrank hatte sich gegen die Tür verkeilt. Diesmal war die Barriere stabiler, als die Männer erneut dagegenstießen. Sicherer. Der Schrank bewegte sich kaum.

Und vom Gang draußen ertönte ein wütendes Gebrüll. Als hätte sich einer der Männer wehgetan. Ich stellte sie mir auf der anderen Seite vor. Wie sie sich aufbäumten, sich die Arme rieben, sich neu formierten. Dann dachte ich an die Pistole und die Schrotflinte. Ich dachte daran, dass die Männer auf die Tür schießen könnten.

Eine furchtbare Angst durchzuckte mich.

»Los!«

Ich zerrte Holly und Rachel hoch, schlang die Arme um sie und schob sie durchs Zimmer auf die Glastür zu, die sich im Wind bewegte.

Hollys Beine gaben nach. Sie ging in die Knie. Ich schubste Rachel weiter, dann bückte ich mich und hob Holly an der Hüfte hoch, legte mir ihren Oberkörper über die Schulter und umfasste ihre Beine mit meinen Armen. Das Blut pochte mir in den Augen. Ich konnte hören, wie die Männer gegen die Tür traten und schlugen, während ich Rachel auf den nassen Balkon nach draußen trieb und dann hinter ihr durch den Regen platschte.

16

Wir rannten in Rachels Zimmer. Ich setzte Holly ab. Rachel schloss sie sofort in die Arme und schluchzte auf, während ich mich nach hinten beugte und mit dem Herzen, das mir bis zum Hals schlug, den Balkon entlangspähte.

Keine Spur von den Männern. Noch nicht.

Als ich Rachels Zimmer wieder betrat, sah ich, dass sie die Kommode vor die Tür gezerrt hatte, wie ich es ihr gesagt hatte. Sie stand nicht ganz bündig davor, und ich rannte hinüber und drückte mit Wucht dagegen. Meine Hände rutschten ab, so sehr schwitzte ich.

»Bist du in Ordnung, Kleines?« Rachel strich Holly übers Haar und blickte sie forschend an.

Holly schniefte und schüttelte den Kopf, erwiderte aber nichts. Rachel sah über die Schulter zu mir, ihr Gesicht kreidebleich vor Angst.

»Haben sie auf dich geschossen?«

»Ja.«

»Sie haben Waffen?«

»Ja.«

»Haben sie gesagt, was sie wollen?«

Ich schüttelte den Kopf.

Doch worum auch immer es hier ging, es war nicht gut. Ich musste wieder an die leeren Sporttaschen denken, und erneut durchfuhr mich ein kalter Schauer. Wie sollte ich Rachel davon erzählen? Oder sogar Holly?

»Wo ist Buster?«

Holly löste sich von Rachel und starrte uns beide an. Ihre Wange zuckte.

»Dad, wo ist er? Er war nicht in meinem Zimmer.«

Mein Blut begann zu rauschen. Meine Tochter wirbelte herum und sah wieder zwischen uns beiden hin und her, bis sie, sichtlich entsetzt, verstand. Sie schlug sich die Hand vor den Mund, zog die Schultern ein und spannte den gesamten Körper an, als ob sie sich auf den nächsten harten Schlag wie den in der Gasse vorbereitete.

»Wo ist er?«, jaulte sie auf.

»Wir wissen es nicht«, erwiderte Rachel und warf mir einen warnenden Blick zu. *Sag ihr nichts. Wir dürfen es ihr nicht sagen.*

In der Tat, wie hätten wir das tun können? Die Dinge standen so schon schlimm genug. Wir durften Holly jetzt nicht noch weiter ins Trudeln bringen.

Ich hasse es, meine Tochter anzulügen. Ich habe das noch nie gut gekonnt. Selbst als sie noch klein war, hatte sie mich ständig gelöchert, wenn sie eine meiner Aussagen anzweifelte.

»Holly, wir finden ihn.« Ich ging zu ihr hinüber und umfasste ihre Arme. »Wir finden Buster und bringen ihn in Sicherheit.«

»Wo denn, ihn finden? Und wie?«

»Wo immer er ist. Holly, hör mir jetzt zu. Zuerst müssen wir uns selbst einmal schützen. Verstehst du?«

Sie entgegnete nichts, starrte einfach nur blicklos in den Raum. Sie zitterte und bebte, dann zuckte sie heftig zusammen, als wir ein weiteres dumpfes Krachen vom anderen Ende des Gangs her vernahmen. Die Männer versuchten noch immer, Hollys Tür aufzubrechen.

Ich trat wieder auf den Balkon hinaus. Als ob das irgendetwas helfen würde. Und wenige Sekunden später schreckte ich hoch und drehte mich ruckartig um.

Ein noch lauteres Krachen kam nun von Rachels Zimmertür her.

Mich durchlief ein eisiger Schauer.

Die Männer hatten sich aufgeteilt.

Holly jammerte und presste sich die Hände auf die Ohren. Rachel drückte sie fest an sich und wandte der Tür den Rücken zu, als ob sie Holly vor der Detonation einer Bombe abschirmen wollte. Die Kommode machte einen Satz und erzitterte. Sie war nicht so massiv wie der Kleiderschrank. Sie war auch nicht so groß.

Und sie würde die Männer nicht mehr lange aufhalten.

»Was sollen wir tun?«, schrie Rachel.

Ich drehte mich um, suchte nach einer Idee, rannte wieder auf den Balkon hinaus und sah noch einmal an den peitschenden Baumwipfeln vorbei zum Boden. Mein Magen rutschte mir in die Kniekehlen, als ob ich auf dem Scheitelpunkt einer Achterbahn angekommen wäre und der große Fall kurz bevorstünde. Ich wusste bereits, was ich sehen würde: einen hässlichen Sturz auf glitschigen Kies und in schlammige Pfützen. Zweifellos tief genug, um sich etwas zu brechen.

Ich lehnte mich vor, reckte meinen Hals, sah durch den heftigen Regen zum hölzernen Verschlag des Stellplatzes und zu unserem Volvo hinüber. Eine Idee jagte mir durch den Kopf: Wenn wir doch nur dorthin gelangen könnten, könnten wir damit wegfahren.

Vielleicht übers Dach? Ich sah hinauf. Regenwasser floss in Sturzbächen von den glänzend schwarzen Dachziegeln ab und spritzte aus der Regenrinne.

Ich sprang und bekam den Überstand zu fassen, doch obwohl ich mich verzweifelt mit den Fingerspitzen daran festkrallte, verlor ich den Halt und fiel wieder nach unten.

So würde es nicht funktionieren. Eine Kletterpartie übers Dach wäre eine halsbrecherische Angelegenheit. Und selbst wenn uns das glückte, wohin sollten wir von da gelangen? Die Windböen zerrten und rissen an uns. Der Regen pladderte heftig nieder.

Wütende, wilde Schläge ertönten auf beiden Seiten.

Ich betrachtete erneut das Balkongeländer. Der Regen prallte davon ab. Ich streckte die Hand aus und zupfte an einem der waagerecht gespannten Drähte. Das Wasser prallte auch von ihnen ab, doch sie gaben so gut wie nicht nach.

Dann hörte ich Rachel meinen Namen brüllen, und ich eilte zurück ins Schlafzimmer. Unablässig wurde gegen die Tür geschlagen.

»Wir müssen Holly verstecken, Tom. Und zwar sofort.«

Sie zu verstecken würde allerdings nichts helfen. Verstecken war zwecklos. Unsere einzigen Optionen waren der Kleiderschrank, das Bett und das angeschlossene Bad. Aber ich hatte die drei Sporttaschen gesehen. Drei Leichensäcke. Für uns. Wenn Rachel Bescheid wüsste, würde sie nicht versuchen, sich zu verstecken.

»Nein.« Ich schüttelte den Kopf. »Wir müssen zum Auto.«

»Was?«

Ich rannte vor und warf mich aufs Bett. Rachels Handtasche stand auf dem Nachttisch. Ich schnappte sie mir, riss sie auf und griff nach dem Autoschlüssel.

Gerade drückte ich mich wieder auf die Knie – war schon wieder auf dem Rückweg um das Fußende des Bettes herum –, als ein Holzsplitter von einer der Füllungen in der Mitte der Tür abplatzte. Die Angst explodierte in meinen Nervenenden. Die Axtklinge steckte darin.

Ich sah zu, wie die Axt gedreht und wieder herausgezogen wurde und wie ein Teil des Gesichts des größeren Mannes erschien, ein einzelnes rotes Auge hinter seiner Maske.

»Was wollen Sie?«, schrie ich. »Lassen Sie uns in Ruhe.«

Er gab keine Antwort. Er schlug nur noch einmal mit der Axt zu, sodass weitere Holzsplitter im Zimmer landeten, dann zwängte er die behandschuhte Hand durch den Schlitz im Holz. Sein Unterarm und sein Oberarm folgten in dem weißen Plastikoverall. Ich konnte ihn grunzen hören. Und mir wurde mit eisiger Panik klar, dass er nach dem Schlüssel tastete.

Beinahe hätte er ihn erwischt, und ich war zu weit weg, um ihn daran zu hindern.

Aber Rachel stand näher.

Sie schoss nach vorn und packte die Hand des Mannes, bevor sie sich um den Schlüssel schließen konnte. Dann bog sie ihm die Finger zurück. Mit Gewalt. Ich hörte es zwei Mal deutlich krachen. Es war das gleiche Geräusch wie beim Richten von Hollys gebrochener Nase. Nur schärfer. Deutlicher. Die schonungslose Kenntnis einer professionellen Medizinerin.

Der Mann jaulte auf und zog die malträtierte Hand wieder hinaus.

»Ich bring dich um, du Schlampe.«

Rachel zog den Schlüssel aus dem Schloss. Dann drehte sie sich zitternd wie Espenlaub zu mir um.

»Tom?«

Ich sprang aufs Bett, über die Matratze, sprang hinunter, packte Holly und schob sie, Rachel im Schlepptau, vor mir her, auf den Balkon hinaus, während ein weiterer Axthieb sich in das Türblatt grub.

Wir rutschten aus und stürzten auf dem glitschigen Holz. Meine bloßen Füße fanden überhaupt keinen Halt.

»Warte hier«, sagte ich zu Rachel und raste in den Regen hinein.

Ich sprang über den Gartenstuhl, den ich vorhin einfach fallen gelassen hatte, streckte die Hand aus und schwang mich darum herum in Hollys Zimmer hinein.

Wo war er? Wo war er nur?

Da.

Der Metallstab für das Oberlicht.

Ich stürzte mich darauf und wollte mich gerade wieder zum Gehen wenden, als ich ein unheimliches metallisches Knirschen von der anderen Seite der Tür her vernahm. Es klang wie eine Nuss, die geknackt wurde. Oder wie ein Brief, der durch eine altmodische Frankiermaschine lief.

Ich erschauderte.

Es folgte eine kurze Pause.

Dann kam die Detonation.

17

Wenn der Schuss vorhin schon laut gewesen war, klang dieser wie eine hochgehende Bombe. Der Lärm war ohrenbetäubend. Ein wütendes, unheilvolles Dröhnen, das vom Gang aus durch die Tür hallte.

Rauch und Pulvergestank hingen in der Luft.

Ich lag mit dem Gesicht nach unten, hustend und spuckend, auf dem Boden. Es war schwer zu sagen, ob ich mich selbst hingeworfen hatte oder umgerissen worden war. Ein Teil der Tür knallte gegen die Wand vor mir. Holzsplitter regneten mir auf Kopf, Rücken und Schultern. Der Staub hing mir in den Haaren.

Die Schrotflinte. Die musste es wohl gewesen sein.

Eine leise Stimme in meinem Kopf flüsterte mir ein, ich solle einfach liegen bleiben. Diese Männer würden nicht aufhören. Sie waren bis an die Zähne bewaffnet. Wir waren hoffnungslos unterlegen und vor Panik und Verwirrung ganz verrückt.

Doch dann musste ich an Holly und Rachel denken. Meine Familie wurde angegriffen. Und ich hatte jetzt nur eine Aufgabe. Ich musste aufstehen und raus aus diesem Zimmer. Ich musste uns irgendwie von dem Balkon runterkriegen. Ich musste uns hier wegbringen.

Ich stemmte mich hoch, erstickte halb am Holzstaub, in meinen Ohren rauschte und klingelte es, mein Gleichgewichtssinn war komplett dahin. Auf meinem Weg nach draußen prallte ich gegen die Türzarge und sah noch einmal über die

Schulter in Richtung des Knirschens an der Tür. Der kleinere Mann benutzte den Griff der Schrotflinte, um die zerborstenen Überreste des oberen Teils wegzuschlagen und sie beiseitezufegen.

Mein Magen geriet in Aufruhr. Wir hatten jetzt nicht mehr viel Zeit, bis sie sich Zugang verschaffen würden.

Ich spürte, wie Hände mich packten, drehte mich um und sah, wie Rachel und Holly mich weinend mit sich zogen und dabei irgendetwas schrien, was ich über das schrill tosende Jaulen in meinem Kopf nicht verstehen konnte. Rachels Haar war nass und hing ihr in die Augen. Hollys Gesicht glänzte im Regen.

»Kommt!«, rief ich in den Lärm hinein, dann prallte ich gegen das Balkongeländer und kletterte darüber, hielt mich an der anderen Seite fest, kämpfte einen plötzlichen Schwindelanfall nieder und schluckte den rauen Staub hinunter, der mir auf der Zunge lag und im Hals steckte.

Der ferne Boden hüpfte und drehte sich unter mir, als ich mich im Regen hinkauerte und den Metallhaken am einen Ende des Stabes an den untersten Geländerdraht hängte. Das andere Ende des Stabes baumelte davon hinab.

Erneut streckten sich Hände nach mir aus und zerrten an mir. Rachel zog an meinem Arm. Sie brüllte irgendetwas – wahrscheinlich versuchte sie mich von meinem Vorhaben abzubringen –, aber ich hörte nicht, was sie sagte, sondern griff mit einer Hand nach unten an den Stab, mit der anderen an den geriffelten Metallpfosten, der das Geländer trug, ich verlagerte mein ganzes Gewicht auf die Arme, kickte eine Regenfontäne vom Rand des Balkons und schwang die Beine über den Abgrund.

Dort hing ich, trat barfuß in die durchnässte Dunkelheit und spuckte Regen aus. Dann ließ ich das Geländer los und packte den Stab mit beiden Händen. Er trug mein Gewicht. Ich verspürte eine winzige Erleichterung. Ich ließ mich – schneller als geplant – daran hinabgleiten, bis meine Fäuste an den Gummigriffen Halt fanden.

Dann blinzelte ich durch den Regen nach oben, wand mich und zappelte. Ich spürte das Blut in meinen Armen pulsieren.

»Holly zuerst!«, rief ich.

Rachel und Holly sahen einander an, als hätte ich den Verstand verloren. Doch dann zuckten sie zusammen und blickten zurück in die beiden Zimmer, und wenige Sekunden später packte Rachel Holly, zog dabei ihr Schlafanzugoberteil hoch und half ihr eilig über das Geländer. Meine Tochter kletterte halb und stolperte halb, hätte sich beinahe vor Unbeholfenheit überschlagen, doch dann kauerte sie sich hin und angelte nach dem Stab.

Sie verfehlte ihn, versuchte es erneut. Diesmal bekam sie ihn mit der Linken zu fassen, und ihre Rechte folgte. Ich sah, dass ihre Knie nachgaben und sie die Füße nachzog, als sie sich fallen ließ und sich verzweifelt an dem Stab festklammerte, der hin- und herschwang und dabei gegen den Rand des Balkons stieß.

Sie kreischte auf. Der Haken schrammte und begann abzurutschen. Ich verlor allmählich den Halt.

»Weiter!«

Holly glitt zu mir herab, jetzt sehr schnell, schlang mir die Beine um den Oberkörper und die Arme um den Nacken.

»Sie kommen durch die Tür, Dad. Sie sind fast schon drin.«

Ich spürte, wie sie am ganzen Leib zitterte, während sie an mir hinabkletterte, meine Hüfte umklammerte, dann meine Oberschenkel, meine Knie. Als Holly an meinen Knöcheln angekommen war, war sie noch immer ziemlich weit vom Boden entfernt. Sie nahm Maß. Und ließ sich fallen. Sie traf auf dem

Boden auf, verursachte eine durchweichte Fontäne aus Wasser und Matsch und rollte sich zu einer Seite hin ab.

»Schnell, Mum!«, schrie sie dann.

Ich blickte zu Rachel hinauf, und das Regenwasser lief mir in den Mund. Sie starrte zu mir hinab, ihr Haar hing ihr ins Gesicht.

»Ich kann mich nicht mehr viel länger halten«, warnte ich sie.

Für einen Sekundenbruchteil war ich außer mir vor Angst, dass sie nicht kommen würde. Dann setzte sie in einer fließenden Bewegung ein Bein auf den ersten zitternden Draht und schwang das andere über das Geländer.

»Schneller, Rachel.«

Das war mein Fehler. Sie war erst halb übers Geländer, als ich sprach, und nahm sich deshalb nicht die Zeit, um sich noch einmal zu sammeln, bevor sie nach dem Stab griff. Sie bekam ihn in Schräglage zu fassen, und der Schwung brachte den Stab erst ins Gleiten, dann drehte er sich um die eigene Achse.

Der Haken rutschte am Draht entlang, der Draht riss und gab ein bisschen nach. Wir stürzten ab – nur wenige Zentimeter, doch dabei trat mir Rachel mit dem einen Fuß gegen die Schulter und mit dem anderen ins Gesicht. Sie ließ sich mit dem gesamten Gewicht auf mich sacken, drückte meinen Kopf nach hinten, und als sie nach unten griff, um meinen Hals zu umfassen, hatten meine Hände sich schon von dem Stab gelöst und griffen ins Leere.

Gemeinsam stürzten wir in die zersplitterte Schwärze, der Regen prasselte wie silberne Nadeln auf uns nieder, und der Boden raste auf uns zu.

»Michael, bitte.«

Fiona starrt Michael mit großen Augen in der Dunkelheit an, als wäre er für sie zu einem Fremden geworden. Sie umklammert den Haltegriff über der Beifahrertür.

»Das war irre. Du fährst zu schnell.«

Er weiß, dass sie recht hat. Er fährt jetzt fast achtzig, obwohl er vor heute Abend noch nie schneller als zwanzig gefahren ist. Die Federung wirkt seltsam schwerelos, als ob die Reifen des Audi sich gleich von der Straße lösen würden. Der Motor heult auf, und das Lenken fühlt sich auf einmal leicht und ziellos an. Die Bäume peitschen seitlich an ihm vorbei.

Der Asphalt wellt sich. Der Audi bäumt sich auf.

Michael spürt ein Flattern in der Magengrube. Wie damals, als sein Dad beschleunigte, wenn er über eine gewölbte Brücke fuhr, nur um Michael gleich darauf fragen zu können, ob sie zurückfahren sollten, um seinen Bauch wieder einzusammeln. Michael hatte das geliebt. Er erinnerte sich, wie er gekichert, sich den Bauch gehalten und zur Heckscheibe hinausgeblickt hatte, um nachzusehen, ob sein Bauch dort tatsächlich irgendwo lag. Er fragt sich jetzt, ob sein Dad jemals das Gefühl hatte, derart die Kontrolle zu verlieren.

»Du machst mir Angst.«

Michael macht sich selbst Angst. Er hat auch früher schon riskante Sachen gemacht, ist beim Parcours durch Treppenhäuser gesprungen und hat sich zwischen Gebäuden fallen lassen, hat sich abgerollt, bis er zum Stehen kam. Er ist auf hohen Simsen balanciert und hat sich herabbaumeln lassen, während Fiona über ihm stand und mit ihrer Kamera nach dem perfekten Bild suchte.

Doch das war alles nichts im Vergleich zu dem hier.

»Du musst langsamer fahren.«

18

Der Aufprall fühlte sich an, als ob wir von einem Lkw gerammt würden.

Ich landete auf dem Rücken im morastigen Kies. Mir blieb kurz die Luft weg. Rachel krachte auf mich, nur Ellbogen und Knochen.

Sie schrie auf und rollte von mir herunter. Schob sich hoch, auf die Knie. Durch den heftigen Regen konnte ich sie die Zähne fletschen und sich den linken Arm halten sehen. Nutzlos hing er seitlich an ihr herab.

»Ich hab mir die Schulter ausgekugelt.«

Ich versuchte ihr zu antworten, brachte aber kein Wort heraus. Ich keuchte und krächzte trocken aus der Kehle heraus. Jede Sekunde würde wieder Sauerstoff meine Lunge fluten. Aber in diesem Moment fiel es mir schwer, nicht in Panik zu verfallen.

Ich schaukelte seitwärts. Schmerz breitete sich über Becken und Wirbelsäule aus. Mir gelang ein kurzer, stockender Atemzug, als ob ich Sauerstoff durch einen Strohhalm saugen würde. Dann noch einer. Diesmal bekam ich schon ein bisschen besser Luft. Ich stemmte mich hoch, klappte wieder zusammen, versuchte es erneut. Ich musste mir beim Sturz den Kopf gestoßen haben. Ich fühlte mich benommen. Wir mussten weg von hier – das wusste ich –, doch alles schien zu lange zu dauern.

Etwas in der Mitte meines Rückens schickte einen heißen, scharfen Schmerz durch mich hindurch. Doch ich kam auf die

Knie, während Holly platschend durch die Pfützen heraneilte, um Rachel mit mir zusammen aufzuhelfen. Wir stützten uns aufeinander, Kleidung und Haare waren klatschnass und klebten uns an der Haut.

»Hier lang.«

Wir stolperten und hinkten durch die Sintflut und suchten Schutz unter dem Balkon. Rachel lehnte sich gegen den unbehauenen Stein des Fundaments. Sie kauerte sich in eine Pfütze, ihr Gesicht wirkte angespannt.

Von oben waren Schritte zu hören. Schnell und dröhnend. Ich war krank vor Angst, mein Atem ging schwer, in meinen Ohren rauschte es noch, aber das Geräusch war unverkennbar. Wir blickten alle hoch, zitternd und verängstigt. Die Holzbretter bebten. Regentropfen fielen in Klumpen und als feine Spritzer auf uns herab. Weiterer Regen floss vom Balkonrand in einem Vorhang aus Wasser herunter.

Wir waren nicht zu sehen, jedenfalls glaubte ich das.

Weitere Schritte ertönten, diesmal kamen sie vom hinteren Ende des Balkons. Wir drückten uns still aneinander, während die beiden Männer sich besprachen. Sie redeten schnell, aber ihre Worte wurden vom heulenden Wind davongetragen und von dem Wolkenbruch übertönt. Ich nahm an, dass sie die Blicke über den weiten, mit nassem Kies bedeckten Vorplatz schweifen ließen, der vor ihnen im Mondlicht lag, sowie über den hin- und herschwingenden und sich drehenden Oberlichtstab. Mich überlief ein Schauer. Hatten wir Fußspuren hinterlassen, als wir unter dem Balkon Zuflucht gesucht hatten? Selbst wenn nicht, wüssten sie, dass wir nicht weit sein konnten.

Holly starrte mich atemlos an, dann schien etwas in ihr zu zerbrechen. Ihr Gesicht fiel in sich zusammen, und sie verzog die Lippen in einem stummen Schrei der Angst. Ich zog sie an mich und umarmte sie, als ob ich ihre Furcht so ersticken könnte. Das konnte ich aber nicht, und es brachte mich zur Verzweiflung.

Ich wusste nicht, warum diese Männer es auf meine Familie abgesehen hatten. Doch das war jetzt auch nicht die vordringlichste Frage. Sie konnten alle möglichen Gründe dafür haben. Vielleicht wollten sie uns entführen und von Lionel Lösegeld erpressen. Sie könnten mich umbringen wollen, um Rachel oder Holly zu einem Zweck zu verschleppen, über den ich lieber gar nicht nachdenken wollte. Vielleicht ging es auch um irgendeinen aufgestauten Ärger, der mit dem Landhaus zusammenhing. Brodie hatte doch erwähnt, dass einige der Anwohner den Zaun nicht mochten, den Lionel errichtet hatte. Vielleicht war das alles irgendeine extrem psychotische Reaktion darauf.

Es war mir auch egal. Ich konzentrierte mich ganz darauf, meine Familie in Sicherheit zu bringen. Und das bedeutete, wir mussten irgendwie zum Auto gelangen.

Ich tastete mit zitternden Fingern in der durchnässten Seitentasche meiner Jogginghose nach Rachels Autoschlüsseln. Dann hielt ich sie vor Holly und Rachel in die Höhe, zeigte auf den überdachten Stellplatz und drehte pantomimisch den Zündschlüssel.

Sie schauten mich mit großen Augen an und nickten dann ruckartig. Es war deutlich, dass sie ihre Zweifel hatten. Wir fürchteten uns alle sehr und hatten Angst, entdeckt zu werden. In diesem Augenblick war es sogar beängstigend, auch nur irgendeine Entscheidung zu treffen.

Ich schob Holly von mir weg und scheuchte sie in Richtung Volvo.

»Ich muss Mum helfen«, flüsterte ich, dann sah ich ihr unruhig nach, wie sie vor uns im Zickzack entlangstolperte und sich an den schwarzen Steinen entlangtastete wie eine Blinde, die sich eine neue Umgebung erschließt. Ich legte Rachel den Arm um die Taille, und wir humpelten Holly hinterher, wobei Rachel den Ellbogen ihres ausgekugelten Arms mit der anderen Hand stützte.

Ein plötzlicher Schrei von oben ließ mir das Blut in den Adern gefrieren. Der Balkon geriet erneut in Erschütterung, als schnelle Schritte über ihn trampelten. Ich vermutete, dass die Männer wieder nach drinnen eilten. Sie würden bald das Haus durchquert haben, die Treppen heruntergestürmt sein und uns dann hier draußen entdecken. Panik hämmerte in meiner Brust.

»Lauft!«

Ich warf mich vorwärts und auf den regendurchweichten Hof hinaus, dann ging ich in die Knie und hob Rachel hoch. Sie schrie vor Schmerzen auf. Holly vor Angst. Der Kies stach mir in die bloßen Fußsohlen, und kalter Regen prasselte auf uns nieder, als schleuderte uns jemand Eiswürfel ins Gesicht.

Wir hatten fast zwei Drittel des Wegs zum Stellplatz zurückgelegt, als ich Rachels Gewicht auf meinen Armen verlagerte und mit dem Schlüssel, den ich fest in der Hand hielt, den Volvo entriegelte. Die Scheinwerfer leuchteten in der Finsternis auf. Die Blinker blitzten orange. Die Innenbeleuchtung drang schwach durch die Windschutzscheibe.

Der Magen rutschte mir in die Kniekehlen.

Ich sah sofort – mit einem tauben Gefühl der Lähmung –, dass wir mit unserem Auto nirgendwo hinfahren würden. Es war tiefer abgesackt als üblich. Alle vier Reifen waren durchstochen worden.

Mein Gehirn konnte diese Information zuerst nicht verarbeiten. Ich strauchelte und starrte entsetzt auf den platten Gummi. Mit einem plötzlichen Ruck bäumte Rachel sich in meinen Armen auf.

»Oh mein Gott, nein«, sagte sie. »Nein. Das darf nicht wahr sein.«

Ich setzte sie ab und starrte weiter auf das Auto, als ob es sich irgendwie durch Zauberhand selbst reparieren könnte. Holly hatte direkt vor uns angehalten und die Arme seitlich abgespreizt, während der Regen sie umtoste. Einen Moment lang glaubte ich, sie würde zusammenbrechen.

Mein erster Instinkt war, trotzdem einzusteigen, den Motor anzulassen, zu versuchen loszufahren. Doch ich wusste, dass das nicht funktionieren würde. Schon unter den günstigsten Bedingungen wäre es schwierig, bei der durchweichten Auffahrt hingegen völlig unmöglich. Wenn wir nicht umgehend feststeckten, würden wir trotzdem nicht genug Schwung aufbauen können, um die Steigung zu überwinden. Wir würden liegen bleiben.

Ich sah zurück zum Haus. Was tun?

»Wir müssen zurück«, sagte Rachel. »Tom, wir müssen uns irgendein Versteck suchen.«

Langsam begann mein Hirn wieder zu arbeiten. Uns blieben nur wenige Sekunden, aber vielleicht würde das genügen.

»Wartet hier.«

Ich sprintete zum Volvo und öffnete den Kofferraum. Während ich mir das Wasser aus dem Gesicht strich, griff ich rasch hinein. Das Erste, was ich mir schnappte, war Rachels Arzttasche. Es war ein blauer Nylonrucksack, den ich mir über die Schulter schlang. Das Nächste war ein alter gefütterter Mantel, den Holly überziehen konnte. Darauf folgten ein kleiner Werkzeugkasten und schließlich – aus dem Hohlraum unter dem doppelten Boden des Kofferraums – ein Radkreuz, das neben dem Wagenheber lag. Es war das Einzige, was einer Waffe wenigstens nahe kam.

19

Durch eine Lücke in den Bäumen beobachteten wir, wie die Außenbeleuchtung flackernd zum Leben erwachte. Die Lampen leuchteten grell bläulich weiß vor der pechschwarzen Nacht, bleichten die Holzwände und den Kies aus und bildeten eine verschwommene Lichtgrenze, die in Regen und Wind flimmerte.

Eine der Fensterscheiben in der Küche war eingeschlagen worden, die schartigen Scherben hingen, bläulich schimmernd, immer noch am Rahmen. Rachel war vom Geräusch einer splitternden Scheibe aufgewacht. Hatten sich die beiden Männer so Zugang zum Haus verschafft?

Die Brust wurde mir eng, als die Männer über die Terrasse trampelten. Sie sprangen hinab auf den durchweichten Kies. Der kleinere Mann kam als Erster und hielt sich die Schrotflinte quer vor die Brust. Der größere Mann folgte ihm mit der Pistole in der Linken, die Rechte hatte er sich unter die Achsel geklemmt. Er ging gebückt und lehnte sich nach links, als versuchte er so den Schmerz seiner zwei gebrochenen Finger zu lindern.

Holly keuchte auf. Ich griff zu ihr hinüber und zog sie neben mich. Zwar hatte sie meinen alten Mantel angezogen, doch sie zitterte trotzdem wie Espenlaub. Wir hatten uns im Gebüsch dem Stellplatz gegenüber versteckt.

Mein Griff schloss sich fester um das Radkreuz. Die Knöchel drückte ich in den feuchten Rindenmulch. Mein Atem ging schnell und stoßweise. Ich hatte Rachels Rucksack auf dem Rücken. Darin befanden sich Schmerzmittel, und Rachel würde sie brauchen. Im Moment lag sie bäuchlings auf dem Boden und wand sich vor Schmerzen. Den Kopf drückte sie gegen einen umgefallenen Baumstamm. Sie steckte sich die Faust in den Mund und biss sich heftig auf die Knöchel, um nur ja keinen Laut von sich zu geben. Ich blickte zu ihr hinüber, sah sie leiden und spürte, wie etwas in mir zerriss und nachgab.

Die Männer stapften weiter voran und reckten das Kinn in die Nacht hinein. Der Regen peitschte ihnen entgegen. Die Plastikoveralls glänzten im Schein der Außenbeleuchtung.

Mein Magen ballte sich zusammen. Ein Gedanke regte sich – welcher genau? Mein benommenes Hirn bekam ihn nicht zu fassen. Angestrengt dachte ich noch fester nach. Der Gedanke war wie ein schwaches Kratzen unter der Oberfläche. Es ging um die Männer. Aber was war es?

Ich hielt mir erneut ihre Statur vor Augen. Ihre Körpersprache. Ihre Kleidung. Weiße Plastikoveralls mit Kapuzen. Blaue Nitrilhandschuhe und blaue Gummistiefel. Chirurgenmasken vor den Mündern.

Ich kam nicht darauf, aber der Gedanke kratzte an der Oberfläche, kratzte weiter und schließlich …

Blaue Handschuhe.

Beide Männer trugen welche.

Genau wie die, die der Angreifer in der Gasse getragen hatte.

Ich erschauderte.

Und sie verbargen ihre Gesichter. Auch in der Gasse hatte der Angreifer sich eine Strumpfhose übers Gesicht gezogen. Hier trugen die Männer Masken und Kapuzen.

Gab es womöglich einen Zusammenhang? Ich hatte den Überfall in London eigentlich für einen zufälligen Gewaltakt gehalten. Eine dieser unglücklichen, aber dennoch erschreckenden Erfahrungen, die man selbst nie zu machen hofft, die allerdings ein Nebeneffekt des Lebens in der Großstadt sind. Doch was, wenn es kein Zufall gewesen war? Was, wenn es eine Verbindung zwischen den beiden Vorfällen gab? Denn mal ehrlich, wie standen die Chancen, dass uns so etwas zweimal in so kurzem Abstand widerfuhr?

Ganz langsam. Keine voreiligen Schlüsse. Manchmal reden die Leute von Bestätigungsfehlern – dem Phänomen, dass man an das glaubt, was man glauben will (oder sich mit aller Macht gerade *nicht* wünscht). Ich kenne mich damit nicht gut aus, aber ich vermute, dass sich der Effekt verstärkt, wenn man versucht, etwas einen Sinn zu verleihen, das ganz offensichtlich keinen hat. Die Art von Erfahrung zum Beispiel, die mit einer Überlastung durch Panik und Angst einhergeht, wie man sie vorher noch nicht einmal annähernd kannte. Außerdem zog ich diesen Schluss aufgrund von Handschuhen. Billigen Wegwerfprodukten, die man in jedem Baumarkt kaufen konnte, auch hier auf dem Land. Dasselbe galt für die Masken.

Und dennoch.

Erneut betrachtete ich mir die Statur der beiden Männer. Konnte einer von ihnen Hollys Angreifer gewesen sein? Der Kleinere vielleicht, zu jenem Zeitpunkt war mir der Mann nicht besonders groß vorgekommen. Doch warum hätte er uns hierher verfolgen sollen?

In meinem Kopf knisterte elektrisch die Angst. Ich wollte Rachel und Holly danach fragen, doch die Männer standen nahe genug bei uns, um jeden Laut zu hören, den wir machten, um jede kleinste Bewegung in den Bäumen wahrzunehmen.

Erneut blickte ich zu Rachel hinüber. Ihr Gesicht wirkte angespannt, und sie hatte sichtlich Mühe, nicht laut vor Schmerzen zu schreien. Es erinnerte mich daran, wie stark und widerstandsfähig meine Frau tatsächlich war.

Die Männer blieben mitten auf dem Vorplatz stehen und spähten in die Nacht. Dabei drehten sie sich einmal um 360 Grad, der Kleinere der beiden im, der Größere gegen den Uhrzeigersinn. Der Regen trommelte metallisch hart auf ihre Overalls.

Ich wagte es nicht zu atmen. Auch nicht zu blinzeln. Ich starrte einfach nur durch das dichte Blattwerk und drückte Hollys Hand, als der größere Mann mit zusammengekniffenen Augen direkt in unsere Richtung sah. Ich wünschte mir, unsichtbar zu sein, während ich immer noch Mühe hatte zu begreifen, was hier eigentlich vor sich ging. Klar zu denken war schwierig, denn, na ja, ich hatte mir den Kopf gestoßen, war starr vor Angst, und das elektrische Knistern tobte noch immer in meinem Schädel. Durch meinen Körper pulsierten das Adrenalin und derselbe Cocktail aus Angst- oder Fluchthormonen, die mich schon in der Gasse während des Überfalls durchspült hatten. Vielleicht war das in Wahrheit auch der Kern der Verbindung, die ich spürte. Ein chemisches Echo. Vielleicht hingen die beiden Vorkommnisse am Ende doch nicht zusammen. Vielleicht hatten wir einfach nur unfassbares Pech gehabt.

Nein. Das glaubte ich nicht.

Irgendeinen Zusammenhang musste es geben.

Aber welchen?

Der Blick des größeren Mannes strich über uns hinweg. Er hatte uns nicht gesehen. Dann stupste ihn der Kleinere mit dem Ellbogen an und gestikulierte in Richtung des Volvo. Ich hatte den Kofferraum offen stehen lassen, um so die Männer hoffentlich in die entgegengesetzte Richtung unseres tatsächlichen Standortes zu locken.

Holly unterdrückte ein Wimmern, als sie zum Auto hinübergingen. Der kleinere Mann packte die Schrotflinte noch einmal richtig und spähte dann über den Lauf hinweg. Der Größere folgte ihm, stützte die Pistole auf dem rechten Unterarm ab.

»Sie können rauskommen!«, rief der kleinere Mann unvermittelt. »Wir tun Ihnen nichts, das verspreche ich.«

Ich hob die Hand und legte die matschigen Finger auf Hollys Lippen. Ihre Haut fühlte sich kalt an.

Erneut überschlugen sich die Gedanken in meinem Kopf. Diese Männer waren zum Töten hergekommen. Sie waren gewalttätig und bewaffnet.

Ich dachte daran, wie der Mann Holly in der Gasse zusammengeschlagen hatte. Es war extrem und brutal gewesen. Damals hatte ich geglaubt, er wollte sie einfach nur zum Schweigen bringen, sie sollte nicht mehr schreien und um Hilfe rufen. Doch was, wenn seine Motive finsterer gewesen waren?

Man konnte auch noch einen Schritt weiter gehen: Der Mann hatte sein Messer an Rachels Kehle gedrückt. Was, wenn er gar nicht vorgehabt hatte, uns auszurauben? Was, wenn es immer darum gegangen war, uns umzubringen? Was, wenn sie heute Nacht hierhergekommen waren, um zu beenden, was sie begonnen hatten?

Außerdem stellte sich die Frage: *Warum?*

Warum sollte sich jemand unseren Tod wünschen?

Constable Bakers Worte kamen mir wieder in den Sinn. *Haben Sie irgendwelche Feinde, Mr. Sullivan? Oder vielleicht Ihre Frau?* Hatten wir aber nicht. Natürlich gab es Leute, mit denen wir nicht gut konnten. Der komische entfernte Verwandte, der uns geringschätzig behandelte oder den wir unwissentlich irgendwie beleidigt hatten. Arbeitskollegen, die vielleicht irgendeinen kleinkarierten Groll hegten. Aber das hier? Nein, dafür gab es keine Veranlassung.

»Wir wollen einfach nur mit Ihnen reden!«, rief der kleinere Mann.

Ich sah Holly an und schüttelte den Kopf. *Fall nicht darauf rein. Sei still.* Sie schluckte und blinzelte, zitterte wie Espenlaub, als ob sie all ihre Willenskraft aufbringen müsste, um nicht in die Nacht hinauszuschreien.

Ein kalter Schauer lief mir über den Rücken.

Die Männer sahen einander an. Sie warteten. Der Wind zerrte an ihren Overalls. Der Regen spritzte von der wächsernen Plastikbeschichtung ihrer Kapuzen.

Der kleinere Mann duckte sich gegen die Feuchtigkeit und die Kälte, dem Größeren schienen die Bedingungen weniger zuzusetzen. Vielleicht trug er unter dem Overall noch eine Jacke. Das hätte auch einen Teil seiner Masse erklärt, dachte ich.

Als die Männer keine Antwort erhielten, gingen sie weiter in Richtung des Stellplatzes. Dann teilten sie sich auf. Einer schlich sich rechts am Volvo entlang, der andere links. Sie beschrieben einen weiten Bogen und ließen sich Zeit, die Waffen im Anschlag, überprüften sie erst die Vordersitze durch das Beifahrerfenster, dann die Rückbank.

Sie näherten sich dem Heck des Volvo und hielten inne, dann bewegten sie sich sehr schnell, sprangen zur Seite und zielten mit den Waffen auf den Platz hinter dem Kofferraum.

Holly schlug die Hand vor den Mund.

Keiner der Männer gab einen Schuss ab.

Einen ausgedehnten, gespannten Augenblick lang blieben sie reglos stehen, dann entspannten sie sich, schüttelten den Kopf und scharrten mit den Füßen – zwei Männer, die verlegen zugeben mussten, dass wir sie diesmal vielleicht übertölpelt hatten.

Ich beobachtete sie mit einer seltsamen Verwunderung dabei, wie sie sich entspannten, die Waffen sinken ließen. Der Kleinere formte mit den Händen über dem maskierten Mund einen Trichter und stellte sich auf die Zehenspitzen, um dem Größeren etwas ins Ohr zu flüstern. Der größere Mann nickte dazu, drehte sich dann um und ging quer über den gekiesten Vorplatz in Richtung Haus zurück.

»Was hat er vor?«, flüsterte Rachel durch zusammengebissene Zähne.

Ich hob die Hand, um sie zum Schweigen zu bringen. Sie starrte mich an, während ihre dunklen Augen in der Schwärze hin- und herzuckten.

Der größere Mann machte kurze, abgehackte Schritte. Ich nahm an, dass seine Schuhe nicht fürs Freie gedacht waren. Vielleicht hatten die Sohlen kein Profil. Er musste zusehen, dass er nicht ausrutschte. Auf zwei gebrochene Finger zu stürzen wäre schlimm.

»Tom? Bitte. Was geht da vor sich?«

»Pst.«

Der größere Mann trat an das eingeschlagene Küchenfenster, stellte sich auf die Zehenspitzen und spähte hinein. Als er uns im Inneren des Hauses nicht entdeckte, machte er kehrt, lief nach rechts auf die Terrasse und um das Haus herum zum Vordereingang.

»Geht er wieder nach drinnen?«, zischte Rachel. »Warum tut er das?«

Erneut blieb ich ihr eine Antwort schuldig. Ich dachte nach. Angestrengt.

Wenn sie sich aufteilten, wäre das einerseits ungünstig, denn so könnten sie ihre Chancen erhöhen, uns zu finden. Außerdem mussten wir mit zwei Bedrohungen fertig werden statt mit einer einzigen.

Andererseits konnte es uns aber auch nutzen, denn unsere Überlebenschance war in einer Konstellation drei gegen einen ein bisschen besser als bei drei gegen zwei. Außerdem könnte ein Glückstreffer mit dem Radkreuz, falls es so weit kam, genügen, um einen der Männer auszuschalten. Wenn man davon ausging, dass dieser Mann zufällig allein war und es mir gelang, mich unbemerkt an ihn anzuschleichen. Vor allem dann, wenn er zwei gebrochene Finger und nur eine Pistole statt einer Schrotflinte bei sich hatte.

Doch all das – so verrückt es auch war, nur darüber nachzudenken – erwies sich schnell als irrelevant. Denn kurz nachdem wir den größeren Mann ins Haus hatten eilen sehen, kam er wieder heraus und kehrte zu dem kleineren zurück.

Und diesmal hatte er eine Taschenlampe bei sich.

20

Die Taschenlampe war lang und schwarz, und ihr glänzendes Metallgehäuse reflektierte das grelle Licht der Außenbeleuchtung.

Ich sah mit angehaltenem Atem zu, wie der größere Mann auf den gekiesten Vorplatz trat und mit am Ellbogen abgeknicktem Arm die Taschenlampe auf Kopfhöhe hielt. Er drückte mit dem Daumen auf einen Knopf, und ein heller Lichtkegel durchschnitt die dunklen Regenmassen und traf das maskierte Gesicht des kleineren Mannes. Seine weiße Kapuze blinkte und blitzte in der Finsternis, er wich zurück und beschirmte sich mit der behandschuhten Hand die Augen. Der größere Mann senkte den Strahl und stapfte durch den nassen Kies, wobei der Lichtkegel im Rhythmus seiner kurzen Schritte von einer Seite zur anderen pendelte. An der rechten Seite seines Overalls war eine deutliche Beule zu erkennen, und der Pistolengriff ragte aus einer Tasche dort hervor.

Als er die Mitte des Platzes erreicht hatte, drehte er sich aus der Hüfte und beschrieb sorgfältig einen weiteren vollständigen Kreis, diesmal mit Taschenlampe. Wir duckten uns noch tiefer. Der prasselnde Regen wirbelte und glitzerte in dem blendenden Licht. Die Taschenlampe schnitt gleißend hell durch die Schwärze, leuchtete unter Büsche und Bäume. Sie erhellte die steile Auffahrt und glitt dann über unsere Köpfe hinweg, tauchte das Blätterwerk um uns herum in ein fahles Hellgrün. Meine Lunge schrie nach Luft. Ich hielt trotzdem weiter den

Atem an. Holly presste ihr Gesicht in die Erde. Sie zitterte am ganzen Leib. Der Lichtstrahl glitt weiter, hielt inne, ruckte zurück und kreiste dann weiter wie das Signal eines Leuchtturms.

Ich holte Luft und begann wieder leichter zu atmen, aber nicht für sehr lange. Sie waren entschlossen, uns aufzuspüren.

Erneut fragte ich mich, warum. Und erneut hatte ich darauf keine Antwort. Ich kann gar nicht zum Ausdruck bringen, wie sehr ich mir wünschte, sie würden uns einfach in Ruhe lassen und wieder verschwinden. Aber vielleicht wussten sie auch – wie mir mit lähmender Furcht bewusst wurde –, dass wir hier im Grunde festsaßen. Mit unserem Auto konnte niemand wegfahren. Wir konnten keine Hilfe rufen. Und ja, das Grundstück war groß, und wir konnten versuchen, uns zu verstecken, aber letztendlich war es doch begrenzt – vom Meer auf der einen, dem Tor auf der anderen Seite und einem Zaun überall sonst. Dieser Zaun. Etwas, das eigentlich Bedrohungen fernhalten sollte, sperrte uns nun ein. Das war nicht gerade ein tröstlicher Gedanke.

Ganz sanft legte ich nun Holly die Hand auf den Rücken und begann, in kleinen Kreisen darüberzureiben. Keine Ahnung, ob es half. Wahrscheinlich nicht. Aber ich wollte nicht, dass sie sich allein fühlte.

Sobald der größere Mann seine Runde abgeschlossen hatte, stapfte er zu dem kleineren zurück. Dieser zeigte auf den Volvo, und der Größere ließ die Lampe darüberschweifen. Er trat unter die Überdachung und nahm sich Zeit, die Türen zu öffnen. Er überprüfte den vorderen Fußraum sowie den Hohlraum vor der Rückbank. Dann kauerte er sich hin und leuchtete unter das Fahrgestell. Die Männer gingen sehr methodisch und gründlich vor. Das gefiel mir gar nicht. In meinem Kopf verlieh es meiner Theorie weitere Glaubwürdigkeit, dass das hier alles in irgendeinem Zusammenhang mit dem Raubüberfall in London stand. Vielleicht wollten sie ihr Vorhaben von da nun zu Ende bringen, was auch immer sie für ein grausames Ende im Sinn hatten. Was ich wusste, war, dass ich überleben wollte, und alles, was mir einen Einblick in das gewährte, was hier vor sich ging, schien mir nützlich zu sein.

Irgendwann stellten sich die beiden Männer gemeinsam an den offenen Kofferraum und machten sich dort einige Zeit lang zu schaffen. Wahrscheinlich fragten sie sich, warum wir ihn geöffnet und was wir herausgenommen hatten. Es bestand eine gute Chance, dass sie das Fehlen des Radkreuzes bemerken würden. Doch das war Spekulation.

Holly verlagerte neben mir ihr Gewicht und hob den Kopf. Ich kauerte in einer tiefen Hocke da, und meine Oberschenkel brannten scharf. Rachel legte den Kopf in den Nacken und spähte angestrengt aus dem Unterholz, wobei ihr Atem in der feuchten Waldluft dampfte. Sie presste den Absatz in die Erde, um sich von dem Schmerz in ihrer Schulter abzulenken. Ich wusste nicht, wie lange sie durchhalten würde.

Ich nahm die Hände von Holly und legte sie Rachel auf den Bauch. Ihre Bauchmuskeln waren angespannt. Ich beugte mich nah an ihr Ohr hinab.

»Kann ich dir irgendwie helfen?«

»Du könntest … meine Schulter … einrenken.« Sie biss die Zähne zusammen und wimmerte leise. »Aber das … wird nicht ganz lautlos gehen.«

Ich blickte zwischen den Bäumen hindurch zu der Stelle unter der Stellplatzüberdachung, an der die beiden Männer sich berieten. »Ich fürchte, wir müssen damit noch warten. Tut mir leid.«

Sie nickte, presste die Lippen fest aufeinander und schloss die Augen.

»Was ist mit Schmerztabletten?«, flüsterte ich. »Ist irgendwas in deiner Tasche?«

»Später.«

Ich drückte kurz ihre Hand, Rachel erwiderte den Druck und blinzelte die Tränen weg, die ihr aus den Augen rannen, als sie in das Blätterdach über unseren Köpfen blickte. Sie schluckte erneut, als wollte sie noch etwas hinzufügen.

»Was ist los?«, fragte ich.

Ihr Blick wurde unstet. Dann schüttelte sie rasch den Kopf.

»Rachel?«

Ich rückte noch etwas näher an sie heran, bis ich ihr direkt ins Gesicht sehen konnte, aber Rachel wich meinem Blick aus.

»Sag schon.«

Sie schüttelte abermals den Kopf, und als ich sie anstarrte, fühlte ich, wie sich eine unsichtbare Faust um meine Kehle schloss und langsam zudrückte.

Hatte Rachel etwa eine Ahnung, was hier geschah? War es denkbar, dass sie wusste, warum diese Männer hergekommen waren?

Ich bekam ein mulmiges Gefühl in der Magengrube, als ich an ihre Reaktion zurückdachte, als wir die Überreste des Lagerfeuers und die Schlinge im Wald gefunden hatten. Es stimmt schon, auch mich hatte unser Fund verstört, aber war es nicht eigentlich Rachels Unwohlsein gewesen, das mein eigenes erst ausgelöst hatte? Rachel hatte darauf bestanden, Brodie anzurufen, um mehr herauszufinden. Und war ich nicht vor allem deshalb noch einmal nach draußen in den Wald gegangen, um sie zu beruhigen?

Dann war da noch die letzte Nacht. Ich hatte sie weinend in ihrem Bett vorgefunden. Wahrscheinlich war sie – und hier wollte ich gar nicht allzu genau über mein eigenes Verhalten nachdenken – vor allem zu mir ins Bett geschlüpft, weil sie Trost suchte.

Was hatte sie gleich in ihrem Schlafzimmer unmittelbar vorher gesagt?

Es gibt etwas, worüber ich mit dir reden muss. Etwas Wichtiges.

Ich möchte klar denken können. Es gibt so viel, was ich dir sagen muss, Tom.

Ich habe alles so gründlich vermasselt.

Hatte sie irgendwie geahnt, dass diese Bedrohung existierte?

Nein. Bestimmt nicht. Rachel hätte uns doch nie hierherkommen lassen, wenn das der Fall gewesen wäre. Ich weiß vielleicht nicht *alles* über meine Frau, aber das schon: Ihre Liebe zu Holly ist grenzenlos. Sie wollte, dass wir wegen Holly zusammen nach Schottland fuhren. Wenn ich ehrlich zu mir war, war ich mir ziemlich sicher, dass sie unserer Beziehung aus demselben Grund eine weitere Chance geben wollte. Michael zu verlieren hätte Rachel beinahe zerstört. Auf keinen Fall würde sie riskieren, Holly ebenfalls zu verlieren.

Und doch spürte ich, dass etwas nicht stimmte. Etwas, was knapp außerhalb meiner Reichweite lag.

Das Licht der Taschenlampe blitzte erneut in meinem peripheren Sichtfeld auf. Es kam von der Rückseite des Autos und war nun direkt auf uns gerichtet. Ich stellte erneut das Atmen ein und blieb vollkommen regungslos. Mir drängte sich das furchtbare Gefühl auf, das Spiel wäre aus – als wäre ich ein Häftling, der bei einem Ausbruchsversuch erwischt und nun von einem Suchscheinwerfer erfasst worden war.

Aber nein, das dichte Blattwerk musste uns abgeschirmt haben, denn der größere Mann zeigte keinerlei Reaktion. Er schwenkte den Strahl der Taschenlampe einfach Richtung Boden, dann standen die beiden Männer gemeinsam in ihrem

Licht auf dem Betonsockel des überdachten Stellplatzes, sprachen miteinander und sahen sich um, während der Regen niederdonnerte, vom Kies und aus den Pfützen hochspritzte.

Ich sah genauer hin. Der kleinere Mann hatte jetzt seine eigene Taschenlampe, und mit bangem Herzen wurde mir klar, dass es die alte Ersatzlampe war, die ich im Kofferraum des Volvo aufbewahrte. Ich hatte nicht daran gedacht, sie selbst mitzunehmen.

Er schaltete sie ein. Der Glühdraht flackerte und ging dann wieder aus. Er schlug sich die Lampe gegen den Oberschenkel. Sie flackerte wieder auf, aber ihr Strahl war gelblich und schwach. Ein kleiner Trost. Ich bin nicht der bestorganisierte, umsichtigste Mensch. Rachel wirft mir das oft vor. Ich wusste nicht, wann ich das letzte Mal die Batterien getauscht hatte.

Der kleinere Mann schüttelte den Kopf, als bestürzte ihn meine Schlampigkeit, dann gab er dem größeren Mann weitere Anweisungen. Diesmal wirkten seine Gesten abrupter und strenger. Als verlöre er langsam die Geduld, weil die Dinge sich nicht planmäßig entwickelten. Dann stupste er den größeren Mann mit der Hand an, in der er die Schrotflinte hielt, und wies mit der Mündung auf die Bäume hinter dem Stellplatz.

Du gehst hier lang.

Der Größere nickte, und der Kleinere hob die Hand mit der Taschenlampe, drehte das Handgelenk und tippte sich mit dem Glas auf die Brust. Dann streckte er den Arm aus und richtete den wässrigen Strahl die Auffahrt hinauf.

Ich gehe dort entlang.

Nach einer weiteren kurzen Beratung gingen sie in verschiedene Richtungen davon.

Ich änderte meine Position, meine Muskeln verkrampften sich vor Angst, und ich sah, wie der größere Mann mit der hellen Taschenlampe den Stellplatz umrundete. Dahinter blieb er stehen und suchte den Wald uns gegenüber ab. Der Lichtkegel der Taschenlampe erhellte Baumstämme und Unterholz sowie die dichten Baumkronen über ihm. Dann leuchtete er sich mit der Lampe einen Weg und machte ein paar übertrieben große Schritte in den Wald hinein. Nach jedem einzelnen hielt er kurz inne. Vielleicht fürchtete er, dass ich mich ganz in der Nähe mit dem zum Schlag erhobenen Radkreuz versteckt hielt. Vielleicht wollte er sich aber auch einfach nicht den Overall an den Brombeerranken und Dornen zerreißen.

Der kleinere Mann sah ihm hinterher, dann drehte er sich um und marschierte die Auffahrt hinauf, der schwache Schein seiner Taschenlampe tauchte dabei die Dunkelheit um ihn in matt orangefarbenes Licht. Ich wartete ab, bis ich mir sicher war, dass beide außer Hörweite waren, bevor ich erneut zu flüstern begann.

»Ich glaube, der Kleinere überprüft das Tor.«

»Woher willst du das wissen?«, fragte mich Rachel.

»Weil es der einzige Ausweg von hier ist.«

Holly wimmerte und legte sich die Hände an den Kopf. Ich sah sie an und wollte so dringend ändern, was hier gerade geschah, doch ich wusste, dass das unmöglich war.

Aber vielleicht gab es ja etwas, was ich tatsächlich tun konnte.

Ich schob die Äste und Blätter beiseite, um freie Sicht nach vorn in den Regen zu haben. Der größere Mann schien weiter in den Wald hineinzustapfen. Das Licht seiner Taschenlampe war als ein grellgrünlicher Nebel zu erkennen, der sich von uns weg- und zwischen den Bäumen hindurchbewegte. Der kleinere Mann näherte sich dem oberen Ende der Auffahrt, und das schwache Licht seiner Lampe erschien gerade auf dem Scheitelpunkt der Steigung.

Falls es ein Zeitfenster für uns gab, das uns eine Chance eröffnete, war es jetzt vielleicht gekommen.

»Suchen sie so lange nach uns, bis sie uns gefunden haben?«, fragte Holly.

»Das wird nicht passieren«, entgegnete ich.

»Das kannst du nicht wissen, Dad.«

»Ich werde es nicht zulassen.«

Ich weiß nicht, ob Holly mir glaubte, ich glaubte mir ja selbst kaum. Doch eines war mir klar: Der kleinere Mann würde sich nicht lange beim Tor aufhalten. Wahrscheinlich würde er es nur kurz überprüfen, sicherstellen, dass wir uns dort nicht aufhielten, und dann wieder zurückkehren. Und sobald er das tat, mussten wir in der Lage sein, zum Tor zu gelangen und zu fliehen.

Ich sah Rachel an. »Erklär mir, wie ich dir die Schulter einrenken kann.«

21

Rachel erklärte es mir. Die Prozedur klang gleichermaßen beängstigend und scheußlich. Ich bin nicht wie Rachel. Als Ärztin ist sie so ziemlich immun gegen Blut. Mit sechs ist Michael einmal sonntags vor unserem Haus vom Skateboard gefallen und hat sich das Knie aufgeschürft. Die Wunde war so tief, dass sie bis auf den Knochen reichte. Als ich ihn schreien hörte und nach draußen rannte, um nachzusehen, war ich mir nicht sicher, ob ich mich übergeben oder in Ohnmacht fallen würde. Rachel hingegen war unheimlich ruhig geblieben. Sie hatte Michael aufgehoben, das Blut war ihr über die Kleidung gelaufen, dann hatte sie ihn in die Küche getragen, wo sie bei einem ABBA-Song mitgesummt hatte, während sie die Wunde erst säuberte und dann nähte, als ob dies eine nebenbei zu erledigende Alltagsarbeit wäre.

Ich versuchte mir jetzt an ihrer Stärke ein Beispiel zu nehmen, als ich mich neben sie auf den Boden setzte und vorsichtig den verletzten Arm am Handgelenk hochhob (sie jaulte auf, und ich entschuldigte mich) und meinen Fuß darunterschob. Ich sagte Holly, sie solle sich auf Rachels andere Seite stellen und ihren Kopf auf den Schoß nehmen. Das musste ich zweimal sagen, bevor sie sich endlich in Bewegung setzte. Ich wusste, dass sie Angst hatte, aber ich dachte mir, dass es ihr vielleicht helfen würde, wenn sie eine Aufgabe bekam.

»Lass nicht los«, erinnerte Rachel mich durch zusammengebissene Zähne. »Wir wollen das Ganze nicht zweimal machen.«

Ich zog eine Grimasse und versuchte nicht wegzusehen, während ich meine Zehen weiter in ihre Achsel presste und dabei ihr Handgelenk fest umklammert hielt. Ihr Atem ging stoßweise und ungleichmäßig, und sie begann zu jammern. Ich wollte gerade zur nächsten Phase übergehen und ziehen, als sie mich stoppte.

»Warte.« Sie tastete im Unterholz herum und packte sich einen knorrigen Zweig, den sie sich quer vor den Mund hielt. »Okay?«

»Okay«, antwortete ich.

»Dann los.«

Sie biss fest auf den Zweig. Ich begann zu ziehen und hob ihren Arm zu mir an. Dabei war ich mir durchaus bewusst, wie mein Gesicht zuckte und sich verzog, als wäre es Rachels Spiegelbild. Sie hatte mir erklärt, ich müsse gleichmäßig ziehen und dürfe keine abrupten Bewegungen machen. Theoretisch klang das einfach, aber ihr langsames Leiden dann mitzuerleben war in der Praxis um so vieles schlimmer.

Sie zog eine Grimasse, und ein hohes, ersticktes Gurgeln stieg ihr aus der Kehle auf. Dabei biss sie so fest auf den Zweig, dass er splitterte. Ich lehnte mich zurück, benutzte meinen Fuß als Hebel und zog sogar noch etwas stärker. Holly hielt die Luft an und wandte sich ab.

Einen entsetzlichen Moment lang glaubte ich, es würde nicht funktionieren. Ich dachte, Rachels Arm könnte sich nicht mehr weiter bewegen. Doch dann dehnte sich unvermittelt ihre Schulter, das Gelenk rutschte, knallte, rastete ein, und Rachel stöhnte auf.

Ich ließ sie los und streckte mich rückwärts auf der nassen Erde aus. Rachel drehte sich seitwärts und presste ihr Gesicht in Hollys Schoß. Holly hielt Rachels Kopf und biss sich auf die Lippe.

Ein paar Sekunden lang bewegte Rachel sich nicht mehr. Dann schien sie sich allmählich zu entspannen, ihr Körper sackte in sich zusammen, und dann setzte sie sich auf, wobei sie Bruchstücke des Zweiges ausspuckte.

»Geht es jetzt … besser?«, fragte ich sie.

»Viel besser. Danke. Gibst du mir bitte meine Tasche?«

Sie atmete einmal lang aus und öffnete den Reißverschluss ihres Rucksacks, den ich ihr gereicht hatte, und drückte dann ein paar Tabletten aus einer Folienpackung. Sie schluckte sie ohne Wasser hinunter, und inzwischen tastete ich den Boden um mich herum ab, bis ich die Werkzeugkiste im nassen Gestrüpp gefunden hatte.

Ich öffnete die Plastikverriegelung an der Vorderseite und klappte den Deckel auf. Es war nur ein kleiner Kasten mit einer begrenzten Auswahl an Werkzeugen. Ich bewahre ihn immer im Volvo auf, falls ich ein kleineres mechanisches Problem habe – vielleicht ist mal ein Scheibenwischer locker, oder eine Birne muss ausgetauscht werden.

Oder, keine Ahnung, vielleicht muss ich auch mal durch ein stark gesichertes Tor entkommen.

Ich tastete im obersten Fach herum, bis ich einen Kreuzschraubenzieher fand. Ich nahm ihn in die rechte Hand und behielt das Radkreuz in der Linken. Dann kroch ich sehr langsam auf Händen und Knien in Richtung Auffahrt.

Ich drückte einen Farn beiseite und spähte hinaus. Der Regen prasselte noch immer auf das Dach des Stellplatzes und blies in heftigen Böen durch das Licht der Außenbeleuchtung, die um das ganze Haus herum angebracht war. Niemand zu sehen.

»Tom?«

Ich hörte ein Gurgeln vor mir. Als ich auf den Boden klopfte, waren meine Finger nass. Es war ein Abfluss, der inzwischen vollgelaufen war.

»Tom, was machst du da? Komm wieder zurück.«

»Wir müssen irgendwie das Tor öffnen, Rachel.« Ich warf einen Blick nach links auf das zerbrochene Seitenfenster. »An der Gegensprechanlage in der Küche gibt es einen Knopf. Holly hat ihn für mich gestern Abend benutzt. Aber ich glaube nicht, dass er uns hilft. Das Tor blieb nur eine Minute lang auf, dann hat es sich wieder geschlossen. Wir würden nicht rechtzeitig hinkommen.«

»Und?«, flüsterte Holly.

»Innerhalb des Tors ist eine Kamera installiert. Sie ist nach innen ausgerichtet. Ich hab sie gesehen. Ich glaube, sie würde unser Nummernschild wiedererkennen, genau wie die Kamera außen beim Herkommen.«

Schweigen.

»Mit dem Auto können wir aber nicht fahren, Dad.«

Aber das hatte ich auch gar nicht vor. Der Abfluss war voller Blätter und brackigem Wasser. Ich glitt hinein. Das Wasser quoll unter mir hervor, faulig und eiskalt.

»Tom«, flüsterte Rachel. »Bitte, das ist nicht sicher.«

Ich blickte über meine Schulter zurück. Zwar hatte ich nur wenige Meter zurückgelegt, aber es war schon beinahe unmöglich, Rachel und Holly in der Dunkelheit noch auszumachen.

Ich wusste, dass Rachel wahrscheinlich recht hatte. Das hier war möglicherweise eine schlechte Idee. Aber aus zwei Gründen wollte ich sie trotzdem in die Tat umsetzen: Erstens suchten die beiden Männer noch immer nach uns. Und zweitens fiel mir nichts Besseres ein. In der Gasse hatte ich Holly und Rachel im Stich gelassen. Ich hatte nicht vor, noch einmal zu versagen.

Also drückte ich mich aus meiner liegenden Position nach oben – meine Beine waren bleischwer vor Nervosität – und rannte geduckt quer über den Vorplatz. Ich umkurvte und übersprang Pfützen, während der Regen mir auf die nackten Schultern und Arme prasselte.

Ich bin mir ziemlich sicher, dass Rachel im Flüsterton nach mir rief und mich zum Umkehren aufforderte, aber es war zu spät.

Es war keine lange Strecke. Höchstens vierzig Meter.

Sie fühlten sich wie vierzig Meilen an.

Meine Beine versagten, als ich den Stellplatz erreichte. Zu viel Angst. Eine Überdosis Adrenalin. Ich knickte um, schürfte mir die Knie auf und landete kurz vor dem Nummernschild des Volvo.

Es war mit Matsch und toten Fliegen beschmiert und mit einem Regenfilm benetzt.

Zwei Schrauben hielten es an Ort und Stelle, verborgen hinter weißen Plastikstöpseln. Ich legte das Radkreuz hin und riss mir den Nagel ein, als ich den ersten Stöpsel abpulte, dann legte ich auch die zweite Schraube mit zitternden Fingern frei.

Als Nächstes nahm ich den Schraubenzieher zur Hand. Es war nicht leicht, ihn in die erste Schraube zu bekommen, denn Hände und Arme bebten im Takt meines pochenden Herzens. Ich musste mich zwingen, meine Angst niederzukämpfen und mich ganz auf den Schraubenzieher zu konzentrieren. Jeden Moment rechnete ich damit, dass die Männer brüllend auf mich zurasten.

Ich brauchte über eine Minute, um beide Schrauben zu lösen. Die Aluminiumbolzen dahinter fielen leise klimpernd auf das Betonfundament, sprangen hoch und rollten dann ins Dunkel unter dem Auto. Schließlich konnte ich das Nummernschild lösen.

Gerade wollte ich mich aus der Hocke wieder aufrichten und zurück über den Vorplatz sprinten, als ein blasser Lichtkegel schräg gewölbt vor mir auf die Bäume fiel. Er kam von der Rückseite des Stellplatzes.

Der größere Mann war auf dem Rückweg.

Mein Körper war in diesem Augenblick wie gelähmt. Mein Hirn stellte einfach die Arbeit ein. Ich wusste, dass ich hier festsaß. Ich wusste, dass ich es nicht riskieren konnte, zu Rachel und Holly zurückzulaufen, weil ich nicht wusste, wie lange es noch dauern würde, bis der größere Mann wieder aus dem Wald trat. Außerdem hatte ich keine Ahnung, wie gut er den Vorplatz schon jetzt einsehen konnte. Aber bleiben, wo ich war, konnte ich auch nicht.

Versteck dich. Sofort.

Die Türen des Volvo standen auf der linken Seite immer noch offen. Ich rannte gebückt hin und kam noch einmal zurück, um das Radkreuz zu holen, das ich auf dem Boden hatte liegen lassen, warf einen Blick auf die Sitze, die vielleicht ein gutes Versteck abgeben würden, änderte meine Meinung aber gleich wieder und warf mich stattdessen unter das Auto.

Ich robbte auf Ellbogen und Bauch voran, in den Gestank aus kaltem Gummi und Motoröl hinein, während mir das Fahrgestell auf den Kopf drückte. Es war nur wenig Platz, denn das Auto saß sehr niedrig auf den Alufelgen auf.

Etwas stach mir in den Nacken. Etwas anderes, Geleeartiges und Fettiges beschmierte meine Wange. So lag ich da, mit klopfendem Herzen, jedes Nervenende in zuckender Alarmbereitschaft. So wartete ich auf die Ankunft des größeren Mannes.

Das Licht seiner Taschenlampe wurde heller. Kam näher. Dann hörte ich das Trampeln und Platschen seiner Gummistiefel auf dem Kies ganz in der Nähe. Er blieb vor dem Volvo stehen. Ich konnte die Spitzen seiner Stiefel und die Gummizüge an den Knöcheln seines weißen Plastikoveralls sehen.

Ich wartete darauf, dass er in meine Richtung leuchten und das Fehlen des Nummernschilds bemerken würde.

Doch seine Füße bewegten sich nicht.

Sehr vorsichtig rutschte ich ein kleines Stück zurück und bemerkte zu spät, dass einer der winzigen Schraubenbolzen neben dem linken Vorderreifen lag, beinahe nahe genug, um im Schein seiner Taschenlampe aufzublitzen.

Aber die Taschenlampe leuchtete nicht in meine Richtung. Stattdessen ging der größere Mann voran, über den Platz.

Auf die Stelle zu, wo Rachel und Holly sich versteckt hielten.

22

Der größere Mann musste entschieden haben, dass es im Großen und Ganzen nur vier Richtungen gab, in die wir hatten verschwinden können: in den Wald hinter dem Stellplatz, den er gerade schon durchsucht hatte; die Auffahrt hinauf zum Tor, wohin der kleinere Mann gegangen war; zurück zum Haus, wo er erst vor Kurzem nachgesehen hatte; und eben zwischen die Bäume auf der gegenüberliegenden Seite des gekiesten Vorplatzes.

Die Angst kroch mir das Rückgrat hinauf. Ich lag einfach reglos und mucksmäuschenstill da, obwohl ich ihn anbrüllen wollte, er solle stehen bleiben.

Tu irgendwas.

Aber was?

Ich rutschte bäuchlings zurück, quetschte mich unter dem Auspuff des Volvo hervor und ging in die Hocke. Erneut bewegte ich mich schmerzlich langsam und versuchte, kein Geräusch zu machen, die mich umgebende Luft so wenig wie möglich in Bewegung zu versetzen. Ich lehnte mich mit wackelnden Knien zur Seite und spähte hinter dem Autoheck hervor.

Mir stockte der Atem.

Der größere Mann hatte die Kapuze auf und stand mit dem Rücken zu mir. Regen und Wind stürmten auf ihn ein und ließen seinen Overall flattern. Und auf einmal wurde ich von einer schrecklichen Panik ergriffen, dass er irgendwie meine

Gegenwart spüren, herumwirbeln, mich mit der Taschenlampe blenden und nach seiner Waffe greifen könnte.

Aber er drehte sich nicht um. Stattdessen ging er weiter quer über den Vorplatz.

Ich wischte mir das Öl von der Wange und trat hinter dem Wagen hervor.

Meine bloßen Füße waren so taub von Matsch und Regen, dass es sich anfühlte, als ob ich auf zwei gefrorenen Truthähnen liefe. Ich schob mich seitwärts über den welligen Beton, ließ den Schraubenzieher in meine linke Tasche gleiten, presste das Nummernschild gegen den Oberschenkel und hob das Radkreuz mit der Rechten.

Der größere Mann ging knapp zehn Schritte vor mir. Vielleicht auch nur vier entschlossene Sätze. Wenn ich ihn überraschen konnte, konnte ich ihn niederschlagen. Ich könnte wieder und wieder und wieder auf ihn eindreschen.

Dabei gab es zwei Probleme.

Zum einen wirkte er wie ein Riese, wie er da so im Freien stand. Er war groß und massig, mit breiten Schultern, einem Stiernacken und gewaltigen Pranken. Wenn der Held im Film dem Bösen von hinten mit einem schweren Gegenstand eins überzieht, fällt der Böse umgehend um. Er wehrt sich nicht. Aber was, wenn ich den größeren Mann mit aller Kraft schlug und es trotzdem nicht reichte? Was, wenn er den Hieb einfach so wegsteckte und mich dann erschoss?

Und zweitens: Diese zehn langsamen Schritte oder vier entschlossenen Sätze würden auf nassem Kies erfolgen. Ich war zwar barfuß, aber es würde dennoch ziemlichen Lärm verursachen.

Außerdem hatte er eine Pistole.

Ich zögerte. War diesen Mann nicht anzugreifen ein feiger Akt oder das Vernünftigste, was ich tun konnte?

Er ging weiter.

Ich stand einfach nur da, in den Fängen der Unentschlossenheit, der heftige Wind zerrte an dem Radkreuz in meiner Hand.

Denk nach.

Ich sah zum Haus hinüber, das hell in der windumtosten Dunkelheit strahlte, das kaputte Küchenfenster gleißte bläulich. Dann schob ich mich im Krebsgang sehr schnell nach rechts. Ein Fuß über den anderen. Zur hinteren Seite des überdachten Stellplatzes.

Ich machte zwei Schritte auf den Kies hinaus, dann zwei Schritte nach hinten, bis ich bis zu den Knöcheln in klatschnassen Nesseln in der Dunkelheit unter den Bäumen stand. Die Seitenwand der Überdachung nutzte ich als Sichtschutz.

Mir rasselte der Atem in der Lunge. Ich blickte noch einmal zum Haus hinüber. Aus meinem Blickwinkel konnte ich nur einen schmalen Keil der vorderen Terrasse erkennen. Sie war von den starken Außenlichtern grell erleuchtet, wie eine leere Bühne.

Der größere Mann ging unbeirrt weiter. Er war nun nur noch zwei oder drei Schritte von den Bäumen an der gegenüberliegenden Seite des Vorplatzes entfernt. Er musste nur noch die Abflussrinne überqueren, das Gestrüpp beiseiteschieben und dann …

Ich verdrängte den Gedanken und wog das Radkreuz in der Hand. Mein Arm zitterte. Falls das hier ein Fehler war …

Ich streckte den anderen Arm aus, um das Gleichgewicht zu halten, und warf das Radkreuz, so weit ich konnte. Es beschrieb einen Bogen durch die Luft, wobei es sich immer wieder überschlug, den Regen durchschnitt und in der Schwärze summte. Das Radkreuz traf mit einem lauten Knall oben auf dem Haus auf, rollte dann quer über das Dach, klapperte, schepperte und fiel außerhalb seiner Sichtweite mit einem heftigen Rumms auf die Terrasse.

Ich wartete die Reaktion des größeren Mannes nicht ab, sondern flitzte bereits zwischen die Bäume hinter dem Stellplatz, trampelte durch Nesseln und Farne. Ich eilte zur anderen Seite des Gebäudes und lugte dahinter hervor. Der größere Mann stand jetzt am Rand des gekiesten Vorplatzes neben der Terrasse. Er warf einen Blick nach rechts, als ob er fühlte, dass er beobachtet wurde. Dann sprang er auf die Veranda und sprintete zur Vorderseite des Hauses.

In derselben Sekunde, in der er fort war, rannte ich mit dem Nummernschild quer über die Einfahrt. Ich verlangsamte das Tempo nicht einmal an der Abflussrinne, ich verlangsamte es überhaupt nicht. Ich sprang einfach in den Wald hinein.

23

»Mach nie mehr so eine Dummheit!«

Rachel versetzte mir einen Stoß. Wir schlichen in der Dunkelheit unter den Bäumen hangaufwärts und versuchten uns dabei parallel zur Auffahrt zu bewegen. Ich trug Holly und schwankte unter ihrem Gewicht. Die Füße hatte ich mir aufgeschnitten. Ich konnte das Blut zwischen meinen Zehen spüren.

Rachel ging neben mir, hielt sich den linken Ellbogen mit der rechten Hand und fluchte jedes Mal, wenn ein Ast sie traf oder sie auf dem unebenen Gelände ausrutschte. Unter den Bäumen war es so finster, dass ich nur ein paar Meter weit blicken konnte, und was ich dort sah, war verschwommen und lag im Schatten. Die Männer hätten in kurzer Entfernung unter den Bäumen stehen und uns beobachten können, ohne dass wir es bemerkt hätten.

»Hast du überhaupt irgendeine Ahnung, wie knapp er davorstand dich zu finden?«, zischte Rachel.

Ich erwiderte nichts.

»Ernsthaft, Tom. Wir mussten das mit ansehen.«

Und ich musste es durchleben. Hätte ich das nicht getan, hätte er außerdem euch *gefunden,* dachte ich.

Aber ich sprach es nicht laut aus. Stattdessen entschuldigte ich mich bei Rachel. Und in Wahrheit tat es mir auch leid, dass ich so ein Risiko eingegangen war. Dennoch konnte ich das leichte Prickeln der Begeisterung nicht leugnen, das nun in meinen Adern vibrierte, da alles vorbei war. Das Nummernschild baumelte in Hollys Händen und schlug dabei gegen den Rucksack, den ich aufgesetzt hatte – eine ständige Erinnerung daran, dass wir hoffen konnten.

»Es wird funktionieren«, bekräftigte ich. »Wir kommen hier raus.«

Rachel schwieg. Vielleicht konnte sie sich noch nicht gestatten, daran zu glauben. Vielleicht glaubte sie auch nicht ganz unverbrüchlich an mich – nach dem, was in der Gasse geschehen war.

Ich festigte noch einmal den Griff um Holly auf meinen Armen und versuchte, nicht zu sehr darüber nachzugrübeln. Holly klammerte sich an meinem Nacken fest, und ihre Beine baumelten seitlich an mir herab. Väter und Töchter. Ich weiß, es ist ein Klischee, aber Holly würde immer meine kleine Prinzessin bleiben. Sie so zu tragen erinnerte mich an all die Jahre, in denen ich sie getragen hatte, als sie noch klein war. Wie ihr Haar an meiner Wange kitzelte. Wie sie ihr Kinn in meine Halsbeuge schmiegte.

»Alles okay, Liebling?«

»Ich mache mir Sorgen um Buster.«

Das erwischte mich eiskalt. Ich hatte mich bemüht, nicht weiter an Buster zu denken oder daran, was sie mit ihm gemacht hatten, und ich wollte auch nicht zeigen, wie sehr mich das erschütterte. Rachel warf mir einen raschen, unsicheren Blick zu.

»Wir machen uns alle Sorgen um ihn«, sagte sie dann.

»Ich will ihn finden.«

»Natürlich.«

»Glaubst du, er ist einfach irgendwohin davongelaufen? Vielleicht findet er uns ja.«

Was gab es darauf für eine Antwort? Ich wusste nicht, was schlimmer war: die Tatsache, dass Buster sich das letzte Mal, als ich ihn zu Gesicht bekommen hatte, nicht mehr bewegt hatte, oder dass der größere Mann ihn an den Hinterbeinen über den Boden geschleift hatte, als ob er Abfall wäre, den er entsorgen musste.

Dann traf mich ein ganz neuer Gedanke. Das Meer lag so nah am Haus.

Oh Gott.

»Wir halten nach ihm Ausschau«, versprach ich und versuchte dabei, die qualvollen Gedanken loszuwerden, die sich mir aufdrängten. »Wenn wir ihn nicht finden, bevor wir zum Tor gelangen, rufen wir die Polizei, sobald wir hier raus sind. Sie schicken dann Leute hierher, um ihn zu suchen. Einverstanden?«

Ja, ich fühlte mich furchtbar dabei, meine Tochter anzulügen, aber zu meiner Verteidigung sei gesagt, dass ich wusste, was die Wahrheit mit ihr anstellen würde, denn sie setzte auch mir schon sehr zu. Ich liebte Buster. Er war ein großer, liebenswürdiger, verpeilter Klotz. Er hatte auf meinen Beinen gedöst, wenn ich sonntags Fußball geschaut hatte. Er war immer der Erste, der mich begrüßt hatte, wenn ich morgens die Treppe herunter- oder abends von der Arbeit heimgekommen war. Ich hatte es genossen, mit ihm zum Pub zu gehen und ihm Leckereien zuzustecken.

Doch am meisten liebte ich ihn für die vollständige und bedingungslose Liebe, die er meinen Kindern entgegenbrachte. Ich konnte mir nicht mal ansatzweise vorstellen, wie das Leben ohne ihn sein würde oder wie ich Holly erklären sollte, dass er nicht mehr da war. Das ist wohl meine Art zu rechtfertigen, warum ich es wenigstens im Augenblick gar nicht erst versuchte.

»Wenn ihm irgendwas zustößt…«, sagte Holly. Und dann fing sie an zu weinen.

Ich drückte sie an mich, spürte ihre Tränen an meinem Gesicht und wünschte mir so sehr, dass ich irgendwie leugnen könnte, was ich mit eigenen Augen gesehen hatte – oder dass ich vielleicht in der Zeit zurückreisen könnte. Um Buster zu retten. Und um das alles zu verhindern.

Worum auch immer es hier ging.

Wir gingen weiter, stetig bergauf, hielten dann und wann kurz an, um Atem zu schöpfen und zu prüfen, ob wir nichts verloren hatten. Meiner Meinung nach konnte das Tor nun nicht mehr weit weg sein. Inzwischen war es außerdem viel stiller geworden, weil der heftige Regen nachgelassen hatte und nur noch feines Nieseln und in unregelmäßigem Abstand einige dicke Tropfen auf uns niederfielen. Der Wind heulte noch immer in den Wipfeln über uns, aber der sintflutartige Regen im Hintergrund war verebbt. Ich blieb stehen, fühlte mich, als ob irgendwer die Pausentaste an der Welt gedrückt hätte.

Ein paar Sekunden vergingen, dann packte Rachel mich am Rucksack und zog Holly und mich zu Boden. Ich kniete mich in den Morast und starrte Rachel erschrocken im Dunkeln an. Ihre Augen wirkten schwarz und lidlos. Sie legte sich einen Finger an die Lippen. Holly klammerte sich noch fester an mich, zitterte und drückte ihr Gesicht gegen meinen Hals.

Vor Angst zog sich meine Kopfhaut zusammen.

Nichts passierte.

Lange Sekunden verstrichen.

Ich begann zu vermuten, dass Rachel einfach nur wegen der Stille und der Dunkelheit die Nerven verloren hatte.

Doch dann blieb mir fast das Herz stehen.

Der kleinere Mann war durch die Lücken in den Zweigen gerade so zu erkennen, wie er in seinem weißen Overall über die Auffahrt hügelabwärts ging. Meine Taschenlampe in seiner Hand leuchtete schwach. Die Batterien waren fast leer. Mit der anderen Hand hatte er die Schrotflinte am Lauf gepackt. Vermutlich hatte er das Tor überprüft und sich versichert, dass es verschlossen war. Seine Schritte knirschten weiter durch die Stille.

Dann hielten sie inne.

Er war nun beinahe auf einer Höhe mit uns. Hatte er ein Geräusch gehört? Vielleicht genügte das Quietschen meiner Kniescheiben, um uns zu verraten.

Ich beobachtete ihn und forderte ihn still dazu auf weiterzugehen. Dabei presste ich Holly so fest an mich, dass ich ihren Herzschlag spüren konnte.

Sie zuckte. Ein plötzlicher lauter Ruf war aus Richtung des Hauses durch die Finsternis gehallt.

In atemloser Stille sahen wir zu, wie der kapuzenbewehrte Kopf des größeren Mannes an der Auffahrt auftauchte. Er näherte sich im Laufschritt dem kleineren Mann, stoppte, stützte sich auf seine Knie und zog die Maske herunter, um Luft zu schöpfen. Ich sah angestrengt in seine Richtung, um einen besseren Blick auf ihn zu erhaschen, aber es war sinnlos. Er stand mit dem Rücken zu uns, die breiten Schultern von uns abgewandt. Was ich erkennen konnte, war das Radkreuz, das er bei sich trug. Er zeigte es dem kleineren Mann und gestikulierte in die Richtung, aus der er gekommen war.

Mit derselben Hand, in der er die Taschenlampe hielt, schnappte sich der Kleinere das Werkzeug. Er schüttelte den Kopf und begann, mit dem Radkreuz zu gestikulieren und ruckartige Bewegungen auszuführen. Die beiden Männer diskutierten lebhaft. Dann schüttelte der kleinere Mann noch einmal den Kopf, als habe der andere ihn enttäuscht, und marschierte allein die Auffahrt hinunter.

Vermutlich hatte er dem Größeren erklärt, dass er auf ein Ablenkungsmanöver hereingefallen war. Wahrscheinlich wollte er die Stelle im Wald sehen, die der größere Mann angesteuert hatte, als er davon weggelockt worden war. Da fiel mir siedend heiß ein, dass wir meinen Werkzeugkasten zurückgelassen hatten. Falls die Männer ihn entdeckten, wüssten sie, dass wir dort gewesen waren. Doch was machte das jetzt noch für einen Unterschied?

Wir waren dem Tor so nahe. Unserem Entkommen.

Nach ein paar sehr langen Sekunden, in denen er einfach nur dagestanden und dem kleineren Mann hinterhergeschaut hatte, ließ der größere Mann schließlich die Schultern hängen und schüttelte ebenfalls den Kopf. Dann setzte er sich die Maske wieder auf, zog die große Taschenlampe aus der Tasche, schaltete sie ein und lief dem kleineren Mann nach, während der Lichtkegel die Nacht durchschnitt.

Die Zeit verging. Wir kauerten weiter, wo wir waren. Und warteten.

24

»Wie lange sollen wir noch hierbleiben?«, flüsterte Holly.

»Nicht mehr lange.«

Eine seltsame Sache: In diesem Moment hatte ich es nicht eilig weiterzugehen. Nach meiner Uhr hatten wir acht Minuten lang gewartet, hatten einfach schweigend unter den Bäumen im Dunkeln gesessen. Wir wollten uns nicht zu rasch Richtung Tor pirschen, falls einer oder gar beide Männer noch immer in der Nähe waren. Doch zugleich sollten wir auch nicht zu lange abwarten, für den Fall, dass sie zurückkämen. Das Warten war zweifellos Angst einflößend und verdammt nervenaufreibend, aber es war auch – und das ist das Seltsame – irgendwie etwas Besonderes.

Vaterschaft ist für mich ein Rätsel, und zwar eines, bei dem ich das Gefühl habe, es nie auch nur annähernd lösen zu können. Ich kann mich daran erinnern, wie es war, als ich erfuhr, dass Rachel mit Michael schwanger war. Natürlich waren wir begeistert. Wie die meisten Paare, die schon eine Weile versuchen, ein Kind zu bekommen, hatten wir uns umarmt und geschrien und stundenlang darüber geredet, wie sehr wir uns auf die Zukunft freuten. Und ich freute mich wirklich. In meinem Kopf hatte ich all diese Vorstellungen von mir als einem Supervater, wie auf diesen künstlerischen Schwarz-Weiß-Fotos von einem Mann mit nacktem Oberkörper, der sein neugeborenes Baby zum ersten Mal hält, während es die winzige Faust um seinen Finger schließt. Oder die Fotos von der ganzen

Familie an einem sonnigen Strand, auf denen der Urlaubsvater eins seiner großartigen Kinder auf den Schultern trägt, während die Mutter einen Bastkorb mit einem perfekten Picknick bei sich trägt. Momente, die sich ins Gedächtnis brennen. Gemeinsame Zeit mit der Familie. Ist das nicht alles, was wir uns wünschen? Doch allzu oft war es für mich ganz anders gewesen.

Die Wahrheit ist, dass ich weder mit meinen Kindern noch mit meiner Frau genug Zeit verbracht hatte. Und ja, das stimmte vor allem für die letzte Zeit, aber die Samen dafür waren schon eingepflanzt worden, lange bevor Rachel und ich uns getrennt hatten. Zu Beginn meiner Karriere, als Wirtschaftsanwalt in einer Kanzlei im Londoner Bankenviertel, hatte ich endlose Überstunden gemacht, und für Lionel später hatte ich sogar noch mehr gearbeitet. Ich wollte vorankommen, gutes Geld verdienen, Rachel und die Kinder versorgen. Jetzt weiß ich allerdings, was dabei aus dem Blick geraten ist – was wir alle wahrscheinlich zu oft aus dem Blick verlieren: nämlich dass ich diese Zeit nie mehr zurückbekommen konnte.

Wenn ich an meine eigene Kindheit zurückdenke, kann ich sagen, dass ich einige meiner liebsten Momente zusammen mit meinem Vater in einem Wald in der Nähe beim Camping verbracht habe. Wenn ich die Augen schließe, fällt es mir nicht schwer, den Geruch eines brennenden Lagerfeuers und seines verschwitzten Hemds heraufzubeschwören, wenn er mich in den Arm nahm, oder auch das Geräusch seines leisen Schnarchens im nächtlichen Wald.

Ich hatte genau solche Momente auch mit Michael teilen wollen. Ich wollte, dass wir unsere eigenen Erinnerungen schufen. Aber ich taugte als Vater nicht so viel wie mein eigener Dad. Ich hatte mir nicht die Zeit genommen. Und jetzt, wo

Michael tot war, wusste ich, dass ich das auch nie mehr nachholen könnte.

War das einer der Gründe, warum er auf die schiefe Bahn geraten war? War das der Grund, warum er mit meinem Auto auf eine Spritztour gegangen war, bei der er starb? Diese Fragen spukten in meinem Kopf herum, wenn ich nachts nicht schlafen konnte.

Als ich mit Rachel und Holly so dasaß und sie wortlos an der Hand hielt ... Natürlich wusste ich, dass es lächerlich war. Wir saßen hier im Wald und versteckten uns, weil wir um unser Leben fürchteten. Dennoch fühlte ich in diesem Moment eine unglaubliche Nähe zwischen uns, wie ich sie zu lange nicht mehr gespürt hatte. Es kam mir vor, als ob all meine Nervenenden überreizt prickelten. Als ob ich die Verbindung zwischen uns mit einer Intensität spürte, die viel weiter reichte als alle Probleme, die uns jemals voneinander entfernt hatten.

»Tom? Können wir kurz sprechen?«

»Was ist los?«, fragte Holly und richtete sich ein wenig auf.

»Gar nichts«, sagte Rachel beruhigend. »Warte hier. Dein Vater und ich sind in einer Sekunde wieder zurück, okay?«

»Ich will nicht allein bleiben«, bettelte Holly.

»Das bist du doch nicht. Wir bleiben ganz in der Nähe. Tom?«

Etwas in Rachels Tonfall duldete keinen Widerspruch, das erkannte ich. Sie streckte die Hand nach mir aus, und ich ließ Holly los und ergriff sie.

Wir gingen ein paar Schritte zwischen die Bäume, dann hielten wir an und sahen zu Holly zurück. Sie saß auf dem Boden, hatte das Kinn auf die Knie gestützt und die Arme um die Schienbeine geschlungen. Sie blickte uns nach und sah dabei fast ebenso besorgt über das aus, was Rachel mir gleich sagen wollte, wie ich selbst mich fühlte.

»Was ist los?«, fragte ich also.

Rachel ließ meine Hand los und rieb sich über den verletzten Arm. Ich bekam den Eindruck, dass sie nicht genau wusste, wo sie beginnen sollte. »Wie lautet dein Plan, wenn wir einmal durch das Tor sind?«

»Was meinst du?«

»Verrat mir einfach ... was wir als Nächstes tun.«

Selbst in der Dunkelheit fiel mir auf, wie vorsichtig sie agierte. Das regte mich auf.

»Ich weiß es nicht, Rachel. Wir gehen zur Straße. Wir halten ein Auto an. Oder wir suchen ein Haus. Irgendwo gibt es sicher ein Telefon.«

»Und dann?«

»Dann rufen wir natürlich die Polizei.«

»Und was erzählen wir denen?«

Ich fühlte eine seltsame Beklommenheit in der Brust. Irgendetwas übersah ich, aber ich hatte keine Ahnung, was das sein könnte.

Es fühlte sich komisch an, daran zu denken, dass ich Rachel noch vor wenigen Stunden in den Armen gehalten hatte. Wir hatten uns geliebt und waren uns nähergekommen, als das in den letzten Monaten der Fall gewesen war. So mit ihr zusammen zu sein, sie so sehr zu begehren und zu spüren, dass sie auch mich begehrte ... Ich weiß nicht. Es hatte sich angefühlt, als hätten wir wieder zueinandergefunden. Doch alles, was ich jetzt spüren konnte, war der Abgrund, der sich erneut zwischen uns auftat.

»Du zwingst mich also wirklich dazu, es auszusprechen, oder?« Sie hob den Blick zu den Baumkronen, als wäre sie völlig verzweifelt, und als sie dann sprach, konnte ich hören, dass sie wirklich verzweifelt war. »Weißt du denn, wer diese Männer sind, Tom? Kennst du den Grund, aus dem sie hergekommen sind?« Sie warf Holly einen Blick zu und sprach dann noch etwas leiser: »Hat es etwas mit dem zu tun, was uns in London passiert ist?«

Es fühlte sich an, als ob ich in ein tiefes Loch stürzte. Ich musste daran denken, wie Rachel noch vor Kurzem meinem Blick ausgewichen war. Zu diesem Zeitpunkt hatte ich mich gefragt, ob sie vielleicht eine Ahnung hatte, worum es hier ging, und es mir nicht sagte. Aber nein, ganz offensichtlich hatte sie sich gefragt, ob ich der Grund für all das hier war.

»Hat es etwas mit deiner Arbeit für Lionel zu tun? Geht es darum?«

»*Bitte?*«

»Ich will wissen, was wir bedenkenlos der Polizei erzählen können, Tom. Ich möchte Holly nicht noch mehr in Gefahr bringen.«

Ich starrte sie an und fühlte mich, als würde mir die Luft aus der Lunge gepresst. Wie konnte sie so etwas nur denken? Andererseits, hatte ich das Gleiche nicht auch über sie gedacht?

»Rachel, ich weiß nicht, was diese Männer hier machen. Ich habe keine Ahnung, warum sie hinter uns her sind. Es könnte alles ein schreckliches Missverständnis sein.«

Sie blickte mich misstrauisch an, ohne etwas zu entgegnen.

»Komm schon, Rachel. Für wen hältst du Lionel denn? Er verdient Geld mit Leuten, die gute Ideen haben. Und ich helfe ihm dabei. Wir tun nichts Verbotenes. So ist Lionel nicht. So bin ich nicht. Ich dachte, du wüsstest das?«

Sie musterte mich weiter durch zusammengekniffene Augen. Ich war mir nicht sicher, ob ich sie überzeugt hatte.

»Ich schwöre es dir, Rachel.« Ich ergriff ihre Hände. »Ich könnte der Polizei nur sagen, wie viel Angst ich im Augenblick habe.«

Einen Moment lang schwieg sie, dann nickte sie. »Okay.« Sie rang sich ein kleines, reuiges Lächeln ab. »Dann lass uns zum Tor raus und von hier abhauen, einverstanden?«

Stolpernd folgte ich ihr zu Holly zurück, doch erst als wir ihr aufgeholfen hatten und uns in Richtung Auffahrt bewegten, fiel mir auf, dass ich ihr keine Gegenfrage gestellt hatte. Ich hatte sie nicht danach gefragt, ob es etwas gab, was sie mir verschwieg.

25

Ich wagte mich gebückt aus der Deckung der Bäume hervor und spähte die Auffahrt hinunter. Als ich mir sicher war, dass die Luft rein war, winkte ich Rachel und Holly zu mir heran. Ich vermied es, Rachel direkt anzusehen, denn noch immer war ich verwirrt wegen unseres Gesprächs im Wald.

Der Wind schob uns in stürmischen Böen das letzte Stück der Auffahrt hinauf, zum Tor und zum Zaun. In der Dunkelheit sah das Tor aus, als wäre es dreißig Meter hoch. Der Stacheldraht am oberen Ende schnitt wie tausend Messer in den Himmel.

Wir hielten an und stellten uns gemeinsam ungefähr an die Stelle, an der wir den Volvo gebremst hätten. Die Kamera für das Nummernschild war an dem Pfosten rechts von uns angebracht.

Ich kniete mich im tosenden Wind hin und gab Holly ein Zeichen, sie möge mir das Nummernschild reichen. Dann hielt ich es mit beiden Händen vor die Kamera.

Das Herz schlug mir bis zum Hals.

Rachel und Holly beobachteten mich.

Wir warteten. Und warteten.

Aber nichts passierte.

Die Kamera starrte blind geradeaus. Keine Lämpchen blinkten. Kein versteckter Mechanismus surrte. Es erfolgte kein elektrisches Summen.

Keine Panik.

Ich wischte das Nummernschild an meiner durchnässten Jogginghose ab und versuchte es erneut. Ich kippte und drehte es, bewegte es von einer Seite zur anderen und auf und ab.

»Es klappt nicht«, sagte Holly. Sie zuckte zusammen und sah die Auffahrt hinunter, als ob sie erwartete, die Männer dort jede Sekunde auftauchen zu sehen.

»Vielleicht hat es was mit dem Gewicht zu tun«, vermutete Rachel. »Vielleicht gibt es entsprechende Sensoren im Boden.«

»Um rauszukommen?« Ich schüttelte den Kopf. Es fühlte sich an, als ob jemand einen riesigen Schraubstock um meinen Oberkörper angebracht hätte und ihn nun langsam zuzog. Meine Rippen spannten sich an. Meine Lunge schrumpfte zusammen. »Hier, halt du mal.«

Ich reichte Rachel das Nummernschild, ging zur Kamera hinüber und warf einen kurzen Blick auf ihre Rückseite. Ein beunruhigender Gedanke hatte in meinem Kopf Form angenommen.

Vielleicht hatte der kleinere Mann genau das hier getan: Wenn er wusste, dass der einzige Weg hinaus durch das Tor führte, hatte er es eventuell sabotiert. Aber nein, zwei dicke schwarze Kabel waren an die Rückseite der Kamera angeschlossen. Keins von ihnen war zerschnitten oder sonst wie unbrauchbar gemacht.

Mein Blick fiel auf die Gegensprechanlage. Wenn ich den Knopf drückte, würde es in der Küche zu klingeln beginnen, so viel wusste ich. Außerdem wusste ich, dass es einen Knopf gab, mit dem man das Tor öffnen konnte. Vorhin hatte ich gesagt, dass die Steuerung in der Küche das Tor nicht länger als eine Minute offen halten würde, aber anscheinend hatte ich mir das Gerät vorher nicht genau genug angesehen. Nun fragte ich mich, ob es vielleicht eine Überbrückung gab, irgendeinen Weg, der das Tor dauerhaft öffnete. Wenn man den Knopf TOR ÖFFNEN in der Küche länger gedrückt hielt, wäre das vielleicht die Folge.

Ich warf einen Blick zurück auf Rachel und Holly. Rachel drehte das Nummernschild in alle Richtungen und wurde dabei allmählich frustriert und verzweifelt. Holly hielt Wache, indem sie sich nach vorn beugte und sich die Arme um den Körper schlang, um sich zu wärmen.

Würde ich es zum Haus zurück und in die Küche hinein schaffen, ohne dass mich die Männer entdeckten? Würden Rachel und Holly hier auf mich warten, während ich es versuchte? Wenn es mir gelang, das Tor für sie zu öffnen, könnten sie entkommen und Hilfe holen. Ich könnte mich dann bis zur Ankunft der Polizei verstecken.

Falls ich Glück hatte.

Was noch?

Ich drückte mich aus der Hocke hoch, ging zu einer der Platten des Tors hinüber und drückte mit flachen Händen dagegen. Es rührte sich nicht. Keinen Millimeter. Ich sah nach oben, doch selbst wenn ich ihnen eine Räuberleiter machte und sie hochschubste, gab es für sie keinen sicheren Weg über den Stacheldraht.

»Scheinwerfer«, zischte Holly.

Ich wirbelte mit weit aufgerissenen Augen herum.

»Dad, es ist Nacht. Säßen wir in unserem Auto, hätten wir die Scheinwerfer an.«

Ich fühlte, wie mir das Blut durch die Adern rauschte. Vielleicht hatte sie recht. Vielleicht reagierte die Torkamera nachts auf Licht. Ich kramte in der Tasche meiner Jogginghose nach meinem Handy. Es war mit einem feuchten Film bedeckt und fühlte sich glitschig an. Ich trat neben Rachel und ging in die Knie, wobei ich das Telefon mit meinem Körper abschirmte, bevor ich es anschaltete.

Das Display leuchtete wässrig blau auf. Ich bemerkte, dass ich immer noch keinen Empfang hatte, dann wischte ich mit dem Daumen übers Display und rief die Taschenlampenfunktion auf.

Die Lampe an der Rückseite des Handys schien auf den Boden. Rachel schluckte schwer und sah nach hinten, dann nickte sie mir langsam zu. Wieder fragte ich mich, was sie wohl denken mochte. Verdächtigte sie mich noch immer? Hätte ich sie verdächtigen sollen?

Vorsichtig bewegte ich die Hand, bis der Strahl hell die reflektierende Oberfläche des Nummernschilds traf. Rachel drehte es zur Kamera hin.

Und ... Nichts.

Kein Klappern. Kein surrender elektrischer Mechanismus.

In einem Anflug heftiger Frustration hätte ich beinahe mein Handy auf den Boden geschmettert.

»Versuch die Kamera direkt anzuleuchten«, schlug Holly vor.

Ich drehte mich sofort wieder um und richtete das Telefon auf die Linse. Dabei vergaß ich, das Licht mit meinem Körper zu verdecken – und in diesem Moment ertönte der erste Schuss.

Nicht dass ich gewusst hätte, worum es sich handelte. Zuerst wenigstens nicht. Die ersten verschwommenen Momente lang war es nichts als ein scharfer Knall in der schwarzen Stille. Bis etwas in einem Funkenregen vom Tor abprallte.

Viel zu lange stand ich da wie angewurzelt. Es schien eine Ewigkeit zu dauern, bis mein Hirn realisierte, was hier gerade passierte. Dann durchzuckte eine allumfassende, bebende Panik meinen Körper. Ich drehte mich um und sah aus dem Augenwinkel ein helles Licht, das aus dem Dickicht links von der Auffahrt hervordrang.

Zwei Meter von Holly entfernt spritzte der Matsch vom Boden hoch.

Sie schrie auf und machte einen Satz nach hinten.

»*Pistole!*«, schrie Rachel.

Ich griff nach Holly und bekam ihr Schlafanzugoberteil zu fassen, dann zerrte ich sie unsanft auf die Bäume auf der gegenüberliegenden Seite der Auffahrt zu.

Ein weiterer lauter Knall ertönte. Erneut spritzte Erde auf. Kies trommelte gegen meinen Knöchel. Mit Holly zusammen warf ich mich nach vorn. Sah undeutlich, wie Rachel das Nummernschild fallen ließ und selbst neben mir vorwärtshechtete.

Neben uns explodierte ein Baumstamm in einem wütenden Sturm aus Splittern.

Wir taumelten, fielen vorwärts durch Büsche und Farne, dann rappelten wir uns hoch und krochen zwischen die Bäume. Ins Dunkle.

26

Hals über Kopf und blind und atemlos rannten wir los, streckten die Hände aus und riefen nacheinander, preschten durch die Schwärze, flohen wie wilde Tiere. Ich wusste nicht, wo die Männer waren. Ich hatte keine Ahnung, ob wir vielleicht geradewegs in sie hineinliefen. Jedes Mal, wenn ein Zweig knackte, hielt ich es für einen Schuss.

Bäume und Büsche zischten vorbei und zuckten in mein Sichtfeld. Rachel lief voraus und benutzte ihren guten Arm dazu, um die Äste beiseitezuschieben, die dann zurückschwangen und mich im Gesicht trafen. Ich hielt Hollys Handgelenk fest umklammert und zog sie weiter, duckte mich, wich aus, stolperte und hatte Mühe auf den Beinen zu bleiben.

Meine bloßen Füße stampften über den Waldboden. Es war eine Welt voller Stöcke und Dornen und Ranken. So ziemlich jeder Schritt schmerzte mich. Es war mir egal. Wir wurden immer nur schneller. Verzweiflung kann das mit einem machen. Adrenalin. Angst. Ich fühlte mein Herz gegen meinen Brustkorb hämmern. Hinter mir stieß Holly ein panisches Jaulen aus. Rachel war dauerhaft am Fluchen.

Sie lotste uns bergab, und das war wohl auch die richtige Strategie. Wir waren auf abschüssigem Gelände schneller, solange wir nicht strauchelten oder hinfielen.

Ich warf einen Blick nach links und fühlte, wie sich ein Hohlraum in meinem Bauch öffnete, als ich das blendende Licht der Taschenlampe durch die Dunkelheit hüpfen und flackern sah. Es hatte den Anschein, als ob einer der Männer die Auffahrt hinunterraste. Er rief uns nach, wir sollten anhalten, fluchte und ließ den Lichtkegel zwischen den Bäumen hindurchwandern, aber ich glaubte nicht, dass er uns sehen konnte. Der Strahl beschrieb Bögen und Zickzackmuster und durchbohrte den Wald um uns herum. Nur ein Mal traf er Rachel, dann war er wieder fort. Doch der entsetzte Ausdruck auf ihrem Gesicht versetzte mir einen Stich.

Die beiden Männer riefen sich gegenseitig Anweisungen zu, fragten einander, ob der jeweils andere uns gesehen habe und wohin wir verschwunden seien. Sie klangen aufgeregt und wütend. Danach zu urteilen, wie ihre Stimmen trugen, war ich mir ziemlich sicher, dass einer der beiden irgendwo zwischen den Bäumen hinter uns sein musste. Es war schwer, das mit Gewissheit zu sagen. Der Wald und der Wind schienen jedes Geräusch zu verzerren. Ich sah mich um, konnte aber nichts außer Reihen von Kiefern, die endlose Finsternis und dann Holly erkennen, die zuckte und kreischte, als ihr ein Ast das Gesicht zerkratzte und sich in ihrem Haar verhedderte.

Vielleicht hätte ich anhalten sollen. Vielleicht hätte ich mich verstecken sollen. Wenn ich einen Baumstumpf fand, hinter den ich mich ducken konnte, konnte ich möglicherweise unserem Verfolger auflauern. Schließlich hatte ich noch immer den Schraubenzieher in der Tasche. Wenn ich schnell genug war, konnte ich ihm damit vielleicht in den Hals stechen, in die Seite oder in einen anderen weichen und empfindlichen Körperteil. Vielleicht konnte ich ihm sogar seine Waffe abnehmen.

Diese Waffen. Was auch immer hier vor sich ging – was auch immer das alles ausgelöst hatte –, etwas war mir inzwischen klar: Als die Männer auf uns geschossen hatten, hatten sie auf keinen von uns speziell gezielt. Ihre Kugeln waren uns unterschiedslos um die Ohren geflogen. Sie hätten Rachel oder mich genauso gut treffen können wie Holly. Ich musste einsehen – egal wie sehr ich mich dagegen wehrte –, dass sie vorhatten, uns alle zu töten. Das bedeutete, dass wir, wenn wir durch das Tor oder über den Zaun nicht fliehen konnten, uns entweder irgendwo verstecken mussten, wo die Männer uns keinesfalls entdeckten, oder dass ich versuchen musste, sie irgendwie aufzuhalten.

Aber mich hinter einen Baum kauern? Dieses Risiko eingehen? Es schien mir in diesem Moment zu groß zu sein. Außerdem wollte ich Holly und Rachel nicht allein lassen. Ich wollte sichergehen, dass ich ihnen zur Flucht vor diesen Männern verholfen hätte.

Also rannten wir weiter. Etwas traf mich krachend am Oberkörper, sodass ich anhalten musste. Es fühlte sich an, als ob mich ein Kricketschläger erwischt hätte. Ich taumelte rückwärts und ging auf ein Knie. Das Atmen fiel mir schwer. Ein stechender Schmerz fuhr mir durch die Rippen.

Ich war gegen einen Baum gelaufen.

Holly stieß gegen mich und wäre fast hingefallen. Ich legte ihr die Hand auf den Rücken, trieb sie voran und stolperte ihr hinterher.

Meine Atmung geriet außer Kontrolle. Ich fing an zu hecheln, und zwar nicht nur wegen meiner Begegnung mit dem Baum. Ich war einfach nicht so fit. Ich ging nicht regelmäßig ins Fitnessstudio oder in meinem Viertel laufen. Meine Kondition war im Eimer, und meine Beine verwandelten sich wegen der Anstrengung in Gummi. Ich bekam Seitenstechen.

Aber ich hielt trotzdem nicht an.

Dann schimmerten aus der Dunkelheit Lichtreflexe durch die Bäume zu unserer Linken. Das Haus. Wir kamen rasch näher, und die Außenbeleuchtung erhellte es in einer bläulich flackernden Blase, die näher kam und heller wurde, bis das dunkle Gerüst des Stellplatzes in der Nacht es kurzzeitig verdeckte.

Wir rannten weiter. Der Baumbestand begann auszudünnen. Ich konnte das Meer nun hören und riechen. Noch ein Blick hinter mich, zurück zur Auffahrt. Und dann ein seltsam leeres Gefühl, als ob man in einen schwarzen Abgrund schaute.

Keine Spur mehr von dem Mann mit der Taschenlampe. Ich konnte den Lichtkegel nirgends mehr sehen. War er uns überhaupt zwischen die Bäume gefolgt? Hatte er weiter oben an der Auffahrt angehalten, in der Vermutung, wir würden umkehren? Oder hatte er einfach nur die Taschenlampe ausgeschaltet, um uns aufzulauern?

»Vorsicht.«

Vor mir hielt Rachel sich an einem Baumstamm fest und bremste mit einem schmerzerfüllten Schrei ab. Holly schlitterte, rutschte aus und landete seitlich auf einer Stelle mit kümmerlichem Gras neben dem Ufer. Ich stoppte strauchelnd, griff mir an die schmerzenden Rippen und sog die Luft ein. Es half nicht. In meiner Lunge gab es nicht genug Sauerstoff. Es fühlte sich an, als ob ich Helium aus einem Ballon einatmen würde.

Eiskalte Gischt spritzte uns nass. Das Wasser stand hoch. Eine ziemliche Sturmflut. Aufgewühlte Wellen klatschten gegeneinander, spuckten verdrehte Seile aus Schaum aus. Direkt unter uns gab es eine Reihe von Felsen, schwarz und wächsern im Mondlicht. Weitere Wellen klatschten dagegen, und die Gischt prasselte auf uns nieder.

Ich wirbelte herum und sah zu Rachel. Ihr Gesicht wirkte kaltschweißig und grau. Hinter ihr konnte ich die Terrasse vor dem Haus erkennen, die von der Außenbeleuchtung stark angestrahlt wurde, sowie das Loch, wo ich die Feuerstelle nicht zugedeckt hatte. Weitere Lichter drangen durch die Glaswand vor dem Wohnbereich nach draußen. Die gurgelnde Brandung rauschte unter die Terrasse, wickelte sich um die versunkenen Pfähle und Balken, die sie trugen.

Flach atmend und mit flimmerndem Herzen stand ich da. Holly drückte sich auf die Knie und spuckte Schleim und Angst aus. Rachel griff sich an ihren verletzten Arm, drehte sich um und hielt nach den Männern Ausschau.

Meine Familie. Bedroht.

Ich spähte ebenfalls in den Wald, aber ich konnte nichts erkennen außer Schwarzschattierungen und den endlosen grauen Reihen der Kiefern. Ich brauchte einen besseren Blickwinkel. Wenn ich auf die Felsen hinauskletterte, hätte ich vielleicht eine gute Sicht auf die Terrasse und die Auffahrt. Ich duckte mich und kroch auf allen vieren dorthin. Das Meer strudelte und rauschte um mich herum, Schaumkronen umtosten meine Knöchel und Handgelenke, sammelten sich unterhalb meiner Brust. Ich lehnte mich mit zitternden Ellbogen vor, während die Gezeiten an mir rissen.

Ein Taschenlampenflackern. Der Glanz der weißen Overalls. Ich erschauderte. Der kleinere Mann stand an der einen Seite der gekiesten Einfahrt, zwischen dem Haus und dem überdachten Stellplatz, und schwenkte die Lampe hin und her. Die Schrotflinte hielt er an sein Bein gepresst. Offenbar hatte er das Radkreuz zurückgelassen. Vielleicht hatte er es irgendwo zwischen die Bäume geworfen.

Nun legte er den Kopf in den Nacken und rief: »Siehst du sie?«

Falls der größere Mann ihm antwortete, konnte ich ihn nicht hören. Ich drehte mich zu Rachel und Holly um. Hier konnten wir nicht bleiben. Wir waren schutzlos. Aber es gab etwas, was wir tun konnten. Vielleicht.

»Wir müssen ins Wasser«, sagte ich. »Wir müssen auf die andere Seite.«

»Das ist nicht dein Ernst.« Rachel stieß sich von dem Baum ab, gegen den sie sich gelehnt hatte, kam auf mich zu und starrte mich an, als hätte ich den Verstand verloren. Holly wich meinem Blick aus.

»Wir müssen wieder ins Haus hinein. Von da aus können wir das Tor öffnen. Es muss eine Möglichkeit geben, es offen zu halten.« Ich drückte mich in die Hocke hoch, ich zitterte und war vollkommen durchgefroren, das Salzwasser drückte gegen meine Unterschenkel und zog dann wieder an ihnen. Eine weitere Welle krachte hinter mir auf den Strand, als ich zum Haus hinaufzeigte. »Wenn wir nach drinnen kommen, haben wir Zugang zum Telefon in der Küche. Wir können die Polizei rufen. Das Tor und das Telefon. Das ist im Moment unsere beste Chance. Wenn ihr wollt, versuche ich es allein, aber ...«

»*Nein.*« Holly sah kopfschüttelnd zwischen uns hin und her. Von dort, wo ich stand, konnte ich erkennen, dass mein alter Mantel an der linken Seite aufgerissen war. Das Futter hing heraus. »Nein, Dad. Keine Chance.«

Ich blickte wieder zur Auffahrt und zu den Bäumen hinüber. Es beunruhigte mich, dass wir den größeren Mann noch immer nirgends entdeckt hatten.

»Einer von ihnen steht am Stellplatz«, sagte ich. »Ich bin nicht sicher, wo der andere sich aufhält, aber über die Terrasse können wir nicht gehen. Die ist zu hell erleuchtet. Im Moment wissen sie, dass wir irgendwo auf dieser Seite der Auffahrt sind. Das Beste, was wir tun können, ist, ohne dass sie es erwarten, auf die andere Seite zu gelangen.«

Rachel trat einen Schritt näher. »Sie erwarten es nicht, weil wir es nicht schaffen werden.«

Ich gab keine Antwort.

»Es ist zu schwer, Tom. Und ich kann mit meinem Arm nicht schwimmen. Das Gelenk ist instabil.«

»Du musst nicht schwimmen. Sondern waten. Wenn wir nahe bei der Terrasse bleiben, sollte es nicht zu tief sein.« Ich wagte nicht, das Wasser genauer in Augenschein zu nehmen. Es war unmöglich zu entscheiden, ob das tatsächlich so war oder nicht. »Wir können zu den Felsen auf der anderen Seite gelangen. Von der Auffahrt aus kann man sie nicht sehen. Von da aus kommen wir aber in den Raum mit dem Schwimmbad. Wir trocknen uns mit ein paar von den Handtüchern vor der Sauna ab. Dann können wir uns aufwärmen. Unsere Kleider aus dem Trockner in der Waschküche holen. Unsere Jacken. Unsere Schuhe. Dann gehen wir zum Telefon.«

Rachel atmete mit einem Schnauben aus. Sie sah mich nicht an, sondern kopfschüttelnd auf die Wellen, die an der Veranda kratzten. Ich wusste, was ich da von meiner Familie verlangte. Ich wusste, dass ich sie um ihr Vertrauen bat und dass ich es vielleicht nach allem, was passiert war, nicht mehr verdiente.

»Dad hat recht, Mum«, ergriff Holly schließlich das Wort, und ich spürte, wie etwas in mir sich löste. »Ich denke, wir können es schaffen. Ich denke, wir müssen es versuchen.«

27

Eilig nahm ich Rachels Rucksack ab und stopfte die Sachen aus meinen Taschen hinein – mein Handy, Rachels Autoschlüssel, den Schraubenzieher, die Nagelschere. Dann zog ich den Reißverschluss zu und fädelte Hollys Arme durch die Riemen. Ihr Atem ging flach und schnell.

»Ich nehme dich Huckepack«, erklärte ich ihr. »Einverstanden?«

Sie nickte, wirkte aber verängstigt. Ich ging in die Knie und wartete, bis ich ihr Gewicht auf meinem Rücken und ihre Hände um meinen Hals spürte. Ich umfasste ihre Beine. Sie zitterten. Wegen der Kälte oder aus Angst? Wahrscheinlich beides.

»Rachel?«

Ich wandte mich zu ihr um. Sie hatte die Kiefer angespannt und schaukelte auf den Zehen vor und zurück, während sie sich auf das Meer konzentrierte, als ob sie versuchte, sich Mut zuzusprechen.

Ein Ruf gellte durch die Nacht.

»Wenn Sie rauskommen, können wir reden. Wir können Ihnen helfen.«

Es kam von dem kleineren Mann. Ich rückte mit Holly auf dem Rücken zentimeterweise vor und lugte zum Stellplatz hinüber. Er starrte ziellos zwischen die Bäume. Er hatte keine Ahnung, wo wir uns befanden.

»Wenn Sie sich weiter verstecken, machen Sie es nur schlimmer. Wir können das Mädchen gehen lassen.«

»Er lügt«, flüsterte Rachel.

Diese Vermutung hatte ich auch. Wenn ich in diesem Moment mein Leben hätte geben müssen, um Holly zu retten, dann hätte ich es getan, keine Frage. Aber nicht, wenn ich nicht glaubte, dass sie danach in Sicherheit wäre. Und ich konnte keinesfalls dem Ehrenwort dieser beiden Verbrecher trauen.

Ich wartete ab, ob der kleinere Mann noch mehr sagen würde, doch stattdessen versteifte er sich und schob den Kopf nach vorn in die Dunkelheit. Er starrte einige Sekunden lang ins Dunkel und stürmte dann mit der Taschenlampe in der Hand zwischen die Bäume. Vielleicht glaubte er, etwas gehört oder gesehen zu haben. Vielleicht hatte ihm der Größere ein Zeichen gegeben.

Zeit zum Aufbruch.

»Er ist in den Wald gelaufen«, sagte ich Rachel. »Hier können wir nicht bleiben.«

Ich erhob mich und stakste auf die Felsen hinaus, setzte mit Bedacht einen Fuß vor den anderen, rutschte ab und wankte mit meiner Last auf dem Rücken, wagte mich, so nah ich es für vertretbar hielt, an den Rand der erleuchteten Terrasse heran. Schwarzes Wasser brauste mir entgegen, umspülte meine Knöchel. Rachel hielt sich dicht hinter uns und schüttelte die ganze Zeit über den Kopf.

»Zwei Minuten, Holly. Dann sind wir da.«

Holly presste zur Antwort ihre bebenden Oberschenkel gegen meine Hüften, und ich tauchte ein, hörte Rachel neben mir ebenfalls ins Wasser klatschen und aufschreien.

Zunächst war die Kälte so brutal und unmittelbar, dass ich fast nichts spürte. Dann prügelte sie auf mich ein. Eine schrecklich betäubende Kälte, die mir den Atem raubte. Als mich eine weitere Welle traf, breitete sie sich durch meine Eingeweide und meine Wirbelsäule aus und traf auch mit voller Wucht Hollys Beine. Sie wimmerte und klammerte sich noch fester an mich.

»Alles okay. Hier ist es nicht so tief.«

Das war eine Lüge. Das eisige Wasser stand mir bereits bis zur Brust. Eine schwarze Welle rauschte heran, viel gewaltiger, als ich erwartet hatte. Meine Füße suchten nach Halt auf dem allmählich schwindenden Meeresgrund. Wir wurden zu einem Metallbalken gedrückt. Ich zappelte und strampelte mit den Beinen, drehte die Hüfte hin und her. Dann zog sich die Welle wieder zurück, und ich sprang in ihrem Sog nach vorn. Holly presste mir eine Hand auf die Stirn, wobei sie mir halb die Augen zuhielt. Ihre Zähne klapperten heftig neben meinem Ohr.

Die nächste Welle hob uns an und kippte uns. Wir hatten erst ein paar Meter zurückgelegt und noch einen langen Weg vor uns. Rachel tauchte an meiner Seite auf und platschte mit einer Art unbeholfenen Scherensprüngen vorwärts, wobei sie ihren gesunden Arm dazu verwendete, um das Wasser vor sich wegzuschaufeln. Sie wirkte schwerfällig und verzweifelt.

Ich war derjenige, der uns in diese Situation gebracht hatte. Was, wenn es ein Fehler war? Ich hatte Angst, dass wir unter die Veranda gespült und gegen die Metallbalken geschleudert würden. Dass die Männer am Ufer erscheinen und uns entdecken würden.

Das Wasser streifte mein Kinn. Es musste Holly nun fast schon bis zu den Schultern gehen. Wenn es noch ein bisschen tiefer wurde, wären wir gezwungen zu schwimmen. Holly hatte noch immer meinen Mantel an. Das wäre nicht sehr hilfreich. Doch mit meinem nächsten Satz vorwärts kam mir der Meeresgrund wieder ein wenig entgegen. Meine Zehen mühten sich um Halt.

Das Wasser floss wieder ins Meer und zerrte an meiner Hüfte und meinen Beinen. Rachel trat und schlug neben mir wild um sich. Ich hörte, wie sie gurgelnd etwas sagte. Sie spuckte und deutete mit dem Finger. Ich drehte mich um.

Und erstarrte.

Eine riesige dunkle Welle rollte heran.

Direkt auf uns zu. Sie türmte sich auf. Und brach.

Ich drehte mich, um ihr seitwärts zu begegnen, klemmte Hollys Oberschenkel mit den Armen an mich und versuchte, einen festen Stand zu bekommen.

Keine Zeit mehr.

Die Welle krachte auf uns nieder, donnerte und wütete, beinahe hätte sie Holly von mir weggerissen, obwohl sie sich mit den Fingern an meinem Mund und meinen Augen festkrallte. Ich machte unwillkürlich zwei Schritte nach hinten und hielt Hollys Beine fest. Ich strauchelte. Tauchte unter. Das Wasser rauschte und gurgelte mir in Ohren und Mund. Ich mühte mich ab, aufrecht stehen zu bleiben. Ich sah Sterne.

Dann sah ich Rachel untergehen, verschwinden, sich prustend und spuckend zurück an die Oberfläche kämpfen. Ich löste eine Hand von Holly und streckte sie nach Rachel aus, bekam ihre Finger zu fassen. Ich biss die Zähne zusammen und strengte mich an, sie beide festzuhalten.

Die Welle rauschte weiter und überschwemmte den Hohlraum unter der Veranda mit einem furchtbaren Brüllen. Und da sah ich hinter Rachel etwas im Dunkeln aufragen. Eine glatte graue Silhouette, wie ein Wal, der die Wasseroberfläche durchbricht.

Mein Puls beschleunigte sich. Unwillkürlich stieß ich ein überraschtes Keuchen aus.

Dieses Geräusch aus den Tiefen meiner Träume.

Klagendes, summendes Jammern wie das eines Wäschetrock-

ners auf voller Drehzahl. Wie eine Kettensäge, die einen Baum fällte.

Jetzt wusste ich, was das gewesen war.

Ein Außenbordmotor.

Holly paddelte mit den Armen und straffte den Griff um meinen Hals, während ich Rachel darauf aufmerksam machte.

Ein Schlauchboot war an der Holztreppe vertäut, die von der Terrasse ins Wasser führte.

28

Ich schob Holly und Rachel in das Schlauchboot, dann hievte ich mich selbst hoch und rollte hinter ihnen hinein, wobei sie beide an meinen Armen zogen. Ich war vollkommen durchnässt. Meine Rippen schmerzten. Ich war wie gelähmt und atemlos wegen der Kälte. Und dennoch spürte ich einen weiteren kleinen Euphorieschub: ein Boot. Jetzt konnten wir hier weg.

Das Schlauchboot schaukelte unter uns, stieß gegen den Pfahl, an dem es vertäut war. Rachel drückte Holly an sich. Ihre Kleider und Haare waren klatschnass. Ihre Gesichter und Lippen waren blau angelaufen. Sie zitterten. Holly hatte im Wasser einen ihrer Schuhe verloren. Beide wirkten sie furchtbar verängstigt, gebrochen und verloren.

Als ich mir die Hand vors Gesicht hielt, fühlten sich meine Finger taub an und wirkten aufgedunsen. Es fiel mir schwer, eine Faust zu ballen.

Brodies Worte fielen mir wieder ein: *Es ist nicht allzu schwer, mit dem Kajak von der Küste her reinzupaddeln.* Wie dämlich. Wir hätten schon vorher nach einem Boot Ausschau halten sollen. Und da war noch etwas. Etwas, was mit dem Boot zu tun hatte. Ein loser Gedanke, den ich nicht recht zu fassen bekam, baumelte in meinem Kopf herum.

»Dad? Können wir los?«

Ich hielt meine klauenartige Hand vor mich – ein bisschen wie ein Chirurg, der sich für die Operation vorbereitet hatte und nun darauf wartete, dass eine Krankenschwester ihm die Latexhandschuhe überstreifte –, während ich an Holly und Rachel vorbei Richtung Außenbordmotor im Heck stolperte. Ich hatte noch nie zuvor ein Schlauchboot gesteuert, doch in meiner Vorstellung konnte das nicht allzu schwierig sein: Wir würden den Motor starten, als würfen wir einen Rasenmäher an, dann würden wir davonzischen. Selbst wenn die Männer uns hörten, wären wir fort, bevor sie uns stoppen konnten.

Ich hätte es besser wissen sollen.

Unmittelbar nachdem ich mir den Motor angesehen hatte, fühlte ich ein schreckliches Pochen in der Brust. Es gab zwar ein Loch für einen Zündschlüssel. Aber der Schlüssel steckte nicht.

Hatte einer der Männer den Schlüssel in der Tasche seines Overalls? Ich kauerte mich hin, um unter dem Motor nachzusehen. Nichts.

»Was ist los?«, fragte Rachel.

Die Angst in ihrer Stimme versetzte mir einen Stich. Ich schlug mit einer meiner tauben Hände gegen das Motorgehäuse und antwortete ihr. Sie entgegnete nichts darauf. Sie war wie gelähmt. Ich forderte beide auf, mir bei der Suche nach Rudern zu helfen.

Wir tasteten auf Händen und Knien alles ab. Nichts. Holly entdeckte einen Metallspind für Ausrüstung im Bug des Schlauchboots. Dort waren wahrscheinlich Schwimmwesten und Signalpistolen verstaut. Er war allerdings mit einem Vorhängeschloss gesichert. Keine Chance, ihn aufzubrechen.

»Wartet hier«, sagte ich.

»Tom.«

»Vertrau mir einfach, Rachel.«

Ich stand vorsichtig auf – das Boot schaukelte bedenklich

unter mir – und hob sachte den Kopf. Ich musste die Lider zusammenkneifen, weil das Licht auf der Terrasse so hell schien. Meine Augen brannten und tränten. Ich beschirmte sie mit der Hand. Keine Spur von den Männern hinter der Terrasse. Keine Spur von ihren Taschenlampen. Ich hoffte, dass sie noch immer den Wald absuchten. Vielleicht waren sie wieder zum Tor zurückgegangen.

Im Krebsgang setzte ich einen Fuß auf die Holztreppe. Ein blaues Seil war um den Pfahl geschlungen. Daneben war Brodies Plastikrechen zum Aufkehren der Blätter vom Wind umgeweht worden. Ich machte das blaue Tau los, schnappte mir den Rechen und sprang wieder an Bord des Schlauchboots, das ich mit dem Fuß von den Stufen abstieß.

»Funktioniert das?«, fragte Rachel.

Schwer zu sagen, aber einen Versuch war es allemal wert. Ich kniete mich hin und ruderte mit dem Rechen. Wenn wir das Boot irgendwie nach draußen aufs Meer bugsieren konnten, ohne entdeckt zu werden, könnten wir uns an der Küste entlang vorarbeiten. Und selbst wenn die Männer uns doch entdeckten, solange wir genügend Abstand zur Küste hielten, hoffte ich, sicher vor ihren Schüssen zu sein. Ich glaubte nicht, dass sie uns schwimmend verfolgen würden. Der Wellengang war zu heftig, die Gezeiten zu stark, das Wasser zu kalt. Wir waren nur eine kurze Strecke durch die Bucht gewatet, und ich war fast vollkommen erschöpft, mein Körper bockte und verkrampfte sich aufgrund der Eiseskälte.

»Helft mir.«

Holly streckte eine Hand über den Bootsrand und fing an zu paddeln. Rachel hockte mit tief gesenktem Kopf da und krallte sich mit der gesunden Hand am Holzdeck fest, verzog das Gesicht und zitterte, während sie uns vorantrieb.

Langsam schoben wir uns in den Wellengang. Eine Welle

krachte gegen uns, ließ den Bug des Schlauchboots sich aufbäumen, sodass Rachel umgeworfen wurde. Sie landete unsanft auf dem Rücken, was sie vor Schmerz aufschreien ließ.

Holly und ich betrachteten sie. Sie wimmerte und nickte uns zu als Zeichen, dass sie okay war. Wir machten weiter. Anzuhalten konnten wir uns nicht leisten. Wir liefen Gefahr, unter die Veranda gedrückt zu werden und dort zu stranden.

Dabei half es nicht, dass der Rechen nur ein sehr unhandliches Ruder abgab. Er war ungefähr dreimal so breit wie ein handelsüblicher Spaten. Außerdem war er biegsam, was ihn im Wasser instabil machte. Die Gezeiten bogen ihn ständig und rissen ihn seitlich weg. Und natürlich half es auch nicht, dass meine Finger so taub waren.

Die nächste Welle ließ uns nach links driften, die übernächste nach rechts. Ich versuchte mit meinem labbrigen Ruderrechen dagegen anzukämpfen, indem ich ihn entschlossen seitlich des Schlauchboots eintauchte, sobald die Welle wieder ins Meer hinausfloss.

»Du musst noch mal mitpaddeln!«, rief ich Rachel zu.

Sie ächzte und schob sich wieder hoch, dann lehnte sie sich seitlich bis zum Ellbogen aus dem Boot und schaufelte mit ihrem gesunden Arm das Wasser beiseite.

Mein Kopf pochte. Es war wahnsinnig anstrengend, aber wir schienen voranzukommen. Ein paar weitere Züge mit dem Rechen, und wir näherten uns der Vorderseite der Terrasse. Ich stand auf und hielt noch einmal nach den Männern Ausschau. Sie waren noch immer nirgends zu sehen.

»Weitermachen«, sagte ich.

»Wir versuchen es ja, Tom.«

Ich tauchte meinen Ruderrechen wieder ins Wasser, machte einen langen Zug nach dem nächsten. Arme und Rücken taten mir weh, meine Muskeln zitterten. Die nächste Welle war größer als alle, denen wir uns bis jetzt hatten stellen müssen. Sie donnerte zu uns heran.

»Festhalten!«

Die Welle krachte gegen das Boot und schob uns wieder zurück. Das Heck des Schlauchboots stieß unsanft gegen einen der Metallbalken, was es aufstöhnen und sich drehen ließ. Erneut befürchtete ich, unter die Terrasse gesogen zu werden. Aber es gab einen Vorteil bei einer so großen Welle. Als sie sich wieder ins Meer zurückzog, trug sie uns mit sich. Und die nächsten paar Wellen waren kleiner. Ein bisschen. Ich paddelte noch angestrengter. Rachel und Holly taten es mir gleich.

Fünf Minuten verzweifelter Anstrengung. Vielleicht auch länger. Ich sah während der ganzen Zeit kein einziges Mal auf. Ich tat nichts, als zu paddeln. Vor meinem inneren Auge stellte ich mir uns vor, wenn das alles vorbei wäre. Ich sah Holly und Rachel mit Decken über den Schultern irgendwo im hinteren Teil einer Polizeiwache sitzen, Becher mit heißem Tee in den Händen. Ich konnte sehen, wie sie mit Tränen der Erleichterung in den Augen zu mir aufblickten. Endlich in Sicherheit. Alles vorüber. Eine Chance weiterzumachen.

Ich wollte, dass es vorbei war.

Das Boot schaukelte wild und brachte mich wieder in die Wirklichkeit zurück. Meine Rippen stachen und schmerzten. Meine Arme brannten wie Feuer. Ich zwang mich zu weiteren fünf Paddelschlägen, bevor ich mich umdrehte und zurückschaute.

Mein Mut sank.

Wir hatten uns kaum fünfzehn Meter von der Küste entfernt, schaukelten zwar auf dem Wasser, aber immer noch in der Nähe der Veranda. Wir waren hier gefangen. Rachel und Holly mussten bemerkt haben, wie ich die Schultern hängen ließ, denn auch sie drehten sich um.

»Oh Gott«, Rachel ließ den Kopf sinken. »Wir schaffen es nicht.«

Holly starrte einfach nur. Dann lehnte sie sich nach vorn und klammerte sich an das Bootsheck.

»Buster«, murmelte sie.

»Was?«

»Buster!« Sie deutete mit dem Finger. »Dad, da ist Buster!«

Ein Schrecken durchfuhr mich. Eine nächste Welle brachte das Boot zum Schlingern, als ich in der Dunkelheit zur Küste spähte.

Bitte, sie soll nicht sehen, was sie ihm angetan haben. Bitte, nicht auch das noch.

Doch je mehr ich mich anstrengte, desto undurchdringlicher wurde die Dunkelheit. Bildete Holly sich das nur ein? Wir litten alle unter einem Schock und der Erschöpfung. Das war unvermeidbar. Vielleicht sah Holly nur, was sie sehen wollte.

»Ich sehe gar nichts«, meldete sich Rachel.

»*Da drüben.*« Sie deutete noch einmal, diesmal nachdrücklicher. »Neben den Felsen, unter dem Baum.«

Ich kniff die Augen zusammen und folgte mit dem Blick der Richtung, in die sie zeigte. Dann gab etwas in mir nach. Ich spürte, wie ich zusammensackte.

Buster.

Sie hatten ihn auf die Felsen am Rand der Terrasse hinausgezerrt. Dort lag er mit hängendem Kopf, klatschnass und schlaff. Ich fühlte eine scharfe Wut, als hätte mich jemand zwischen die Schulterblätter gestochen. Unser Familienhund.

»Dad, wir müssen zurück und ihn holen.«

»Das können wir nicht«, erklärte ich ihr.

»Doch, wir können. Er sieht verletzt aus.«

Ich entgegnete nichts. Ich schüttelte einfach nur den Kopf.

»Dad! Fahr zurück! Wir haben noch Zeit. Er kann uns sehen!«

Ich schüttelte erneut den Kopf. Holly riss die Augen auf. Verwirrung verzerrte ihr das Gesicht. Dann stand sie auf und griff nach dem Rechen. Ich gab ihn nicht her. Wir sahen einander an, unsere Gesichter waren nur wenige Zentimeter voneinander entfernt. Wie viel konnte Holly noch ertragen?

»Mum, sag ihm, er soll umkehren!«

Flehend sah sie auf Rachel hinab. Aber Rachel wich ihrem Blick aus. Ich glaube, dass das der Moment war, in dem Holly begriff. Ich sah, wie ihre Wange zu zittern begann. Ihre Lippen bebten.

»W-warum wollt ihr nicht zurückfahren?« Tränen standen ihr in den Augen. »Dad?«

»Bitte, Holly. Frag mich das nicht.«

»Dad!«

Ich sah noch einmal zur Terrasse hinüber. Meine Kehle fühlte sich wund an. Beim Schlucken tat es weh. Ich holte einmal zitternd Luft und schüttelte wieder den Kopf.

Jetzt müsste ich es ihr gestehen. Ich sah keinen anderen Ausweg.

»Buster ist tot«, flüsterte ich. »Es tut mir leid, aber sie haben ihn getötet. Ich habe es gesehen.«

»*Was?*« Sie machte einen Schritt rückwärts, ließ den Rechen aber nicht los.

»Du hast doch gesagt, es geht ihm gut. Du hast mir versprochen, dass wir zurückkommen und ihn holen.«

»Ich habe gelogen. Ich wollte nicht, musste aber. Es tut mir so leid, Holly, aber wir können nichts mehr für ihn tun.«

Ich sah, wie schockiert sie war. Ich sah die Verzweiflung und den Schmerz über den Verrat. Ihr Vertrauen in mich war auf einen Streich ausgelöscht.

»Mum?«

Unendlich langsam hob Rachel den Kopf. Ihre Augen glitzerten im Dunkeln. Ihr Mund wirkte schlaff.

»Ich glaube euch kein Wort!«, rief Holly mit bebender Stimme. »Ich glaube keinem von euch!«

»Warum sollten wir dich anlügen?«, fragte Rachel sie.

»Ich will *zurück*.«

Erneut griff sie nach dem Rechen, diesmal entschlossener. Das Schlauchboot hatte Schlagseite bekommen, und ich stand mit dem Rücken zum Meer da, sodass ich die Welle nicht kommen sah. Sie brachte das Boot heftig zum Schaukeln und uns schließlich zum Kentern.

Ein Gefühl abzuheben. Meine bloßen Füße rutschten weg. Ich neigte mich vorwärts und ließ den Rechen los, während Holly nach hinten fiel.

Ich hörte sie aufkeuchen. Rachel schrie.

Dann folgte ein Platschen.

Unsanft fiel ich auf die Knie und klammerte mich am Rand des Schlauchboots fest.

Doch als ich wieder aufsah, war Holly verschwunden.

29

Drei Sekunden. So lange starrte ich grob geschätzt ins Meer. So lange kann die schlimmste, lähmendste Angst einen im Griff haben.

Holly war nirgends zu entdecken. Es war, als wäre sie einfach verschwunden. Der Seegang war heftig, die Gezeiten übermächtig. Sie trug meinen Mantel, der sie hinunterzog, und meinen Rucksack auf den Schultern.

Ich stellte mir vor, wie sie sank und verzweifelt versuchte, sich an die Oberfläche zurückzukämpfen.

Ich hatte den Eindruck, als ob unsichtbare Hände sich durch den Boden des Schlauchboots streckten, nach meinen Knöcheln griffen und mich mit ihr in die Tiefe zogen.

Wo war sie?

Rachel lehnte sich seitlich aus dem Boot und suchte das Wasser ab. Lange Sekunden verstrichen. Das Schlauchboot schlingerte und schaukelte.

»Ich kann sie nicht sehen!«, schrie sie. »Ich kann sie nicht sehen, Tom!«

Panik ergriff von mir Besitz. Sie flutete meinen ganzen Körper. *Denk nach.*

Was war mit dem Rechen? Wenn ich ihn als Angelrute benutzte, konnten wir sie vielleicht finden und rausziehen. Doch als ich mich umsah, war auch der Rechen weg. Holly musste mit ihm zusammen ins Meer gefallen sein.

Sie musste doch wieder auftauchen. Sie musste einfach.

Da.

Eine Hand durchstieß die Wasseroberfläche, vielleicht fünf Meter vor uns, zwischen dem Boot und dem Ufer. Hollys Gesicht blitzte kurzzeitig weiß auf. Sie schnappte nach Luft, dann ging sie wieder unter. Ich sprang ins Wasser.

Eisige Schwärze umhüllte mich. Ich vollführte Armzüge und Beinschläge. Meine Jogginghose zerrte an mir. Ich schwamm zu der Stelle, an der ich Holly vermutete; tauchte auf und sah mich hektisch um. Kalte Wellen schlugen mir ins Gesicht. Die Terrasse ragte über mir auf. Das Schlauchboot schaukelte auf und ab. Ich holte Luft und tauchte wieder unter. Ich spürte, wie Wellen und Gezeiten sich um meinen Körper balgten. Ich öffnete die Augen und fühlte das Brennen des Salzwassers, aber die vollkommene Dunkelheit war undurchdringlich, ganz so als wären meine Augen gar nicht offen. Ich streckte die Hände so weit aus, wie ich konnte. Dasselbe tat ich mit den Füßen. So trieb ich auf der Stelle, sternförmig, wedelte mit Fingern und Zehen an den äußersten Rändern meiner Reichweite herum, streckte mich, um Holly zu ertasten.

Der Schmerz in meiner Lunge schwoll an, aber ich weigerte mich aufzutauchen. Das konnte ich nicht. Ich gierte nach Luft, hielt aber weiter aus.

Dann fühlte ich es. *Etwas.* Ein Bein? Eine Hüfte? Es war über mir.

Mit ein paar Beinschlägen stieg ich auf. Doch als ich die Wasseroberfläche durchstieß und danach griff, durchfuhr mich neuerliche Panik. Es war nicht Holly. Sondern Rachel.

»Sie ist da drüben, Tom.«

Rachel wischte sich Wasser aus dem Gesicht und zeigte Richtung Küste. Ich wirbelte herum, das Herz schlug mir bis zum Hals, da sah ich Holly über die aufeinandergetürmten Felsen stolpern und staksen, die vor dem Ufer lagen. Das

Wasser lief ihr aus dem Mantel und dem Rucksack, den sie immer noch aufhatte. Sie hatte es ans Ufer geschafft. Mein großartiges, dummes, stures Mädchen.

»Ich hatte Angst, du würdest ohne sie nicht mehr auftauchen«, schluchzte Rachel. »Ich fürchtete, du würdest denken, sie wäre immer noch irgendwo da unten.«

»Kannst du schwimmen?«

»Ich glaube schon. Mit den Wellen wird es gehen.«

Neben mir vollführte Rachel ihr einarmiges Seitwärtskraulen. Ich hielt mich in einem unbeholfenen Brustbeinschlag über Wasser. Die gewaltigen Wellen schnürten uns ein und krachten auf uns nieder. Weit weg zu unserer Rechten sauste das Schlauchboot vorbei, hielt dann inne und schaukelte mit einer Welle ins Meer zurück, bevor es wieder emporgehoben und nach vorn getrieben wurde.

»Ich konnte nicht allein in dem Boot bleiben, Tom. Ich wollte bei Holly und dir sein.«

Ich nickte und spuckte Wasser aus, schwamm weiter Richtung Küste. Vor uns konnte ich Holly erkennen. Beinahe wäre sie vor Erschöpfung umgefallen, presste die Wange dann aber gegen einen der Felsen, klammerte sich ein paar Sekunden daran fest, bevor sie weiterkletterte. Keine Ahnung, wie sie auf Busters Anblick reagieren würde. Außerdem befürchtete ich, dass die Männer sie vor uns erreichen würden.

»Hätten wir es ihr früher beichten sollen?«, fragte mich Rachel.

Ich schüttelte den Kopf. Und selbst wenn wir es ihr erzählt hätten, war ich mir ziemlich sicher, dass sie trotzdem ins Meer gesprungen wäre. Sie hätte Buster nicht auf diesen Felsen zurückgelassen.

»Das konnten wir nicht tun«, sagte ich mit fester Stimme. »Weil wir sie beschützen wollten.«

»Ja.«

»Du würdest nichts anders machen, wenn du noch mal die Chance dazu hättest?«

Ich starrte Rachel an. Warum stellte sie mir diese Frage? Erneut spürte ich den Anflug eines Zweifels und dachte an die Frage, die ich ihr vorhin nicht gestellt hatte. *Weißt du, worum es hier geht? Weißt du, warum diese Männer hier sind?*

Sollte ich die Frage nun stellen? Oder nicht?

Doch was würde das jetzt noch für einen Unterschied machen?

Die Wellen rauschten um uns herum, wir waren inzwischen ganz nah an der Küste. Ich richtete mich auf. Meine Beine zitterten. Meine Arme ebenfalls. Ich suchte Halt an den Felsen und half Rachel hinauf.

»Tom?«

Ich drehte mich um. Rachel streckte mir ihren gesunden Arm entgegen.

»Du weißt doch, dass ich euch beide liebe? Du weißt, dass ich euch beide furchtbar liebe?«

Ich schluckte.

Stell die Frage nicht. Nicht jetzt.

»Wir lieben dich auch, Rachel.«

Ich packte ihr Handgelenk und zog sie zu mir. Hinter ihr sauste das Schlauchboot als grauer Schemen vorbei, trieb auf einer Welle und krachte gegen die Felsen. Dann bäumte es sich steil auf, schwebte in der Luft und fiel wieder hinab.

Bei der nächsten Welle lief Wasser über die Seiten ins Innere. Das Boot ruckte und stöhnte, es begann sich zu biegen. Es kenterte rückwärts, bis nur noch der Bug in einem seltsamen Winkel von den Felsen abstand, wo die Wellen auf ihn eindonnerten.

Als ich das Schlauchboot betrachtete, wusste ich – mit

einem Gefühl, das auch mich beinahe zum Kentern brachte –, dass es kaum mehr benutzbar wäre, bevor sich das Meer nicht beruhigt und die Gezeiten sich zurückgezogen hätten. Vielleicht nicht einmal dann.

»Dad?«

Holly kauerte neben Buster oben auf den Felsen. Das Haar hing ihr in nassen Strähnen ins Gesicht. Ihr Kiefer bebte.

»Es tut mir leid, Holly.« Ich krabbelte über den letzten Felsen zu ihr hinauf und kniete mich neben sie. »Es tut mir so furchtbar leid, mein Schatz.«

»Nein, ich hab's dir doch gesagt, Dad.« Ihre Augen waren gerötet, ihr Blick irrte umher und suchte mein Gesicht. »Sieh doch.«

Sie legte meine Hand auf Busters Flanke. Ich fühlte alles, was ich nicht fühlen wollte. Er war eiskalt. Sein Fell war vollkommen durchnässt und salz- und schlammverklebt.

Sie kann es nicht akzeptieren, dachte ich. *Sie kann es einfach nicht. Es ist alles zu viel für sie.*

Doch dann spürte ich etwas. Eine sachte Bewegung. Eine unmerkliche, keuchende Dehnung von Busters Brustkorb.

Was?

Ich senkte mein Gesicht an seine Schnauze. Ein Lufthauch strömte aus seiner Nase und strich über meine Wange.

Ich fühlte mich ganz schwach vor Erleichterung und Traurigkeit. Buster. Er hatte die ganze Zeit ausgehalten. Er hatte auf uns gewartet.

Das war es wohl, was mir beinahe den Rest gab: die Tatsache, dass Buster so stark gewesen war, dass er allein gelitten hatte. Dass ich ihn hatte zurücklassen wollen.

»Das hier hat in seinem Bein gesteckt«, sagte Holly.

Mein Blick war trübe von dem ganzen Salzwasser und der Müdigkeit, also dauerte es ein paar Sekunden, bis ich klar sah.

Ich schaute genauer hin, Holly hielt eine Art Feder in der Hand. Sie war rot und hatte eine scharfe Stahlspitze am einen Ende.

»Was ist das?«

»Ein Pfeil.« Rachel hatte sich über die Felsen zu uns hochgestemmt und stand nun vor uns. Sie atmete schwer, streckte die Hand aus und zog Busters Augenlid zurück. »Ich vermute, dass sie ihn sediert haben. Wahrscheinlich haben sie ihn mit einer Betäubungspistole erwischt.«

30

Ein Betäubungspfeil.

Das verursachte in mir widerstreitende Gefühle. Einerseits empfand ich tatsächlich eine enorme Erleichterung, weil sie Buster betäubt hatten, statt ihn einfach zu töten. Aber andererseits verursachte mir das neue Angst. Denn legte die Benutzung einer Betäubungspistole nicht nahe, dass sie das Ganze hier sehr sorgfältig geplant hatten? Und bedeutete das nicht auch, dass uns die Männer entweder bespitzelt hatten oder dass irgendjemand ihnen den Hinweis gegeben hatte, dass sie mit einem Hund rechnen mussten?

Konnte dieser Jemand Brodie gewesen sein? Das lag wohl im Bereich des Möglichen. Und nun begriff ich: Brodie hatte darauf hingewiesen, dass der einzige Zugang zum Grundstück, der nicht durch das Tor führte, per Boot erfolgen musste. Vielleicht hatte er diesen Männern dasselbe erzählt. Brodie war es ebenfalls gewesen, der mir gesagt hatte, wo ich unser Auto abstellen solle. Also hatte er diesen Männern genau beschreiben können, wo der Volvo stehen würde. Vielleicht hatten sie deshalb unsere Reifen durchstochen.

Wozu machte ihn das? Zu einer Art Kundschafter für diese Männer? Er wusste, wie abgelegen dieser Ort war. Vielleicht hatte er nur auf die richtige Familie gewartet und dann …

Nein. Aufhören. Denk nicht darüber nach. Nicht jetzt.

Ich musste mich darauf konzentrieren, uns in Sicherheit zu bringen.

Also hob ich Buster auf und rannte mit ihm zur Südseite des Hauses, während Holly und Rachel hinter mir herstolperten. Busters Kopf hing über meinen Unterarm hinab. Seine Beine schlenkerten und hüpften. Sein Fell war nass und kalt. Rachel hatte gesagt, dass wir ihn schnell abtrocknen und aufwärmen müssten. Dasselbe galt für uns selbst. Wir waren alle blass und bibberten, und ich wusste, dass wir nicht viel länger hier draußen bleiben konnten. Ich wollte zum Telefon in der Küche. Wir mussten versuchen, Hilfe zu holen.

Die Seitentür zum Schwimmbad konnte von der anderen Seite des Hauses nicht eingesehen werden. Sie bestand aus zwei verstärkten Glasscheiben, die von einem waagerechten Eichenholzbalken in der Mitte getrennt wurden. Ich legte Buster auf den Boden und schnappte mir den Schraubenzieher aus dem tropfnassen Rucksack, den Holly aufhatte. In der Nähe lag ein Stein. Den steckte ich wie einen Hammer auf den Schraubenzieher und schlug damit die untere Scheibe ein. Dabei achtete ich darauf, meine Schläge im Rhythmus der Wellen auszuführen.

Nach sechs oder sieben Schlägen entfernte ich die letzten Scherben mit dem Stein, dann streckte Rachel den Kopf durch das Loch und kroch hindurch, wobei sie die Glasscherben zu einem Häufchen zusammenschob. Dann streckte sie die Hand wieder aus, um Holly hindurchzuhelfen, und ich folgte ihnen gebückt mit dem leblosen Buster auf dem Arm.

Das Schwimmbad war von den Unterwasserlampen im Becken grün erleuchtet. Meine Haut wurde heiß und prickelte von der plötzlichen Wärme. So standen wir da und horchten, aber das einzige Geräusch war das Summen der Schwimmbeckenheizung.

»Wohin sollen wir zuerst gehen?«, fragte Rachel.

»In die Waschküche. Da trocknen wir uns ab und ziehen uns an.«

Sie nickte und reichte Holly einen Stapel Handtücher aus dem Regal vor der Sauna. Dann eilten sie um das Becken herum. Holly hinkte wegen des fehlenden Schuhs. Sie wirkte benommen und vollkommen erschöpft, als wäre sie schon tagelang wach.

Ich spähte über die Veranda vor der Tür. Keine Spur von den Männern. Ich verlagerte Busters Gewicht auf meinen Armen und lief dann Rachel hinterher, die an der Tür zum Hauptteil des Landhauses wartete und durch das Bullauge lugte.

»Ich kann nichts erkennen«, flüsterte sie. »Bist du so weit?«

Wahrscheinlich nicht.

Sie öffnete die Tür, ich trat mit Buster hindurch und blieb im Korridor stehen. Meine Nerven prickelten. Das Haus wirkte beinahe *zu* ruhig.

Nichts regte sich. Kein Geräusch. Nichts ließ darauf schließen, dass sich die Männer in der Nähe aufhielten.

Das Wasser tropfte aus Busters Fell, rann meinen Arm hinab und tropfte auf den Fußboden.

Jetzt oder nie.

»Ich glaube, die Luft ist rein«, sagte ich und patschte barfuß über den Flur, vorbei am Kinosaal und an dem Gang, der zur Bibliothek führte. Die Küche lag geradeaus.

Vor der Waschküche blieb ich stehen. Rachel und Holly schlossen zu mir auf und schlüpften hinein. Ich folgte ihnen, schaltete das Licht mit dem Ellbogen an und drückte dann die Tür mit dem Fuß zu. Der Geruch nach Waschmittel hing in der Luft.

Rachel blickte sich eilig um, schnappte sich einen Mopp und klemmte ihn unter die Türklinke.

Vor Angst war ich wie gelähmt. Anscheinend hatte ich vergessen, wie man atmet.

Rachel breitete ein Handtuch vor mir auf dem Boden aus,

und reichte mir ein zweites. »Du musst ihn abtrocknen. Rubbel ihn ab. Beeil dich, Tom.«

Die Waschküche war sowieso schon ein kleiner Raum, fühlte sich aber mit uns allen darin beengt an. Holly stolperte rückwärts in die hinterste Ecke, und ich setzte Buster ab. Ich hatte sie noch nie so kränklich oder blass gesehen. Der Schnörkel einer violetten Vene pulsierte langsam an ihrer Schläfe, hinter den dunklen Blutergüssen, die ihre Augen umgaben. Ihre Lippen waren aufgerissen und blau. Sie streckte eine Hand nach Buster aus, während sie weiter rückwärtsging, ihr Gesicht war schmerzlich verzogen, als ob sie es nicht ertragen könnte, ihn zu berühren.

»Er wird schon wieder, Holly. Mum hat ihn untersucht.«

Sie nickte zwar, aber ich konnte sehen, dass sie mir nicht glaubte, und ich verstand auch, warum. Ich rubbelte ihn ab, während Rachel den Trockner öffnete und Socken, Hosen und Oberteile herauszog, die wir gestern Nachmittag dort hineingeworfen hatten. Buster hing schlaff da und regte sich nicht. Nichts wies darauf hin, dass er aus seiner Betäubung bald erwachen würde.

Ich rubbelte weiter, während Rachel Holly den Rest der Handtücher abnahm und ihr dabei half, den Rucksack abzunehmen und meinen alten Mantel auszuziehen. Ich hatte bereits den Eindruck, dass wir zu lange brauchten und zu viel Lärm machten. Jeden Augenblick rechnete ich damit, dass die Tür krachend aufflog. Die ganze Zeit über hörte ich Phantomschritte auf dem Flur und das schreckliche Knirschen der Schrotflinte, die geladen wurde.

»Tom?«

Ich sah auf und wäre beinahe hintenübergefallen.

Oh Gott.

Holly war blutüberströmt. Es war überall. Ihr rosa Schlafanzugoberteil war rot getränkt und an einer Seite hochgerutscht, wo es an ihrer Haut klebte. Holly fasste sich an den Bauch. Die Hand war daraufhin voller Blut.

»Holly?« Meine Stimme klang erstickt.

Sie hob entsetzt den Kopf, und Rachel zog ihr das Schlafanzugoberteil so weit hoch, bis wir das Blut aus ihrer linken Bauchseite quellen sehen konnten. Ich wankte. Rachel wischte die Stelle mit einem der Handtücher ab. Direkt unterhalb von Hollys Rippen klaffte ein Loch vom Durchmesser eines Pennys. Blut lief aus dem ungleichmäßigen Loch, dunkel und dick tropfte es herab.

»Es ist eine Art Stichwunde«, sagte Rachel.

Sie ließ Hollys Oberteil wieder los und schnappte sich den Rucksack. Ich machte ein paar schnelle Schritte vorwärts und hob den Mantel auf, den Holly getragen hatte. Ich ließ den Stoff durch meine Hände gleiten. Suchte ihn ab. Suchte weiter. *Da*. Das gezackte Loch, das mir vorher schon aufgefallen war. Ein Bausch weißen Futters. Ich steckte den Finger hindurch und zeigte es Rachel.

»Kannst du dich daran erinnern, von irgendwas getroffen worden zu sein?«, fragte ich.

»Nein.«

Da war nur Leere in meinem Kopf. »Vielleicht als die Männer auf uns geschossen haben?«

»Habe ich eine Kugel abbekommen, Mum?«

Rachel sah mich streng an. Mir wurde bewusst, dass ich mich ihrer Meinung nach raushalten sollte. Ich sollte Holly nicht weiter aufregen. Aber ich war außer mir vor Sorge.

Ich starrte auf meinen Finger, der durch das Loch im Mantel ragte, während Rachel mit der Nagelschere Hollys Oberteil aufschnitt.

»Kannst du gut atmen?«, fragte sie.

Holly starrte ohne zu antworten vor sich hin.

»Holly. Kannst du atmen?«

»Ähm. Ja. Glaub schon.«

»Hast du Schmerzen? Ein Brennen in der Lunge?«

»Jetzt tut es ein bisschen weh. Vorher ist mir das nicht aufgefallen. Alles war irgendwie taub.«

Rachel zog sich Plastikhandschuhe über, riss eine sterile Kompresse auf und drückte sie auf die Wunde. Holly sog scharf die Luft durch die Zähne ein, das Blut sickerte über die Kompresse und lief über Rachels Finger. Sie erhöhte den Druck. Diesmal heulte Holly auf.

»Lehn dich gegen das Waschbecken«, sagte Rachel. »Tom, mach noch ein paar Kompressen auf. Die da. Die großen. Und gib mir was zum Abwischen.«

Ich ließ den Mantel fallen und folgte Rachels Anweisungen. Meine Hände zitterten, in meinen Ohren rauschte es, und ich fühlte mich ganz benommen.

»Holly, Liebes.« Rachel nahm sie beim Handgelenk und fühlte ihren Puls. »Wenn dir schwindelig wird, sag uns Bescheid, in Ordnung?«

»Okay.«

Rachel sah mich an. »Ich glaube nicht, dass sie eine Kugel abbekommen hat«, sagte sie leise. »Vielleicht ein winziges Schrotkorn, aber das bezweifle ich. Ihr Puls rast zwar, aber das habe ich nicht anders erwartet.«

Ich wischte mir mit der Hand über den Mund und nickte zur Antwort. Ich musste an den splitternden Baumstamm denken, der explodiert war, als wir am Tor in Deckung gegangen waren. Hatte vielleicht einer der Holzspleiße sie erwischt?

»Möglicherweise hat dich ein Ast getroffen, als wir im Wald waren«, wandte Rachel sich an Holly. »Oder vielleicht auch ein Stein, als wir im Wasser waren?«

»Nein«, warf ich ein. »Ich hab das Loch im Mantel schon gesehen, bevor wir auf dem Meer waren.«

»Also wahrscheinlich ein Ast. Das ist alles. Okay?«

Rachel zog die blutige Kompresse weg und drückte sofort eine frische auf Hollys Seite. Die Blutung schien kein bisschen nachgelassen zu haben. Mir war nicht klar, wie viel Blut sie bereits verloren hatte, aber ich begann mich zu fragen, ob das der Grund dafür war, dass sie so blass wirkte.

Ich versuchte, Rachel in die Augen zu sehen, um irgendeine Ahnung davon zu bekommen, wie ernst es wirklich stand, aber sie wich meinem Blick aus und konzentrierte sich stattdessen auf Holly.

»Du wirst schon wieder«, sagte Rachel sanft. »Ich flick dich für den Moment erst mal zusammen, und wir behalten es im Auge. Einverstanden?«

Holly deutete ein Nicken an.

»Tom, ich brauch mal deine Hilfe.«

Ich tat, was ich konnte. Zum großen Teil reichte ich Rachel irgendwelche Dinge. Die sterilen Kompressen, die sie Holly auf den Bauch drückte, erweckten den Eindruck, als hätte sie eine Haiattacke hinter sich. Erneut begann Blut durch die Gaze zu sickern, doch die Plastikfolie auf der Außenseite hinderte es am Austreten.

Rachel und ich arbeiteten zusammen, um Holly abzutrocknen und ihr die Kleider aus dem Trockner anzuziehen, während sie selbst sich den Verband auf die Wunde drückte. Als wir fertig waren, zogen wir unsere eigenen Kleider an. Holly sah uns dabei zu, schwankte, hielt sich mit einer Hand am Waschbecken fest und presste die andere gegen ihre Seite. Ich zog ihr Gummistiefel und Jacke an, dann schlüpfte ich in meine eigenen Schuhe, machte mir nicht die Mühe, sie zuzubinden, und warf mir meine Jacke über. Rachel war die Letzte, die sich die Jacke über den Pulli zog und ihre durchnässten Laufschuhe gegen trockene austauschte. Sie reichte mir den Rucksack, den ich mir aufsetzte, bevor ich Buster in die beiden letzten Handtücher wickelte und ihn wieder aufhob.

»Fertig?«, flüsterte ich.

Holly schloss die Augen und nickte, als ob sie kurz vor der Ohnmacht stünde. Rachel fixierte mich mit eindringlichem, scharfem Blick. Hinter ihr lagen durcheinander blutige Verbandsmaterialien und tropfnasse Kleidung auf dem Boden.

»Wir gehen zum Telefon«, sagte ich. »Wir rufen Hilfe. Dann suchen wir uns ein Versteck. Okay, Holly?«

»Okay, Dad.«

Ich bedachte sie mit einem flüchtigen Lächeln, mit dem ich den Schrecken zu tarnen versuchte, der auf mir lastete. In diesem Augenblick wollte ich sie einfach nur schnell in die Notaufnahme bringen. Ich musste an das Blut denken, das ihr seitlich aus dem Bauch getropft war. Wie viel davon konnte sie verlieren, bevor es ernst wurde? Wie viel hatte sie bereits verloren? Gern hätte ich Rachel diese Fragen gestellt, aber nicht in Hollys Gegenwart.

Rachel zog den Mopp unter der Klinke hervor und öffnete die Tür einen Spaltbreit.

Stille.

Ich streckte den Kopf hinaus. Der Gang war leer. Wie ein übergroßes, in Tücher gewickeltes Baby drückte ich Buster an mich und ging geradewegs nach rechts in Richtung Küche zum Telefon und zu der Schalttafel für das Haupttor.

Ich machte vier, vielleicht auch fünf Schritte, während Rachel und Holly mir dicht folgten, dann spähte ich nach links.

Und erstarrte.

Mein Herz klopfte stark und versuchte, sich einen Weg durch meinen Brustkorb zu hämmern.

Durch die Lichtbalken, die durch das untere Ende der freischwebenden Treppe fielen, konnte ich zwei Beine in einem weißen Overall sehen. Sowie blaue Gummistiefel.

Oh nein.

Einer der Männer war mit uns im Haus.

Ich wirbelte herum, schüttelte heftig den Kopf und riss vor Angst die Augen auf. Ich deutete mit dem Kinn den Korridor zurück, sah, wie Rachel zusammenzuckte und Holly dann zur Seite zog. Ich raste an ihnen vorbei, den Korridor entlang, den ich nur noch verzerrt und schwankend wahrnahm.

Die Tür mit dem Bullauge war nun direkt vor uns. Ich hievte mir Buster auf die Schulter und öffnete sie.

Dann erstarrte ich erneut.

Panik durchfuhr mich.

Der größere Mann war am hinteren Ende des Schwimmbads. Gerade schob er sich in seinem weißen Plastikanzug durch die kaputte Glastür und hielt die Pistole in der behandschuhten Faust. Er blickte nach unten und inspizierte den Haufen Glasscherben.

Irgendetwas – eine seltsame kosmische Kraft – ließ ihn genau in diesem Moment aufblicken. Er sah mich, musste ungläubig zweimal hinsehen, dann weiteten sich seine Augen hinter der Maske vor Überraschung. Er riss den Kopf in den Nacken, straffte die Schultern und bellte: »SIE SIND HIER!«

Ich drehte mich um, die Brust vor Panik verkrampft. Rachels Gesicht wirkte starr und angespannt. Hollys Augen waren wie zwei dunkle, leere Becken.

Im Licht am Ende des Korridors kam der kleinere Mann schlitternd an der Schwelle zur Küche zum Stehen. Seine Gummisohlen quietschten auf dem Parkett. Er ließ die Taschenlampe fallen und hob mit beiden Händen die Schrotflinte.

Rachel wirbelte herum, sah ihn an, wirbelte dann wieder zurück, zog Holly am Arm nach links, rempelte mich an und rannte los.

»Hier lang!«, schrie sie.

Dass der kleinere Mann die Schrotflinte anhob, sah ich wie in Zeitlupe. Der Lauf passierte erst die Knie, die Oberschenkel, die Taille, als ob sie durch Wasser gezogen würde, sodass es sehr, sehr lange dauerte, bis er sie auf mich richtete.

Ich bewegte mich durch Luft, die so dicht war, dass ich die Reibung zu spüren meinte, und sah dabei zu, wie auch der größere Mann den Arm mit der Pistole nach vorn schwang, den anderen zurückschnellen ließ und sich wie ein Sprinter, der den Startblock verließ, mit dem vorderen Bein abstieß, während das hintere Bein auf den Glasscherben ausrutschte.

Da lehnte ich mich allerdings bereits nach links, verlagerte schon das Gewicht, spannte die Beine an und drehte die Schultern mit Buster auf dem Arm.

Aber der kleinere Mann schoss nicht, und als ich durch den scharf abgewinkelten Gang meiner Frau und meiner Tochter hinterherraste, meinte ich zu wissen, warum. Er fürchtete, seinen Partner zu treffen. Und vor uns lag nun nichts mehr als die Bibliothek. Eine Sackgasse. Eine Falle.

Ich krachte gegen die schmale Glasscheibe am Ende des Ganges, sprang nach links und stolperte die Treppe hinunter in die Leseecke.

Dort sah ich etwas, was ich nicht gleich begriff.

Rachel stand gebeugt da, die Hände an einem der mittleren Regale, die Füße schulterbreit gespreizt und fest auf den Boden gepresst, als ob sie versuchte, das Regal über sich zu ziehen. Vielleicht hatte sie in ihrer Verzweiflung die Idee, sich darunter zu verstecken.

Aber nein, das Regal fiel nicht herunter. Sie zog und verzog das Gesicht, bis es aufschwang und ein enger, gewölbter Durchgang sichtbar wurde.

Denn es handelte sich dabei um eine versteckte Tür. Und dahinter gab es eine zweite Tür. Sie war glänzend weiß. Schimmerte sanft und metallisch. In der Mitte der Tür war ein elektronisches Tastenfeld angebracht.

Ich spürte, wie ich erneut ins Wanken geriet.

»Weinkeller«, keuchte Rachel.

Sie tippte rasch einen Code ein. Sechs Zahlen.

Ich hörte ein ersticktes Piepsen. Dann summte die Tür und ruckte in den Angeln. Rachel stemmte sich dagegen, und die Tür ging krachend auf. Auf der anderen Seite herrschte tiefe Finsternis.

Rachel streckte den Arm nach Holly aus und zerrte sie hinein.

Ich zögerte noch eine Sekunde, stolperte ihnen dann aber nach und eine kurze Betontreppe hinunter, Buster die ganze Zeit auf meinem Arm. Rachel sauste an mir vorbei und knallte die Metalltür hinter uns zu.

Die Tür war mehrere Zentimeter dick. Wenigstens drei Bolzen rasteten mit raschem, hämmerndem Dröhnen ein.

Ich erschauderte. Ein plötzlicher lauter Schlag gegen die Tür ertönte. Es hörte sich an, als ob der kleinere Mann mit dem Griff seiner Schrotflinte gegen das Metall trommelte.

Um uns herum ging automatisch das Licht an, sodass Lichtreflexe und Schatten an die Kellerwände geworfen wurden. Ich zuckte zusammen und drehte mich mit Buster auf dem Arm im Kreis, betrachtete den unterirdischen, eichenholzgetäfelten Raum sowie die Weinflaschen, die im gleißenden Licht leuchteten. Es mussten wenigstens fünfhundert sein. Sie waren in aufwendigen sechseckigen Regalen gelagert, die an Bienenwaben erinnerten.

Das Blut rauschte mir in den Ohren. Schweiß lief mir über Rücken und Kopfhaut.

Hinter mir stöhnte Rachel auf und ließ, am oberen Ende der Treppe stehend, den Kopf hängen, wobei sie die Handflächen gegen die Tür presste.

Der kleinere Mann hämmerte noch immer dagegen. Allerdings hörte es sich inzwischen an, als ob der größere Mann zu ihm aufgeschlossen hätte und ebenfalls dagegenträte. Die Tür war stabil, das Metall beinahe dick genug, um das Geräusch ihres Ansturms zu verschlucken.

»Mum?« Holly berührte mit gespreizten Fingern ihren Mund und trat einen Schritt zurück. Die andere Hand hielt sie noch immer auf den Verband unter ihrer Jacke gedrückt. »Woher wusstest du von diesem Raum? Brodie hat ihn uns nicht gezeigt. Woher kennst du den Zugangscode?«

Ich starrte Rachel an. Sie hatte den Kopf in die Hände gestützt und stöhnte.

In dem ganzen Schrecken, der Angst und der Verwirrung der letzten paar Sekunden hatte ich mir dieselbe Frage gestellt.

Und die Antwort traf mich wie ein Kinnhaken.

Rachel hatte uns angelogen.

Sie war nicht zum ersten Mal in Lionels Landhaus.

Der Sattelschlepper donnert auf sie zu. Das mächtige Führerhaus ist wie eine Wand aus Stahl und Glas. Die Wagenplane schimmert im Dunkeln.

Die Scheinwerfer des Lkw blenden auf. Die Hupe dröhnt.

Doch Michael rührt sich noch immer nicht.

Der Fahrer ist ein Schrank von einem Mann. Breite Schultern, Stiernacken, dicke Arme. Das Lenkrad bewegt sich in seinen Händen hin und her. Als ob es einen Ausweg gäbe. Irgendwohin. Sein erschrockenes Gesicht ist ein schockierender Anblick.

»Michael!«

Fionas Schrei bohrt sich in sein Ohr. Sie greift nach dem Lenkrad, der Audi schaukelt und gerät ins Schlingern.

Michael stößt sie beiseite, heftiger als beabsichtigt.

Die Scheinwerfer leuchten dem Lkw-Fahrer in die Augen. Mit Fernlicht. Daran wird sich der Fahrer erinnern. Wird es ganz sicher nicht vergessen.

»Michael!«

Er hat früher schon das Feiglingsspiel gespielt. Auf Fahrrädern, als Kind. Einmal auf den Bahngleisen.

Er weiß, dass man, um zu gewinnen, abwarten muss, länger … noch länger …

Der Lkw-Fahrer bremst und legt die Arme vor dem Aufprall schützend vor sich.

Michael reißt am Steuer, tritt auf die Bremse.

Der Audi schlingert, die Hupe des Lkw dröhnt erneut, dann folgen das Rauschen und das Donnern des vorbeirasenden Lastwagens. Die Luft vibriert.

Die leere Straße liegt vor ihnen.

31

»Es ist nicht, wie du denkst, Tom.«

Die Männer hörten auf, die Tür zu bearbeiten. Die dicken Kellerwände schienen die Stille um uns herum nur noch zu verstärken. Der ganze Keller wirkte luftleer und gedämpft. Als ob man in einem Tresor säße.

Ich starrte Rachel an. Buster hing mir schwer in den Armen. All meine Kraft schien sich einfach zu ... verflüchtigen. Als ob ich verwelken würde. Verblassen. Verlöschen.

Ich schüttelte den Kopf und schob mich ein wenig rückwärts, als Rachel in ihrer voluminösen Outdoorjacke und den Wanderschuhen die Treppe herunterstieg, sich das Haar aus dem Gesicht strich und eine Strähne hinters Ohr steckte. Holly stand neben mir, doch wenigstens für den Moment schenkte Rachel mir ihre ganze Aufmerksamkeit. Sie neigte den Kopf zur Seite. Ihre Augen waren gerötet.

»Nichts von dem, was ich dir zu sagen habe, wird angenehm sein, Tom. Das tut mir wirklich leid.«

Mein Herz schien zu zerbröseln. Meine Atmung hörte sich auf einmal komisch an. Der Raum drehte oder neigte sich nicht, nichts dergleichen, aber ich hatte das Gefühl, dass alles übermäßig real geworden war. Die Farben um mich herum erschienen mir zu leuchtend, die Umrisse zu deutlich, mein Gehör zu scharf.

Die ganze Situation zu wirklich.

»Ich erzähl dir alles, was ich kann, das verspreche ich. Doch zuerst will ich, dass du weißt – ich will, dass ihr beide wisst –, dass wir in diesem Raum in Sicherheit sind. Dass diese Männer hier nicht reinkommen können.«

»Ich kapier das nicht, Mum. Woher weißt du das?«

»Weil Lionels Weinsammlung Hunderttausende wert ist. Das Sicherheitssystem hier ist auf dem neuesten Stand.«

»Toll.« Holly ging zu der Wand aus Weinflaschen, die hinter mir aufragte, und ließ sich auf den Boden fallen. Dann zog sie sich die Kapuze ihrer Jacke über den Kopf. »Das heißt dann wohl, dass wir hier festsitzen.«

Ich schluckte und starrte Rachel an. Es kam mir vor, als ob ich eine vollkommen andere Person ansähe.

»Du bist also schon mal hier gewesen?«, fragte ich sie.

»Ja.«

»Mit Lionel?«

Eine kurze Pause. »Ja.«

»Was ist mit Brodie?«

»Er war auch hier.«

Ich fühlte mich, als ob Rachel mir den Brustkorb aufgebrochen, durch die Rippen hineingefasst, mein Herz in die Hand genommen und zugedrückt hätte.

Sie blickte auf und musterte mich, ihre Pupillen zuckten sehr schnell hin und her, als ob sie versuchte, meine Reaktion abzuschätzen. Dabei hatte ich keine Ahnung, wie ich darauf hätte reagieren sollen. Ich war heillos überfordert.

»Wann?«

»Vor gut drei Wochen.«

Ich nickte wie betäubt. Vor gut drei Wochen, das war das Wochenende gewesen, an dem Rachel eigentlich im Wellnesshotel hätte sein sollen. Wenn sie stattdessen hier gewesen war, erklärte das, warum ich sie nicht hatte erreichen können, denn ihr Telefon hätte hier keinen Empfang gehabt.

Doch warum war sie hier gewesen?

Ich schüttelte den Kopf und drehte mich langsam um. Die Weinflaschen schimmerten und glänzten in dem harschen hellen Licht. Die Eichenregale waren fachgerecht eingepasst worden. Auf dem Boden waren hölzerne Weinkisten aufeinandergestapelt. Es war spürbar kühl, viel kälter als im Rest des Hauses. Es gab keine Fenster und nur die eine Tür. Ich musste daran denken, dass auf dieser Seite des Anwesens ein Teil des Aushubs vor dem Steinfundament aufgehäuft worden war. Daher stellte ich mir die Frage, wie tief wir uns wohl unter der Erde befanden.

Details können helfen. Details können ablenken. Aber keine Ablenkung konnte so lange andauern, wie ich es mir in jenem Moment wünschte.

»Tom.« Rachel zupfte mich am Ärmel, bis ich mich wieder ihr zuwandte. Ihre sanften braunen Augen waren rot gerändert. »Ich liebe dich. Ich habe dich immer geliebt. Du willst das jetzt gerade vielleicht nicht hören, aber es ist die Wahrheit. Und möglicherweise willst du auch das nicht hören, aber alles, was heute Nacht hier passiert ist, ist deshalb passiert, weil ich dich so sehr liebe.«

Ich schüttelte den Kopf und fühlte, wie meine Kehle sich zuschnürte.

»Das ist die Wahrheit, Tom.«

Sie machte einen Schritt auf mich zu, wickelte die Handtücher von Buster ab und überprüfte Atmung und Pupillenreflex. Sie stand jetzt so nah, dass ich ihren warmen Atem auf meiner Hand spüren konnte. Allerdings war ich nicht sicher, ob wir jemals weiter voneinander entfernt gewesen waren.

»Du kennst mich«, flüsterte sie. »Vergiss das nicht.«

Kannte ich sie? Ganz ehrlich, ich war mir da nicht mehr so sicher.

Gerade wollte ich ihr das mitteilen, als mich ein leises, schrilles Piepsen zusammenfahren ließ. Es war hinter der Metalltür hervorgedrungen und hörte sich an, als ob einer der Knöpfe auf dem Tastenfeld draußen gedrückt worden wäre.

»Sie kommen hier nicht rein«, bekräftigte Rachel erneut.

Wieder ertönte ein schwaches Piepsen. Dann ein drittes Mal.

»Daddy?«

Holly blickte mich unter ihrer Kapuze hervor an. Ihr Gesicht wirkte müde, ihre Haut wächsern. Ich ging zu ihr hinüber, legte Buster neben sie auf den Boden und bettete seinen Kopf vorsichtig auf ihren Schoß. Dann zog ich eine Weinflasche aus einem der Regale, stellte mich vor Holly und hob die Flasche wie einen Knüppel über den Kopf.

Mein Körper bebte.

Die Männer tippten eine vierte und eine fünfte Zahl ein.

Rachel drehte sich zur Tür um, spreizte die Arme seitlich vom Körper ab und bog die Finger.

Ein sechstes schrilles Piepsen.

Bitte nicht.

Mein Magen zog sich zusammen. Ich wartete auf das Geräusch des Entriegelungsmechanismus, darauf, dass sich der Knauf drehte und die Tür krachend aufschwang. Darauf, dass die Männer hereinstürmten, die Waffen im Anschlag.

»Ich hab Angst«, flüsterte Holly.

Ich ergriff ihre Hand.

Dann erklang auf einmal ein seltsames misstönendes Summen, auf das ein dumpfes Fluchen sowie ein Tritt oder Schlag gegen die Tür folgten. Ein rotes Lämpchen begann auf dem Kontrollfeld auf unserer Seite der Tür zu blinken.

Ich atmete kurz durch. Und wartete. Das Herz hämmerte

mir gegen die Rippen. Langsam schob ich mich durch den Raum auf das rot blinkende Lämpchen zu, wobei ich noch immer befürchtete, dass die Tür jeden Moment aufgerissen werden konnte.

»Ich hab's euch ja gesagt«, atmete Rachel auf. »Sie kommen hier nicht rein. Sie kennen den Code nicht.«

Doch in diesem Augenblick interessierte ich mich mehr für das Kontrollfeld rechts neben der Tür.

»Weißt du, wie man das benutzt?«, fragte ich.

Das Kontrollfeld wies wie das auf der anderen Seite der Tür Tasten auf, allerdings gab es außerdem noch weitere Knöpfe sowie einen Lautsprecher. An einem der Knöpfe stand TOR ÖFFNEN. Das ganze Gerät sah der Gegensprechanlage in der Küche ziemlich ähnlich.

Rachel antwortete nicht. Ich wiederholte die Frage.

»Rachel, können wir von hier aus das Haupttor öffnen?«

Eine kurze Pause. »Theoretisch ja.«

»Warum nur theoretisch?«

Sie stellte sich neben mich. Meine Haut begann zu prickeln.

»Das Gerät dient auch als Telefon.«

»Dann lass uns die Polizei rufen.«

»Aber das ist es ja gerade, Tom. Ich glaube nicht, dass wir das tun können.«

Ich sah sie an und musste wieder daran denken, wie sie mich im Wald beiseitegezogen hatte. Als Rachel mich gefragt hatte, was ich der Polizei erzählen wolle, wenn uns die Flucht gelänge, hatte sie den Anschein erweckt, als ob sie mich irgendwelcher illegaler Aktionen verdächtigte, die diese Männer dazu veranlasst hatten, uns anzugreifen. Aber jetzt fragte ich mich, ob sie sich nicht aus einem anderen Grund gefürchtet hatte, die Polizei zu kontaktieren. Wenn das der Fall war, was konnte das für ein Grund sein?

Ein kalter Schauer rann mir erst den Nacken, dann den Rücken hinab.

»Rachel? Je schneller wir die Polizei rufen, desto schneller kommen wir hier raus. Und desto schneller können wir Holly auch in ein Krankenhaus bringen.«

»Das weiß ich doch. Glaubst du nicht, dass ich das weiß?«

»Dann hilf mir.«

»Es funktioniert nicht.« Sie drückte kopfschüttelnd auf ein paar Knöpfe. »Kein Rufton. Sie müssen die Leitung gekappt haben. Tut mir leid.«

»Wahrscheinlich gab es deshalb auch kein WLAN«, murmelte ich.

»Vielleicht. Aber das hier hängt an einem anderen Stromkreislauf. Es ist als Back-up gedacht.«

Die Männer mussten das gewusst haben. Sie wussten, welche Drähte sie durchtrennen mussten. Sie wussten ziemlich viel. Wieder begann ich an Brodie zu zweifeln.

Dann traf mich ein neuer, noch furchtbarerer Gedanke mit voller Wucht: Auch Lionel wusste das alles. Und er war auch derjenige, der uns gedrängt hatte, hier rauszufahren …

»Was ist mit den Bildschirmen?« Ich zeigte auf die Wand. »Das hier ist doch mehr als nur ein Weinkeller, oder?«

Neben dem Kontrollfeld waren neun Flachbildschirme montiert, jeweils drei in einer Reihe. Sie waren grau und tot.

Erneut antwortete Rachel mir nicht sofort, und ich musste nachhaken. »Rachel?«

»Sie sind mit Überwachungskameras verbunden«, entgegnete sie ruhig.

»Mit denen am Tor?«

»Ein paar.«

»Und der Rest?«

Keine Antwort.

»Rachel? Was ist mit dem Rest?«

»Sie sind überall im Haus versteckt, Tom, okay? Alles, was hier geschieht, wird aufgezeichnet.«

Mir wurde schwindlig, und ich starrte sie an.

»Mum! Das ist doch total krank.«

Alles wurde aufgezeichnet? Aber warum? Und warum hatte uns das niemand gesagt?

»Schalt sie an.« Ich zeigte erneut auf die Bildschirme. »*Jetzt.*«

Sie rührte sich nicht.

»Rachel, schalt sie an! Vielleicht können wir dann sehen, was da draußen vor sich geht.«

»Eigentlich sollten sie längst an sein, Tom. Darum habe ich auch vermutet, dass etwas mit der Telefonleitung und dem Kontrollmechanismus für das Tor nicht stimmt. Es sieht so aus, als hätten sie alles funktionsuntüchtig gemacht. Lass mich mal mein Handy probieren. Es ist in meiner Tasche.«

Sie trat hinter mich und öffnete ein Fach an dem Rucksack, den ich aufgesetzt hatte. Ich spürte, wie sie darin herumkramte, während ich die Reihen der toten Monitore betrachtete. Meine Haut juckte. Waren wir etwa gefilmt worden? Waren unsere Gespräche aufgezeichnet worden? Was war mit dem Sex?

Ich hörte ein Knistern und drehte mich um. Rachel zog ihr Handy aus einer durchsichtigen Plastiktüte. Sie musste es als Vorsichtsmaßnahme dort hineingesteckt haben, um es vor dem heftigen Regen zu schützen, als ich ihr den Rucksack überlassen hatte, während ich mich aufgemacht hatte, das Nummernschild des Volvo zu holen. Sie schaltete das Handy an und gab das Passwort ein – ihr *neues* Passwort, rief ich mir in Erinnerung.

»Kein Empfang«, verkündete sie.

Sie durchmaß den Keller, hob das Handy hoch, überprüfte alle vier Ecken des Raums. Ich beobachtete sie dabei, als wäre ich ihr noch nie zuvor begegnet. Sobald sie fertig war, kam sie zu mir zurück, schüttelte den Kopf und presste die Lippen aufeinander.

Ich nahm den Rucksack ab und zog mein eigenes Handy heraus. Das Display hatte einen Sprung, unter dem sich ein Wasserfilm gebildet hatte. Trotzdem versuchte ich es anzuschalten. Es war tot.

»Klappt's?«, fragte Holly.

»Gerade nicht, mein Schatz.« Ich steckte das Handy wieder weg, bevor sie einen Blick darauf werfen konnte. »Wir können es später noch mal versuchen.«

»Super. Und was machen wir jetzt?«

Sie musste das wohl fragen.

Durch die Stille drang ein neuerliches Piepsen von der anderen Seite der Tür zu uns herüber.

Die Männer versuchten noch immer zu uns hineinzugelangen.

32

Sie versuchten es noch zwei Mal. Jedes Mal hörten wir die gleichen sechs schrillen Piepser, und jedes Mal folgte darauf die gleiche schreckliche Pause, bevor die Kontrolltafel ihr misstönendes Summen ausstieß. Nachdem sie auch bei ihrem dritten Versuch erfolglos blieben, setzte ich langsam die Weinflasche ab und machte einen Schritt auf Rachel zu.

»Sechs Zahlen«, sagte ich.

»Was?«

»Sie haben sechs Zahlen eingegeben. Wer auch immer die da draußen sind, sie wissen Bescheid, dass die Tür mit einem sechsstelligen Code gesichert ist.«

Sie schüttelte den Kopf, als ob dieser Gedanke sie sprachlos machte. »Das glaube ich nicht. Ich glaube, sie haben einfach irgendwelche Zahlen eingetippt, und das System hat sie nach sechs Ziffern rausgeworfen. Lionel ändert den Code andauernd.«

»Ach ja?«

»Er hat mir den neuen Code geschickt, bevor wir hergekommen sind. Er hat mir gesagt, wir sollten uns bedienen, wenn wir Wein wollten. Nur nicht die wirklich seltenen Flaschen.«

Wie großzügig von ihm. Vielleicht dachte Lionel sich, dass es eine faire Gegenleistung dafür war, uns in diesen Schlamassel zu bringen.

Ich schloss die Augen, und versuchte, meine Vernunft nicht von Verbitterung trüben zu lassen. Lionel konnte nicht hinter dem hier stecken, dachte ich, denn dann hätte er den Männern den Code verraten. Dennoch fiel es mir schwer, mich nicht vom Ärger überwältigen zu lassen. Zusätzlich zu allem anderen verabscheute ich den Gedanken, dass Lionel Rachel heimlich hierher eingeladen hatte. Es war schlimm genug, von der eigenen Ehefrau hintergangen zu werden. Aber zu allem Überfluss hatte mich nun auch noch der Mann belogen, dem ich mich im vergangenen Jahr vorbehaltlos anvertraut hatte.

Atme durch. Denk nach.

Holly hatte mir auf dem Wohltätigkeitsball erzählt, dass Lionel bei uns zu Hause vorbeigeschaut hatte, um nach ihr und Rachel zu sehen. Steckte dahinter vielleicht mehr?

Ich sah auf das Telefon in Rachels Hand und fragte mich, welche Geheimnisse es wohl noch enthielt; fragte mich, ob ich es aushalten würde, sie zu erfahren.

»Rachel?«

»Pst.« Sie hob den Finger, als ob sie auf der anderen Seite der Tür etwas gehört hätte. Sie stieg die Stufen hinauf und presste das Ohr dagegen.

Ich sah mich nach Holly um. Ihr Gesicht war halb unter der Kapuze verborgen, und sie neigte sich zur Seite. Buster atmete tief, man konnte es für ein sanftes Schnarchen halten. Hollys Atmung ging hingegen schnell und flach. Ihre Haut war von einem leichten Schweißfilm bedeckt.

»Wie fühlst du dich?«, flüsterte ich ihr zu.

»Mir geht's gut, Dad. Es tut nur ein bisschen weh.«

»Du sagst uns Bescheid, wenn sich das ändert?«

Sie nickte. »Was ist los, Mum?«

»Ich bin mir nicht sicher, ich versuche zu …«

Rachel verstummte und runzelte die Stirn. Dann riss sie die Augen auf und winkte mich heran. Ich stieg die Stufen hinauf und presste mein Ohr neben sie an das Metall. Zuerst konnte ich nur das Echo meines eigenen Pulsschlags hören, es war, als ob ich einem fernen Sonar lauschte.

»Hörst du das?«

Eine eisige Kälte machte sich in meinem Bauch breit. Ich nickte. Ich hörte ein leises Schaben, als ob jemand die Farbe von der Außenseite der Tür mit einer Messerklinge abkratzte.

»Was hat das zu bedeuten?«, fragte Rachel.

Nichts Gutes, dachte ich.

»Sie kommen hier nicht rein«, bekräftigte sie erneut. Dann ließ uns ein trockener Knall beide zurückschrecken. Ich starrte Rachel an, sie blinzelte, und ihr Gesicht war von dem blinkenden Lämpchen rot gefleckt.

»Ich bin mir ziemlich sicher, das war die Kontrolltafel«, erwiderte ich vorsichtig. »Wahrscheinlich haben sie sie abgehebelt. Vielleicht glauben sie, dass sie einen Kurzschluss herbeiführen können.«

»Könnten sie das denn?«

»Nein.« Rachel schüttelte den Kopf. »Keine Chance.«

Holly schlang die Arme um den Oberkörper, schaukelte nach vorn und legte das Kinn auf die Knie. In ihrer dicken Jacke und den Wanderschuhen sah sie aus, als hätte sie sich wegen eines Tornados in einem Schutzbunker verschanzt.

»Dieser Raum ist sicher«, sagte Rachel. »Lionel hat ihn entwerfen lassen, nachdem das mit Jennifer passiert ist. Er hat mir erzählt, dass das Sicherungssystem auf dem neuesten Stand der Technik ist.«

So sehr auf dem neuesten Stand der Technik, dass es den Männern gelungen war, die Telefonleitung für den Notfall zu durchtrennen und die Überwachungsmonitore funktionsuntüchtig zu machen. So sehr auf dem neuesten Stand der Technik, dass das Einzige, was noch zwischen ihnen und uns stand, eine dicke Metalltür war.

Langsam verstrich eine Minute. Dann eine weitere.

Mein Puls wurde ruhiger. Mein Körper war schweißnass und angespannt. Meine Zunge schmeckte noch immer das Meersalz, und ich fühlte mich, als ob ich unter meiner Jacke verglühen würde. Wahrscheinlich bildete ich es mir nur ein, aber ich begann zu glauben, dass die Kellerluft irgendwie ungut roch. Ich fragte mich, wie viel Sauerstoff es in diesem Raum gab, und wie schnell wir drei ihn verbrauchen würden.

Von der anderen Seite der Tür kamen inzwischen keine Geräusche mehr. Die Tür bewegte sich auch nicht. Aber die Stille und die Reglosigkeit führten zu einer seltsamen Art von quälender Sorge. Ich ertappte mich bei dem Wunsch, dass wir noch draußen im Wald wären. Unter den Bäumen hatte es sich zwar angefühlt, als ob die Gefahr überall lauerte, doch immerhin gab es dort die Dunkelheit, in die wir uns flüchten konnten. Wenigstens hatten wir genug frische Atemluft.

Eine weitere Minute verging.

Ich lehnte mich zu Rachel hinüber. »In den nächsten vier Tagen kommt hier niemand her.«

Sie senkte den Blick und sah mich nicht an, aber sie verstand, worauf ich hinauswollte. Wir befanden uns mitten im Nirgendwo. Wir hatten keinerlei Möglichkeit, Hilfe zu rufen. Die einzige Person, der wir seit unserer Ankunft hier begegnet waren, war Brodie, und auch wenn er nicht mit den beiden Männern zusammenarbeitete, die uns terrorisierten und uns das Leben nehmen wollten, hatte er nicht vor, vor nächstem Samstag hier aufzutauchen.

Das bedeutete, die Männer hätten vier Tage Zeit, um einen Weg in den Weinkeller zu finden. Wenn sie es darauf anlegten, konnten sie bis dahin die Mauern Stein für Stein abtragen.

»Wie geht es ihr wirklich?«, flüsterte ich und nickte in Hollys Richtung.

Rachel riss die Augen auf. »Für den Augenblick ist sie, glaube ich, in Ordnung«, flüsterte sie. »Aber lass sie mich noch mal untersuchen.«

Sie stieg die Stufen wieder hinunter, kniete sich neben Holly und berührte ihre Stirn mit der Hand. Sie zog die Jacke weg, hob Hollys Oberteil an und überprüfte den Verband. Dick und dunkelrot bewegte sich das Blut unter dem Plastiküberzug.

»Holly, mein Schatz, wenn du den Druck aufrechterhältst, musst du es so machen.« Rachel nahm Hollys Hand und presste sie gegen ihre Seite. Holly wimmerte und verzog unter Schmerzen das Gesicht. Dann griff Rachel nach Hollys anderem Handgelenk und fühlte ihren Puls, während sie auf die Uhr ihres Handys schaute.

Mein Herz schlug immer langsamer. Ich betrachtete die beiden und fühlte mich schwach und wackelig. Mir gefiel es gar nicht, dass wir hier festsaßen. Wieder dachte ich an das, was der kleinere Mann gerufen hatte, bevor wir ins Meer gestiegen waren: *Wir können das Mädchen gehen lassen.* Zu jenem Zeitpunkt hatte ich ihm nicht geglaubt, aber vielleicht – *vielleicht* – gab es die Möglichkeit, dass er die Wahrheit sagte. Falls es tatsächlich so weit kam, könnten wir eventuell mit ihnen verhandeln.

»Rachel.« Ich wartete, bis sie zu mir hochsah. »Du musst uns sagen, was hier los ist. Wir müssen wissen, was du weißt.«

Sie hob abwehrend die Hand.

»Rachel«, wiederholte ich, diesmal eindringlicher.

»Ich habe dich verstanden, Tom.« Sie legte eine Hand an Hollys Wange. Sie atmete tief ein. »Aber zuerst möchte ich, dass ihr beide etwas versteht. In diesen letzten acht Monaten, seit Michael gestorben ist, bin ich ein Wrack gewesen. Das weiß ich. Manchmal habe ich das Gefühl, als hätte ich den Verstand verloren. Ich habe Dinge getan, die ich normalerweise nicht tun würde. Dinge, die ich heute bereue.« Sie verstummte und hielt sich eine Hand vor die Augen, um die Tränen zu stoppen. Als sie wieder das Wort ergriff, klang ihre Stimme schrill und angespannt. »Und nicht nur weil wir Michael verloren haben, sondern vor allem wegen der Art und Weise, auf die es geschehen ist. Ich konnte es nicht akzeptieren. Ich konnte nicht glauben, was er getan hatte. Was man uns gegenüber *behauptete*, dass er getan hatte. Es widersprach einfach allem, was ich über meinen Sohn wusste.«

Ich schluckte. Das alles war mir klar. Wenigstens glaubte ich das. Nun drehte sie sich mit einem Blick zu mir um, der trauriger als alles war, was ich seit Langem gesehen hatte.

»Ich kannte Michael doch, aber falls das, was sie über ihn behaupteten, die Wahrheit war, kannte ich ihn eben doch nicht. Es konnte nicht beides stimmen. Und wenn ich meinen eigenen Sohn nicht kannte …« Ein Schluchzer entfuhr ihr. »Wenn ich ihn nicht kannte, was war ich dann für eine Mutter?«

»Das haben wir doch schon besprochen, Rachel. Die gerichtsmedizinische Anhörung …«

»Die gerichtsmedizinische Anhörung war Betrug.« Wut flammte in ihr auf, und ihre Stimme war ein Krächzen. Sie hob die Hand. Setzte von Neuem an. »Der Gerichtsmedizin lagen nicht alle nötigen Informationen vor. Sie kannten die volle Wahrheit nicht.«

Ich geriet ins Schwanken. Für einen kurzen Moment dachte ich, dass Rachel erneut über Michaels Charakter sprach. Ich dachte, sie wollte sagen, dass der Gerichtsmediziner, hätte er Michael nur gekannt, wie sie selbst ihn gekannt hatte, niemals zu dem Urteil gekommen wäre, dass es sich hier um eine fahrlässige Tötung gehandelt hatte. Er wäre niemals zu dem Schluss gelangt, dass unser Sohn für seinen eigenen Tod und den Fionas verantwortlich war.

Zum ersten Mal begann ich mich zu fragen, ob Rachel nicht vielleicht langsam den Verstand verlor. Ich dachte darüber nach, ob ich sie nicht daran hindern sollte, zu viel in Hollys Anwesenheit zu sagen.

»Gestern, Tom, habe ich dich gebeten darüber nachzudenken, wie es sich anfühlen würde, Michael zu vergeben. Wieder an ihn zu glauben. Erinnerst du dich?«

Ich betrachtete Holly eindringlich. Die Blutergüsse in ihrem Gesicht sahen schrecklich aus. Sie starrte mich an. Ihre Augen waren gerötet, ihr Blick getrübt, aber irgendwie hatte ich das Gefühl, dass sie tief in mein Herz hineinsah.

»Ich erinnere mich«, sagte ich zu Rachel.

»Hast du es getan?«

Ich nickte langsam.

»Und wie hat es sich angefühlt?«

Diesmal schüttelte ich nur den Kopf. Nicht weil ich nichts zu sagen hatte, sondern weil ich wusste, dass meine Stimme mir nicht gehorchen würde, wenn ich es versuchte. Ich spürte, wie es meine Kehle zuschnürte, wie das Zittern wieder einsetzte.

»Ich habe es für dich getan«, sagte Rachel. »Lionel und Brodie haben mir geholfen.«

»Dir wobei geholfen, Rachel?«

»Die Wahrheit herauszufinden. Tom, du kannst wieder an Michael glauben. Er hat sich nicht auf einer Spritztour selbst umgebracht. Diese Männer da draußen – die Monster, die uns gejagt haben –, ich glaube, sie haben unseren Sohn getötet.«

Die unbeleuchtete Straße ist ein schnell sich abwickelndes Band. Weiße Streifen und Katzenaugen zischen unter dem Vorderreifen vorbei, als der Audi nach links von der Spur abkommt, in den Gegenverkehr.

Michael kneift die Augen zusammen und hält die Hand vor den Rückspiegel. Das Herz schlägt ihm bis zum Hals. Die Scheinwerfer hinter ihm blenden ihn. Ihr Aufblendlicht erhellt die Fahrerkabine des Audi und die kahlen Herbstbäume, die vor ihm die Straße überragen.

Michael tritt aufs Gas. Wenn er genug Abstand zwischen sich und das Auto hinter sich bringen kann, kann er vielleicht deutlicher sehen. Vielleicht entdeckt er eine Möglichkeit zum Wenden.

Aber die grellen Lichter bleiben, kommen immer näher. Er schaut nach unten auf das beleuchtete Armaturenbrett, seine Sicht ist getrübt.

110 km/h, und hier ist eine Geschwindigkeitsbegrenzung von 90.

Fiona dreht sich auf ihrem Sitz um und blickt durch die Heckscheibe, ihr Gesicht ist von dem gleißenden Scheinwerferlicht weiß gestreift.

Da trifft Michael eine Entscheidung. Er drückt noch stärker aufs Gas.

Die Nadel kriecht allmählich höher.

112.

115.

Dann ein Blitz. Er wird vom Flackern eines weiteren grellen Lichts geblendet.

33

Worten wird ja große Macht zugeschrieben. Aber ganz ehrlich, ich glaube nicht, dass ich jemals auch nur annähernd eine Ahnung von der Macht der Worte hatte, bevor Rachel diese Worte zu mir sagte. Es fühlte sich an, als ob sie mir beide Hände gegen die Brust stemmte und mich dann durch den Raum stieße.

»Genau darüber wollte ich mit dir reden, Tom. Darüber müssen wir dringend reden. Ich hätte nie geglaubt, dass es unter solchen Umständen passieren würde. Ich habe geglaubt, wir hätten Zeit. Dass ich dich sanft darauf vorbereiten könnte.«

»Sanft? Hörst du dir überhaupt selbst zu? Hast du irgendeine Ahnung, was du da gerade sagst?«

»Na klar, glaub mir, das habe ich.«

»Mum, wenn das irgendein kranker Witz ist …«

»Nein«, beeilte sich Rachel zu sagen. »Nein. Holly, das würde ich niemals …«

»Wer sind die dann? Warum glaubst du, dass sie Michael umgebracht haben?«

»Es ist besser, wenn ich es euch zeige.« Sie hob ihr Handy hoch. »Tom, komm hierher zu Holly. Ihr müsst euch das beide anschauen.«

Ich fühlte mich dazu nicht bereit. Vielleicht wäre ich es auch nie. Selbst wenn ich es in diesem Moment nicht glaubte, war das Ausmaß dessen, was Rachel da behauptete, einfach zu gewaltig.

Irgendwie bewegte ich mich dann aber doch vorwärts, gegen meinen Willen, bis ich neben Holly kauerte, den Rücken gegen das Weinregal gedrückt und die Hände zwischen den Oberschenkeln baumelnd. Von außen betrachtet, hätte ein Fremder vielleicht gedacht, dass wir gerade einen heimeligen Moment als Familie teilten. Vielleicht dass wir uns alte Videos auf Rachels Handy anschauten oder einen Videoanruf bei einem älteren Verwandten machten.

Ich fühlte mich kurzatmig, verängstigt. Ich fürchtete mich sehr davor, dass die Männer zu uns in den Keller vordringen würden. Ich musste die ganze Zeit an die Wunde an Hollys seitlichem Bauch denken und daran, dass sie sich verschlimmern konnte. Und ich war wütend auf Rachel. Sie hatte mich angelogen. Mich hintergangen. Uns alle in Gefahr gebracht. Und jetzt stand sie da und würde mir gleich etwas zeigen, das mich fast so sehr ängstigte wie die Männer, die heute Nacht hier eingedrungen waren.

Tom, du kannst wieder an Michael glauben. Er hat sich nicht auf einer Spritztour selbst umgebracht. Diese Männer da draußen – die Monster, die uns gejagt haben –, ich glaube, sie haben unseren Sohn getötet.

Konnte das denn wirklich stimmen? Wollte ich das überhaupt? Denn wenn auch nur ein Funken Wahrheit daran war, was war ich dann für ein Vater? Wie schmählich hatte ich meinen Sohn im Stich gelassen?

Ich griff mir an den Hinterkopf und starrte zur Tür des Weinkellers hinüber, während Rachel ihr Handy anschaltete. Von der anderen Seite drangen nun keinerlei Geräusche mehr herein. War das gut oder schlecht?

»Keinem von euch beiden wird der Anblick leichtfallen«, erklärte Rachel.

»Zeig es uns einfach, Mum.«

Sie atmete tief ein und drehte das Handy so, dass Holly und ich beide auf das Display sehen konnten.

Zunächst wusste ich nicht genau, was ich da sah, ich erkannte nur ein helles Licht auf dem Display. Ich hörte Holly die Luft anhalten.

Dann sah ich endlich richtig hin, und mein Herz zerfiel zu Staub.

»Was hat das zu bedeuten, Mum?«

»Es ist ein Standbild von einem Verkehrsradar.« Rachels behutsamer Ton machte mich ganz irre. »Die Kamera ist nur etwas über eine Meile von dem Ort entfernt, wo Michael …«

Sie beendete den Satz nicht. Das musste sie auch nicht.

Ich schüttelte den Kopf, und eine Eiseskälte schien meine Lunge zu fluten. Es fühlte sich an, als ob die Wand aus Weinflaschen hinter mir plötzlich zu Gummi geworden wäre, als ob ich rückwärts in sie einsänke.

Ich wusste, von welcher Kamera Rachel sprach. Oft war ich auf meinen einsamen Fahrten zu dem Platz, an dem unser Sohn gestorben ist, daran vorbeigekommen. Zeit und Datum in der rechten unteren Ecke des Fotos zeigten mir an, dass es weniger als eine halbe Stunde vor Michaels offiziellem Todeszeitpunkt aufgenommen worden war. Die aufgezeichnete Geschwindigkeit betrug 114 km/h.

Die Aufnahme war verschwommen und milchig, als wäre sie neben einer zu starken Lichtquelle gemacht oder schrecklich überbelichtet worden. Im Vordergrund konnte ich sehen, wie Michael das Lenkrad meines Audi umklammert hielt, ganz aufrecht dasaß, das Kinn gereckt, die Nackenmuskeln angespannt, als ob er sich auf den Aufprall vorbereitete. Fiona war in einer Position erstarrt, in der sie Michael halb ansah und halb durch die Heckscheibe blickte, seitlich verdreht auf ihrem Sitz und die Hand flach auf das Armaturenbrett gepresst. Möglicherweise hatten sie gestritten. Fiona hätte gerade dabei sein können, Michael aufzufordern, langsamer zu fahren oder umzudrehen. Der Rest des Bildes war leuchtend weißer Dunst, wie Nebel im Gegenlicht.

Mir kam ein grauenhafter Gedanke. *Das hier ist das letzte Bild, auf dem mein Sohn lebend zu sehen ist.* Beinahe hätte es gereicht, dass ich mich seitlich weg- und zu einem Ball zusammengerollt hätte.

»Wie ist ...? Wann ...?« Ich schüttelte den Kopf. Das war zu viel. Hatte zu viel Wucht. Ich verstand nicht, warum dieses Foto erst jetzt aufgetaucht war. Meines Wissens war es nicht Teil der Unterlagen bei der Anhörung gewesen. Wo hatte Rachel es nur her?

Der Gerichtsmedizin lagen nicht alle nötigen Informationen vor. Sie kannten die volle Wahrheit nicht.

»Ist das echt?«, fragte ich.

Tränen liefen Rachel die Wangen hinunter. »Es ist echt.«

»Das ist ja furchtbar, Mum. Ich verstehe nicht, warum du uns das zeigen wolltest.«

Das ging mir genauso. Denn selbst durch mein Gefühlschaos hindurch wusste ich, dass dies hier keineswegs Michaels Unschuld bewies. Die einzige logische Folgerung, die man ziehen konnte, war, dass Michael kurz vor seinem Tod tatsächlich die Geschwindigkeitsbeschränkungen überschritten hatte.

»Wartet einfach ab, okay? Es gibt noch mehr.«

Rachel wischte auf dem Display weiter. Sie zeigte uns ein zweites Foto, das ebenfalls von einem Verkehrsradar zu stammen schien.

Allerdings war darauf ein anderes Auto zu sehen. Ein silberner Vauxhall. Das Nummernschild war gut zu erkennen. Auch dieser Wagen fuhr über 110 km/h.

»Das hier stammt von derselben Kamera«, erklärte Rachel. »Seht euch die Zeitmarke an.«

Und das Datum. Das Foto war am selben Tag wie das Bild von Michael und Fiona aufgenommen worden. Und zwar laut Zeitmarke nur wenige Sekunden später. Ich schüttelte den Kopf. Ich begriff, dass Rachel das für bedeutsam hielt, aber ich kapierte es noch immer nicht. Was sollten wir hier sehen?

Das nächste Foto zeigte eine andere Aufnahme desselben Autos. Eine Nahaufnahme der Fahrerkabine, fotografiert aus einem ähnlichen Winkel wie vorher Michael und Fiona.

Ich hatte eine ziemlich gute Ahnung, warum es zwei Aufnahmen gab. Vor ein paar Jahren hatte ich drei Strafpunkte bekommen, weil ich eine Radarfalle in der Nähe von Hollys Schule ausgelöst hatte. Als der entsprechende Bescheid mit der Post gekommen war, hatten sie den Link zu einer Webseite mitgeschickt, auf der ich Bilder des Vergehens ansehen konnte. Es waren zwei Bilder gewesen: eine Frontalaufnahme meines Audi und eine Aufnahme der Fahrerkabine, um zu beweisen, dass ich auch tatsächlich selbst gefahren war.

Das Foto, das ich mir jetzt ansah, war klarer als das von Michael und Fiona. Ich sah zwei Männer vorne in dem Vauxhall sitzen, keiner von ihnen kam mir bekannt vor, ein dritter Mann saß hinten links. Alles, was man von der Gestalt auf der Rückbank erkennen konnte, war ein Arm in einem schwarzen Oberteil und ein Teil des Kiefers. Der Fahrer war dünn, blickte ernst und hatte das Gesicht einer Ratte. Er trug eine schwarze Jacke, deren Reißverschluss er sich bis zum Kinn hochgezogen hatte. Der Beifahrer hatte eine schwarze Windjacke an. Er war stämmiger als der Fahrer, hatte ein quadratisches Kinn, eine Boxernase und tiefe Augenhöhlen. Er war so groß, dass der obere Teil seiner Stirn aus dem Kamerablickwinkel nicht zu erkennen war.

Ein kleinerer und ein größerer Mann.

Ich spürte, wie meine Knie zu schlottern begannen. Ich setzte mich hin.

Mir war nicht klar, was ich darauf sagen oder was ich fühlen sollte.

»Michael und Fiona sind verfolgt worden«, erklärte Rachel uns.

Das schien mir doch eine ziemlich gewagte Schlussfolgerung zu sein. Diese Männer waren offenbar auch zu schnell gefahren, ja. Aber das bewies nicht unbedingt, dass sie Michael verfolgt hatten. Offenbar hatte Rachel den Zweifel auf meinem Gesicht gesehen.

»Diese Männer haben sie gejagt«, bekräftigte sie, und ich konnte hören, wie ihr Glaube an diese Theorie durch den Schmerz in ihrer Stimme schnitt. »Du hast sicher bemerkt, dass das Bild von Michael und Fiona nicht genauso scharf wie dieses hier ist, oder?«

Ich nickte zögerlich, noch immer von dem seltsamen Gefühl ergriffen, dass nichts von all dem wirklich war. Zugegeben, bis jetzt hatte ich noch nicht alle Informationen. Und vielleicht konnte ich mir auch einreden, dass Rachel immer hatte glauben wollen, dass in jener Nacht etwas anderes passiert war, und zwar so unbedingt, dass sie sich entschlossen hatte, diese Bilder als Beweis zu nehmen.

Doch etwas widersprach diesem Gedanken: Rachel ist die schlaueste Person, die ich kenne. Emotional? Ja. Beschädigt? Ohne Zweifel. Aber ich konnte mir nicht vorstellen, dass sie diese Theorie vor mir ausbreitete – und vor allem nicht vor Holly –, wenn sie keine Beweise hatte. Schließlich ist Rachel Ärztin. Sie hat einen Berufsweg eingeschlagen, auf dem sie Symptome und Tatsachen genau deuten muss.

Weil sie offenbar spürte, wie sehr mich das hier schmerzte,

legte Rachel mir eine Hand aufs Knie. Ich war von mir selbst überrascht, dass ich sie nicht wegschob.

»Wir glauben, dass das Auto, das Michael verfolgt hat, das Fernlicht eingeschaltet hatte. Wir glauben, dass sie versucht haben, Michael zu blenden, und dass die Überbelichtung des Fotos davon herrührt.«

»Und mit ›wir‹ meinst du Lionel und dich?«

»Und Brodie.«

Brodie.

»Er ist Privatdetektiv«, erklärte Rachel. »Lionel hat ihn angeheuert. Brodie hat schon früher für ihn gearbeitet.«

Sobald sie es aussprach, glaubte ich ihr. Zum einen war da die Geschichte, die Brodie mir über seine Schwester erzählt hatte. War das nicht genau die Art von Zwischenfall, die einen dazu brachte, einen solchen Beruf zu ergreifen? Aber noch wichtiger: Ich wusste ganz sicher, dass Lionel in den Jahren nach dem Mord an Jennifer eine ganze Reihe der besten Privatdetektive angeheuert hatte, deren Aufgabe es gewesen war, Tony Bryant aufzuspüren, Jennifers mutmaßlichen Mörder. Einige von ihnen waren ehemalige Polizisten, andere frühere Mitarbeiter von Sicherheitsbehörden. Lionel hatte die Jagd auf Bryant noch lange nicht aufgegeben, auch nachdem die Polizei bereits die Ermittlungen eingestellt hatte. Am Ende hatte es nicht geklappt, aber Lionel hatte die Dinge so weit vorangetrieben, wie er konnte.

Jetzt fühlte ich einen Druck auf der Brust, als ich daran dachte, dass er dasselbe für meine Familie getan hatte.

»Darum bin ich vor drei Wochen hier gewesen. Lionel hat mich eingeladen, damit Brodie uns beide auf den neuesten Stand bringen konnte. Lionel hielt es für eine gute Idee, dass wir irgendwo wären, wo ich klar denken konnte. Er wusste, dass ich Zeit und Raum brauchen würde, um das alles zu verarbeiten und mich damit zu arrangieren. Du darfst ihm deshalb nicht böse sein, Tom. Er wusste, dass wir über … all das nicht einer Meinung waren. Über Michael. Tatsächlich hat er zu Anfang deine Meinung geteilt. Ich glaube, Lionel dachte, wenn er mir ein für alle Mal beweisen könnte, dass in jener Nacht nichts passiert ist …«

Könnte er vielleicht unsere Ehe kitten. Sie musste es nicht aussprechen. Sie musste auch nicht sagen: *Ich hab's dir ja gesagt.*

Die Stille des Kellers schien einen Wirbel um uns zu bilden. Falls diese Bilder wirklich echt waren – falls Rachels Theorie der Wahrheit entsprach –, dann hatte ich Michael gegenüber unrecht gehabt. Ich hatte damit aufgehört, an meinen Sohn zu glauben. Seit seinem Tod hatte ich jedes Mal, wenn ich an ihn dachte, einen schmerzhaften Stich der Schuld verspürt. Schuld an dem, was er getan hatte. Schuld daran, dass er Fionas Leben zusammen mit seinem einfach ausgeknipst hatte.

Schließlich hatte ich vermieden, an meinen Sohn zu denken, um diesen schmerzhaften Stich zu vermeiden. Acht Monate, in denen ich mir selbst nicht gestattet hatte, Michael angemessen zu betrauern. Acht Monate, in denen die Wahrheit hinter seinem Tod verborgen und unerzählt geblieben war.

Ich dachte an all das, was Rachel hatte glauben wollen. An alles, was sie nicht loslassen konnte. Ihre sture Weigerung zu akzeptieren, dass Michael meinen Wagen illegal und ohne meine Erlaubnis genommen und einfach nur losgefahren war, um seine Freundin zu beeindrucken.

Sie hatte weiter an Michael geglaubt, selbst als alle Beweise gegen ihn sprachen. Selbst als ich sie bekniet hatte, es sein zu lassen und die Wahrheit zu akzeptieren.

Jetzt sah ich sie mit brennenden Augen und wunder Kehle an. Ich fühlte mich wie ausgehöhlt. Rachel war für Michael da gewesen. Sie hatte versucht, Zeugnis darüber abzulegen, wie er wirklich gewesen war. Ich hätte mehr tun sollen, um ihr dabei zu helfen. Ich hätte sie stärker unterstützen sollen.

Und doch war ich immer noch böse auf sie. Noch immer war ich verletzt und fühlte mich hintergangen. Es war eine seltsame Gemengelage an Gefühlen.

»Aber diese Bilder?«, fragte Holly jetzt. »Warum hat die Polizei sie denn nicht angesehen?«

»Weil sie gelöscht wurden. Noch in derselben Nacht. Irgendwer ist in die Datenbank der Polizei eingedrungen und hat alle Bilder gelöscht, die die Kamera an jenem Abend zwischen 21.18 Uhr und 21.36 Uhr gemacht hatte.«

Ich fühlte mein Herz gegen meinen Brustkorb schlagen, als ob mir jemand Adrenalin direkt ins Herz gespritzt hätte. »Wie ist Brodie dann in ihren Besitz gelangt?«

»Es gibt eine Hintertür ins System. So hat er eine Sicherungskopie der gespeicherten Bilder gefunden.«

Ich öffnete den Mund, wollte etwas sagen, aber Rachel hob die Hand. Sie drehte sich um und starrte zur Kellertür, verharrte reglos.

Doch die Tür rührte sich nicht. Es war auch nichts zu hören.

Rachel gab Holly das Handy, stand auf und schlich sich zur Tür.

»Ich kann nichts hören«, flüsterte sie. »Hört ihr irgendwas?«

Ich gab keine Antwort. Auch Holly nicht. Ich war zu gebannt von Rachels Eindringlichkeit. Noch immer verunsichert wegen ihres Täuschungsmanövers. Mir wurde bewusst, wie vollständig sie in dieser Welt gelebt hatte, wie sicher sie sich war, dass die Männer vor der Kellertür zwei der Männer auf den Fotos waren, die sie uns gezeigt hatte.

»Glaubt ihr, dass sie immer noch da draußen sind?«, fragte sie.

Es gab keine Möglichkeit, das herauszufinden. Und ich war mir auch nicht sicher, was es für einen Unterschied machte.

»Wir könnten die Tür öffnen«, schlug sie vor und blickte sich zu uns um.

»Nein.«

»Keine Chance, Mum.«

»Nur einen Spaltbreit. Wir könnten uns beeilen. Tom. Du könntest dich bereitstellen, um sie wieder zuzudrücken, wenn sie noch immer hier sind.«

»Sie sind bewaffnet, Rachel.«

»Mach sie nicht auf«, wiederholte Holly. »Bitte, mach sie nicht auf. Komm einfach zurück und ... erzähl uns den Rest. Was hast du uns sonst noch verschwiegen?«

Rachel betrachtete uns einen Moment lang und biss sich auf die Unterlippe. Sie blickte noch einmal zur Tür. Mir war klar, dass sie sie gern geöffnet hätte. Sie wollte diese Chance nutzen, um hinauszugelangen und zu entkommen. Das wiederum verriet mir etwas darüber, wie besorgt sie in diesem Moment wegen Hollys Verletzung war und was diese Männer uns ihrer Meinung nach antun würden, wenn es ihnen gelang, hier einzudringen. Ich streckte die Hand aus und drückte Hollys Arm.

Aber ich dachte noch immer nicht, dass wir die Tür öffnen sollten. Meine Vermutung war, dass dies nur eine Taktik der Männer war. Wenn sie eingesehen hatten, dass sie hier nicht reinkamen, war ihre zweitbeste Strategie, uns dazu zu bringen, die Tür zu öffnen.

»Mum, bitte. Ehrlich. Ich halte das nicht aus.«

»In Ordnung, mein Schatz. Wir warten. Okay?«

Sie ließ die Schultern hängen und kam zu uns zurück, kniete sich neben Holly und warf einen Blick auf den Verband an ihrer Seite. Sie streichelte Buster über den Kopf und richtete die Handtücher, in die er eingewickelt war. Dann ließ sie sich von Holly das Handy zurückgeben, strich sich eine Haarsträhne hinters Ohr und berührte erneut das Display.

»Ein letztes Foto müsst ihr euch noch ansehen. Brodie ist es gelungen, die Qualität des Bildes der Radarfalle zu verbessern, auf dem Michael und Fiona zu sehen sind. Er hat ein Programm benutzt, mit dem er das Scheinwerferlicht reduzieren und den Kontrast erhöhen konnte. So ist es ihm gelungen, eine Menge weiterer Details zum Vorschein zu bringen.«

»Und?«

Rachel atmete einmal tief durch und zeigte es uns. Die Achse meiner ganzen Welt kippte einmal mehr.

»Fahr weiter.«

Michael versucht, im Rückspiegel etwas zu erkennen. Doch das blendende Licht der Scheinwerfer des hinter ihnen fahrenden Autos hindert ihn daran. Er sieht nur den dunklen Umriss eines Kopfes und eines Körpers.

»Ich hab es dir schon mal gesagt. Hör auf, dich umzudrehen.«

Michael wirft stattdessen Fiona einen Blick zu. Sie schnieft, ihr Gesicht ist tränenüberströmt. Er würde ihr gern sagen, dass alles gut wird. Möchte vorgeben, er wüsste, was zu tun ist.

Aber das weiß er nicht.

Sechzehn Jahre, und doch fühlt er sich wie ein kleiner Junge.

»Ist sie deine Freundin?«

Michael wartet kurz und nickt dann.

»Ihr solltet langsam darüber nachdenken, was ihr einander noch sagen wollt.«

»Was meinen Sie damit?«, fragte Fiona.

Aber Michael versteht es. Er wünschte, es wäre nicht so, aber er versteht es.

»Ich meine eure Abschiedsworte. Kapierst du? Tut mir leid, aber so ist es jetzt eben. Mir bleibt keine andere Wahl.«

Draußen rast die Dunkelheit vorbei. Alles ist außer Kontrolle geraten. Diese ganze Situation liegt weit außerhalb dessen, was sie kontrollieren könnten.

Michaels Haut prickelt. Ihm ist sehr kalt. Sein Herz wummert wie eine Dampfmaschine in seiner Brust.

»He. He, langsamer. Mach keine Dummheiten.«

Doch bei allem, was sich heute Nacht Michaels Kontrolle entzieht – diese eine Sache kann *er kontrollieren.*

»Langsamer!«

Michael beugt die Schultern, packt das Lenkrad und tritt das Gaspedal durch.

34

Nachdem der Kontrast erhöht und das Licht vermindert worden waren, waren vage, verschwommene Einzelheiten in dem vorher flächig weißen Bereich zwischen Michael und Fiona zu erkennen. So etwa der fleckige Umriss eines Kopfes und von Schultern. So etwa die klotzige dunkle Form in einer Hand, die in einem blauen Handschuh zu stecken schien.

Ich schaukelte rückwärts und presste mir die Faust in den Mund. Mein gesamter Körper bebte.

So passiert es. So ändert sich das ganze Leben in einem Augenblick. Man glaubt die Dinge über das eigene Kind, die man wirklich nicht glauben möchte. *Michael ist tot. Es war seine eigene Schuld. Er hat seine Freundin getötet.* Man zwingt sich, sich dieser Realität zu stellen, und akzeptiert sie, obwohl sie einen zutiefst verletzt. Man weiß sofort, dass ein Teil von einem selbst ebenfalls in jener Nacht gestorben ist. Man weiß, dass man sich niemals davon erholen wird. Die Welt kann nie mehr dieselbe sein. Denn was für einen Sohn hat man großgezogen, wenn er zu so etwas fähig war? Was für ein Vater ist man gewesen?

Und dann sieht man sich plötzlich einer neuen Wahrheit gegenüber. Einer anderen Wirklichkeit. Als ob man in eine ebenso schreckliche Parallelwelt überwechseln würde.

Irgendwer hat zusammen mit meinem Sohn und Fiona in meinem Auto gesessen.

»Brodie hält diesen schwarzen Fleck für eine Pistole.«

Ich biss mir auf die Knöchel. Eine Pistole. Ich musste an die Männer denken, die heute Abend hergekommen waren, sowie an die Schusswaffen, die sie bei sich trugen. Zorn und Mitgefühl wallten in mir auf.

War Michael kurz vor seinem Tod ebenso verängstigt gewesen wie wir heute Nacht?

»Wer ist das?«, fragte ich und zeigte auf die verschwommene Gestalt auf dem Foto.

Rachel sah mich mit Tränen in den Augen an.

Ich zeigte mit einer energischen Geste auf die Kellertür. »Wer sind die, Rachel?«

»Lass mich es dir ... auf meine Art erklären, einverstanden? Lionel wollte grünes Licht von mir, Tom. Als ich vor drei Wochen hierhergekommen bin, hat Brodie mir diese Fotos gezeigt, und sie haben mich gebeten, ernsthaft darüber nachzudenken, ob ich wollte, dass sie weiterbohrten. Er hat mich gewarnt, dass es gefährlich sein könnte.«

Gefährlich.

Ich wollte Rachel schon unterbrechen, doch sie hob die Hand, bat mich um Geduld.

»Es ist, wie ich dir vorhin erklärt habe. Ich wollte dir immer von all dem erzählen, Tom. Das meinte ich, als ich sagte, wir müssten reden. Ich wusste, dass diese Entscheidung zu groß für mich allein war.« Rachel blickte zu Holly hinüber. »Und nachdem wir einmal miteinander gesprochen hätten, hätten dein Vater und ich uns darüber verständigt, ob wir dich auch einweihen sollten, Holly. Wenigstens habe ich mir das so vorgestellt ...« Sie schüttelte den Kopf und sah nun wieder mich an, wobei sie die Tränen niederkämpfte. »Du musst das verstehen, Tom. Ich wollte dich nicht ausschließen. Aber ich war ... verletzt. Und verwirrt über das, was zwischen uns geschah. Du bist ausgezogen. Wir haben nicht darüber geredet. Keine

Ahnung. Ich war mir nicht sicher, ob du bereit wärst, mir zuzuhören.«

Und ganz ehrlich? Vielleicht wäre ich das tatsächlich nicht gewesen. Dennoch hätte sie es versuchen sollen.

»Er war unser Sohn, Rachel. *Unser* Sohn.«

»Und mein Bruder«, warf Holly ein.

»Und genau darum sind wir jetzt hier. Darum sind wir alle hergekommen. Damit ich es euch erzählen konnte. Damit wir gemeinsam entscheiden konnten, was wir als Nächstes tun sollten.«

»Was gibt es denn da zu entscheiden?«, fragte Holly. »Du hättest mit diesen Fotos einfach zur Polizei gehen sollen.«

Doch ich wusste, dass das für Rachel nicht einfach sein würde. Schließlich hatte die Polizei sich nicht die Mühe gemacht, nach der verborgenen Wahrheit zu suchen. Die Polizei hatte versagt. Ich konnte verstehen, warum Rachel eventuell geglaubt hatte, dass sie eine bessere Chance hätte herauszufinden, was wirklich geschehen war, wenn sie sich an Lionel und Brodie hielt. Vor allem da die polizeieigenen Kameraaufzeichnungen manipuliert worden waren.

»Du hast uns immer noch nicht verraten, wer mit Michael und Fiona zusammen im Auto gesessen hat. Wer sind die Männer, die heute Nacht hier sind?«

Rachel warf erneut einen Blick zur Tür. Dann schloss sie die Augen und sagte in leisem, verändertem Tonfall: »Ich weiß es nicht.«

»Du weißt es nicht?«

»Weil ich es diese Woche rausfinden sollte. Nachdem ich mit dir darüber gesprochen hätte. Sobald wir gemeinsam entschieden hätten, ob wir mehr wissen wollten, sollte Brodie uns mehr berichten. Falls wir es hören wollten.«

Falls wir es hören wollten.

Ich glaubte nicht daran, dass Rachel ein Nein von meiner Seite akzeptiert hätte. Zu sehr hatte sie sich nach einer Erklärung für Michaels Verhalten gesehnt. Sie hatte diese Erklärung zu dringend gebraucht.

Die Risiken für ihre Familie waren dabei zweitrangig gewesen.

Ich legte den Kopf in die Hände und dachte noch ein bisschen über Brodies Rolle bei all dem nach, begann, unsere Ankunft hier im Landhaus in einem anderen Licht zu sehen. Ich hatte vermutet, dass Brodie nach unten und weggesehen hatte, als ich ihm Rachel vorstellte, weil er sich von ihr angezogen fühlte. Aber vielleicht hatte er sich so verhalten, weil er den wahren Grund für unsere Anwesenheit hier kannte. Er wusste außerdem, dass Holly und ich keinen blassen Schimmer von diesem Grund hatten. Vielleicht hatte er sich deshalb unwohl gefühlt.

»Und wie passt der Überfall dazu?«

Rachel warf erst einen Blick auf Holly und sah dann weg. »Möglicherweise ist das eine Warnung gewesen. Es tut mir so leid, Holly. Wenn du nur wüsstest, wie leid es mir tut. Ich …«

»*Möglicherweise?*«

Rachel zuckte bei der Wut in meiner Stimme zusammen. »Okay, vielleicht auch mehr als das. Ich weiß es nicht, Tom. Glaubst du denn nicht, dass ich mich auch so schon schlecht genug fühle?«

Ich funkelte sie an.

»Dir ist aufgefallen, dass Brodie mit mir sprechen wollte, oder? Als du das Gepäck vom Auto reingetragen hast?«

Diesmal erwiderte ich nichts. Ich wartete darauf, dass sie fortfuhr.

»Er hat mich gewarnt, Tom. Er hat gesagt, dass die Dinge eskaliert sind. Er hat mir erklärt, dass ich – dass *wir* – uns bald entscheiden müssten. Ich weiß es nicht. Vielleicht hat er ein bisschen zu tief gebohrt. Vielleicht hat er diese Männer irgendwie aufgeschreckt, sodass sie bemerkt haben, dass er ihnen auf der Spur ist.«

»Das ist ja einfach toll, Rachel. Und trotzdem dachtet Lionel und du immer noch, dass es eine gute Idee für uns wäre, hier raus ins verdammte Nirgendwo zu fahren?«

Rachel hob beide Hände. »Ich dachte nicht, dass sie uns hierher folgen würden, Tom. Dieser Gedanke ist mir nie gekommen. Dieser Ort sollte eigentlich sicher sein. Es gibt den Zaun. Das Tor.«

»*Sicher.*« Ich schloss die Augen und kniff mich mit Daumen und Zeigefinger in die Nasenwurzel. Alles war so verwirrend. Ich war verletzt und wütend, aber ich wusste auch, dass ein Teil meiner Wut mir selbst galt. Denn wäre ich ein besserer Vater – und ein besserer Ehemann – gewesen, wäre vielleicht nichts von alledem überhaupt passiert. Ich hatte eine Menge zu verdauen. In diesem Augenblick vielleicht zu viel.

Und während noch die Wut in meinem Schädel umherschwirrte, bemühte ich mich nachzudenken. Wie hatten die Männer uns hier aufgespürt? Wenn sie die Aufzeichnungen einer Radarfalle löschen konnten, legte das nahe, dass sie über ein gewisses Maß an technischen Möglichkeiten verfügten. Das Gleiche konnte man daraus schließen, dass sie das Telefon und das Sicherheitssystem des Weinkellers außer Funktion gesetzt hatten. Hatten sie Rachel vielleicht abgehört? Oder mich? Hatten sie an unserem Auto eine Art Peilsender angebracht?

Oder war es vielleicht viel einfacher?

»Woher weißt du, dass du Brodie trauen kannst? Woher weißt du, dass er uns nicht an diese Männer verraten hat?«

»Das hat er nicht.«

»Vielleicht hat er ihnen auch gesagt, sie sollen eine Betäubungspistole für Buster mitbringen. Vielleicht hat er ihnen von der Existenz dieses Raumes erzählt und ihnen verraten, wie man ihn von der Außenwelt abschneidet. Er hätte ihnen auch von dem sechsstelligen Code für die Tür erzählen können, Rachel. Woher hätte er wissen sollen, dass Lionel ihn ändert?«

»Lionel vertraut ihm.«

»Und du?«

Schweigen. Rachel antwortete nicht. Aber ich konnte erkennen, dass einige der Zweifel, die ich gesät hatte, aufgingen. Leicht schwankend, stand sie auf und entfernte sich ein paar Schritte. Allmählich glaubte ich, dass sie vielleicht auch Zweifel hatte, und es störte mich, dass sie sie nicht mit mir teilte.

Neben mir stöhnte Holly auf und vergrub das Gesicht in ihrem Jackenärmel. Ich legte den Arm um sie und drückte sie behutsam an mich. Ich hasste alles, was hier geschah, aber am meisten hasste ich das, was mit Holly gerade passierte. Anscheinend waren diese Männer tatsächlich in den Tod meines Sohnes verwickelt. Zwar wusste ich nicht, warum, aber so viel glaubte ich immerhin zu verstehen. Außerdem war mir klar, dass ziemlich wahrscheinlich einer von ihnen Holly in London zusammengeschlagen hatte. Ich schwor mir, dass ich ihnen keine weitere Chance geben würde, ihr wehzutun.

In diesem Moment ließ uns ein lautes Scheppern zusammenfahren. Holly begann zu wimmern und klammerte sich an mich. Entsetzt starrten wir zur Tür.

Es schepperte erneut.

Die Tür dröhnte und wackelte.

Für mich hörte es sich so an, als ob einer der Männer die Tür mit einem schweren Gegenstand rammte. Vielleicht mit dem Vorschlaghammer, den ich bei ihrer Ausrüstung gesehen hatte. Sie dachten doch sicherlich nicht, dass sie einfach mit roher Gewalt hier eindringen könnten?

Ein weiterer Schlag. Wir hörten, wie etwas aus Plastik zertrümmert wurde. Das Knirschen von Kabeln und Drähten. Vermutlich die vollständige Zerstörung des Kontrollfelds vor der Tür und der damit verbundenen Elektronik.

Mein Blick fiel auf das rote Lämpchen, das noch immer auf der Kontrolleinheit blinkte, auf das Telefon, das nicht funkionierte. Ich fühlte, wie mein Magen rumorte sowie eine plötzliche Angstattacke, als ob ich in ein eiskaltes Bad gefallen wäre.

»Was machen die da?«, fragte Rachel.

»Bleibt weg von der Tür«, sagte ich. Ich stand auf und zog Rachel am Arm weg. »Ihr beide, haltet euch davon fern.«

»Ich hab es dir doch erklärt, Tom. Sie kommen hier nicht rein.«

Ich drehte mich um und suchte erneut den Keller ab, sah mir die gleichförmigen Regale mit den Flaschen an. Die Weinkisten. Die vier stabilen Wände.

Meine Beine gaben nach. Ich stürzte auf die Weinkisten zu und schob sie beiseite. Darunter befand sich nur Zementboden.

»Rachel«, sagte ich und stand rasch auf, »du musst mir dabei helfen, diese Weinflaschen aus den Regalen zu räumen. Wir müssen den Raum nach einem Luftschacht durchsuchen. Nach irgendeiner Öffnung. Irgendwas.«

»Ich versteh nicht ganz, Tom? Was hast du vor?«

»Warum das denn, Dad?«

Ich starrte sie beide an und versuchte das Gefühl niederzukämpfen, dass sich die Wände um mich zusammenzogen, dass die Decke nach unten drückte und meine Kehle sich zuschnürte.

»Weil deine Mutter recht hat. Sie kommen hier nicht rein. Allerdings glaube ich auch nicht, dass sie das vorhaben. Sie wollen einfach nur sicherstellen, dass wir nicht rauskommen.«

35

Vier Tage, bis Brodie käme. Kein Essen. Kein Wasser. Nur Unmengen von Weinflaschen.

Ich sah Holly an. Ich wollte sie so sehr in die Arme nehmen und sie an mich drücken. Wir konnten nicht einfach hierbleiben und nichts tun. Wir durften nicht riskieren, dass sich ihr Zustand verschlechterte oder sie wieder stärker zu bluten anfing und wir keinen Weg nach draußen hatten.

»Sieh überall nach. Jetzt.«

»Es hat keinen Zweck, Tom. Ich hab dir doch schon gesagt, wie stark dieser Raum gesichert ist.«

»Rachel, bitte.« Ich packte sie bei den Oberarmen und zog sie zu den Regalen neben der Kontrolleinheit mit den Überwachungsmonitoren. »Versuch es doch einfach.«

Sie schüttelte den Kopf und starrte vor sich hin. »Wir hätten die Tür öffnen sollen, als ich es vorgeschlagen habe.«

»Vertrau mir, Rachel. Du willst wirklich nicht ›Was wir hätten tun sollen‹ mit mir spielen.«

Ich entfernte mich von ihr, bevor ich noch die Beherrschung verlor, und ging zu Holly hinüber. Ich steckte eine Hand unter ihre Achsel und half ihr auf. Sie blinzelte, schwankte und lehnte sich gegen mich.

»Alles in Ordnung?«

»Ja. Mir ist nur schwindlig.«

»Musst du dich noch mal hinsetzen? Mum und ich können das auch allein machen.«

»Nein, schon okay. Ich möchte helfen, Dad.«

Noch einmal umarmte ich sie kurz, dann strich ich ihr das Haar aus der feuchten Stirn und stellte sie an die Wand Rachel gegenüber. Ich wartete ab, bis ich mich vergewissert hatte, dass sie sicher stand, dann ging ich selbst zur Rückwand des Kellers.

Rachel machte sich langsam und widerstrebend an die Arbeit, als ob diese Aufgabe ohnehin nutzlos wäre. Holly arbeitete nur mit einer Hand, nahm eine Flasche nach der anderen heraus und stellte sie vorsichtig auf den Boden, während sie die andere Hand gegen den Verband an ihrer Seite gepresst hielt. Ich war deutlich schneller. Ich kam in einen Rausch: Ich griff mir zwei Weinflaschen aus den sechseckigen Regalen, ging in die Hocke und stellte sie auf dem Boden neben Buster ab, dann schnappte ich mir die nächsten zwei, und immer so weiter. Der Boden um mich herum füllte sich langsam mit Flaschen. Immer wieder musste ich einige von ihnen mit der Schuhspitze wegschieben. Ziemlich bald musste ich die Jacke ausziehen, weil es mir zu warm wurde. Doch ich entdeckte nichts als leere Weinregale und die nackte Betonwand dahinter. Panik ergriff mich.

Ein Klirren brachte mich dazu, mich umzudrehen.

»Tut mir leid.« Holly verzog das Gesicht. Sie hatte eine der Flaschen fallen lassen. Das Glas war zersplittert, und der Rotwein sammelte sich um ihre Schuhe.

Wir blickten alle gemeinsam zur Tür. Von draußen keinerlei Reaktion.

»Egal«, entschied ich. »Such weiter.«

»Ich sehe keine Belüftungsschlitze, Tom. Nichts als Stein.«

»Hör nicht auf.«

Allmählich vermutete ich, dass ich die Zahl der Weinflaschen unterschätzt hatte. So wie es sich im Moment darstellte, würden wir bald erst mal die ausgeräumten Flaschen wieder einsortieren müssen, damit uns genug Platz für die blieb, hinter denen wir noch nicht nachgesehen hatten.

Wieder hatte ich zwei Flaschen in den Händen, als Buster zu knurren und zu zucken begann. Ich sah zu ihm hinunter. Er beugte die Vorderläufe und strampelte die Handtücher beiseite, mit denen ich ihn zugedeckt hatte. Rasselnd atmete er durch die Nase. Dann fletschte er die Zähne und knurrte erneut. Mich verließ noch ein bisschen mehr von meiner Kraft, als ich ihm dabei zusah, ich hatte Angst, dass er schlecht auf das Betäubungsmittel reagierte, das ihm die Männer verabreicht hatten.

»Stimmt was nicht?«, fragte Holly. »Geht es ihm gut?«

Rachel stellte die Weinflaschen ab, die sie gerade in der Hand hielt, und ging nachsehen. Sie legte eine Hand unter seinen Kopf, um zu verhindern, dass er sich am Betonboden verletzte. Die andere Hand legte sie ihm auf die Flanke. Sie beruhigte ihn, streichelte ihn. Seine Pfoten traten gegen sie und gegen ein paar der Flaschen, die ich in seiner Nähe abgestellt hatte. Dann ruckte er mit dem Kopf und zuckte zusammen. Ich machte einen Schritt auf Holly zu und wollte ihr schon die Sicht versperren, falls es noch schlimmer wurde, aber ein paar Sekunden später beruhigte und entspannte Buster sich bereits wieder.

Rachel atmete durch. »Nur ein böser Traum, vermute ich. Wahrscheinlich wegen des Betäubungsmittels noch ein bisschen schlimmer.«

Wir beobachteten, wie Buster noch ein paarmal zuckte, dann lag er wieder fast völlig still da, und seine Beine bewegten sich kaum noch. Rachel deckte ihn wieder mit dem Handtuch zu, und Holly biss sich auf die Lippe.

»Okay.« Ich atmete aus und wischte mir mit dem Handrücken übers Gesicht. »Lasst uns weitermachen.«

Rachel trat wieder an ihre Wand und seufzte kopfschüttelnd. Und auch Holly nahm wieder eine Flasche nach der anderen aus dem Regal, während sie ab und zu einen langen Blick auf Buster warf. Ich machte mich ebenfalls wieder an die Arbeit.

Zwei Minuten später meldete sich Holly: »Hier drüben, Dad. Ich glaube, ich hab was gefunden.«

Sie stand auf den Zehenspitzen, streckte den rechten Arm hoch und schob vorsichtig einige der Flaschen vor einem Hohlraum weg.

Ich trat näher. Hinter den Regalbrettern kam das gerillte Metallgitter eines weißen Kühlaggregats zum Vorschein. In mir keimte leise Hoffnung auf. Das Kühlaggregat war etwas größer als eine handelsübliche Mikrowelle. Ich kenne mich bei der Lagerung von Wein nicht besonders gut aus, aber ich weiß, dass es wichtig ist, Temperatur und Luftfeuchtigkeit zu kontrollieren. Dieses Aggregat sah ein bisschen wie eine der Klimaanlagen aus, die ich von Luftschächten in Wohnhäusern und Motels in den USA her kannte.

»Lass mich mal sehen.«

Ich nahm ihr die Regalbretter ab und stellte sie auf den Boden, dann kletterte ich auf die leeren Regalböden zu Hollys Rechter und hielt die linke Hand vor das Gitter. Ein kühler Luftstrom blies gegen meine Handfläche.

Das Aggregat war hinter den umgebenden Regalen bündig in die Wand eingelassen. Ich steckte die Finger durch das Gitter und zog. Es verformte sich zwar, rührte sich aber ansonsten nicht. Da bemerkte ich mehrere Flachkopfschrauben, die es an Ort und Stelle hielten, insgesamt waren es acht: zwei auf jeder Seite, zwei oben, zwei unten.

»Vielleicht kommen wir hier nach draußen.«

»Wollen wir das denn?«, fragte Rachel. »Vielleicht verschwinden sie bald wieder.«

»Das glaubst du doch selbst nicht, Rachel. Und außerdem, woher sollten wir das wissen?«

»Wenn du das Gitter abschraubst«, gab Holly zu bedenken, »Können sie dann nicht zu uns hereinkommen?«

»Vielleicht. Aber dieses Risiko müssen wir wohl eingehen.«

Ich versuchte, eine der Schrauben mit Daumen und Zeigefinger zu drehen, aber es hatte keinen Zweck. Menschliche Finger sind nicht dazu entworfen, als Schraubenzieher zu fungieren, und den tatsächlichen Schraubenzieher, mit dem wir in das Schwimmbad eingebrochen waren, hatte ich draußen im Dreck liegen lassen.

»Dein Rucksack«, sagte ich zu Rachel. »Da muss doch irgendwas drin sein, was wir benutzen können.«

»Tom, ich glaube wirklich nicht, dass ...«

»Tu mir doch einfach den Gefallen, Rachel. Was schadet es denn schon, wenn es nicht funktioniert?«

Sie streckte mit einem Kopfschütteln die Hände empor, doch dann kauerte sie sich hin und öffnete eine der Vordertaschen des Rucksacks. Darin konnte ich eine Auswahl an Spritzen, Ampullen und Desinfektionstüchern erkennen.

»Du könntest es vielleicht damit versuchen.«

Sie reichte mir ohne besondere Begeisterung ein Einwegskalpell. Es bestand aus einem Plastikgriff und einer Metallklinge und war zur Sicherheit mit einer Kappe bedeckt. Diese zog ich mit den Zähnen ab und steckte dann die Klinge in den Schlitz der ersten Schraube.

Die Klinge war zu dünn, die Schraube rührte sich nicht. Ich bewegte Zeigefinger und Daumen ganz nach unten auf die Klinge und versuchte es dann erneut. Nichts. Ich spuckte auf die Schraube, drehte noch ein bisschen weiter, stärker diesmal. Die Schraube bewegte sich kratzend ein winziges Stück.

Es war ein Anfang. Aber es war auch eine langsame und

mühselige Arbeit. Ich wusste nicht, wie lange das Haus schon stand. Fünf Jahre? Sechs? Vermutlich war dieses Kühlaggregat zur selben Zeit eingebaut und die Schrauben seither nicht bewegt worden.

Wieder dachte ich an die beiden Männer vor der Tür. Was planten sie? Was käme als Nächstes? Hatten sie wirklich meinen Sohn umgebracht? Michael war erst sechzehn gewesen. Und ja, er hatte etwas Wildes an sich gehabt. Von Zeit zu Zeit war er in Schwierigkeiten geraten. Manchmal in der Schule. Manchmal auch woanders. Doch wo sollte er in Kontakt mit brutalen Gangstern wie diesen hier gekommen sein? Das wollte mir einfach nicht einleuchten.

Außerdem wusste ich immer noch nicht, warum sie hier waren. Warum sie uns töten wollten. Hatten sie Angst, dass wir sie verraten würden? Versuchten sie uns umzubringen, bevor die Wahrheit über Michaels Tod herauskam? Sie mussten doch wissen, dass auch Lionel in die Angelegenheit verwickelt war. Uns zu töten würde nur einen Teil ihres Problems lösen. Steckte also noch etwas anderes dahinter? Gab es noch mehr, was Rachel mir verheimlichte?

Ich knirschte mit den Zähnen, presste Zeigefinger und Daumen fest zusammen. Rachel und Holly sahen dabei zu, wie die Schraube sich langsam und ruckartig unter dem Skalpell drehte. Dabei kratzte sie an dem Frontgitter des Kühlaggregats. Ich passte meinen Griff an und drehte weiter. Nun ging es ein wenig leichter. Die Schraube begann sich aus der Wand zu heben.

Es war ungewohnt, mit der linken statt mit der rechten Hand zu arbeiten, mit der ich mich noch immer am Regal festhielt. Meine Finger verkrampften sich allmählich. Ein Zittern lief durch meine Hände und Handgelenke. Doch nach ein paar weiteren schmerzhaften Umdrehungen konnte ich mir den Griff des Skalpells zwischen die Zähne klemmen und mit den Fingern den Rest erledigen.

Ich ließ die Schraube zu Boden fallen und machte mich an die nächste.

»Hast du noch welche von denen?«, fragte ich Rachel.

»Noch zwei.«

»Dann kletter zu mir rauf. Du kannst schon mal mit den Schrauben auf der anderen Seite anfangen.«

Zuerst dachte ich, dass Rachel mich entweder ignorieren oder sich einfach weigern würde. Aber dann kletterte sie tatsächlich auf das Regal und machte sich an die Arbeit. Ein paar Sekunden später ging Holly zu Buster hinüber und streichelte ihn. Wir betrachteten sie beide einen Moment dabei. Holly wirkte noch immer blass, und ihre Bewegungen waren abgehackt, aber offenbar ging es ihr doch ganz gut, denn immerhin war sie in der Lage, umherzugehen und mit uns zu reden. Buster döste einfach weiter.

Nach ungefähr zehn Minuten, einer Menge Flüchen und noch mehr Schweiß hatten wir sieben Schrauben aus der Wand gedreht. Die achte Schraube oben links erwies sich als besonders hartnäckig. Rachel hatte ihr Skalpell daran zerbrochen. Sie hatte Glück gehabt, sich nicht den Daumen aufzuschlitzen. Ich sagte ihr, sie solle runterspringen, dann versuchte ich, das Gitter loszurütteln, aber es löste sich nicht. Vielleicht würde es mit der Rechten gehen? Ich kroch hinüber auf die leeren Regalböden links von dem Kühlaggregat. Doch bevor ich noch anfangen konnte, ertönte ein hohles Scheppern von der Metalltür her.

Das Geräusch hallte in meinem Brustkorb wider.

Ich drehte mich um und sah nach. Für ein paar lange Sekunden gab es nichts zu sehen. Ich klammerte mich weiter an das Regal, während mir die Angst wie elektrischer Strom durch die Arme fuhr.

Dann schepperte es erneut. Und noch ein drittes Mal.

Etwas wurde unter der Tür durchgeschoben.

Ich fühlte mich, als ob mir eine Klinge zwischen die Rippen gestoßen worden wäre.

Was war das?

Ich sprang vom Regal herunter und stieg die Betonstufen hinauf. Der Gegenstand war ein langgezogenes schwarzes Metallstück. Ein wenig abgenutzt und verrostet. Irgendetwas daran kam mir entfernt bekannt vor. Ich beugte mich hinunter. Es fühlte sich kalt und hart an und bewegte sich leicht unter meinen Fingern.

Ich riss die Hand weg und drehte mich zu Rachel um. Verblüfft schob sie die Unterlippe vor. Dann ließ uns ein tiefes, quietschendes Knarren beide zusammenfahren. Es schien mir in die Wurzelkanäle hineinzufahren. Die Metalltür spannte sich an und stöhnte auf. Das Knarren ertönte erneut, dieses schreckliche Geräusch, das sich über das Zahnfleisch in meinen Kiefer bohrte. Meine Hand zitterte, als ich sie gegen die Tür legte. Ich spürte, dass sich alle möglichen Spannungen im Metall aufbauten. Ein bisschen Staub rieselte vom Türsturz herab.

Ein nervöses Kribbeln lief mir in sämtliche Richtungen über den Rücken.

Als dann ein splitterndes Knirschen ertönte, wich ich zurück. Ich blickte nach unten, und ein winziger Spalt, ein kleiner Krater war im gestrichenen Betonboden erschienen, direkt unter dem flachen Metallstück.

»Tom, was ist da los?«

Ich machte auf dem Absatz kehrt und durchquerte eilig den Raum. Dann kletterte ich am Regal hinauf und konzentrierte mich wieder auf die Schraube. Sie rührte sich noch immer nicht. Ich fluchte und versuchte es noch einmal mit Spucke.

Ich änderte den Winkel des Skalpells, dann zerrte ich wie irre an dem Abdeckgitter.

Weiteres Knarren hinter mir. Weiteres Anspannen und Stöhnen sowie trockene Knirschlaute. Weiteres Quietschen in meinen Backenzähnen.

»Tom, rede mit uns.«

»Ich glaube, sie haben den Wagenheber aus dem Volvo geholt«, keuchte ich. »Ich glaube, sie versuchen die Tür auszuhebeln.«

Holly erhob sich langsam. »Kann das klappen?«

Ich gab ihr keine Antwort. Dann biss ich auf die Zähne und übte stattdessen noch ein wenig mehr Druck auf das Skalpell aus.

Die Klinge zerbrach.

Verdammt.

»Noch eins.« Ich schnippte mit den Fingern. »Jetzt, Rachel.«

Aber Rachel reagierte nicht. Sie war wie hypnotisiert von der Tür. Die Hände hatte sie zu Fäusten geballt. Ihre Kiefermuskulatur war zum Zerreißen angespannt.

»Rachel«, zischte ich. »Noch ein Skalpell. Schnell.«

Holly schoss an ihr vorbei, durchwühlte den Rucksack und reichte mir eins.

»Das ist das letzte«, erklärte Rachel. Ihre Stimme klang dumpf.

Wieder zog ich die Kappe mit den Zähnen ab. Wieder machte ich mich an die Arbeit.

Das Krachen und Quietschen hielt an. Die Metalltür jaulte und protestierte. Das Geräusch schien über meine Zähne in die Nerven meines Halses zu dringen.

Dann ertönte ein scharfes reißendes Geräusch, das fast dazu geführt hätte, dass ich losgelassen hätte und nach hinten gekippt wäre. Es folgten ein unvermittelter Knall, ein metallisches

Scheppern und ein lauter, aggressiver Fluch von der anderen Seite der Tür.

Ich vermutete, dass der Griff des Wagenhebers sich gelockert hatte oder ganz abgerissen war. Ich wollte mich nicht umdrehen und nachsehen, doch als ich es dann doch tat, erkannte ich, dass sich die Metallabdeckung der Tür in der Mitte leicht gekräuselt hatte. Es war, als ob es einen senkrechten Haarriss im Türblatt gäbe. Aber schlimmer – viel schlimmer – war der Lichtstrahl, der nun unter der Tür hindurchströmte. Er war vielleicht fünf Zentimeter lang und ein paar Millimeter hoch.

Ich starrte ihn an und fühlte mich dabei wie ein Kind, das sich unter dem Bett versteckte, wo es auf den bösen Mann wartete, der gleich die Decke anheben und »Buh!« rufen würde.

Gedämpfte Laute drangen durch den Spalt herein. Ich konnte einen der Männer auf der anderen Seite aufstampfen und reden hören. Dann hörte ich noch etwas anderes. Ein hohles, kehliges Klatschen, das meine Eingeweide erzittern und sich zusammenkrampfen ließ. Ihm folgten ein Plätschern, Gluckern und Spritzen.

Eine dunkle, ölige Flüssigkeit rann langsam unter der Tür hindurch. Es fühlte sich an, als ob mir jemand Eiswasser in den Nacken kippte.

Rachel erklomm sehr langsam die Stufen. Sie steckte einen Finger in die Flüssigkeit und hielt ihn sich an die Nase. Dann roch sie daran, und ich konnte dabei zusehen, wie ihr die Gesichtszüge entgleisten.

»Oh Gott, es tut mir so leid. Das ist Benzin.«

»Fahr los.«

Michaels schweißnasse Hand rutscht vom Schaltknüppel ab. Seine Beine fühlen sich schwer und taub an, als er auf die Kupplung tritt. Er versucht, seine Panik unter Kontrolle zu bringen, indem er sich auf der Straße umsieht, in der er parkt – zufällig ziemlich schlecht, mit einem Rad auf dem Bordstein, doch die einzigen Zeugen sind drei Teenager in zerschlissenen Kapuzenpullis, einer von ihnen mit einem BMX-Rad, wahrscheinlich geklaut. Alle haben die Hände in den Taschen vergraben, um die Drogen zu verstecken, mit denen sie dealen, und die Baseballcaps tief in die Stirn gezogen, um ihre Gesichter zu verbergen. Er könnte hupen, aber …

»Ich hab gesagt: Fahr los.«

… er spürt da dieses heiße Jucken, wo ihm die Waffe in den Nacken drückt. Und wie stehen hier überhaupt die Chancen, dass jemand sich darum kümmern würde, an diesem Ort, einer schäbigen Gasse neben einem trostlosen mehrstöckigen Parkhaus und einem leerstehenden Gebäude der Stadtverwaltung?

»Michael«, sagt nun Fiona. »Tu es einfach. Beeil dich.«

Also tut er es. Zu ruckartig. Der Audi hüpft ein Stück vorwärts und plumpst vom Bordstein.

»Entspann dich.«

Und vielleicht würde Michael das ja sogar. Aber heute fährt er zum ersten Mal auf echten Straßen und ohne dass sein Vater neben ihm sitzt. Er weiß nicht, was er tut. Möchte nicht riskie-

ren, in noch mehr Schwierigkeiten zu geraten als sowieso schon. Vielleicht ist es eine gute Sache, dass er seine Unerfahrenheit als Panik verkaufen kann.

»Wohin?«, fragt er jetzt mit bebender Stimme und schaltet in den zweiten Gang.

»Bieg am Ende der Straße rechts ab. Fahr zurück zum Bahnhof.«

Seine Augen zucken zum Rückspiegel. »Und dann?«

Hinter ihnen sieht Michael einen silbernen Vauxhall die Rampe vor der Ausfahrt des Parkhauses herunterfahren. Drei dunkel gekleidete Männer sitzen darin.

36

Das Benzin breitete sich aus, tastete sich vor und verästelte sich in ölige Rinnsale. Es lief vom Treppenabsatz nach unten auf die nächste Stufe. Rachel zog sich in den Keller zurück. Die Arme seitlich von sich gestreckt, um Holly hinter sich zu beschützen.

»Nehmt die Handtücher«, sagte ich. »Die von Buster. Lasst das Benzin nicht weiter vordringen.«

Inzwischen konnte ich die Ausdünstungen riechen. Sie sättigten die kalte Kellerluft, als ob wir mitten in der Nacht auf dem Vorplatz einer Tankstelle angekommen wären.

»Sie versuchen uns nur Angst zu machen«, fügte ich hinzu.

Aber es klappte. Wenn sie den Keller in Brand stecken würden, säßen wir in der Falle.

Rachel und Holly eilten zu Buster und wickelten ihn aus den Handtüchern, die Rachel dann zusammenrollte und gegen das untere Ende der Tür presste, bevor sie sich wieder davon entfernte. Es war eine behelfsmäßige Lösung, keine dauerhafte. Die Handtücher würden sich wie ein Schwamm mit dem Benzin vollsaugen. Wenn die Männer sie dann anzündeten, würden sie wie eine Fackel lichterloh brennen.

»Die Polizei ist unterwegs!«, schrie Holly plötzlich.

Dann schlug sie sich die Hand vor den Mund, als ob sie nicht glauben könnte, was sie gerade gesagt hatte, und in der brüchigen Stille, die darauf folgte, sahen wir einander an.

Die Männer konnten uns sicher hören, nachdem sie die Tür

nun aufgebockt hatten. Für eine einzige Sekunde wusste ich nicht, was schlimmer wäre: eine Antwort oder keine.

»Unsinn!«, rief einer von ihnen zurück. »Macht die Tür auf, oder wir fackeln euch ab.«

Holly begann hinter ihrer Hand zu schluchzen, und ich lehnte mich gegen Rachel. Ich spürte, wie meine Knie weich wurden.

Tod durch Verbrennen oder durch Erschießen, wenn wir die Tür öffneten. Keine Wahl, die man treffen konnte. Und keine Wahl, der gegenüber ich Holly sehen wollte.

»Es ist okay«, flüsterte ich ihr zu. »So weit kommt es nicht.«

Ich wartete, bis sie den Kopf hinter Rachel hervorgestreckt hatte, dann zeigte ich zur Decke, an der zwei kleine Sprinkler installiert waren. Ich wusste nicht, ob sie uns irgendeinen wirksamen Schutz vor einem Benzinfeuer bieten würden, aber ich wollte, dass sie sie sah. Ich wollte, dass es etwas gab, woran sie glauben konnte. Sie schluckte und nickte mir zu.

»Ich bring uns hier raus«, flüsterte ich. »Wirklich.«

Rachel wandte sich zu mir um, ihren guten Arm hatte sie um Holly gelegt. Ihre Haut wirkte bleich und blutleer. »Beeil dich.«

Ich wandte meine Aufmerksamkeit wieder der letzten Schraube zu, konzentrierte mich voll und ganz darauf, all meine Kraft in die Skalpellklinge zu leiten.

Immer noch nichts.

Immer noch nichts.

Und dann …

Die Schraube bewegte sich.

In meinen Schläfen begann es zu summen. Die Schraube bewegte sich nur ein winziges Stück, aber das war ein Anfang.

Ich verdoppelte meine Bemühungen und arbeitete weiter mit dem Skalpell, grunzte und streckte die Zunge seitlich aus dem Mund, bis ich die Schraube weit genug gelockert hatte, um meine Finger zu benutzen. Mein Blut pulsierte mir in den Fingerspitzen. Ich hörte meinen Atem laut und schnell.

Drüben bei der Tür färbten sich die Handtücher allmählich gelb. Das Benzin trat unter ihnen hervor und breitete sich auf dem Beton aus, lief auf die Stufen darunter.

Ich zog die Schraube heraus, steckte die Finger durch das Belüftungsgitter vor dem Kühlaggregat und zog fest daran. Das Gitter löste sich mit einem metallischen Kreischen. Dahinter kamen Staub und Spinnweben zum Vorschein.

Ich erstarrte und sah noch einmal zur Tür, das Herz schlug mir bis zum Hals.

Keine Reaktion. Wenigstens nicht, soweit ich das beurteilen konnte.

Ein modriger Geruch strömte aus dem Kühlaggregat hervor. Im Inneren war es angefüllt mit staubigen und ölverschmierten Teilen. Ich reichte das Abdeckgitter zu Rachel hinunter, steckte die Hand in das Aggregat und zog erneut.

Die Metallkanten waren scharf und unlackiert. Sie schnitten in meine Finger. Es war mir egal. Das Aggregat bewegte sich quietschend ein Stückchen nach außen. Erneut hielt ich inne und wartete, ob es irgendeine Reaktion von den Männern hinter der Tür gab. Mir fiel nichts auf. Vermutlich bestand die Möglichkeit, dass sie nicht genau hören konnten, was hier drin vor sich ging, vor allem nachdem wir nun die Handtücher gegen den Spalt gedrückt hatten.

Es hatte keinen Sinn, sich jetzt Zeit zu lassen.

Also steckte ich beide Hände in das Aggregat und kletterte mit den Füßen die Regalbretter hinauf, bis ich an der Hüfte eingeknickt war und die Knie sich auf Höhe meiner Brust befanden, als ob ich mich vom Rand eines Schwimmbeckens abstoßen wollte.

Ich drückte mit den Zehen, hebelte mit den Armen und spürte die Anstrengung in meinem unteren Rücken.

Das Aggregat kam mir kratzend entgegen, kratzte weiter, löste sich dann und stürzte abrupt ein kurzes Stück ab, bis ich daran hing, während das hintere Ende des Aggregats gegen die Decke des Hohlraums stieß, in den es eingepasst war.

»Hilfe, bitte.«

Rachel und Holly eilten zu mir herüber und packten mich an Beinen und Hüfte. Rachel zog mit dem Fuß eine der hölzernen Weinkisten heran. Ich stellte mich mit den Zehen darauf, und Rachel kletterte auf die Kiste daneben, sodass wir uns gemeinsam daranmachen konnten, das Aggregat loszurütteln.

Sie jaulte auf und duckte sich auf eine Seite. Ihre Schulter war der Aufgabe noch nicht gewachsen.

»Ist schon okay«, sagte ich zu ihr. »Ich schaff das schon.«

Das Aggregat war schwer und unhandlich, doch jetzt, wo ich auf der Weinkiste stand, konnte ich das schwere Teil die restliche Strecke langsam herausziehen und es in Richtung Boden sinken lassen. Das Kabel hatte gerade genug Spiel, dass ich das Aggregat auf dem Fußboden abstellen konnte.

Ich wischte mir Staub und Dreck von Lippen und Augen, dann stellte ich mich auf das Aggregat und spähte in den Hohlraum hinein.

Es war ein rechteckiger, mit Metall ausgekleideter Belüftungsschacht. Ich konnte drei oder vier Meter weit sehen, doch dann versank der enge Schacht in Düsternis. Meine Kopfhaut prickelte. Wie weit reichte er wohl? Er war viel schmaler, als ich es erwartet hatte. Ein kleines Kind hätte wohl ungehindert hindurchkriechen können, aber ich?

Ich schluckte.

»Gib mir mal dein Handy.«

Rachel zog ihr Telefon aus der Gesäßtasche und reichte es

mir. Ich drückte auf den Homebutton. Der Sperrbildschirm leuchtete auf, immer noch mit demselben Bild von Michael und Holly, die miteinander herumalberten. Mein Herz zog sich bei dem Anblick zusammen. Michael. Ich vermisste ihn.

Ich schüttelte den Gedanken ab und streckte den Arm in den Schacht, das Licht des Displays wurde von der Metallverkleidung mit einem bläulichen Glanz reflektiert. Auf eine seltsame Weise fühlte es sich an, als ob mich Michael nach draußen geleiten würde. Ich konnte ein bisschen weiter sehen, aber nicht bis ganz zum Ende. Doch der Schacht konnte ja sicherlich nicht allzu lang sein, oder?

»Ich muss einen genaueren Blick darauf werfen«, erklärte ich. »Behaltet die Tür im Auge. Und passt auf Buster auf. Ruft mich, wenn sich irgendwas tut.«

Dann stützte ich mich mit den Unterarmen direkt hinter der Öffnung ab, stieß mich mit den Zehen ab und wand mich in die Röhre hinein.

Dabei stieß ich mir das Knie an. Die Seiten des Schachts drückten mir Schultern, Brustkorb und Hüfte zusammen. Mit dem Hinterkopf stieß ich gegen die Decke. Die glänzende Metallverkleidung verformte und bog sich unter meinem Gewicht. Die Maße der Röhre waren so eng, dass ich nicht vorankrabbeln, sondern mich nur winden und schlängeln konnte. Holly und Rachel packten mich an den Beinen und drückten gegen meine Füße. Ich schlängelte mich noch ein bisschen weiter, bis meine Zehen die Metallverkleidung berührten. Dann beging ich den Fehler, an die ganzen Erdmassen zu denken, die sich wahrscheinlich über dem Schacht auftürmten. Die Röhre war nicht dafür entworfen, dass sich Menschen durch sie hindurchschlängelten. Was würde geschehen, wenn sie einstürzte?

Die gesamte Luft wich aus meiner Lunge. Ein Druck baute sich in meinem Brustkorb auf. Das Display von Rachels

Handy dimmte sich erst und ging dann ganz aus, sodass ich in vollkommener Finsternis dalag.

Keine Panik.

Ich drückte noch einmal auf den Homebutton. Blaues Licht hüllte mich ein. Michael und Holly zeigten mir den Weg.

Atme.

Da spürte ich ein leises, kühles Lüftchen an meiner Wange. Es roch nach dem nächtlichen Wald und einem Hauch von Regen.

Mit gesenktem Kinn robbte ich weiter, schob mich mit den Ellbogen voran, schürfte mir Hüften und Knie auf, stieß mich mit den Zehen weiter, bis ich irgendwann einen Schimmer von dem sah, was das Ende des Schachts sein musste. Es lag nicht mehr als einen Meter vor mir.

Eigentlich hätte ich bei dem Anblick erleichtert sein sollen, doch in diesem Augenblick bekam ich auf einmal Schwierigkeiten beim Atmen, als ob jemand mir eine Hand auf den Mund gepresst und mir den Ellbogen in den Nacken gerammt hätte. Es sah aus wie eine Sackgasse.

Bis ich dorthin kam. Bis ich mir den Hals verrenkte und nach oben schaute.

Einen halben Meter über mir gab es ein Metallgitter. Dunkle Umrisse schaukelten und schoben sich darüber hinweg. Ich hätte weinen mögen vor Glück, als mir bewusst wurde, dass ich zu den Baumkronen hinaufsah.

Ich stieß mich ab und drehte mich, während das Metall unter mir ächzte und sich verbog, bis ich endlich flach auf dem Rücken lag und die Hände nach oben zum Gitter ausstrecken konnte.

Ich erreichte es nicht.

Ich biss die Zähne zusammen, schloss die Augen, hob dann leicht den Kopf an und sah an meinen Zehen vorbei durch die

Röhre zurück. Das Kellerlicht schien hell. Ich konnte Hollys Gesicht in der Öffnung erkennen. Sie lugte mit zerzaustem Haar zu mir herein und biss sich auf die Lippe.

»Alles in Ordnung«, flüsterte ich ihr zu. »Geht es Mum und dir gut?«

Sie nickte.

Meine Lunge fühlte sich an, als würde sie zerquetscht. Die kalte Luft drückte auf mich herab, aber ich war schweißgebadet.

Vorsichtig balancierte ich Rachels Handy auf meiner Brust, das bläuliche Leuchten wurde vom Metall reflektiert, dann presste ich die Hände flach gegen die Seiten des Schachts und schob mich noch ein bisschen weiter. Mein Hals war verrenkt, Hinterkopf und Schultern gegen das Ende der Röhre gequetscht.

Ich musste mir die Ellbogen aufkratzen und meine Schultern einziehen, bis ich beide Arme an meinen Ohren vorbeibekam. Dann streckte ich sie aus und stemmte beide Handballen gegen das Gitter.

Körniges Zeug regnete mir aufs Gesicht. Samenkapseln und Kiefernnadeln. Ich blinzelte und spuckte sie aus.

Eigentlich rechnete ich mit heftigem Widerstand des Gitters, denn bisher war nichts einfach gegangen. Vielleicht war es von außen festgeschraubt. Oder es war unter einer dichten Schicht feuchter Erde begraben. Doch zu meiner Überraschung ließ sich das Gitter ohne Weiteres nach außen aufklappen. An den Rändern hingen noch Überreste der Dichtungsmasse, und weiterer Dreck rieselte auf mich herab.

Eine furchtbare Sekunde lang sah ich einen Pistolenlauf in der Öffnung auftauchen, der von einem der maskierten Männer auf der anderen Seite auf mich gerichtet war. Dieses Szenario erschien mir derart wahrscheinlich, dass es mir beinahe widerstrebte mich zu bewegen.

Doch ich schluckte die Angst herunter, stemmte die Hände auf die feuchte Erde, die die Öffnung umgab, zog den Bauch ein und hievte mich in eine sitzende Position. Arme und Schultern zitterten vor Anstrengung. Mein Kopf hob sich aus dem Waldboden.

Hier war niemand.

Die Bäume rauschten und wiegten sich. Der Wind strich mir durchs Haar. Ich befand mich ungefähr zehn Meter vom Haus entfernt.

Ich legte den Kopf in den Nacken und atmete einmal lang aus, dann füllte ich meine Lunge mit einer großen Portion süßer Waldluft. Anschließend spannte ich meine Bauchmuskeln an und zwängte mich wieder zurück in den engen Schacht, beugte den Hals, presste das Kinn gegen die Brust, legte die Handflächen flach gegen die Metallverkleidung und schlängelte und schepperte mir den Weg zurück in den Keller und die benebelnden Benzindämpfe.

37

Holly schafften wir zuerst hinaus. Das war nicht leicht. Der Schmerz ihrer Wunde war erträglich, solange sie sich nicht streckte oder irgendwo hängen blieb. Sobald das allerdings geschah, musste sie anhalten und still im Belüftungsschacht liegen bleiben, bis der Schmerz abebbte. Rachel machte sich Sorgen, die Blutung könnte sich wieder verstärken. Doch was hatten wir für Alternativen? Wir konnten ja nicht bleiben, wo wir waren. Nicht solange die Männer Benzin unter der Tür hindurchgossen. Sie verhöhnten uns dabei, riefen uns zu, wir sollten aufmachen. Wir gaben keine Antwort. Kein einziges Mal. Meiner Meinung nach war das besser so. Denn was wäre, wenn wir erst ein Gespräch anfingen und dann plötzlich verstummten, das würde die Männer nur misstrauisch werden lassen.

Ich starrte den Belüftungsschacht entlang und zuckte jedes Mal zusammen, wenn Holly sich wehtat. Dann flüsterte ich ihr aufmunternde Worte zu, damit sie sich weiterbewegte. Als ihr Kopf schließlich im Freien war und nur noch die Füße in der Röhre steckten, half ich Rachel in den Schacht hinauf, und sie kroch mit dem Rucksack Holly hinterher, wobei sie sich mit den Füßen und dem gesunden Arm voranschob.

Das Schwierigste war der Transport von Buster. Er war schwer und schlaff, und sein Gewicht lastete auf mir, als ich ihn in den Schacht hievte. Erst steckte ich seinen Kopf hinein, dann stützte ich ihn mit meiner Schulter und warf noch einen prüfenden Blick nach hinten. Das Benzin hatte die Handtücher inzwischen vollständig durchtränkt. Mein Atem beschleunigte sich. Das Benzin sammelte sich in einer Pfütze neben der Tür und rann die Stufen hinab. Der Gestank sättigte die Luft, und mir war klar, dass der kleinste Funke genügen würde, um alles zu entzünden.

Ich schob Buster weiter. Sein nasses Fell hinterließ feuchte Spuren auf der Metallverkleidung. Seine Vorderbeine verhedderten sich. Ich quetschte die Hand an ihm vorbei und befreite seine Pfoten, dann zog ich eilig die Jacke an, kletterte hinter ihm in den Schacht hinein und schob ihn weiter.

Bis ich am Ende der Röhre angelangt war, war ich vollkommen außer Atem und schweißüberströmt. Ich hielt an, um noch einmal meine Kräfte zu sammeln, während Rachel von oben Buster am Fell packte. Es kostete uns enorme Anstrengung, ihn aus diesem Winkel hochzustemmen, außerdem war Rachels Schulter ja nicht voll funktionstüchtig, sodass auch Holly mithelfen musste.

Als er endlich im Freien war, blieb ich erschöpft und atemlos liegen und blickte noch einmal an meinen Zehen vorbei den Schacht entlang. Zwar konnte ich nirgends Flammen erkennen, aber Zeit wollte ich mir trotzdem nicht lassen.

Ich stieß die Hände nach oben, zog mit den Armen, trat mit den Beinen und wand die Hüften so lange, bis mein Kopf aus der Öffnung ragte. Schließlich stemmte ich mich mit den Ellbogen nach oben wie aus dem Cockpit eines abgestürzten Flugzeugs.

Ich rollte mich auf die Seite und presste das Gesicht in die Erde. Man hatte mich mitten in der Nacht aufgeweckt und auf mich geschossen, mich durch den Wald gejagt, mich ins Meer getrieben, ich war von einem Balkon gestürzt und durch einen Luftschacht gekrochen. Alles, was ich jetzt noch sagen wollte, war: *Es reicht!*

»Was machen wir jetzt?«, fragte Rachel.

Ich stöhnte auf und tastete nach Buster. Der Boden zwischen uns war regenfeucht, sogar unter den Bäumen. Ich erwartete jeden Moment das Rauschen der Flammen aus dem Weinkeller. Ich stellte mir vor, wie ein plötzlicher Hitzestoß aus dem Belüftungsschacht entwich und Rauch in die Nacht hinausquoll.

Buster war noch immer bewusstlos. Als ich die Hand auf ihn legte, hob und senkte sich das verfilzte Fell auf seiner Brust im Takt mit seinem schweren Atem. Ich blickte an ihm vorbei zum Haus hinüber. Das hohe, schmale Fenster am Ende des Korridors, der das Heimkino mit der Leseecke verband, erstrahlte in der Dunkelheit in gelblichem Glanz. Allerdings konnte ich darin keinen der Männer erkennen. Ich wusste, was ich als Nächstes sagen musste, so schwer es mir fiel.

»Ich muss durch dieses Fenster schauen.«

»Was? Warum denn?«

»Weil wir sichergehen müssen, dass die beiden noch immer in der Bibliothek sind, Rachel. Ich möchte nicht, dass wir einem von ihnen in die Arme laufen.«

»Wir sollten von hier verschwinden, solange wir das noch können.«

»Ach ja? Und wohin?«

Darauf wusste sie keine Antwort. Sie kniete sich nur in der Dunkelheit hin, die Fäuste in die Nässe gepresst, das Gesicht hinter dem strähnigen Haar versteckt. Ich wusste nicht, was ich im Moment von Rachel halten sollte. Meine Gedanken und Gefühle purzelten wild durcheinander. Ich wusste, dass sie Holly und mich angelogen hatte. Ich wusste, dass sie uns in enorme Gefahr gebracht hatte. Vor allem wenn ich daran dachte, dass wir vor nur wenigen Stunden noch miteinander geschlafen hatten. Wie ich danach dagelegen und darüber nachgedacht hatte, ob das ein Neuanfang für uns beide sein könnte. Zugleich verstand ich, dass Rachel nur aus Liebe zu Michael gehandelt hatte. Im Augenblick hatte ich keinen größeren Wunsch als den, meine Familie zu beschützen.

Sie hob den Kopf und sah mich an. »Wenn wir am Zaun entlanggehen, finden wir vielleicht eine Stelle, an der mein Handy Empfang hat.«

»Brodie hat gesagt, dass es hier nirgends Empfang gibt.«

Es sei denn, Brodie arbeitete mit diesen Männern zusammen. Es sei denn, er wollte, dass wir das glaubten.

Ich schloss die Augen und verdrängte den Gedanken. Über die längste Zeit unserer Ehe hatte ich Rachels Urteil stets vertraut. In all den Jahren hatten wir gemeinsam so viele Entscheidungen getroffen, die zur betreffenden Zeit eminent bedeutsam erschienen waren – Entscheidungen darüber, welches Haus wir kaufen und welchen Kredit wir aufnehmen sollten; Entscheidungen darüber, auf welche Schule wir die Kinder schicken, wohin wir in den Urlaub fahren und wie wir heikle Situationen mit Kollegen und Freunden angehen sollten. In Wirklichkeit hatten diese Entscheidungen nicht ansatzweise dieselbe Tragweite gehabt wie die Entscheidungen, die wir heute Nacht trafen. Und zur selben Zeit nagte an mir der Verdacht, dass Rachel mir immer noch nicht alles gesagt hatte. Und wenn sie tatsächlich noch mehr vor mir verheimlichte, was konnte das sein?

»Was ist mit der Sternwarte?«, fragte Holly.

Schweigen.

Der Wind pfiff durch die Baumkronen. Ich ertappte mich dabei, wie ich am Haus vorbei in Richtung der Sternwarte schaute und darüber nachdachte. Ob die Männer von ihr wussten? Würden sie sie finden? Wenn Brodie ihnen Informationen gegeben hatte, vielleicht …

»Dad, komm schon, da könnten wir doch hin.«

»Die Tür war abgeschlossen, Holly.«

»Wir könnten versuchen sie aufzubrechen. Drinnen könnte es vielleicht irgendwas Nützliches geben. Vielleicht sogar ein Telefon.«

Ich sah Rachel an. Sie deutete meinen fragenden Blick richtig.

»Ich bin nie drin gewesen«, sagte sie deshalb. »Ich wusste gar nichts von ihrer Existenz. Ehrlich. Doch wenn du mich nach meiner Meinung fragst, dann halte ich das für eine gute Idee.«

»Falls wir hineinkommen.«

Doch noch während ich das sagte, wandte ich mich gedanklich bereits der Frage zu, ob es machbar wäre. Die Tür hatte zu stabil gewirkt, um sie einzuschlagen oder einzutreten. Aber vielleicht gab es noch eine andere Möglichkeit.

»Dein Werkzeugkasten.« Rachel sprang auf. »Wir haben ihn bei der Einfahrt stehen lassen, oder?«

Holly stellte sich neben sie, wischte sich den Schmutz von den Händen, steckte eine dann unter ihre Jacke und presste sie sich gegen die Seite. Es war nicht leicht zu beurteilen, ob sich ihr Zustand verschlechterte. Auch ohne ihre Verletzung wäre sie inzwischen blass und erschöpft gewesen. Wir mussten sie im Auge behalten.

»Wartet kurz«, sagte ich.

»Tom, es muss doch etwas in deinem Werkzeugkasten geben, was wir benutzen können. Das muss einfach so sein.«

Vielleicht. Vielleicht auch nicht. Die meisten meiner Werkzeuge waren ziemlich klein. Unter ihnen fiel mir nichts ein, womit wir verlässlich eine Tür aufbrechen konnten.

»Dad, bitte. Lass es uns wenigstens versuchen.«

»Lasst mich … einfach erst mal nachsehen, wo sie sind, einverstanden?«

»Tom.«

»Eine Minute, Rachel. Mehr verlange ich gar nicht. Ich laufe hinüber und komme wieder, sobald ich weiß, dass sie sich dort aufhalten. Danach können wir gehen.«

Rachel zuckte zusammen, blickte durch die Bäume zur Auffahrt hinüber, dann wieder zu mir.

»Okay, aber beeil dich.«

Ich stemmte mich aus der Hocke hoch und trat gebückt unter den Bäumen hervor auf das erhöht liegende Rasenstück neben dem Haus. Auf der anderen Seite der Wand, das wusste ich inzwischen, lag der Weinkeller; daneben die Leseecke, wo sich, so hoffte ich wenigstens, die beiden Männer noch immer aufhielten.

Im Krebsgang näherte ich mich dem Fenster, der Nylonstoff meiner Outdoorjacke scheuerte dabei am unbehauenen Fundament des Hauses. Am Fenster angelangt, stoppte ich und blickte zurück. Rachel und Holly hielten sich an den Händen und beobachteten mich. Ich zählte im Kopf bis fünf, dann reckte ich den Kopf und blickte ins Innere.

Der Gang zum Heimkino war verwaist.

Ich zog den Kopf zurück und wartete noch ein paar Sekunden. Dann, bevor ich den Mut verlor, machte ich einen großen Schritt in Richtung des nächsten Fensters.

Meine Haut kribbelte. Im Schutz der Bäume bedeckte Holly sich die Augen mit der Hand, weil sie die Anspannung nicht aushielt. Rachel starrte mich mit offenem Mund an, und der Wind riss an ihrem Haar. Ich nickte ihr zu, als wäre alles in Ordnung – wem machte ich hier eigentlich etwas vor? –, dann drehte ich mich um und blickte durch die Scheibe.

Mein Herz raste. Ich konnte einen Teil des Bücherregals erkennen, einen senkrechten Teil der geschlossenen Metalltür sowie den verbogenen Wagenheber, der daruntergequetscht worden war. Außerdem sah ich den kleineren Mann in seinem weißen Plastikoverall.

Weißglühende Wut schoss mir durch die Wirbelsäule.

Mit dem Rücken zu mir kniete er auf dem Boden, die Kapuze hatte er nicht abgesetzt. Die behandschuhten Hände hatte er schulterbreit flach gegen die Tür gelegt, und das Gesicht presste er gegen den Spalt darunter. Neben ihm stand ein roter Putzeimer. Er sah nach dem Eimer aus, in dem der Mopp in der Waschküche gestanden hatte. Wahrscheinlich enthielt er das Benzin, das die Männer unter der Tür hindurchgegossen hatten.

Kurz schoss mir der Gedanke durch den Kopf: *Falls es tatsächlich Benzin ist.* Aber warum sollte Rachel mich anlügen? Außerdem, nein, ich hatte den Benzingestank ja selbst gerochen. Ich ließ mich gerade von Paranoia überwältigen.

Von dem größeren Mann keine Spur.

Wenn ich doch nur im Inneren des Hauses gewesen wäre, dann hätte ich den kleineren Mann niederschlagen können. Ich hätte auf ihn eingeprügelt, immer und immer und immer wieder und …

Ich riss den Kopf zurück und drückte mich flach gegen die Wand. Mein Brustkorb hob und senkte sich. Ich schloss die Augen.

Wo war nur der größere Mann?

Bitte, sag mir, dass er nicht schon hier draußen ist.

Ich hob die rechte Hand und gab Rachel und Holly ein Zeichen, dass sie sich ducken sollten für den Fall, dass er in der Nähe war. Sie kauerten sich umgehend hin. In der Dunkelheit zwischen den Bäumen waren sie nur schwer auszumachen.

So war es besser.

Ich gab ihnen noch ein Zeichen, diesmal spreizte ich die Finger in einer Geste, die ihnen mitteilen sollte: *Bleibt, wo ihr seid. Habt Geduld.*

Rachel spannte den Kiefer an und schüttelte energisch den Kopf. Mit den Lippen formte sie das Wort »Nein« und winkte mich zu sich zurück.

Ich hob erneut die Hand und spreizte die Finger.

Bleibt, wo ihr seid. Habt Geduld.

»Alles in Ordnung«, formte ich mit den Lippen und fragte mich, wen ich hier eigentlich genau überzeugen wollte. Falls ich dem größeren Mann in diesem Moment begegnet wäre, wäre ich wahrscheinlich winselnd auf die Knie gefallen.

Nein. So darfst du nicht denken.

Ich presste die Wange gegen die Wand und schlich dann zur südlichen Ecke des Hauses. Vor mir lagen noch zwei weitere rechteckige Fenster, durch die allerdings kein gelbliches Licht fiel. Nur eine Art türkisfarbenes Leuchten schimmerte durch das Glas.

Durch die Fenster konnte man in das Schwimmbad sehen. Ich blieb neben der ersten Scheibe stehen und lugte hinein. Die einzige Bewegung, die ich wahrnahm, stammte vom Wasser des Pools, das leuchtend grün in der Schwärze strahlte.

Ich atmete aus und schlich weiter zur nächsten Scheibe. Dort bot sich mir der gleiche Anblick.

Drei weitere vorsichtige Schritte brachten mich zur Hausecke. Ich presste Hände und Gesicht gegen die Mauer und schob meinen Kopf zentimeterweise nach vorn.

Ein eisiger Schauer durchlief mich.

Dort stand der größere Mann vor der Seitentür mit der eingeschlagenen Scheibe, die ins Schwimmbad führte, und blickte zwischen den Bäumen hindurch in Richtung Sternwarte.

38

Er stand mit dem Rücken zu mir, die Kapuze übergezogen, die blauen Gummistiefel in das nasse Erdreich gedrückt. Der Wind brachte seinen Plastikoverall dazu, mit einem scheuernden Dröhnen zu flattern.

Er hielt die große Taschenlampe in der Hand. Meine Muskeln spannten sich an, als er sich hin- und herdrehte und den Lichtstrahl über die Wellen neben der hölzernen Terrasse gleiten ließ. Er tanzte in zufälligem Muster über die dunklen Wassermassen.

In dem Bereich, wo ihr Boot vertäut gewesen war.

Er versteifte sich und beugte sich vor, dann ließ er den Lichtkegel in einem ausladenden Bogen über die Umgebung gleiten. Ich konnte mir beinahe vorstellen, welche Gedanken ihm gerade durch den Kopf gingen: *Unser Boot ist weg? Wohin ist es verschwunden?*

Mein Herz klopfte jetzt so heftig, dass ich mir eine Hand auf die Brust presste, weil ich fürchtete, er könnte es hören. Der große Mann ging langsam vorwärts, entfernte sich vom Haus. Er kauerte sich hin und ließ den Strahl der Taschenlampe unter die Terrasse wandern.

Ich zog den Kopf zurück, blieb einen Augenblick gegen die Wand gedrückt stehen, dann eilte ich über den Rasenstreifen und zwischen den Bäumen hindurch zu Holly und Rachel zurück.

»Was ist los?«, fragte Rachel.

Eine Weile stand ich nur vornübergebeugt und keuchend da. »Der Kleinere ist noch immer in der Bibliothek. Aber der Größere ist draußen. Ein kurzes Stück da entlang.«

Holly wich zurück. »Sucht er nach uns?«

»Nein, ich glaube nicht.« Ich berichtete ihnen von dem fehlenden Boot. »Aber, Holly, mein Schatz, ich glaube nicht, dass wir jetzt unbedingt versuchen sollten, zur Sternwarte zu gelangen. Es ist keine schlechte Idee, wir sollten nur nicht ausgerechnet jetzt in diese Richtung gehen, solange er sich noch hier draußen aufhält.«

Ich hob Rachels Rucksack auf und fädelte die Arme durch die Riemen. Holly blickte ich dabei nicht an. Ich wollte die Enttäuschung auf ihrem Gesicht nicht sehen.

Ich schob den Jackenärmel zurück. Auf meiner Armbanduhr war es kurz vor vier Uhr morgens. Fast zwei Stunden waren vergangen, seit die Männer eingebrochen waren – es fühlte sich viel länger an. Ich war ausgelaugt. Mein Kopf war wie mit Watte angefüllt. Ich war außer Atem und aufgeputscht von all dem Adrenalin, das durch meinen Kreislauf geschossen war.

Wie lange dauerte es nun noch bis zur Morgendämmerung? Keine Ahnung. Eine Stunde? Vielleicht anderthalb? Und dann? Schwer zu sagen. Aber ich wusste, dass wir leichter zu entdecken wären, sobald die Männer bemerkten, dass wir nicht mehr im Weinkeller festsaßen, und sie bei Tageslicht nach uns suchen könnten.

»Lasst uns den Werkzeugkasten holen, einverstanden?«

»Okay, Dad.«

Ich beugte mich hinunter und hob Buster auf, dann schlich ich mit meiner Last zwischen den Bäumen hindurch zum gekiesten Vorplatz und hielt mich dabei dicht an der Hauswand. Die Haut an meinem Rücken spannte. Ich hatte furchtbare

Angst, dass der größere Mann gleich um die Ecke biegen und uns entdecken würde. Ich ging unter dem Balkon entlang. Der Stab für das Oberlicht baumelte immer noch im Wind hin und her.

Ich blieb stehen, verteilte Busters Gewicht neu und versuchte mich zu orientieren. Holly musste das wohl bemerkt haben.

»Da lang«, flüsterte sie. »Wir waren in der Nähe dieses Baums mit dem gespaltenen Ast an der Seite.«

Sie führte uns über den Platz, zwischen ein paar Bäume und durch hüfthohes Farngestrüpp. Es sah nach der richtigen Stelle aus. Als ich mich hinkauerte und zum Autostellplatz hinüberspähte, kam mir der Blickwinkel bekannt vor.

Aber egal, wo wir nachsahen oder wie verzweifelt wir mit Händen und Füßen alles abtasteten, den Werkzeugkasten entdeckten wir nirgends. Er war fort.

»Sie müssen ihn sich geholt haben.«

Das Herz rutschte mir in die Hose. Wir hatten nicht nur eine Auswahl an Werkzeugen verloren, sondern auch ein paar potenzielle Waffen.

Rachel und Holly sagten nichts. Wahrscheinlich dachten sie, genau wie ich, dass unsere Chancen in die Sternwarte zu gelangen, gerade noch einmal gesunken waren. Zum einen versperrte uns der größere Mann den Weg. Zum Zweiten war die Tür abgeschlossen, und wir hatten nun keine Werkzeuge, um sie aufzubrechen.

»Lasst uns weitergehen«, sagte ich.

Da die Männer diesen Platz vorher gefunden hatten, konnten sie ihn auch noch einmal finden. Außerdem – wenn ich jetzt darüber nachdachte – war der Werkzeugkasten nicht das einzige Waffenarsenal, das ich gesehen hatte.

»Wir können aber nicht zurück, Tom. Nicht wenn du einen von ihnen da drüben gesehen hast.«

»Wollen wir auch nicht. Kommt mit. Hier lang.«

Meine Arme brannten, weil ich Buster so lange getragen hatte. Ich wuchtete ihn noch einmal höher, bis sein Kopf und seine Vorderpfoten auf meiner rechten Schulter lagen und meine Hände seinen durchnässten Rumpf hielten. Bald würde ich ihn ablegen müssen. Und ich hatte auch schon eine ziemlich gute Idee, wo ich das tun konnte.

Ich stakste weiter durch die Abflussrinne, während mir Äste Hände und Beine zerkratzten. Rachel und Holly traten neben mich, und dann rannten wir bei drei quer über den Vorplatz, durch den bläulichen Lichtschimmer, der das Haus umgab, und am überdachten Stellplatz vorbei.

Im Vorbeirennen warf ich einen Blick auf unseren Volvo. Die Lackierung glänzte dunkel in der Notbeleuchtung, und mit plötzlich aufflammendem Ärger bemerkte ich, dass der Tank aufgeschraubt war und ein Stück Plastikschlauch sich daraus hervorringelte, aus dem Benzin auf den Boden tropfte. Die beiden Männer hatten uns nicht nur damit gedroht, uns abzufackeln, sie hatten auch vorgehabt, es mit dem Benzin aus unserem Familienauto zu tun.

Ich schob mich hinter Holly ins Gebüsch und fiel dort zu Boden, mit Buster auf mir. Äste und Blätter knisterten und knackten. Auch Rachel ließ sich neben mir hinplumpsen.

Wir hatten freie Sicht über den gekiesten Vorplatz auf eine Ecke der Terrasse. Das Holz wirkte ausgebleicht und im grellen Licht der Außenbeleuchtung wie abgescheuert. Das dunkle Meerwasser brandete an und zog sich wieder zurück.

Von unserer Position aus konnten wir den größeren Mann nicht sehen, und ich stellte mir die Frage, ob er das Boot inzwischen gefunden hatte. Oder war er vielleicht sogar wieder ins Haus gegangen, um dem kleineren Mann mitzuteilen, dass ihr Schlauchboot weg war?

Busters Kopf hing in meiner Armbeuge. Ich drückte ihn an mich und starrte gebannt auf den Teil der Terrasse, den ich überblicken konnte. Ich musste an die offene Schiebetür im vorderen Teil des Hauses denken. Dann warf ich einen Blick seitwärts auf das zertrümmerte Küchenfenster und die leuchtend gezackten Scherben, die noch aus dem Rahmen hervorragten.

Konnte ich vielleicht hineingelangen? Sollte ich es versuchen?

Mir prickelte die Kopfhaut.

Es gab einiges, was für einen Versuch sprach. Zum einen das Telefon in der Küche. Falls es noch funktionierte, konnte ich damit Hilfe rufen. Außerdem befand sich dort die Kontrolleinheit für das Tor. Gesetzt den Fall, sie würde funktionieren, und ich könnte einen Weg finden, das Tor dauerhaft offen zu halten, hätten wir eine Möglichkeit, von hier zu entkommen. Zu guter Letzt waren da noch die Waffen und Werkzeuge, die die Männer mitgebracht und auf der Plastikplane im Wohnbereich ausgebreitet hatten. Wenn ich zu ihnen gelangen konnte, könnte ich mich bewaffnen.

Und was sprach dagegen?

Nun, vor allem die zwei Männer, die mich und meine Familie umbringen wollten.

Aber ganz ehrlich? In gewisser Hinsicht fragte sich ein kleiner Teil von mir, ob das überhaupt ein Gegenargument war.

Klingt das verrückt? Wahrscheinlich schon. Doch aufgrund dessen, was Rachel mir erzählt hatte, aufgrund der Bilder, die sie mir gezeigt hatte, glaubte ich, dass diese Männer in irgendeiner Weise verantwortlich für Michaels und Fionas Tod waren. Und sie hatten zugelassen, dass die Welt – mich eingeschlossen – Michael die Schuld an allem gab. Und als sie dann Gefahr liefen, entlarvt zu werden, waren sie hierhergekommen und hatten Jagd auf meine Familie gemacht. Sie hatten meine Tochter und meine Frau terrorisiert und meinem Hund Leid zugefügt.

Und nein, vernünftig war es nicht. Auch nicht klug. Und um ganz ehrlich zu sein, machte ich mir wohl etwas vor, wenn ich meinte, ihnen entgegentreten zu können, denn wie standen die Chancen, dass ich aus dieser Konfrontation als Sieger hervorging?

Aber ich war eben wütend. Nein, das reicht nicht: Ich war außer mir vor Zorn. Ich wollte meine Familie retten. Doch mir fiel noch etwas anderes auf: Vielleicht betrachte ich mich üblicherweise als Feigling, aber über die letzten acht Monate hatten diese Männer in den Schatten gelauert. Heute Nacht hatten sie ihre Gesichter hinter Kapuzen und Schutzmasken versteckt. Also ja, ein Teil von mir – eine primitivere, hitzköpfigere Version von mir – wollte diese Männer jagen. Sie angreifen. Sie für das bezahlen lassen, was sie uns angetan hatten.

»Tom?«

Rachel legte die Hand an meinen Haaransatz und rieb mit dem Daumen über meinen Nacken. Das war etwas, was sie oft während unserer Ehe getan hatte, wenn ich gestresst oder müde war. Letzte Nacht nach dem Sex hatte sie es auch getan. In diesem Augenblick wusste ich nicht so recht, ob ich es erlauben oder mich ihr entziehen wollte. Ich entschied mich dafür, gar nicht zu reagieren.

»Worüber denkst du nach?«

Wo sollte ich anfangen? Denn in Wahrheit dachte ich über eine ganze Menge nach. Zum Beispiel versuchte ich zu entscheiden, ob es mir möglich wäre, durch das Küchenfenster einzusteigen, ohne mich dabei zu verletzen oder irgendwelchen Lärm zu veranstalten. Außerdem fragte ich mich, wie lange ich brauchen würde, um das Telefon und den Kontrollmechanismus für das Tor auszuprobieren. Wie lange würde es dauern, mir eine Waffe aus dem Vorrat der Männer zu greifen? Wie lange würde ich zurück brauchen?

Eventuell käme ich auch gar nicht zurück. Was, wenn ich mir eine Waffe schnappte, mich in die Bibliothek schlich und den kleineren Mann niedermetzelte, während der größere sich noch draußen aufhielt?

Doch was, wenn mich der kleinere Mann kommen sah? Was, wenn er mich erschoss? Oder wenn der größere Mann mich auf meinem Weg ins Haus hinein entdeckte und deshalb wusste, dass wir aus dem Weinkeller entkommen waren. Was, wenn er nach Rachel und Holly suchte, während ich weg war?

Aber ehrlicherweise dachte ich vor allem daran, dass Rachel mir über den Nacken rieb. Daran, wie böse ich auf sie war, weil sie uns heute Nacht in so große Gefahr gebracht und so viel vor mir geheim gehalten hatte. Und zwischendurch dachte ich über Michael und meine eigene Schuld nach. Denn nicht nur Rachel hatte Dinge verheimlicht. Nicht nur Rachel hatte Fehler begangen.

Ich musste immer wieder daran zurückdenken, wie verängstigt Michael auf dem Blitzer-Foto gewirkt hatte. Und ich fragte mich, ob er in diesem Moment den Entschluss gefasst hatte, mich anzurufen.

Denn die Wahrheit ist, dass Michael mich eine gute Stunde vor dem Zeitpunkt angerufen hatte, den die Gerichtsmedizin als seinen offiziellen Todeszeitpunkt festgesetzt hatte. Kaum eine halbe Stunde vor dem Zeitpunkt, der unten auf dem Foto angegeben war. Von diesem Anruf hatte ich nie irgendwem erzählt. Nicht Rachel. Niemandem.

Warum?

Weil ich nicht rangegangen war. Ich hatte seinen Namen auf meinem Display aufleuchten sehen und ihn auf die Mailbox sprechen lassen. Ich war gerade im Büro und mitten bei einer E-Mail an den leitenden Rechtsanwalt der Gegenseite, wegen eines Deals, den Lionel abschließen wollte. Dabei wollte ich nicht unterbrochen werden.

Ich weiß. Ich weiß. Aber wenn mich das jetzt in den Augen mancher auch zu einem schrecklichen Menschen macht, ich selbst denke ganz sicher noch schlechter von mir.

Später, als ich auf dem Heimweg auf der Rückbank eines Taxis vor mich hin döste – kaum mehr als eine halbe Stunde bevor die beiden Polizisten aufgetaucht waren, um uns mitzuteilen, dass Michael tot war –, hatte ich mich an den Anruf erinnert und meine Nachrichten gecheckt. Knapp drei Sekunden lang hatte ich den Atem meines Sohnes am anderen Ende der Leitung gehört. Mehr gab es nicht. Das war alles, was er mir hinterlassen hatte.

In der Zeit seit Michaels Tod – und wahrscheinlich um meine Schuldgefühle zu lindern – hatte ich angenommen, dass er mich angerufen hatte, um herauszufinden, wann ich an jenem Abend vom Büro heimkäme. Ich vermutete, er wollte sich einfach versichern, ob er ein ausreichend großes Zeitfenster hatte, um seine Freundin in meinem Auto irgendwohin zu fahren und vielleicht noch ein bisschen mit ihr rumzuknutschen, bevor ich heimkam und bevor Rachel Holly vom Turnen abholte.

Jetzt musste ich mir allerdings die Frage stellen, ob er mich aus einem anderen Grund angerufen hatte. Ob er meine Hilfe gebraucht hatte. Ob er gewusst hatte, dass er in Schwierigkeiten steckte. Ob er diese drei kostbaren Sekunden lang überlegt hatte, ob er mir eine Nachricht hinterlassen konnte, und sich schließlich entschieden hatte, dass dies nichts war, was er mir auf die Mailbox sprechen konnte.

Ich stellte mir die Frage, ob ich vielleicht das Leben meines Sohnes hätte retten können.

»Beweg dich nicht und keinen Mucks!«

»Bitte«, bettelt Fiona. »Tun Sie ihm nichts.«

»Für dich gilt das auch. Schnauze.«

Der Pistolenlauf bohrt sich in Michaels Hinterkopf. Sein Kopf wird nach vorn gegen das Lenkrad gedrückt. Michael rührt sich nicht, als Hände ihn von hinten umfassen und abtasten.

»Wo ist dein Handy?«

»Ich hab es vorhin verloren.«

Die Pistole wird noch fester gegen seinen Kopf gedrückt.

»Lüg mich nicht an.«

»Das tue ich nicht.«

Mehrere Sekunden Schweigen. Dann: »Entsperr das!«

Fionas Handy landet in ihrem Schoß. Mit zitternden Händen hält sie es sich vors Gesicht, und die Gesichtserkennung entsperrt es.

»Zeig mir die Anrufliste.«

Sie zögert, tut dann aber, was von ihr verlangt wird.

»Nachrichten.«

Auch die zeigt sie. Erst die SMS, dann WhatsApp. Sogar Snapchat. Warum auch nicht? Fionas Chat mit Michael ist längst gelöscht. Es gibt keinen Hinweis darauf, dass sie zu irgendwem Kontakt aufgenommen hat.

Das Telefon wird ihr wieder abgenommen.

»Lass den Motor an.«

Die Pistole rückt ein winziges Stück von ihm ab. Michael hebt den Kopf, obwohl er immer noch den Pistolenlauf an seinem Kopf spüren kann.

Langsam greift er nach dem Zündschlüssel. Er dreht ihn und lässt die Hand dann auf seinen Schoß sinken, schiebt vorsichtig die Finger unter seinen Oberschenkel, wo sein Handy versteckt ist.

Sein Telefon ist ein älteres Modell als das von Fiona. Die ganze Zeit hat er seine Eltern bekniet, ihm ein neues zu kaufen, aber jetzt ist er glücklich darüber, dass er es mit seinem Daumenabdruck entsperren kann. Er zögert noch einen Moment und schielt auf das versteckte Display, navigiert durch das Handymenü. Sein Brustkorb fühlt sich beengt an.

Er könnte den Notruf versuchen, aber dafür müsste er noch das Ziffernfeld aufrufen. Außerdem kann er ja nichts sagen, um der Einsatzzentrale mitzuteilen, was er will.

Seine Mutter hat Holly zum Turnen gefahren. Sie wird sicherlich noch ein bisschen mit den anderen Eltern plaudern, das Telefon ganz unten in ihrer Handtasche.

Also ruft Michael seinen Vater an, drückt auf den grünen Knopf auf dem Display im selben Moment, in dem er den Motor anlässt, wie ein nervöses Zucken, um den erstickten Klingelton zu überdecken.

Und es funktioniert auch – für ein oder zwei Sekunden.

Bis das Motorengeräusch wieder leiser wird und das Telefon viel zu laut auf dem Sitzpolster dröhnt. Von hinten dringt ein verärgertes Grunzen nach vorn, und die Pistole presst sich nun wieder härter gegen Michaels Schädel, sodass er mit der Stirn erneut auf das Lenkrad knallt und Hände nach dem Telefon tasten.

Er kann nur noch einen raschen Blick auf das Display werfen, bevor es weg ist. Anruf entgegengenommen.

Michael hört hinter sich schwere Atemzüge. Zwei, vielleicht drei Sekunden lang.

Dann piepst es, als die Verbindung unterbrochen wird.

»Das wirst du noch sehr bereuen.«

39

Auf der Terrasse bewegte sich etwas, sodass ich aus meinen Gedanken gerissen wurde. Mein Herzschlag stockte. Durch das Gewirr von Ästen und Blättern vor mir konnte ich sehen, wie der größere Mann auf uns zukam.

Meine Hände ballten sich in Busters Fell zu Fäusten.

»Nein«, hauchte Holly.

Rachel ergriff ihren Arm.

Der größere Mann näherte sich unaufhaltsam. Der Wind drückte den Plastikoverall platt gegen seinen Körper und ließ seine Kapuze flattern. Die Schrotflinte hielt er in der linken Hand neben seinem Bein, die große Taschenlampe in der Rechten. Der Lichtkegel hüpfte im Takt seiner Schritte an seiner Seite auf und ab, beschrieb dabei verkümmerte Bögen, als er den nassen Kies betrat. Er wirkte riesig. Wie ein Yeti in einem Sturm.

Wir duckten uns tiefer und hielten die Luft an.

Auf einmal blieb er stocksteif stehen. Er neigte den Kopf unter der Kapuze zu einer Seite, als ob er ganz aufmerksam auf etwas lauschte.

Wir alle drei erstarrten zu absoluter Reglosigkeit.

Bis Buster in meinen Armen zuckte.

Sein Körper verkrampfte sich einmal. Zweimal.

Panik durchfuhr mich. Ich drückte Buster fest an mich und starrte erschrocken auf den größeren Mann, der sich vorbeugte, nur gut zwanzig Schritte von uns entfernt.

Hatte er uns gehört?

Buster schlotterte und winselte. Seine Nasenlöcher bebten. Blanke Panik flammte in mir auf.

Nicht jetzt. Nicht jetzt. Nicht …

Der größere Mann machte noch einen langsamen Schritt vorwärts und spähte in die Dunkelheit. Holly tastete nach Buster und legte ihm die Hand auf die Flanke. Ich konnte die Spannung spüren, die von Rachel abstrahlte wie Hitze von einem Feuer. Buster strampelte mit den Vorderpfoten. Er fing an hin- und herzuzucken. Ich drückte ihn nur noch fester an mich.

Der größere Mann starrte weiter in unsere Richtung. Ich konnte erkennen, wie sich seine Papiermaske im Takt seiner Atmung einwärts und auswärts bewegte. Dann – als ich gerade das Gefühl bekam, dass er auf uns zustürzen würde – wandte er sich ab und ließ das Licht der Taschenlampe über das Waldstück hinter dem überdachten Stellplatz schweifen.

Von dort kam ein wütendes Blätterrascheln. Ein abgehacktes Flügelschlagen: Ein Vogel schoss im feuchten Glitzern des Lichtkegels aus dem Schutz des Blattwerks hervor und in die Baumwipfel hinauf.

Schwindel ließ mich wanken, als der Mann die Schultern hängen ließ, den Strahl der Taschenlampe wieder zu Boden richtete und dann die Auffahrt hinuntereilte.

Ich sackte zusammen. Mein Körper erschlaffte. Holly stieß ein Seufzen aus und sank gegen mich. Rachel legte die Hand vor den Mund und schüttelte wortlos den Kopf.

Ich hätte etwas gesagt, aber Buster suchte sich genau diesen Moment aus, um wieder loszuzucken. Er atmete schnell durch die Nase ein und wieder aus. Sein Brustkorb hob und senkte sich.

Ich blickte dem größeren Mann nach. Er drehte sich nicht mehr um.

Buster schlug die Augen auf. Er hob den Kopf und sah mich mit wirrem Blick an. Dann blinzelte er. Und noch einmal. Er grunzte und trat und zappelte, bis ich ihn losließ, dann stakste er von meinem Schoß herunter und zu Holly hinüber.

»Ist schon okay, mein Junge«, flüsterte ich, tätschelte ihm die bebende Flanke und reckte den Hals, um dem größeren Mann dabei zuzusehen, wie er sich entfernte.

Buster machte zwei unsichere Schritte, hielt dann lange inne und versuchte die Nässe aus seinem Fell zu schütteln. Seine Hinterläufe gaben nach, und er krachte auf den Bauch.

»Können wir irgendwas für ihn tun?«, flüsterte ich Rachel zu.

»Nicht viel. Es könnte eine Weile dauern, bis er wieder ganz bei sich ist. Mit was auch immer sie ihn betäubt haben ...«, sie ließ die Luft kurz und heftig durch die Lippen ausströmen, »es sieht aus, als wäre es eine ordentliche Dosis gewesen.«

Holly steckte einen Finger durch Busters Halsband und kraulte ihn am Kopf. Sie beruhigte ihn und schien wegen unseres Sprints über den Hof weder Schmerzen zu haben noch sich sonst wie unwohl zu fühlen – wenigstens hatte sie nicht erwähnt, dass sie benommen oder schwach wäre.

»Glaubst du, dass er nach uns gesucht hat?«, fragte mich Rachel mit leiser Stimme. Es war deutlich zu sehen, dass es ihr unangenehm war, dieses Thema in Hollys Beisein zu besprechen.

»Nein.«

»So ist es mir auch nicht vorgekommen.«

Ich reckte erneut den Hals. Der größere Mann war jetzt vielleicht hundert Meter von uns entfernt und beugte sich vor, während er die steile Steigung der Auffahrt hinaufstapfte. Der Strahl der Taschenlampe wackelte im Rhythmus seiner Schritte hin und her, aber er suchte damit nicht die Umgebung ab.

»Sie glauben wohl, dass wir noch immer im Keller festsitzen«, sagte ich halb zu mir selbst. »Wenn sie wüssten, dass wir hier draußen sind, würden sie beide nach uns suchen. Wie vorhin würden sie hier alles ablaufen.«

»Was macht er dann?«

»Anscheinend ist er auf dem Weg zum Tor.«

»Aber das Tor ist zu. Das haben sie doch schon überprüft.«

»Ja, aber Holly hat behauptet, wir hätten Hilfe gerufen.« Ich blickte mich zu ihr um. »Du hast ihnen das zugerufen, stimmt's? ›Die Polizei ist unterwegs!‹«

»Das haben sie mir aber nicht abgenommen, Dad.«

»Das haben sie behauptet. Vielleicht wollen sie kein Risiko eingehen?«

Oder vielleicht geht er auch aus einem anderen Grund zum Tor.

Buster wimmerte auf. Er streckte die Vorderläufe, bis er auf dem Bauch lag. Sekunden später rollte er sich zusammen und versuchte, sich über die Stelle zu lecken, an der ihn der Betäubungspfeil erwischt hatte.

»He, he, lass das!«, Rachel trat vor und zog seinen Kopf weg. »Nicht, Buster.«

Stattdessen fing er an, Rachels Hand abzulecken. Er war so benommen, dass mir nicht klar war, ob er den Unterschied überhaupt bemerkte. Er rollte mit den Augen, als ob er gleich wieder wegnicken würde.

Ich sah noch einmal zum Haus hinüber. Es war an der Zeit, eine Entscheidung zu treffen.

»Hört zu«, sagte ich also, »im Moment besteht unsere beste Chance darin, dass ich versuche, mich ins Haus zu schleichen und mit dem Telefon Hilfe zu rufen.«

»Nein, das ist verrückt, Dad.«

»Sie haben doch die Leitungen durchtrennt, Tom. Das weißt du.«

»Haben sie wirklich? Alle? Warum geht er dann zum Tor?« Ich zeigte auf den größeren Mann. »Wir wissen, dass sie die Leitung in den Weinkeller durchtrennt haben. Aber bevor wir in den Keller geflohen sind, haben sie uns dabei überrascht, wie wir durchs Haus geschlichen sind. Da waren wir ganz in der Nähe der Küche. Vielleicht glauben sie ja, dass wir das Telefon da benutzt haben. Vielleicht haben sie es ja nicht unterbrochen. Und falls sie glauben, dass wir noch immer im Keller festsitzen …«

»Dann funktioniert es vielleicht noch«, beendete Holly meinen Gedanken.

Ein winziger Hoffnungsschimmer flackerte in ihren Augen auf.

Rachels Gesichtsausdruck war stoischer. Sie schüttelte nicht den Kopf. Sie erklärte mir nicht, dass ich unrecht hatte. Aber sie ermunterte mich auch nicht.

Also legte ich nach. Ich erinnerte sie an den Kontrollmechanismus für das Tor und das Waffenlager im Wohnbereich. Ich versuchte sie zu überzeugen, dass wir das Risiko eingehen mussten.

Dann lugte ich hinter dem Gebüsch hervor, auf den nassen Vorplatz und die Terrasse. Immer noch keine Spur von dem kleineren Mann. Als ich nach links schaute, bewegte sich der Schein der Taschenlampe des größeren Mannes gerade über den Scheitelpunkt der Auffahrt. Wenn wir eine Chance hatten, dann nicht für lange.

»Ihr beide bewacht Buster«, entschied ich. »Ich renne da rein und sehe mich kurz um. Wenn es sicher ist, gehe ich zum Telefon und schaue, ob ich das Tor aufkriege. Wenn nicht, dann nicht.«

»Ich weiß nicht, Dad. Das ist echt gefährlich.«

»Nicht sehr. Wir wissen, dass der Kleinere sich in der Leseecke aufhält. Wenn der Größere zum Tor geht, wird er eine ganze Weile nicht zurückkommen.«

»Du hast versprochen, dass wir zur Sternwarte rübergehen.«

»Und das tun wir auch.«

»Das könnten wir aber auch gleich machen.«

»Holly, wir müssen irgendwie die Tür aufbekommen. Hier.« Ich zog den Ärmel meiner Jacke zurück und löste das Armband meiner Uhr. Dann zog ich sie Holly an und tippte auf das leuchtende Ziffernblatt. »Gebt mir zwei Minuten, in Ordnung? Wenn ich bis dahin wieder draußen bin und zu euch zurücklaufe, heißt es, dass ich die Polizei gerufen oder einen Weg gefunden habe, das Tor offen zu halten, und dass wir gemeinsam versuchen können zu entkommen. Wenn ich euch zu mir winke, gehen wir zur Sternwarte. Verstanden?«

Holly blieb stumm. Sie biss sich einfach nur auf die Lippe und sah mich zweifelnd an. Rachel legte mir die Hand auf den Arm. Als ich ihr in die Augen blickte, sah ich ihre Besorgnis.

»Und wenn du gar nicht mehr rauskommst?«

»Das wird nicht passieren.«

»Und falls doch?«

»Dann haut ihr so weit wie möglich von hier ab und versteckt euch. Und zwar sofort. Geht zur Sternwarte, wenn ihr könnt. Dort treffen wir uns dann.«

Rachel sah nach unten und kraulte Buster. Er hechelte angestrengt, wirkte benommen und hatte einen glasigen Blick. Es sah nicht aus, als wäre er bald in der Lage, auf den eigenen Beinen irgendwohin zu gehen, geschweige denn schnell, und mir war klar, dass Rachel ihn mit ihrem verletzten Arm nicht würde tragen können. Wahrscheinlich dachte sie dasselbe.

»Vielleicht sollte ich stattdessen reingehen«, sagte sie leise. »Immerhin hab ich uns in diesen Schlamassel gebracht.«

»Vergiss es.« Ich drückte mich aus der Hocke hoch. »Zwei Minuten. Dann bin ich wieder bei euch.«

Und bevor sie noch weiter mit mir diskutieren konnten – bevor ich meine Meinung ändern konnte –, trat ich aus unserem Versteck heraus und sprintete quer über den Vorplatz.

Michael rennt zum Auto, als würde er vor einer Explosion davonlaufen. Seine Turnschuhe stampfen auf dem rissigen Asphalt auf. Seine Sicht holpert und ruckt.

Fiona läuft vor ihm unter einer flackernden Straßenlaterne. Sie ist Läuferin. Ihr Schritt ist leicht wie der einer Gazelle.

»Beeil dich!«, schreit sie.

Bis Michael das Auto aufgeschlossen hat, steht sie schon auf dessen anderer Seite und zerrt am Griff der Beifahrertür.

Michael läuft zur Fahrerseite und reißt sie auf. Er lässt sich auf den Sitz fallen und knallt die Tür zu.

Der Autoschlüssel rutscht ihm durch die schwitzigen Finger. Er hat Mühe, ihn in das Zündschloss zu bekommen.

»Schneller.«

Endlich gleitet der Schlüssel hinein.

»Los!«, schreit Fiona.

Und das würde Michael auch am liebsten tun, wenn nicht jemand ans Fenster klopfen würde.

Er dreht den Kopf und blickt in den Lauf einer Pistole in einer behandschuhten Hand.

40

Der Kies stob unter meinen Fersen auf. Ich platschte im Gegenwind durch Pfützen. Mein Instinkt sagte mir, ich solle das Küchenfenster meiden. Da der größere Mann ja auf dem Weg zum Tor war, sollte im vorderen Teil des Hauses die Luft eigentlich rein sein. So ginge es schneller.

Ich bog auf die Terrasse ab und trat in das blendend helle Licht hinein. Meine Beine waren vor Nervosität so schwer, dass ich mich fühlte, als ob ich durch Sand sprintete. Die offene Feuerstelle roch noch leicht nach feuchtem Holzrauch. Der vordere Teil des Hauses glühte in gelbem Licht.

Zwanzig Sekunden waren um.

Ungefähr.

Zitternd stemmte ich einen Arm gegen die gläserne Schiebetür und kickte mir die Wanderschuhe von den Füßen. Meine Hand hinterließ einen schweißigen Abdruck auf der Scheibe.

In der Nähe der Tür war der Holzboden nass vom Regen und von den Spuren der Gummistiefel, die die Männer trugen. Ich holte einmal Luft und schlüpfte auf Socken nach drinnen, während ich mich hektisch umsah.

Der Wohnbereich schien leer zu sein, sowohl im oberen Geschoss als auch hier unten, doch ich erschauderte, als ich das schartige, verkohlte Loch in der Rigipsplatte über dem Zwischengeschoss, direkt hinter der Treppe, sah. Es stammte von der Kugel, die der größere Mann abgefeuert hatte, als ich ihn mit dem Stab für das Oberlicht erwischt hatte. Jetzt, wo ich das Loch sah, konnte ich beinahe wieder das Zischen der Kugel hören, die an meinem Kopf vorbeischoss.

Dreißig Sekunden waren vorbei. Ungefähr. Es fühlte sich an, als ob ich die ganze Zeit über die Luft angehalten hätte.

Ich zwang mich weiterzugehen, während ich den Blick starr auf den Durchgang zum Korridor richtete, der zum Schwimmbad führte. Ich horchte auf ein Geräusch von dem kleineren Mann, machte mich bereit, umzukehren und zu fliehen. Ein großer Teil von mir wollte einfach nur fliehen.

Ich erschrak, als meine Zehen auf der blauen Plastikfolie raschelten, mit der die Männer den Boden bedeckt hatten. Mein Mund war ganz ausgetrocknet. Die drei großen Sporttaschen lagen immer noch dort. Doch der Großteil der Ausrüstung war verschwunden. Ich versuchte mich zu konzentrieren und mich an das zu erinnern, was ich vorhin gesehen hatte. Es war wie ein Gedächtnisspiel, in dem man etwas nur für einen Sekundenbruchteil anschauen darf. Es gab die doppelläufige Schrotflinte und die Pistole. Das Stemmeisen, die Axt mit dem kurzen Heft sowie den Zimmermannshammer. Doch jetzt waren nur noch die Seile, die Fesseln, die Rolle Gaffer-Tape und der Gummihammer übrig. Keine Spur von der Werkzeugkiste aus dem Volvo.

Das war nicht gut.

Zitternd ging ich in die Knie und schnappte mir den Hammer, wog ihn in der Hand. Mein Griff fühlte sich schwach an. Der feste Gummikopf vibrierte im Takt mit meinem schlotternden Arm.

Vierzig Sekunden waren vorbei.

Mit den Fingerknöcheln wischte ich mir den Schweiß aus den Augen und blickte wieder zum Korridor. Ein stechender Schmerz fuhr mir beim Einatmen durch die Brust. Immer noch keine Spur von dem kleineren Mann.

Ich sah mich um. Nichts.

Sollte ich jetzt das Telefon probieren?

Mir knickten die Beine weg. Am ganzen Körper schlotternd und mit unfreiwillig eckigen Bewegungen zwang ich mich weiterzugehen.

Fünfzig Sekunden.

Noch gut eine Minute hatte ich übrig.

Vorausgesetzt, Rachel und Holly hielten sich an meinen Plan – was sie vielleicht nicht tun würden –, vermutete ich. Sicher würden sie mir noch ein bisschen Spielraum lassen. Und ich war mir sicher, dass Holly Buster nicht allein zurücklassen würde.

Vor mir in der Küche hing das Telefon in seiner Wandhalterung.

Ich schloss den Griff fester um den Hammer und ging darauf zu. Als ich am Korridor zu meiner Rechten vorbeischlich, fühlte ich mich schrecklich verwundbar. Von vorhin, als Rachel Brodie angerufen hatte, erinnerte ich mich daran, dass das Telefon zweimal fröhlich piepste, wenn man es von der Gabel nahm.

Es war die Art von Geräusch, die ich im Augenblick gern vermeiden wollte.

Ich sah auf den Hammer in meiner Hand hinab und dachte nach. Könnte ich damit die Tür zur Sternwarte einschlagen? Sollte ich einfach wieder von hier verschwinden?

Der Puls dröhnte mir in den Ohren. Ich legte eine Hand auf meine Brust.

Der WLAN-Router auf der Arbeitsplatte unter dem Telefon war dunkel. Kein Lämpchen blinkte an seiner Vorderseite.

Keine Panik. Das wusstest du.

Der Schweiß rann mir über den Nacken. Erneut blickte ich nach rechts. Die Tür zur Waschküche war nur angelehnt, die

Tür zum Schwimmbad geschlossen. Der Korridor war immer noch leer.

Zu meiner Linken lagen Glasscherben auf der Arbeitsfläche und dem Holzboden, wo das Fenster über dem Spülbecken eingeschlagen worden war. Die Scherben, die noch immer im Rahmen steckten, leuchteten sanft.

Eine Minute und zehn Sekunden.

Das Rückgrat kribbelte mir, und mein Blick wurde unscharf. Ich holte einmal Luft und schloss die Augen. Ich dachte an Holly und Rachel, stellte mir vor, wie ich telefonierte, wie die Polizei durch die Nacht hierher raste. Dann schlug ich die Augen wieder auf und trat rasch einen Schritt nach vorn und nahm den Hörer von der Plastikgabel ab.

Kein fröhliches Piepsen ertönte.

Das Telefon gab überhaupt keinen Laut von sich.

Mein Herzschlag verlangsamte sich wieder. Mein Puls war träge. Der Raum schien sich um mich herum zusammenzuziehen.

Das LCD-Display des Telefons war leer und dunkel. Außerdem fühlte sich der Hörer zu leicht an. Ich drehte ihn um, runzelte die Stirn und betrachtete ihn von hinten. Die Plastikabdeckung über dem Batteriefach war abgenommen worden. Eine Batterie war nicht mehr darin. Das Telefon war tot.

Oh Mann.

Eine Minute und dreißig Sekunden.

Ich schaute zur Gegensprechanlage für das Eingangstor hoch. Der Knopf zum Öffnen des Tors befand sich direkt unter dem Lautsprecher neben einem Knopf, unter dem SPRECHEN stand. Falls sich der größere Mann jetzt dort aufhielt, wie würde er darauf reagieren, wenn das Tor aufschwang? Würde er sich dort verstecken und uns auflauern?

Ich hob einen schlotternden Finger. Die Luft fühlte sich so

dicht wie Wasser an. Sie schien sich um meine Hand herum zu verschieben. Doch bevor ich noch auf den Knopf drücken konnte, erwachte die Torkamera flackernd zum Leben.

Ich zuckte zurück.

Verwaschene Statiklinien erschienen auf dem Display, dann ein blendend weißes Licht. Ich kriegte kaum Luft vor Aufregung. Das Licht wurde schwächer. Dann baute sich auf dem kleinen LCD-Display das nächtliche Bild in verschwommenen Grautönen auf.

Mein Körper versagte mir den Dienst. Atmung. Herzschlag. Alles.

Ich taumelte.

Das Licht war wieder schwächer geworden, weil ich auf zwei Autoscheinwerfer blickte, die von Fern- auf Abblendlicht geschaltet worden waren.

Irgendwer stand vor dem Tor und wartete darauf, hereingelassen zu werden.

41

Es handelte sich um einen Toyota Land Cruiser. An seinem Steuer saß Brodie.

Ich machte einen Schritt nach hinten. All mein Misstrauen traf mich wieder mit voller Wucht. Denn was konnte er hier schon sonst um vier Uhr morgens wollen, in einer dunklen Fleecejacke, die er bis zum Kinn zugezogen hatte, und mit einer Wollmütze auf dem Kopf?

Mein Körper fühlte sich taub an. Wut durchzuckte mich. Ich legte die Finger auf das Display, als Brodie das Seitenfenster herunterließ und den Ellbogen über den Rahmen hängte. Im Infrarotlicht leuchteten seine Augen hell auf wie die eines im Wald lebenden Raubtiers in einer Naturdoku.

Hatten die beiden Männer ihn hergerufen? War der größere Mann deshalb zum Tor gegangen?

Das Bild auf dem Display war körnig und undeutlich. Es war schwierig, an Brodies Auftreten und Haltung abzulesen, was er vorhatte. War er entspannt oder aufgeregt? Wusste er, was hier vor sich ging?

Ich starrte auf die Gegensprechanlage und dachte kurz darüber nach, auf den Knopf zu drücken, auf dem SPRECHEN stand. Ich ging noch einmal alles durch, was Rachel mir erzählt hatte. Sie hatte gesagt, Brodie sei Privatdetektiv. Lionel vertraute ihm. Rachel vertraute ihm ebenfalls. Brodie hatte Rachel gewarnt, dass die Dinge außer Kontrolle gerieten. War er möglicherweise hier, um uns zu helfen?

Ich stand einfach da, öffnete und ballte die Fäuste. Das Tor teilte sich und schwang auf. Der Land Cruiser rollte vorwärts. Brodie fuhr außer Sichtweite.

Ich ließ den Kopf hängen. Mein Hirn fühlte sich schwerfällig an. Ich hatte keinen Schimmer, wie ich nun reagieren oder was ich als Nächstes tun sollte. Das Display übertrug für die nächsten Sekunden weiter die verschwommene Dunkelheit und ein wenig blassgraues Blattwerk. Dann wurde es wieder schwarz.

Ich trat einen Schritt zurück. Gedanken und mögliche Erklärungen überschlugen sich in meinem Kopf, aber nichts davon erschien mir plausibel. Mir gegenüber befand sich das kaputte Küchenfenster. Ich starrte es an und versuchte zu begreifen, was Brodies Ankunft bedeutete. Wenn er tatsächlich in diese Angelegenheit verwickelt wäre, hätten die Männer nicht einbrechen müssen. Er hätte ihnen einfach den Schlüssel geben können. Bedeutete das also, dass Brodie nicht verdächtig war? Oder war es nur ein Bluff – um seine Verstrickung zu verschleiern für den Fall, dass die Polizei ermitteln sollte?

Ich hatte keine Ahnung. Und ich hatte panische Angst davor, mich zu täuschen.

Mit dem Gummihammer in der Hand trat ich ans Fenster und passte dabei auf, nicht auf die Scherben zu treten. Ich lauschte auf den Land Cruiser, auf das Öffnen einer Autotür. Auf das leise Murmeln eines Gesprächs zwischen Brodie und dem größeren Mann. Oder auf das Abfeuern einer Schrotflinte in der Finsternis.

Doch alles, was ich hören konnte, war das Rauschen des Windes draußen.

Meine zwei Minuten waren verstrichen. Ich dachte darüber nach, nach draußen zu rennen. Wenn ich in dieser Sekunde noch in den Wald sprintete, konnte ich Rachel und Holly vielleicht rechtzeitig Bescheid geben, was vor sich ging. Ich könnte sie warnen, sich Brodie so lange nicht zu nähern, wie wir nicht wussten, dass es sicher war.

Aber es war bereits zu spät.

Die scharfkantigen Glasscherben glitzerten im Licht der Scheinwerfer des Toyota.

Mit eingezogenem Kopf kauerte ich mich gegen den Schrank unter der Spüle. Ich hörte das tiefe Dröhnen des Land Cruisers, das Knallen und Knirschen des Kieses unter den wuchtigen Gummireifen.

Dann ging der Motor aus. Ich hörte das Quietschen einer Handbremse. Das Geräusch schien mir die Wirbelsäule hinaufzukriechen.

Dann herrschte Stille.

Langsam schob ich mich wieder aufwärts und spähte nach draußen. Brodie hatte mitten auf dem Vorplatz zwischen dem Haus und dem überdachten Stellplatz geparkt. Er öffnete die Tür und trat in das helle Licht der Außenbeleuchtung, hielt das bärtige Gesicht in den Wind und legte eine Hand auf das Autodach.

Ich fragte mich, ob Rachel nach ihm rufen würde, und hoffte, dass sie es nicht tat. Das Risiko konnten wir einfach nicht eingehen.

Mein Brustkorb zog sich zusammen, als ich an Buster dachte. Was, wenn er bellte?

Aber nein, normalerweise hätte er das inzwischen schon getan. Er wäre kläffend aus dem Schutz der Bäume hervorgeschossen. Vielleicht hielten Rachel und Holly ihn also fest und legten ihm eine Hand auf die Schnauze. Vielleicht war er auch noch zu benommen von dem Betäubungsmittel, um irgendwie zu reagieren.

Der größere Mann war nicht bei Brodie.

War es ein Trick? Eine Falle?

Brodie drehte sich in meine Richtung. Ich kauerte mich wieder hin und drückte mich gegen den Schrank, dessen Türen zu klappern begannen, so sehr zitterte ich.

Schritte näherten sich. Der Kies knirschte. Dann herrschte Stille.

Ein sehr langer Moment verstrich, in dem gar nichts passierte. Ich war mir ziemlich sicher, dass er direkt über mir am Fenster stand, hatte aber zu viel Angst, um nachzusehen.

Dann hörte ich wieder Schritte, diesmal entfernten sie sich. Ein Türschloss öffnete sich, dann folgte ein pfeifendes, pneumatisches Zischen.

Ich schloss die Augen und zwang mich zu bleiben, wo ich war. Es funktionierte nicht. Ich musste Bescheid wissen. Langsam drückte ich mich aus den Oberschenkeln hoch, umfasste das Porzellanspülbecken mit einer Hand und lugte noch einmal nach draußen.

Brodie hatte den Kofferraum des Land Cruisers geöffnet und zog etwas unter einer Decke oder einem Mantel hervor. Der Gegenstand war schwarz, und er glänzte im grellen Licht der Außenbeleuchtung, als wäre er nass.

Mein Magen rumorte.

Eine Pistole.

Meine Beine hätten beinahe versagt. Ich zuckte zusammen, als Brodie erst den Kofferraum und dann die Fahrertür schloss. Dann verriegelte er das Auto und ging mit der Waffe im Anschlag in Richtung Terrasse. Er hielt sie fest in beiden Händen, und der Kies knirschte rau unter seinen Stiefeln.

Denk nach.

Ein Privatdetektiv mit einer Pistole? Das war immerhin möglich, nahm ich an. Oder war er eher ein Verbrecher mit einer Waffe? Von der Sorte war ich heute Nacht schon zweien begegnet.

Ich sank wieder zu Boden. Für mich gab es keinen Ausweg. Brodie wäre im Haus, bevor ich noch zur Treppe gelangen konnte. Wenn ich stattdessen durch den Korridor ins Schwimmbad eilte, würde der kleinere Mann mich hören. Ich hätte versuchen können, durch das Küchenfenster rauszuklettern, aber was, wenn der größere Mann davor auf mich wartete?

Denk nach.

Die Waschküche? Das konnte ich gerade noch schaffen. Eventuell. In einem anderen Leben mit Beinen, die nicht vor Angst erstarrt waren.

Mit heißem, schwerem Atem blickte ich mich um. Mein Blick fiel auf die maßangefertigten Schränke und Schubladen. Auf den Herd und den großen amerikanischen Kühlschrank.

Auf die Vorratskammer.

Los.

Ich warf mich nach vorn, kroch auf Händen und Knien hinein und zog vor meinem Gesicht die Tür zu.

Dort drin war es dunkel und eng. Die mich umgebenden Wände waren mit Regalen bedeckt, auf denen Lebensmittel und Küchenutensilien gelagert waren.

Ich wartete.

Das Herz schlug mir bis zum Hals.

Die Dunkelheit schien sich um mich herum zusammenzuziehen. Sie kroch mir in Augen und Mund. Der Raum um mich schien zu schrumpfen, er wirkte luftleer und schwerelos. Wie ein Portal in eine andere Dimension. Eine, in der nur ich und die Dunkelheit und meine eigene atemlose Angst existierten.

Ich hatte dieses Gefühl – das, bei dem man weiß, dass man an einer Weggabelung steht. Jetzt musste ich eine Entscheidung treffen. Eine bedeutende, eine unmögliche Entscheidung. Sollte ich Brodie vertrauen oder nicht? Falls ich mich falsch entschied, würde es mich das Leben kosten. Schlimmer noch, Rachel und Holly wären dann auf sich allein gestellt.

Sollte ich ihn warnen? Oder weiter in meinem Versteck bleiben?

Denk nach.

Ich entschied mich für einen neuerlichen Kompromiss. Eine weitere anwaltsmäßige Schummelei.

Ich öffnete die Tür der Vorratskammer einen Spaltbreit, bis eine Lichtsichel durch die Lücke fiel. Dann presste ich das Auge dagegen und spähte hinaus.

Brodie ging an der Glasfront im vorderen Teil des Hauses vorbei. Im Krebsgang bewegte er sich fort und hielt sich dabei den Pistolenlauf neben das Gesicht. An der offenen Tür hielt er inne, entdeckte meine Wanderschuhe und das Regenwasser auf dem Holzboden.

»Rachel?«, flüsterte er. »Tom?«

Nicht darauf reinfallen. Es könnte eine List sein.

Er sah sich gründlich im Raum um. Sein Blick blieb an der Plastikfolie und den Sporttaschen hängen. Er runzelte die Stirn.

War er ehrlich überrascht, oder tat er nur so?

Falls er tatsächlich mit den beiden Männern unter einer Decke steckte, warum war er dann nicht von Anfang an hier gewesen? Vielleicht, um seine Beteiligung später abstreiten zu können. Das hatte sich dann aber vielleicht geändert, als wir uns im Weinkeller verkrochen hatten. Vielleicht hatten die Männer Brodie hergeholt, weil er einen Weg kannte, die Sicherung zu umgehen. Aber wenn das stimmte, warum flüsterte er dann jetzt unsere Namen?

»Rachel? Ich bin's, Brodie. Bist du hier?«

Diese Weggabelung.

Ihm vertrauen oder nicht?

Ich wich ein Stück von dem Spalt in der Tür zurück. Wischte mir den Schweiß vom Gesicht. Diese Entscheidung fühlte sich zu schwer an. Ich konnte es mir nicht leisten, die falsche Wahl zu treffen.

Außer meinem eigenen Atem gab es nun kein Geräusch mehr. Ich spähte noch einmal durch den Türspalt. Brodie stieg gerade die freischwebende Treppe hinauf. Dann war er aus meinem Sichtfeld verschwunden. Ich horchte auf seine Schritte auf den Stufen. Kurz wurde es still, als er oben ankam. Ob er sich gerade den Schaden an Hollys Schlafzimmertür ansah? Das Einschussloch an der Decke?

Beinahe hätte ich die Tür geöffnet und wäre hinausgegangen, doch dann zuckte ich erneut zusammen, als die Decke über mir bebte und sich durchbog. Es hörte sich an, als ob Brodie zu unseren Schlafzimmern ginge.

War er wirklich hier, um zu helfen?

Erneut stand ich kurz davor, die Kammer zu verlassen. Doch dann sah ich etwas anderes, und blanke Angst ließ mich innehalten.

Der größere Mann war gerade mit Maske und Overall durch die gläserne Schiebetür hereingekommen.

42

Er hielt sich die Schrotflinte quer vor den Körper.

Oh nein. Bitte, sag mir, dass er Rachel und Holly nicht entdeckt hat. Bitte, nur das nicht …

Er sah sich im Raum um, überprüfte jeden Winkel. Dann richtete sich der Blick hinter der Kapuze unvermittelt aufwärts, ans obere Ende der Treppe. Er stieg hinauf, schnell, aber unvorsichtig. Die Gummistiefel waren laut auf den gebohnerten Holzstufen. Das Geräusch brach sich in meinem Herzen.

Kurz zog ich in Erwägung, aus der Speisekammer zu huschen, zum Fenster hinaus und zwischen den Bäumen zu verschwinden.

»Rachel?«

Es war Brodies Stimme, die von oben herunterdrang.

Ich schrak in der Dunkelheit zusammen, unsicher, was ich tun sollte. Wenn ich ihn warnte, würde mich der größere Mann hören. Und er hatte die Schrotflinte. Alles, was ich hatte, war der Gummihammer. Außerdem konnte das alles noch immer eine List sein.

Ich öffnete die Tür und machte zwei wacklige Schritte zum Fenster. Dann hielt ich an.

Von oben ertönte ein überraschtes Grunzen. Ein Ächzen, als ob einer der Männer einen harten Schlag in die Magengrube bekommen hätte.

Ich blickte zum Zwischengeschoss hoch, dann wieder zum Fenster.

Abhauen oder nicht?

Ich zuckte zusammen. Etwas – oder jemand – war gegen eine Wand geprallt. Schlurfende Schritte waren zu hören, ein Knurren, ein Kampf.

Dann löste sich ein Schuss.

Ich kauerte mich zusammen. Das Geräusch war schockierend und gewaltig. Ein brüllender, scharfer Knall in der Stille des Hauses. Bis ins Mark erschüttert, starrte ich den Gang hinab zum Schwimmbad und hatte dabei den Eindruck, meine Füße wären an den Boden genagelt.

Erneut schlurfende Schritte, Grunzen, dann ein scheppern- des Klingeln gegen das Geländer, das das Zwischengeschoss umgab.

Danach ertönte ein erstickter Schrei.

Etwas Schweres rumste vor mir zu Boden.

Ich machte einen Satz rückwärts, in die Vorratskammer hinein, aber erst nachdem ich gesehen hatte, wer da auf dem Boden gelandet war.

Brodie.

Er lag auf dem Bauch, die Arme ausgebreitet, und stöhnte. Seine Pistole war ihm aus der Hand gefallen und quer über den Boden zur Plastikabdeckung des Holzofens gerutscht.

Durch den Spalt in der Tür der Speisekammer starrte ich darauf.

Die Weggabelung.

Ich hatte einen furchtbaren Fehler gemacht. Er war gekommen, um zu helfen.

Ich sah Blut. Viel Blut. Brodie schien aus einer Wunde an seinem linken Fußknöchel zu bluten. Das Blut durchtränkte seine Jeans und hob sich dunkel glänzend von dem blassen Bodenbelag ab.

Ich atmete nicht. Bewegte mich nicht.

Ich starrte die Pistole an.

Brodie atmete röchelnd aus und versuchte, sich vorwärtszuziehen. Doch ihm fehlte die Kraft dazu. Mir war klar, dass er zu seiner Waffe wollte. Ich wusste ebenfalls, dass ihm das nicht gelingen würde. Wäre ich mutiger, stärker gewesen, wäre ich vielleicht aus meinem Versteck gerannt, um zu helfen. Aber das tat ich nicht.

Ich konnte mit einer Waffe nicht umgehen.

Der größere Mann kam nun mit der Schrotflinte die Treppe heruntergestürmt.

Und ich hörte auch Rufe und Schritte aus dem Korridor. Der kleinere Mann eilte herbei.

Ich zuckte zusammen, streckte dann die Hand aus und zog die Tür zu.

Das gelang mir nicht unbemerkt.

Brodie blickte gerade noch rechtzeitig in meine Richtung, um mich zu entdecken. Er riss die Augen auf. Ich erstarrte.

Dann schrie eine Stimme: »Was ist los? Warum schießt du?«

Es war der kleinere Mann, er klang gereizt, und als wäre er mit seiner Geduld am Ende. Der größere Mann sprang von den Stufen auf den Boden.

Ich warf ihm einen Blick verzweifelter Entschuldigung zu und sah Brodie durch einen winzigen Schlitz in der Tür dabei zu, wie er den Kopf nach vorn warf und sich noch einmal anstrengte, zu seiner Pistole zu kriechen. Der größere Mann sprang über die Plastikplane hinzu. Dann holte er mit dem rechten Fuß aus, schob das Bein aus der Hüfte nach vorn und trat Brodie mit voller Wucht in die Rippen.

Noch ein heftiges Keuchen. Ein quälend röchelndes Stöhnen.

Ich kauerte mich zusammen, als ob ich selbst getreten worden wäre.

Brodie versuchte sich zu schützen, aber der größere Mann packte ihn am Arm und rollte ihn auf den Rücken, dann setzte er die Stiefelspitze auf Brodies Kehle und zielte mit der Schrotflinte auf sein Gesicht.

Mich überlief es eiskalt.

»Was zum Teufel macht er hier?«, fragte der kleinere Mann.

Die beiden Männer stellten sich nebeneinander, drehten mir den Rücken zu und blickten auf Brodie hinunter. Der kleinere Mann hielt eine Pistole in der behandschuhten Hand. Ich spürte, wie meine Kopfhaut zu jucken begann, als ob er sie direkt auf mich richten würde.

»Er hat 'ne Pistole.« Der größere Mann nickte in Richtung der Stelle, wohin Brodies Pistole gerutscht war. Er wartete ab, bis der kleinere Mann hinübergeeilt war und die Waffe aufgehoben hatte, dann betrachtete er sie eingehend. »Er hat direkt vor der Tür geparkt.«

»Ach ja?« Der kleinere Mann steckte die Waffe in eine Tasche seines Overalls. Dann warf er einen langen, fragenden Blick den Gang hinunter, in Richtung der Leseecke und des Weinkellers. Er strich sich übers Kinn. »Sie müssen ihn irgendwie von da drin kontaktiert haben. Ich weiß zwar nicht, wie, aber irgendwie haben sie es geschafft. Stimmt's?«

Der größere Mann zuckte mit den Schultern und erhöhte den Druck auf die Schrotflinte, bis Brodies Gesicht sich vor Schmerz verzerrte.

Der größere Mann hat Holly und Rachel also noch nicht gefunden. Sie glauben noch immer, dass wir im Keller festsitzen.

Der kleinere Mann ging in die Hocke. »Haben sie dich angerufen? Dir eine Nachricht geschrieben? Was?«

»Fahr zur Hölle«, knurrte Brodie.

Der größere Mann nahm die Schrotflinte weg, drehte sie

um und ließ den Schaft hart auf Brodies linkes Knie niedersausen. Ich zuckte zusammen. Es war ein furchtbares Geräusch. Wie eine Billardkugel, die gegen eine Schiefertafel geworfen wird. Brodies Bein sprang vom Boden hoch, und Blut lief aus der Wunde an seinem Knöchel. Er brüllte vor Schmerz und versuchte sich wegzudrehen, doch der größere Mann hatte den Fuß fest auf seine Kehle gestemmt.

Wenn ich ein besserer Mensch wäre, hätte ich mich vielleicht von hinten an die Männer angeschlichen mit dem Hammer, den ich in der zitternden Hand hielt. Vielleicht hätte ich sie angegriffen. Und vielleicht hätte ich entgegen jede Wahrscheinlichkeit die Oberhand behalten.

Doch die Wahrheit ist, dass ich kein Superheld bin. Ich bin ein Ehemann und Vater.

Brodie war hergekommen, um uns zu helfen. Ich wusste zwar nicht, wie oder warum das geschehen war, aber er hatte es getan. Ich wusste, dass ich ihn im Stich ließ, vielleicht auch mich selbst. Und doch hatte ich zugleich den Eindruck, dass Holly und Rachel Vorrang hatten. Wenn ich erschossen wurde, was würde dann aus ihnen?

Und ja, vielleicht ist das eine Menge an Selbstrechtfertigung, um meine Handlungsweise zu erklären, aber das bedeutet nicht, dass ich mich dafür nicht verachtete, einfach dabei zuzusehen, wie der kleinere Mann durch den Raum ging, den Drahtstuhl von der Glasfront holte, ihn mitten auf die Plastikfolie stellte und dann zusammen mit dem größeren Mann Brodie daraufhievte. Mit der Rolle silbernen Gaffer-Tapes fesselten sie seine Brust und Oberarme daran.

43

Die blutigen Details dessen, was folgte, möchte ich lieber allen ersparen. Ganz ehrlich, niemand will sich anhören, wie es sich anfühlt, wenn jemand vor den eigenen Augen verprügelt wird. Und ich möchte es vor allem nicht erzählen.

Was ich sagen kann, ist, dass es schnell ging. Es handelte sich nicht um eine ausgedehnte Folterszene.

Sie konzentrierten sich vor allem auf Brodies Gesicht. Sie schlugen außerdem auf seinen Brustkorb und seine Rippen ein, und sie drohten, ihn zu knebeln, als er Schwierigkeiten beim Atmen bekam. An einem Punkt drückte der größere Mann den Schaft der Schrotflinte in die blutende Wunde an Brodies Bein, und dieser brüllte so furchtbar, dass Rachel und Holly es gehört haben mussten. Auch den Schuss vorhin hatten sie sicher mitbekommen. Mir schnürte sich die Kehle zu, als ich daran dachte, wie verängstigt und elend sie in diesem Moment sein mussten. Ob sie vielleicht glaubten, ich wäre tot? Wahrscheinlich. Wie würde Holly damit umgehen? Würde sie sich so weit zusammenreißen können, um mit Rachel zusammen zur Sternwarte zu fliehen? Würden sie Buster zurücklassen? Das bezweifelte ich, aber ich hoffte, dass sie es irgendwie in die Sternwarte schafften. Vielleicht gab es dort sogar ein weiteres Telefon. Ich hoffte so sehr, dass sie diesen Schrecken überleben würden, denn nun, da ich gesehen hatte, wozu diese Männer fähig waren, fürchtete ich, dass ich das nicht schaffen würde.

Brodie hatte uns eine Chance verschafft, diese Situation zu überstehen, und ich hatte sie nicht genutzt. Mir war klar, dass ich mir selbst das niemals würde verzeihen können.

Die Männer blafften ihm eine Reihe schnell aufeinanderfolgender Fragen entgegen, während sie ihn weiter malträtierten. Zuallererst wollten sie wissen, wie man durch die Stahltür in den Keller gelangte. Brodie erklärte ihnen, das sei unmöglich, solange sie von innen verschlossen war. Es würde nicht einmal reichen, den Code zurückzusetzen.

Dann fragten sie ihn, warum er hergekommen sei. Er antwortete, dass im Keller ein stiller Alarm ausgelöst worden sei, der auf sein Handy umgeleitet worden war. Es gehöre zu seinen Aufgaben, in diesem Fall nach dem Rechten zu sehen.

Daraufhin folgten weitere Fragen, manche von ihnen überlappten einander. Die ganze Befragung dauerte sicher nicht mehr als eine Minute, aber sie erschien mir deutlich länger.

Sie fragten ihn, ob zugleich die Polizei alarmiert worden sei. Das verneinte er.

Sie fragten ihn, ob er selbst die Polizei verständigt habe. Auch das verneinte er.

Dann ließen sie, schwer atmend, von ihm ab. Brodies Kopf wackelte unkontrolliert. Blut tropfte ihm durch seinen Bart auf die Brust. Sein Gesicht war zerquetscht, aufgeplatzt und geschwollen.

Er hatte mich nicht verraten, und auch wenn ich ihm dafür unendlich dankbar war, verspürte ich eine übermächtige Schuld auf mir lasten. Ich redete mir ein, dass er vielleicht darauf hoffte, die Männer würden ihn irgendwann hier allein lassen, sodass ich ihn losbinden könnte. Vielleicht hatte er die Männer auch angelogen. Vielleicht war die Polizei doch unterwegs, und er versuchte nur, die Männer in Sicherheit zu wiegen.

Das hoffte ich. Aber es gab keine Möglichkeit, es herauszufinden. Auch nicht für den größeren und den kleineren Mann, was für sie ein enormes Problem darstellte.

Ich schlang die Arme fest um mich, als der kleinere Mann den größeren in die Küche winkte. Nur wenige Meter von mir entfernt standen sie gemeinsam da, atmeten schwer und fluchten.

Ich entfernte mich nicht von der Tür. Ich hatte zu große Angst, dabei ein Geräusch zu verursachen. Also atmete ich flach durch den Mund und konzentrierte mich darauf, still dazustehen und nicht etwa aus Versehen irgendwelche Vorräte von den Regalen zu stoßen. Schweiß troff mir aus den Haaren, brach mir unter den Achseln am Steißbein und über den Augenlidern aus. Der Hammer fühlte sich immer schwerer in meiner Hand an. Ich hatte so große Angst davor, ihn fallen zu lassen, dass meine Finger sich komplett verkrampften.

Die Männer unterhielten sich flüsternd. Ich versuchte sie zu belauschen, aber das donnernde Rauschen des Blutes in meinen Ohren war zu laut. Bald darauf entfernten sie sich und traten wieder zu Brodie, stellten sich jeder auf eine Seite neben ihn, der kleinere Mann links, der größere rechts.

»Du weißt, hinter wem wir her sind«, sagte der Kleinere.

Er zog Brodies Gesicht an den Haaren nach oben. Dessen blutige Nase war wie Knetmasse. Das rechte Auge war wie ein entsetzlicher Sack aus geschwollener und gerunzelter Haut. Ich musste an das zurückdenken, was mit Holly in der Gasse passiert war. Damals dachte ich, das wäre schlimm gewesen, doch nun wurde mir klar, wie viel schlimmer es hätte sein können.

Ich wartete darauf, dass Brodie in meine Richtung sah und ihnen mein Versteck verriet. Um ihnen etwas mitteilen zu können. Um den offensichtlichen Ausweg zu wählen.

Doch er sagte nichts.

Mein Herz tat weh.

Der kleinere Mann versetzte ihm einen Hieb mit der Pistole, der auf Brodies Stirn eine weitere Wunde aufplatzen ließ und seinen Kopf zur Seite schleuderte.

Brodie tropfte das Blut auf die Schulter. »Ich … habe keine Ahnung … von wem … Sie reden. Ich weiß nicht … warum … Sie hier sind.«

»Ach nein? Du glaubst also, du kannst hinter uns herschnüffeln, und wir kriegen das nicht mit?«

»Ich … habe es Ihnen schon gesagt.« Brodie hob den Kopf und blickte die beiden Männer benommen an. »Ich weiß … überhaupt nichts.«

Die Leute reden manchmal von Helden des Alltags. Man liest ab und zu von ihnen in der Zeitung. Dabei handelt es sich um Menschen, die spontan zeigen, was in ihnen steckt, wenn es darauf ankommt, die in einem Sekundenbruchteil auf eine unvorhergesehene Gefahr reagieren. Es sind die, die sich auf einen bewaffneten Mann werfen, um ein Blutbad zu verhindern; die in ein brennendes Gebäude laufen, um vollkommen Fremde daraus zu retten; die *irgendetwas tun*, wenn jemand in einer finsteren Gasse ein Messer zückt, und nicht einfach nur, gelähmt vor Angst, dastehen.

Brodie war einer dieser Menschen. Mir war nun klar, dass er zu allem bereit war, um meine Familie vor diesem Grauen zu bewahren. Der Schmerz in meinem Herzen wurde noch stechender, als ich mir seinen Mut vor Augen führte. Mir war klar, dass ich ihm das nie würde vergelten können.

»Sie sollten einfach von hier abhauen«, sagte er nun.

Doch das taten sie nicht. Der kleinere Mann schlug Brodie noch ein letztes Mal, dann stieß er ihn so heftig gegen die Brust, dass der Stuhl nach hinten umstürzte, auf den Boden krachte und dann noch zur Seite kippte. Unter den Fesseln des

Gaffer-Tapes waren seine Handgelenke geschwollen. Die Finger nahmen einen violetten Ton an. Eines seiner Hosenbeine war blutdurchtränkt.

Die Männer betrachteten ihn noch einen kurzen Moment lang, schüttelten dann abschätzig den Kopf und kamen wieder in die Küche zurück. Diesmal sprachen sie deutlicher miteinander. Lauter. Vermutlich machten sie sich nicht länger Sorgen darum, ob Brodie sie hören konnte. Ich hatte keinerlei Zweifel, dass sie vorhatten, ihn zu töten.

»Also?«, fragte der größere Mann.

Der kleinere Mann zuckte mit den Schultern und rieb sich erneut über das Kinn unter seiner Papiermaske. »Wir verbrennen sie. Problem gelöst.«

Wir verbrennen sie.

Ich erstarrte. Ein taubes Gefühl kroch erst in meine Finger und Zehen und arbeitete sich dann bis zu meinem Herzen vor. Es war also keine leere Drohung gewesen. Sie waren wirklich bereit dazu, meine ganze Familie bei lebendigem Leib einzuäschern.

Der größere Mann sagte nichts. Er sah auf die Veranda und das Meer hinaus.

»Was?«, fragte ihn der Kleinere. »Glaubst du, dass sie einfach so da rauskommen? Sieh uns doch an. Die wissen, was wir mit ihnen vorhaben. Sie wissen, was auf dem Spiel steht.«

»Aber jetzt mal ehrlich. Das ist ...«

»He, wir müssen uns selbst schützen.«

Der größere Mann entgegnete nichts.

»Hast du ein Problem damit?«

Immer noch keine Antwort.

»Hör zu, wir geben ihnen noch eine letzte Chance, die Tür aufzumachen, okay? Aber es war doch von vornherein klar, dass das hier auf die eine oder andere Weise nicht gut enden würde. Das muss dir doch klar gewesen sein, als wir hergekommen sind.«

»Aber nicht so. Du hast nicht gesagt, dass es so sein würde.«

Zunächst erwiderte der kleinere Mann nichts darauf. Er betrachtete den größeren Mann einfach nur. Dann schüttelte er den Kopf und nahm ihm die Schrotflinte ab.

»Glaubst du etwa, dass mir das hier Spaß macht? Wir haben keine Wahl. Wir kommen da nicht rein, okay? Und du weißt sehr gut, dass wir nicht zulassen können, dass sie reden. Dieser Typ ist schon aufgetaucht. Wer weiß, wer sonst noch unterwegs ist. Wir haben keine Zeit, hier rumzugammeln. Denk mal drüber nach. Sie sterben alle, und es gibt nichts, was uns irgendwie damit in Verbindung bringt. Wir sollten sie also verbrennen, dann durchsuchen wir den Rest des Hauses und stellen sicher, dass wir nichts übersehen haben. Wenn du eine bessere Idee hast, bitte sehr, ich bin ganz Ohr.« Er wartete, aber der größere Mann schüttelte nur den Kopf und sah auf seine Schuhspitzen hinab. »Das hab ich mir schon gedacht. Wie wäre es also, wenn du uns beiden einen Gefallen tust und mir ein paar Streichhölzer suchst?«

Fiona hat sich im Dunkeln unter eine Treppe gekauert, als Michael sie findet. Ihr Handydisplay leuchtet, und sie umklammert das Telefon – wie ein kleines Kind, das ein Nachtlicht in der Hand behält.

»Da bist du ja.« Er kniet sich hin und kriecht dann zu ihr unter die Treppe. »Ist alles okay?«

»Ich hab solche Angst.« Sie zieht ihn zu sich heran. Er spürt die feuchten Tränen auf ihrem Gesicht. »Ich hab wirklich gedacht, sie würden mich finden.«

»Das werden sie nicht.«

»Sie suchen aber weiter.«

Michael nickt, fühlt sich jung und klein im Angesicht der Situation, in die er hineingezogen wurde. Bevor er hierhergekommen ist, hat er sich an die Hoffnung geklammert, dass Fiona sich irgendwie hat erschrecken lassen oder dass sie jemand verwechselt hat. Dass die Dinge sicher nicht so schlimm sind, wie sie es dargestellt hatte.

Doch als er draußen anhielt, hatte er schattenhafte Gestalten im Parkhaus umherlaufen sehen, die sich vorgelehnt hatten, um die Distanz zum nächsten Parkdeck oder zur Straße hinunter abzuschätzen. Ganz offenbar hatten sie es eilig. Ganz offenbar waren sie auf der Suche nach etwas. Nach jemandem.

Und nun, bei dem Zustand, in dem Fiona sich befindet …

Michael hat sie noch nie so erlebt. Er hat überhaupt noch niemanden *so erlebt.*

»Wir sollten von hier verschwinden«, erklärt er ihr.

Sie zieht sich in die Dunkelheit unter die Treppen zurück. Es wirkt, als könnte sie ihn nicht richtig hören. Als ob sie auf der anderen Seite einer dicken Glasscheibe säße.

»Fi. Wir müssen los. Okay?«

Sie stöhnt auf und schüttelt den Kopf. Ihre Schultertasche liegt neben ihr auf dem Boden, und die Kamera lugt daraus hervor. Fiona hat nun schon seit fast einem Jahr an derselben Serie gearbeitet: an einem fotografischen Tagebuch, das Michael beim Parcours dokumentiert.

Sie ist gut. Richtig gut. Sie hat sich ihrer Kunst so vollständig verschrieben, und Michael ist so sehr in sie verliebt, dass er sich mehr als alles andere wünscht, dass sie das Projekt abschließt und dann vielleicht die Chance auf einen Studienplatz an einer Uni bekommt, um Fotografie zu studieren.

Darum, glaubt er, ist Fiona heute Nacht hier: um einige Hintergrundfotos zur Ergänzung für die letzte Serie zu schießen – eine Art Vorher-nachher-Effekt. Fiona ist in dieser Beziehung einfach sehr gründlich. Manchmal lässt sie Michael dieselben Kunststücke so oft wiederholen, bis seine Waden brennen und seine Hände wundgescheuert sind, wenn er abends ins Bett geht.

Er greift nach ihrer Tasche, aber sie weicht instinktiv zurück. Es macht ihm selbst Angst zu sehen, wie verängstigt sie ist.

»Fiona«, wiederholt er.

Und dann hören sie es. Eilige Schritte. Ein Stockwerk über ihnen bewegen sie sich zu ihnen herunter.

Michael ergreift Fionas Hand, ihre Tasche und zieht sie heraus. Er zerrt sie zur Treppe. Sie hat schon zahllose Fotos von ihm geschossen, wie er von dieser Treppe gesprungen ist. Er hat sich an der Wand und seitlich überschlagen, hat Schrauben, Vorwärts- und Rückwärtssalti gemacht, ist über Geländer und ganze Treppenabsätze hinuntergesprungen. Wenn er einen perfekten Lauf abwärts erwischt, ist er schneller unten als jeder Fahrstuhl. Doch in diesem Moment fühlt er sich langsam, gebremst.

Und die Schritte, die sie verfolgen, scheinen dabei immer nur noch schneller zu werden.

44

Such mir ein paar Streichhölzer. Das waren Worte, die ich im Augenblick *wirklich* nicht hören wollte.

Der kleinere Mann schritt den Korridor hinunter. Der größere Mann sah ihm nach. Dann hob er die behandschuhte Hand und betrachtete seine geschundenen Finger, als könnte er gar nicht glauben, was für Qualen er aushalten musste. Als ob seine gebrochenen Finger symptomatisch für das stünden, was heute Nacht alles für ihn schiefgelaufen war.

Dann legte er die Hand quer über die Brust und kehrte kopfschüttelnd in den Wohnbereich zurück.

»Sie müssen ... nicht auf ihn hören«, keuchte Brodie. »Hauen Sie von hier ab, solange Sie noch können.«

Der größere Mann stand einfach nur da, als ob er ernsthaft darüber nachdächte, dann grunzte er und trat einmal fest auf Brodies Handgelenk. Ich zuckte zusammen, Brodie sog zischend Luft durch die Zähne ein. Der größere Mann trat sogar noch ein wenig fester zu, als er die Rolle Gaffer-Tape aufhob und mit den Zähnen einen Streifen davon abriss. Damit umwickelte er seine zwei gebrochenen Finger und fixierte sie an seinem kleinen Finger wie an einer Schiene. Als er damit fertig war, nahm er den Fuß wieder von Brodie herunter, ließ ihm die Taperolle aufs Gesicht fallen und entfernte sich dann aus meinem Sichtfeld. Ich hörte, wie die dicke Plastikfolie unter seinem Gewicht raschelte.

Mein Kopf pochte. Ich hatte eine ziemlich genaue Vorstellung davon, wohin er ging. *Zum Holzofen*, vermutete ich. Denn Menschen mit einem Holzofen oder einem Kamin bewahren in dessen Nähe meistens eine Schachtel Streichhölzer auf. Mir war allerdings klar, dass er dort keine Streichhölzer finden würde. Denn ich hatte dieselbe Niete gezogen, als ich am Vorabend das Feuer auf der Veranda hatte anzünden wollen. Das war nun aber ein Riesenproblem für mich, denn die einzigen Streichhölzer, die ich gefunden hatte, waren in der Speisekammer gewesen. Ich sah sie in diesem Augenblick vor mir – eine große Schachtel mit 200 Küchenstreichhölzern auf einem Regalbrett rechts neben mir. Die Angst packte mich mit ihren Klauen und zerrte an meiner Haut. Ich streckte die Hand aus und schloss die Tür der Vorratskammer.

Ob der Mann das gehört hatte? Hoffentlich nicht. Für mich hatte es sich vielleicht wie eine Kanone angehört, die neben mir abgefeuert worden war, aber ich glaubte nicht, dass das Geräusch sich fortgepflanzt hatte.

Ich schlotterte in der Dunkelheit und hörte dem größeren Mann dabei zu, wie er wieder über die Abdeckplane ging. Als er an der Tür der Speisekammer vorbeikam, hörte ich das Knirschen und leise Klirren der Glasscherben vom zerbrochenen Fenster unter seinen Stiefeln. Dann noch weitere Geräusche: ein unvermitteltes Klicken; ein ersticktes Scheppern; das leise Flüstern von Metallschienen und geölten Kugellagern. Er öffnete und schloss dann wieder Küchenschränke und -schubladen. Jedes einzelne Geräusch ließ mich zusammenfahren.

Ich machte einen Schritt nach hinten. Mit den Schultern stieß ich gegen die Regale hinter mir. Es gab keinen Ausweg.

Ein Licht erschien in den Ritzen um die Tür der Speisekammer. Schritte näherten sich. Dann sah ich einen dunklen Balken am unteren Ende der Tür.

Er kommt hier rein.

Mein Herz setzte aus. Ich spürte die Anwesenheit des größeren Mannes auf der anderen Seite. Konnte er vielleicht auch meine spüren?

»He«, zischte Brodie.

Ich zitterte wie Espenlaub.

»Schnauze, verdammt«, brummte der größere Mann.

»Sie machen einen Fehler.« Brodie sprach jetzt schnell und eindringlich. »Sie sollten lieber auf mich hören.«

»Du solltest den Mund halten, sonst komm ich rüber und sorg dafür, dass du nichts mehr sagen kannst.«

Ich hob den Hammer über meinen Kopf. Es fühlte sich an, als ob ich eine schwere Hantel stemmte. Mein Arm zitterte wie verrückt.

»Sie sollten da nicht reingehen«, sagte Brodie. »Ich sag Ihnen alles, was Sie wissen wollen.«

Der größere Mann gab ihm darauf keine Antwort. Der Türknauf drehte sich. Ich holte noch einmal rasch Luft. Dann schwang die Tür auf, und der helle Lichtrand wurde zu einem sich schnell vergrößernden Keil, der hereinfiel, über den Boden der Vorratskammer und dann meine Beine und meinen Körper emporglitt.

Ich wich zurück.

Der größere Mann ragte vor mir auf und starrte mich unter dem Rand seiner Kapuze heraus und über seine Maske hinweg an. Seine Augen waren mit geplatzten Äderchen durchzogen, angestrengt und müde von einer langen, durchwachten Nacht, in der er versucht hatte, meine Familie umzubringen.

Seine Pupillen weiteten sich. Ich bemerkte, wie überrascht er war. Er war ja davon ausgegangen, dass ich im Weinkeller eingeschlossen war, zusammen mit meiner Familie. Doch jetzt stand ich hier vor ihm.

Seine Verwirrung hielt nicht lange an, vor allem, weil ich ihm mit dem Hammer einen Schlag verpasste.

Aber ich vermasselte es. Ich war zu nervös. Zu hektisch. Und aufgrund des beengten, vollgestopften Raums in der Vorratskammer konnte ich auch nur unbeholfen und nicht mit voller Wucht ausholen. Ich hatte einfach keinen Platz, um die Schultern zu bewegen.

Der Hammer krachte ihm seitlich gegen den Hals. Sein Hals war dick vor Muskeln und Fett. Beim Aufprall kam es mir vor, als ob ich in einen Haufen nasser Erde geschlagen hätte.

Er reagierte kaum.

Ich starrte ihn an. Meine Knie gaben nach.

Dann verpasste er mir einen Hieb hinters Ohr. Wegen seiner gebrochenen Finger konnte er nicht mit der Faust zuschlagen. Aber es reichte, dass ich zur Seite flog. Meine Wange krachte gegen eines der Regale. Der Aufprall schickte einen gewaltigen Stoß durch meinen Körper. Ich spürte, wie meine rechte Hand leicht wurde. Er hatte mir den Hammer weggerissen, wie man einem Kind ein Spielzeug wegnimmt, und jetzt schlug er selbst damit zu. Ich schaukelte unkontrolliert nach hinten. Der Hammer zischte an meiner Nase vorbei. Ich stürzte, und er half nach, indem er mir den Handballen hart gegen den Solarplexus rammte und mich scheppernd gegen die Regale an der Rückwand schleuderte.

Ein stechender Schmerz fuhr mir in den Rücken. Ich sackte zusammen. Die Angst blitzte wie ein helles Licht in meinem Kopf auf. Eines der Regale löste sich aus der Halterung und neigte sich, sodass Konserven und Packungen auf mich herabprasselten. Ein Plastikbeutel verteilte Salz über den Boden. Eine Sprühflasche mit Bratfett traf mich an der Stirn und sprang von dort in eine Ecke der Kammer.

Ich versuchte mich aufzurappeln. Er ließ das nicht zu. Er

trat gegen meine Füße, gegen die Schienbeine. Panik stieg mir in die Kehle. Er versuchte mir auf den Knöchel zu treten, aber ich zog das Bein weg. Dann ließ er sich schwer auf mich fallen und landete mit beiden Knien in meiner Magengrube. Ich klappte zusammen, als ob mir jemand einen Medizinball in den Bauch geschleudert hätte. Die Luft wurde mir aus der Lunge gepresst. Ich konnte nicht mehr atmen. Und währenddessen bearbeitete er mich weiter mit dem Hammer, zielte damit auf meinen Kopf. Den konnte ich gerade noch wegziehen. Der Hammer streifte mein Ohr und landete knirschend im Salz. Mein Ohr durchfuhr ein heißer Schmerz.

Oh Gott.

Er war so viel größer als ich. So viel stärker. Ich bin nicht gut im Kämpfen. Ich habe damit keinerlei Erfahrung. Ich boxe nicht in meiner Freizeit. Ich habe es nie mit Kampfsport versucht. Aber eine Sache sprach für mich: Ich war verzweifelt.

Greif ihn an einer weichen Stelle an. An einer verwundbaren Stelle.

Ich tastete nach seinem Gesicht, versuchte ihm die Daumen in die Augen zu bohren. Mein Ohr war nur noch ein brüllend heißer Klumpen aus Schmerz. Er lehnte sich zurück. Ich zog an seiner Maske. Dann änderte ich die Taktik und griff nach seinen gebrochenen Fingern, versuchte sie umzubiegen und ihm so Schmerzen zuzufügen. Er zog seine Hand weg, ließ den Hammer fallen und drückte mir eine riesige Pranke aufs Gesicht.

Helle Panik. Meine Nase füllte sich mit dem chemischen Gestank seines Handschuhs. Ich bekam keine Luft mehr. Er warf sich mit seinem gesamten Gewicht auf mich und rastete seinen Ellbogen ein, zwang mich, den Kopf zur Seite zu drehen, und schob mein Auge so in das verschüttete Salz. Er übte dabei einen solchen Druck aus, dass ich mir sicher war, dass mein Wangenknochen sich zusammendrücken und brechen würde. Mein Ohr pochte und schwoll an.

Ich war geschlagen. Ich erstickte. Ich versuchte noch immer mich zu wehren, tastete noch immer umher, aber meine Anstrengungen wurden schwächer, schlaffer, als ob ich versuchte, mich gegen die Schwerkraft selbst durchzusetzen.

Mit geschlossenen Augen dachte ich in diesem Moment an Holly. Ich stellte mir vor, wie sie mit Rachel und Buster durch den Wald floh. Ich stellte mir vor, wie sie in die Sternwarte gelangten, dort Zuflucht fanden. Hilfe bekamen. Mir war klar, dass ich nicht mehr lange durchhalten würde. Ich wusste, dass alles vergebens war. Aber ich hielt mich an etwas fest, was mir wenigstens einen winzigen Funken Trost spendete: Jede Sekunde, die ich länger durchhielt, war eine wertvolle Sekunde, in der Holly von diesen Männern wegkommen konnte.

Bis sich alles änderte.

Bis ein Seil erschien, das sich um den Hals des Mannes schlang.

Mein Herz stand still. Ich versuchte, mich noch einmal aufzubäumen. Wie hatte Brodie sich nur befreit?

Doch der größere Mann presste mich noch immer auf den Boden. Ich konnte nicht an ihm vorbeisehen. Meine Lunge brannte. Die Augen traten mir aus den Höhlen. In meiner Kehle pochte es heftig.

Das Seil war von fester Qualität, hell- und dunkelblau. Es war eins der Seile, die ich bei der Ausrüstung der Männer gesehen hatte.

Dann schaukelte der größere Mann zur Seite.

Rachel.

Sie stand hinter ihm und zog die Schlinge zu.

Sie war mir zu Hilfe gekommen.

Mein Herz klopfte bis zum Zerspringen. Ich wusste nicht, ob ich froh oder entsetzt sein sollte.

Einen Fuß stemmte sie dem Mann in den Rücken, zog mit ihrem heilen Arm daran und machte dabei eine ziemliche Grimasse.

Endlich blieb dem größeren Mann gurgelnd die Luft weg, er nahm die Hände von mir und führte sie an seinen eigenen Hals. Ich schnappte nach Luft. Er versuchte, das Seil wegzureißen, seine Finger darunterzuschieben und es so dazu zu bringen, dass es Raum zum Atmen gab. In Handschuhen war das nicht so leicht, zumal mit den zwei gebrochenen Fingern. Und alles wurde noch schlimmer, als Rachel dem Mann den Ellbogen ihres verletzten Arms in den Nacken stemmte und das Seil noch tiefer einschnitt.

Der Mann änderte also seine Taktik. Er versuchte, sich auf dem engen Raum umzudrehen und die Hände nach Rachel auszustrecken. Er grapschte nach ihrer Jacke. Nach ihrem Haar. Er gurgelte und schnaufte. Er versuchte, den kleineren Mann zu Hilfe zu rufen, aber seine Worte waren nicht viel mehr als ein heiseres Kratzen. Dann versuchte er, eine Konserve vom nächstliegenden Regalbrett zu schlagen.

Das hätte vielleicht auch geklappt, wenn ich mich nicht trotz des stechenden Schmerzes in meinem Bauch nach vorn geworfen und nach seinen Handgelenken gegriffen hätte. So zog ich ihn zurück und wieder zu mir nach unten. Sein heißer, stinkender Atem strömte mir ins Gesicht. Ich wurde durchgerüttelt und klammerte mich mit aller Kraft an ihn.

Rachel biss die Zähne zusammen und zog noch einmal fester. Vermutlich versuchte sie ihn bis zur Bewusstlosigkeit zu würgen. Wenn er dann erschlaffte, konnten wir beide vielleicht versuchen, ihn irgendwie zu fesseln.

Aber Rachel ließ nicht nach. Nicht als der größere Mann

den Kampf aufgab. Nicht als sein Gesicht rot anlief und ihm die Augen aus den Höhlen traten. Nicht als er erst ganz steif wurde und dann schlaff auf mir zusammensackte.

»Rachel?«

Sie zog immer noch weiter. Ich starrte sie entsetzt an, während mich der Körper des größeren Mannes zu Boden presste. Rachel schien gar nicht mehr hier zu sein. Vielleicht dachte sie an Michael. Daran, wie sehr sie ihn geliebt hatte. Daran, wie viel man uns genommen hatte.

Ich fühlte einen stechenden Schmerz. Man glaubt, einen Menschen zu kennen. Man glaubt, ihn besser zu kennen, als es irgendwem anders möglich wäre. So, wie ich Rachel kannte. Nach achtzehn Jahren Ehe. Und davor waren wir schon vier Jahre zusammen gewesen. Zwei Kinder. Drei Wohnsitze über die Jahre hinweg. Ein Kredit für das Haus. Rechnungen. Ein ganzes Leben voller geteilter Erfahrungen und Liebe und Schmerz.

Dann kommen die Geheimnisse, die Lügen, die Verletzungen. Man lernt plötzlich Teile des geliebten Menschen kennen, die dieser vor einem geheim zu halten versucht hat.

Doch man kennt ihn noch immer nicht. Nicht richtig. Genauso, wie ich Rachel nicht kannte, bis ich ihr dabei zusah, wie sie das Leben aus einem Mann riss, der vorgehabt hatte, uns beide zu töten.

45

Rachel ließ das Seil los und sich zur Seite fallen. Ihr Gesicht war gerötet und schweißnass. Die Augenlider schlossen sich flatternd. Die Riemen des Rucksacks mit ihrer medizinischen Ausrüstung hatten sich auf ihren Schultern verdreht.

Ich strampelte mich unter dem Mann hervor. Das Herz schlug mir gegen den Brustkorb wie eine Faust gegen eine Tür. Ich hatte ein geschwollenes Ohr, es brannte, als ob jemand es mit Sandpapier abgeschmirgelt hätte. Beim Einatmen roch ich noch immer das Plastik der Schutzhandschuhe des Mannes.

»Ist er tot?«

Rachel schlug die Augen auf. Sie waren groß und glänzten. Sie lehnte sich vor und fühlte dem Mann mit zwei Fingern am Hals den Puls. So verharrte sie einen Moment und wartete. Dann senkte sie den Blick und nickte langsam.

Mein Magen krampfte sich zusammen. Ich spürte, wie sich Druck in meinem Kopf aufbaute. Rachel hatte mich gerettet. Sie hatte ihr Leben für mich riskiert. Ihr jedoch dabei zuzusehen, wie sie diesen Mann erdrosselt hatte, war mir vorgekommen, als hätte ich eine fremde Person vor mir gehabt.

Sie hatte ihn getötet. Ich hatte ihr dabei geholfen. Und ja, es war aus Notwehr geschehen, aber das gewaltige Ausmaß dessen, was wir getan hatten, schien zu groß für die Enge der Vorratskammer zu sein.

»Wo ist der andere?«, flüsterte sie, drehte sich um und blickte durch die Tür hinaus.

Ich blinzelte. Schüttelte den Kopf. Ich fror und fühlte mich klamm. Der Puls schlug mir bis zum Hals.

»Tom, wo ist er?«

»Vor dem Weinkeller.« Ich schluckte. »Er wartet darauf, dass der hier ihm Streichhölzer bringt.«

Rachel erstarrte. Ihr Gesicht bekam einen unnachgiebigen Ausdruck. Wahrscheinlich ging sie für sich im Kopf durch, was das bedeutete. Vielleicht stellte sie sich vor, wie es sich angefühlt hätte, im Keller gefangen zu sein, während die Flammen sich ausbreiteten.

»Wo ist Holly?«, fragte ich. »Ist sie in Sicherheit?«

Rachel brauchte nur eine Sekunde, um darauf zu antworten, aber auf mich wirkte die Wartezeit wie ein ganzes Leben.

»Sie hat sich zur Sternwarte aufgemacht.«

Ich atmete aus. Eigentlich hätte ich erleichtert sein sollen, aber das war ich nicht. »Du hast sie allein gehen lassen?«

»Buster ist bei ihr. Er ist jetzt wieder wacher.«

»Das war so nicht abgesprochen, Rachel.«

»Der Plan hat sich in dem Moment geändert, als wir den Schuss gehört haben.« Sie starrte mich an, und ihre Lippen begannen zu beben. Ich fürchtete, sie könnte gleich in Tränen ausbrechen. »Du hast ja keine Ahnung, was wir für eine Angst ausgestanden haben. Die einzige Möglichkeit, sie davon abzuhalten, selbst hier reinzustürmen, war, dass ich es an ihrer Stelle tat.«

Das sah ich ein. Ich konnte mir vorstellen, wie Holly hier auf dieselbe Weise hereinrannte, wie sie aus dem Boot gesprungen war, um Buster zu holen. Zum Glück hatte sie es nicht getan. Aber der Gedanke daran, dass sie nun ganz verängstigt im Wald allein war und nicht wusste, ob wir ihr jemals folgen würden …

»Ich kann nicht fassen, dass wir ihn getötet haben.«

Rachel entgegnete einen Augenblick lang nichts. »Er hätte dich getötet, wenn wir es nicht getan hätten.«

Stimmte das? Hatte es nicht ein Zeitfenster gegeben, in dem wir ihn hätten überwältigen können?

»Diese Männer sind hierhergekommen, um uns zu ermorden, Tom. Das weißt du. Und du weißt auch, was sie Michael angetan haben.«

Wusste ich das? Ich starrte den Toten an und spürte, wie sich eine enorme Last auf mich herabsenkte. Die Wangen über der Maske waren fleckig und von der Farbe reifer Beeren, die Kehle dick geschwollen um das Kletterseil um seinen Hals. Ich atmete stockend ein, streckte dann vorsichtig die Hand aus und zog seine Maske herunter. Mit zwei Fingern griff ich mir anschließend seine Kapuze und zog sie ihm über den schweißnassen Haarschopf zurück.

Ein Schauder lief über mich. Rachel hatte recht. Ich erkannte den Mann von den Fotos der Radarfalle wieder.

»Er hat in dem Auto gesessen, das Michael verfolgt hat«, sagte ich. Meine Stimme klang, als gehörte sie zu jemand anderem. »Er war der Beifahrer.«

Wortlos blickte Rachel auf den Mann. Etwas blitzte in ihren Augen auf, aber ich war mir nicht sicher, was es war. Nicht wirklich Schuld. Traurigkeit vielleicht?

»Ich wusste nicht, was ich tun sollte, als Brodie aufgetaucht ist«, flüsterte sie. »Du hast bei mir so viel Zweifel an ihm gesät, Tom.«

»Da habe ich mich getäuscht. Er hat gesehen, dass ich mich hier versteckt habe, und er hat ihnen nichts verraten.«

Sie hielt inne. »Haben sie ihn erschossen?«

»Ins Bein.«

Sie schloss die Augen, als ob sie sich das gerade nicht vorstellen wollte. »Was ist mit dem Telefon?«

»Es hat nicht funktioniert.«

»Das Tor?«

»Brodie ist aufgetaucht, bevor ich es versuchen konnte. Er hat gesagt, dass wir im Weinkeller einen stillen Alarm ausgelöst haben.«

Etwas anderes erschien nun auf ihrem Gesicht. Wieder war ich mir nicht ganz sicher, worum es sich dabei handelte. Das störte mich. Was wusste sie sonst noch, was ich nicht wusste?

Als ich darüber nachgrübelte, dachte ich auch an Brodies Land Cruiser. Vielleicht konnten wir versuchen, darin zu entkommen. Aber wenigstens einer von uns musste Holly holen. Bis wir zurück wären, würde der kleinere Mann schon nach seinem Partner suchen. Sobald er entdeckte, dass er tot war, würde er nach uns suchen. Und Brodie konnten wir nach allem, was er für uns getan hatte, auch nicht einfach zurücklassen, aber ich sah auch nicht, wie wir ihn mitnehmen konnten. Wir konnten ihn nicht tragen. Ich bezweifelte, dass er selbstständig gehen konnte. Wir mussten also irgendwas anderes probieren, und zwar bald.

»Geh zu Brodie«, entschied ich. »Sieh dir sein Bein an.«

»Was ist mit dem anderen Mann?«

Ich schluckte. »Das überlege ich mir gerade.«

46

Als ich zu ihr trat, hatte Rachel bereits Brodies Arme befreit und schnitt nun mit der Schere aus ihrem Rucksack sein Hosenbein auf. Sie hatte sich ein Paar blaue Gummihandschuhe übergezogen und drückte eine weitere sterile Kompresse auf sein blutiges Bein. Brodie sog die Luft durch die Zähne ein, dann griff er nach Rachels Handgelenk. Sie erstarrte und sah in sein Gesicht. In meiner Brust fühlte ich einen schmerzhaften Druck.

Wie Brodie meine Frau anstarrte – ich hatte Rachel oft genug genauso angestarrt. Und klar, ich hatte ja recht schnell den Verdacht gehabt, dass Brodie etwas für sie empfand, aber das hier schien mir mehr zu sein als einfache Verknalltheit. Und vielleicht – obwohl ich es mir in diesem Moment wirklich nicht eingestehen wollte – war das alles nicht vollkommen einseitig.

»Rachel, ich geh …« Knisternd trat ich hinter sie, Rachel zuckte zusammen und drehte sich zu mir um, wobei sie die Schere wie einen Dolch über die Schulter hob.

»Ganz ruhig«, beschwichtigte ich sie. »Ich bin's nur.«

Ihr Kopf schnellte nach vorn, ihr Körper erstarrte, und ich vollführte ein paar beruhigende Gesten mit der Hand, bis sie allmählich die Schere wieder sinken ließ. Ihre Gesichtszüge erschlafften. Langsam schüttelte sie den Kopf. Dann schien sie sich bewusst zu werden, wie Brodie ihr Handgelenk umklammerte, und sie schob seine Hand weg.

»Nein, Tom«, sagte sie. »Das wirst du nicht tun. Keine Chance.«

Ich sah zwischen ihnen hin und her. War Rachel der eigentliche Grund, warum Brodie zum Landhaus zurückgekehrt war? Was hatte er ihr gerade sagen wollen?

»Das ist eine wirklich ... schlechte Idee«, keuchte er.

Brodie hatte womöglich recht. Wahrscheinlich war es eine schlechte Idee, aber im Moment hatte ich keine besondere Lust, ausgerechnet auf seinen Rat zu hören. Außerdem hatte ich nun mal keine bessere Idee.

Ich sah an mir hinunter. Inzwischen trug ich den weißen Plastikoverall des Toten, seine Chirurgenmaske, seine blauen Gummistiefel. Es war nicht einfach gewesen, ihm das alles in der Vorratskammer so rasch auszuziehen. Dort war nicht viel Platz, und seine Leiche war schwer. Der billige Overall war ein Wegwerfprodukt, und ich hatte an der Naht hinter meiner rechten Schulter einen Riss nicht vermeiden können.

Außerdem war der Overall zu groß. Um das behelfsmäßig auszugleichen, hatte ich ihn über meine Outdoorjacke gezogen. Die Stiefel des Toten schlackerten an mir wie Clownsschuhe. Zudem hatte ich nur einen Handschuh an, nicht zwei. Der blaue Nitrilhandschuh an der rechten Hand des Mannes war an den gebrochenen Fingern zerrissen und zerfetzt und mit Klebeband wieder zusammengeflickt gewesen.

»He, was dauert da so lange?«

Meine Kopfhaut prickelte. Mein Herz zog sich erneut schmerzhaft zusammen. Ich drehte mich um. Es war der kleinere Mann, der mir vom Ende des Ganges aus etwas zurief. Ich starrte ihn über meine Maske hinweg an. Schweiß rann mir übers Gesicht.

Würde das hier funktionieren? Konnte es überhaupt funktionieren?

Möglichst unauffällig steckte ich die nackte Hand hinter den Rücken. Ich zitterte. Von seinem Standort aus konnte der kleinere Mann weder Rachel noch Brodie sehen.

Meine Kehle war vollkommen ausgedörrt. Alle meine Instinkte sagten mir, ich solle mir Rachel schnappen und abhauen. Zu Holly fliehen.

Der kleinere Mann verschränkte die Arme und schüttelte den Kopf, als ob ihm der Größere ziemlich auf die Nerven ginge. Ich wartete jeden Moment darauf, dass er mich sah. Mich *wirklich* sah. Dass er bemerkte, wie der Puls an meinem Hals pochte. Wie meine Finger zuckten. Wie mein Atem zu schnell und zu flach ging. Doch er erkannte nur meine Kleidung aus der Entfernung. Alles, was er sah, war der größere Mann, den er zu sehen erwartete.

Langsam und stockend hob ich die Streichholzschachtel, die ich in der behandschuhten Hand hielt. Es fühlte sich an, als ob ich mir einen Spiegel vors Gesicht hielte.

Ich wartete.

»Na endlich!«, rief er. »Dann trödel nicht weiter rum und komm wieder her. Sofort!«

Er winkte mich mit einer abschätzigen Geste zu sich und kehrte dann wieder um in Richtung Weinkeller. Ich blickte ihm nach, während mein Herz in meiner Brust Purzelbäume schlug. Sobald er weg war, beugte ich mich vor und legte die Hand auf meinen vor Angst schmerzenden Bauch. Ich fühlte mich schlaff und schwerelos. Durch die Maske hindurch bekam ich nicht genug Luft.

»Gib mir einen Handschuh aus deinem Rucksack«, sagte ich zu Rachel.

»Tom, nein.«

»Er bringt Sie um«, warnte mich Brodie.

Ich sah zu ihm hinunter. Noch immer war er an den Stuhl

gefesselt. Sein Bart war blutbesprenkelt. Sein linker Augapfel war rot geädert. Sein zugeschwollenes rechtes Auge sah aus wie ein Baseballhandschuh.

Ich schluckte und versuchte, mein Zittern unter Kontrolle zu bekommen. »Ist die Polizei unterwegs?«

Brodie ließ den Kopf hängen. »Nein.«

Ich hatte auf eine andere Antwort gehofft. Aber so bestand kein Zweifel mehr, dass ich es tun musste. Für Holly. Für uns alle.

»Gib mir einen Handschuh, Rachel. Bitte.«

»Du bist verrückt.«

»Diese ganze Nacht ist verrückt gewesen. Warum sollte sich daran ausgerechnet jetzt etwas ändern?«

Meine Frau wandte sich mit zusammengebissenen Zähnen und weit aufgerissenen Augen wieder Brodie zu, als ob sie ihn anflehen würde einzuschreiten. Aber Brodie sah mich nur lange an, ohne einen Ton zu sagen, bis ich die Pause beendete, vortrat, mir selbst einen Handschuh aus Rachels Rucksack nahm und ihn mir überzog. Er war eine Spur dunkler als der an meiner linken Hand. Daran konnte ich gerade nichts ändern.

»Wie geht es seinem Bein?«

Rachel warf noch einen Blick auf die Wunde und schüttelte den Kopf, als ob sie es nicht wüsste oder es nicht beurteilen könnte. Als Allgemeinärztin in einem wohlhabenden Londoner Wohngebiet, da war ich mir ziemlich sicher, hatte sie noch nie zuvor mit einer Schussverletzung zu tun gehabt.

»Ich glaube, es war ein glatter Durchschuss. Vielleicht. Ich kann die Wunde tamponieren und versuchen, die Blutung zu stillen. Wenn wir Glück haben, dann …«

»Okay.« Ich nickte und zog mir den Handschuh knallend übers Handgelenk, sodass eine Talkumwolke von ihm aufstob.

Ich hielt meinen Kopf gesenkt, sah keinen von beiden direkt an, weil ich Angst vor dem hatte, was mein Blick ihnen verraten würde.

Dann wandte ich mich dem Korridor zu, straffte die Schultern und atmete ein paarmal rasch durch, als ob ich mich selbst dazu motivieren wollte, mit dem Kopf voran gegen eine Wand zu laufen.

»Tom?«

Rachel ergriff meine Hand. Ich bemerkte, dass Brodie uns genau beobachtete, versuchte das aber zu ignorieren, sondern konzentrierte mich vollständig auf die schönen braunen Augen meiner Frau. Zwar hatte ich so unfassbar große Angst, aber für Rachel wollte ich stark sein. Ich wollte der Mann sein, der ich für sie sein musste.

»Es ist in Ordnung, Rachel. Alles wird gut.« Meine Kehle brannte. Tränen traten mir in die Augen. »Bald holen wir auch Holly. Wir müssen sie doch beschützen, stimmt's?«

Ich versuchte, meine Angst wegzulächeln. Natürlich konnte Rachel das Lächeln hinter meiner Maske nicht sehen, aber ein Teil von mir hoffte, dass sie trotz allem von seiner Existenz wusste.

Dann trat ich in den Korridor. Vor mir schien er sich auf viele Meilen auszudehnen.

47

Diesen Albtraum hatte ich vorher schon gehabt. Ein unendlich langer Korridor.

Mein Atem wurde heiß und feucht von der Maske zu mir zurückgespült. Mein Ohr schmerzte und pochte. Die Kapuze beeinträchtigte mein Gehör. Meine Schritte kamen mir in den Stiefeln des größeren Mannes unbeholfen und übertrieben vor. Alles in allem fühlte ich mich wie ein Taucher, der seine Montur für die Tiefsee trägt und darin über den Meeresboden watet.

Ich ging den Korridor entlang, war mir bewusst, dass mich jeder Schritt weiter und weiter von Rachel entfernte. Dass ich sie allein mit Brodie zurückließ. Es schien gleichzeitig viel zu lange und überhaupt nicht lange genug zu dauern, bis ich die Leseecke erreichte.

Sei tapfer.

Beschütze Holly.

Noch einmal holte ich rasch und flach Luft, dann trat ich ein.

Mich durchfuhr ein Krampf. Beinahe hätte ich die Streichholzschachtel fallen lassen. Der kleinere Mann kniete auf allen vieren vor der Tür des Weinkellers und presste ein Auge gegen den Schlitz, der sich darunter gebildet hatte.

Sollte ich ihn jetzt schon angreifen?

»Sie haben ihre Wahl getroffen«, sagte er nun. »Sie wollen nicht rauskommen.«

Ich entgegnete nichts. Wut und Panik pochten in meinem Kopf. Dieser Mann war skrupellos. Er hatte vor, meine Familie bei lebendigem Leib zu rösten, und jetzt versuchte er sogar, das vor mir zu rechtfertigen.

Unter der Metalltür klemmte der Wagenheber. Die Tür war auf der unteren Angel nach vorn getrieben worden. Ein zertrümmertes grünes Schaltfeld hing an einem Bündel elektrischer Drähte.

Neben dem roten Plastikeimer mit dem Benzin lag der Zimmermannshammer. Daneben der Vorschlaghammer. Die Pistole des Mannes und auch Brodies Waffe lagen in Reichweite seiner rechten Hand. Die Schrotflinte lehnte auf ihrem Heft an einem der Bücherregale, die die Metalltür flankierten.

Ich starrte sie an. Meine Sicht begann zu verschwimmen. Konnte ich sie mir schnappen? Ich müsste drei, vielleicht auch vier Schritte durch den Raum machen, nach vorn hechten, danach greifen. Und dann? Einen Finger an den Abzug legen und mit dem anderen das Heft abstützen? Und dann ... *bumm*?

Vielleicht. Aber eventuell war es auch nicht so leicht, einfach nur den Abzug zu betätigen. Vielleicht musste ich erst eine Patrone einlegen. Dieses schreckliche knirschende Knallen. Gab es vielleicht irgendeinen Mechanismus, der erst noch entsichert werden musste? Ich hatte keine Ahnung. Ich hatte noch nie zuvor eine Schrotflinte abgefeuert. Das Gleiche galt für die Handfeuerwaffen.

Also vielleicht doch der Vorschlaghammer? Ich zögerte. Er war wuchtig und schwer. Wenn ich danach griff und der kleinere Mann das bemerkte, würde er mich vielleicht erschießen, bevor ich noch zum Schlag gegen ihn ausholen konnte.

Dann der Zimmermannshammer? Möglich. Aber er lag noch einen weiteren Schritt entfernt. Und selbst jetzt – bei allem, was auf dem Spiel stand – wusste ich nicht, ob ich es fertigbringen würde, ihn damit niederzuschlagen. Ich war ein Vater und Ehemann, kein Wilder.

So stand ich einfach nur da. Schwitzend. Zitternd. Versuchte nachzudenken. Versuchte, mir sicher zu sein. Doch jede Aktion schien ihre eigenen Tücken zu haben.

Tu was.

Der kleinere Mann kauerte noch immer auf allen vieren da, kniff die Augen zusammen und strengte sich an, etwas zu erkennen. Gerade wollte ich mich bewegen, als er unter der Tür etwas hindurchschrie.

»Hört zu. Letzte Chance. Lasst uns rein, oder ihr werdet abgefackelt.«

Schlurfend machte ich einen halben Schritt vorwärts. Mir schlotterten die Knie. Ich blinzelte mir den Schweiß aus den Augen, doch dann, gerade als ich einen weiteren Schritt machen wollte, rückte der kleinere Mann von dem Spalt ab und drehte sich zu mir um.

Das Blut gefror mir in den Adern.

Es war eine rasche, schwungvolle Bewegung seiner Kopf- und Schulterpartie. Sein Blick war vor allem auf meinen Oberkörper und meine Beine gerichtet. Zum Teil wegen seiner Körperhaltung, aber zum Teil auch, weil seine Einstellung mir gegenüber noch immer geringschätzig war. Als ob das Verhalten des größeren Mannes so mangelhaft gewesen wäre, dass er es nicht mal über sich brachte, ihn direkt anzuschauen.

Zitternd stand ich da. Ein Hochstapler. Die Streichholzschachtel klapperte in meiner linken Hand. Die rechte hielt ich noch immer hinter dem Rücken verborgen.

Meine Beine schlotterten. Ich stellte mich ganz leicht auf die Zehenspitzen, damit ich etwas größer erschien. Gleichzeitig streckte ich die Brust heraus, um breiter zu wirken.

Doch das war gar nicht nötig. Ich schien für den kleineren

Mann nur wenig mehr als das verschwommene Bild eines weißen Plastikoveralls zu sein. Sein Blick schoss erst schnell in die eine Richtung, dann ebenso schnell wieder zurück in die andere. Daraufhin legte er erneut das Ohr an den Spalt unter der Tür.

»Ich kann da drin keinen Mucks hören«, murmelte er. »Sehen kann ich sie auch nicht. Sie haben irgendwas gegen die Lücke gedrückt. Kleidung vielleicht.«

Erneut erwiderte ich nichts.

»Okay. Dann gib mir mal die Streichhölzer. Ich hab genug von dem Scheiß.«

Er winkte mich heran. Ein kurzes Biegen der Finger. Immer noch hatte er keine Lust, mich direkt anzuschauen.

Was nun?

Sollte ich zu ihm hinübergehen? Näher an ihn herantreten?

Ich tat es.

Machte drei Schritte. Jetzt stand ich fast neben ihm, auf Höhe seiner Hüfte, ein kleines Stück nach hinten versetzt. Hätte ich es gewollt, hätte ich die Hand nach ihm ausstrecken und ihn berühren können.

Ein Schauer überlief mich.

Aus seiner Stellung heraus hätte er sich sehr verrenken müssen, um sich umzudrehen und in mein Gesicht aufzublicken. Aber das war noch immer etwas, was ich nicht riskieren wollte. Also streckte ich den Arm aus und schüttelte die Streichholzschachtel neben ihm. Dann wartete ich. Er griff nach hinten über die Schulter, um sie entgegenzunehmen. Seine Finger berührten meine. Konnte er mein Zittern spüren?

Mein Blick wanderte wieder zu dem Hammer. Er lag jetzt so nah. Direkt neben meinem Fuß. Und jetzt, da er die Streichhölzer in der Hand hielt, würde er ein bisschen länger brauchen, um sich die Waffe zu schnappen. Zuerst müsste er die

Streichholzschachtel fallen lassen. Dann erst konnte er nach der Pistole greifen. Ein zweistufiger Vorgang statt einem einfachen. War das irgendwie von Bedeutung? Für mich schon.

Meine Knie beugten sich. Ich biss die Zähne zusammen und begann in die Hocke zu gehen. Nach dem Hammer zu greifen.

Näher … Immer näher …

Der kleinere Mann zog ein Streichholz aus der Schachtel.

»Denk dran, sie wollten es nicht anders.«

Ich zögerte.

Er entzündete das Streichholz. Es gab erst einen Funken, dann eine Flamme. Sie flackerte in einem leichten, unmerklichen Luftzug, der unter der Tür des Weinkellers hervorkroch und sich dabei an den zusammengepressten, durchtränkten Handtüchern vorbeiquetschte. Wahrscheinlich stammte er aus dem Luftschacht, den wir in den Wald hinaus geöffnet hatten.

Der kleinere Mann legte schützend die behandschuhte Hand um die Flamme. Sie tanzte erst, dann richtete sie sich zu voller Größe auf und warf schaurige Schatten über sein hinter Maske und Kapuze verborgenes Gesicht.

Denk dran, sie wollten es nicht anders.

Dieser Mann.

Wut knisterte heiß durch mich hindurch.

Er war für den Tod meines Sohnes verantwortlich. Heute Nacht hatte er uns in Angst und Schrecken versetzt. Und jetzt wollte er in aller Seelenruhe das Feuer entzünden und den Rest meiner Familie bei lebendigem Leib verbrennen.

Ich hörte auf, mich nach dem Zimmermannshammer zu bücken, denn das hätte von meiner Seite aus eine leicht improvisierte, zweistufige Handlung erfordert. Stattdessen zog ich schnell die rechte Hand hinter meinem Rücken hervor. Darin hielt ich die Spraydose mit Bratfett.

Mit der Düse zielte ich auf die Flamme und sprühte.

Im Rückspiegel entfernt sich Michaels Elternhaus. Die nächtliche Straße fühlt sich zu eng an. Der Audi seines Vaters riesig. Die Scheinwerfer scheinen ihm nicht genug Licht zu spenden, um alles zu erkennen, und er fragt sich, ob er nicht besser das Fernlicht einschalten soll. Doch dann fällt ihm wieder ein, dass man das in einem Wohngebiet besser nicht tun sollte. Und Michael kann es sich nicht leisten, Aufmerksamkeit zu erregen. Außerdem fühlen sich die ganzen Armaturen in der Dunkelheit des Autos fremd an. Es ist überwältigend. Auf einmal ist er sich ganz sicher, dass er einen Unfall bauen wird.

Er sieht vor sich, wie er sämtliche Seitenspiegel der langen Reihe geparkter Fahrzeuge abfährt. Diese Vorstellung reicht beinahe aus, um ihn aufzuhalten.

Mit zitternden Händen am Lenkrad wirft Michael einen Blick auf sein Handydisplay. Keine weiteren Nachrichten von Fiona. Noch nicht. Er weiß nicht, ob er deswegen erleichtert oder besorgt sein soll.

Tief in seinem Herzen weiß er, dass das hier kein Streich sein kann. Fiona würde ihm so was nicht antun. Sie würde ihn nicht darum bitten, sich das Auto seines Vaters zu schnappen und das Risiko einzugehen, sich dabei erwischen zu lassen. Doch ein Teil von ihm wünscht sich, dass es sich dabei tatsächlich um einen Streich handelt – ein Teil von ihm wünscht sich das sogar so sehr, dass er sich eine Ausrede zusammenstrickt, bei der er Fiona gegenüber vorgibt, so überzeugt davon ge-

wesen zu sein, dass es sich um einen Streich handelt, dass er deshalb nicht gekommen ist. Eine Geschichte, in der er umkehrt und sie ihm dafür vergibt, sie im Stich gelassen zu haben. In der alles gut ausgeht. In der sie es versteht.

Plötzlich macht es einen Riesenschlag. Das Lenkrad rutscht Michael aus den Händen, und die Scheinwerfer des Audi leuchten auf die Baumkronen über ihm.

Er braucht einen kurzen Moment, bis er kapiert, dass er mit zu viel Karacho über eine Bremsschwelle gefahren ist.

Er packt das Lenkrad wieder, nimmt den Fuß vom Gas und starrt angespannt auf die Straße vor ihm, die in die Stadt hineinführt.

Komm schnell.

So lautete Fionas letzte Nachricht.

Und die davor: Bitte. Ich bitte dich.

Und die davor: Ich hab solche Angst.

48

Auf der Rückseite der Spraydose war eine schwarz-gelbe Flamme in einem gelben Dreieck abgebildet. Darunter standen zwei Wörter: HOCH ENTZÜNDLICH.

Der Sprühnebel verdichtete sich um die Streichholzflamme und entzündete sich dann in einem gasförmigen Blitz. Die Flamme bildete einen Pilz, rauchte und dehnte sich aus. Die Hitze strahlte in einem brüllend wabernden Strahl zu mir nach hinten ab.

Panik stieg in mir auf. Ich zuckte zusammen und hielt mir schützend den Unterarm vors Gesicht. Dabei sprühte ich jedoch immer weiter, hüllte den Mann in seinem Plastikoverall vollständig ein und malte tanzende Flammen in die Luft, die blau und gelb und orange und weiß zuckten.

Der Overall des Mannes ging in Flammen auf, als wäre er mit Benzin übergossen worden. Das Feuer wütete grausam. Es bemächtigte sich erst seines Handgelenks und zischte von dort seinen Ärmel hinauf.

Er schrie auf und schlug sich wieder und wieder auf den Arm, aber das Feuer lief ihm seitlich übers Gesicht und entzündete seine Kapuze, bevor es auf seinen Nacken und den oberen Rücken übergriff, wo es in wütenden Wellen auf- und abfegte.

Zu heiß.

Zu nah.

Ich ließ die Spraydose fallen und entfernte mich einen

Schritt, die Hitze tobte auf meinem Gesicht. Der Mann bockte und verdrehte sich, jaulte und schlug wild um sich. Er warf sich auf den Boden und zappelte dort herum. Ich starrte ihn voller Entsetzen an. Einen kurzen Moment lang schien es mir, als ob das Feuer verloschen wäre, doch dann entzündete sich die Vorderseite des Overalls des Mannes mit einem unvermittelten Flammenrauschen.

Er drückte sich mit irrem Blick, der über seiner Maske hervorfunkelte auf die Knie hoch, starrte mich ungläubig an und raste dann los.

Ich hielt nicht inne. Dachte nicht nach. Ich griff nach seiner Waffe und rannte ihm in den zu großen Gummistiefeln hinterher, während mir das Herz bis zum Zerspringen gegen die Brust hämmerte.

Er brannte noch immer, als er den Gang hinunterfloh und durch die Tür mit dem gläsernen Bullauge stürmte. Die Tür schwang mir entgegen, als ich ihm nachjagte.

Er sprang in den Swimmingpool. Seine Füße kratzten auf den Fliesen, dann gaben seine Knie nach, und er fiel nach vorn, die hellen Flammen verteilten sich und zischten, als er kopfüber darin landete.

Schlitternd kam ich zum Stillstand, stellte mich stabil hin und jonglierte mir die Waffe in einen hastigen beidhändigen Griff.

Konnte ich das tun? Konnte ich ihn erschießen?

Ja.

Für Holly könnte ich es.

Ich zielte. Drückte den Abzug.

Die Pistole knallte und blitzte in dem hallenden gefliesten Raum auf. Meine Hände wurden vom Rückstoß weggerissen. Die Kugel schoss spiralförmig durchs Wasser, ein gutes Stück rechts von dem Mann.

Das Herz schlug mir bis zur Kehle, ich schluckte. Meine Hände zitterten heftig. Der Mann war furchtbar verbrannt und zappelte im Wasser. Ich zog mir die Maske vom Gesicht und feuerte erneut.

Ein weiterer donnernder Knall, der mir in der Brust widerhallte.

Die Kugel schlug am anderen Ende des Beckens ein Stück aus einer der Fliesen, prallte von dort ab und traf auf eine der getönten Glasscheiben. Ich duckte mich. Das Glas zersplitterte und regnete herab, wie ein Duschvorhang, der von der Stange fiel.

Meine Hände zuckten im Takt meines rasenden Pulsschlags. Ich biss die Zähne zusammen und feuerte ein drittes Mal.

Doch es erfolgte nur ein trockenes Klicken.

Die Patronen waren alle.

In mir tat sich ein gähnender Abgrund auf. Ich schwankte auf schlotternden Knien und fragte mich, was zum Teufel ich jetzt tun sollte. Der Mann schwamm zum Beckenrand. Er sah wütend aus. Fuchsteufelswild.

Tu irgendwas!

Ich warf die Pistole von mir, sprang in den Pool und wurde mir umgehend meines Fehlers bewusst. Denn noch immer trug ich ja den Plastikoverall über meiner Outdoorjacke. Dazu noch meine Jeans und die übergroßen Gummistiefel.

Panik ergriff mich. Ich strampelte und sank, wollte die Stiefel abstreifen, versuchte verzweifelt, wieder aufzutauchen, während der kleinere Mann sich umdrehte und aufbäumte und mich mit beiden Händen unter Wasser tauchte.

Ich wand und krümmte mich. Versuchte mit aller Kraft, an die Oberfläche zu gelangen.

Sie war nicht zu erreichen.

Mit den Zehen schrammte ich über den Boden des Beckens.

Ich stieß mich ab und fühlte, wie die enorme Last meiner Kleidung mich nach unten zog.

Dann die Knie des Mannes auf meinen Schultern. Seine Hände auf meinem Kopf.

Blanke Panik überwältigte mich. Sie schoss mir in jede Faser, jedes Nervenende meines Körpers. Sie überflutete mein Hirn.

Ich drehte durch. War völlig außer mir. Ich schlug aus und grapschte nach irgendeinem Halt, befreite meine Finger gewaltsam aus seinem gewachsten Overall. Es hatte keinen Zweck. Der Mann drückte mich nur noch stärker unter Wasser.

Ich sank bis auf den Boden des Beckens und blickte mich um, während die Panik in meinem Inneren wuchs, bis es sich anfühlte, als ob mein Herz zerspringen würde. Das Chlor stach mir in den Augen. Die Birnen unter Wasser verströmten ein trübes grünliches Licht. Ich spürte, wie sich in meiner Lunge ein riesiger Drang aufbaute: das verzweifelte, pulsierende, lebenswichtige Bedürfnis zu atmen.

Weg von ihm. Sofort!

Ich ruderte rückwärts über den Boden des Schwimmbeckens und starrte in panischer Angst auf die Beine des Mannes, die nach mir traten und versuchten, mich in die Zange zu nehmen.

Irgendwo in seinem Rücken entstand auf einmal eine Wolke aus Schaum. Die Blasen wirbelten herum und schwebten dann plötzlich einen Moment lang im Wasser, bevor sie sich zischend verflüchtigten und ich Rachel unter Wasser zu mir herantauchen sah. Ihr Pullover blähte sich um sie auf, und das Haar umfloss ihr Gesicht.

Ich stieß unter Wasser einen Schrei aus. Meine Frau kam mir erneut zu Hilfe. Aber das hier war zu gefährlich. Es war zu viel. Ich konnte nicht zulassen, dass er ihr etwas zuleide tat.

Ich stieß mich vom Boden ab und schoss aufwärts, schob mit beiden Händen das Wasser beiseite.

Dann durchstieß ich die Oberfläche am anderen Ende des Pools. Immer noch zu nah bei dem Mann.

Er stürzte sich sofort wieder auf mich, packte mich an der Kehle, griff nach meinem Gesicht und tunkte mich unter Wasser, bis mein Schädel gegen die Fliesen knallte.

Ich sah nur noch verschwommen, mein Blick irrte umher, und ich schluckte gurgelnd Wasser, hustete, schluckte erneut.

In dem brodelnden grünlichen Wasser war das Gesicht des Mannes leuchtend rot, die Augen darin glänzten schwarz zwischen der sich überall ablösenden Haut.

Plötzlich lockerte sich sein Griff um mich.

Ich sah Beine. Arme. Verdreht. Ineinander verschlungen. Aufgewühltes Wasser. Tretende Füße.

Rachel. Ich musste ihr helfen. Ich musste …

Doch mein Körper gehorchte mir nicht. Meine Bewegungen waren schlaff und schwerfällig. Ich strampelte mich an die Oberfläche, brauchte eine gefühlte Ewigkeit.

Als ich sie endlich durchbrach, hielt ich mich am Beckenrand fest und schnappte nach Luft.

Rachel und der Mann befanden sich noch mitten im Pool. Sie hatte die Arme um seinen Hals und die Beine um seine Taille geschlungen.

Es war wie eine Wiederholung der Szene, die sich in der Gasse abgespielt hatte, nur mit vertauschten Rollen.

Denn die Maske des Mannes war nun vollständig heruntergezogen. Die schwarz verkohlten Überreste seiner Kapuze warfen Blasen und waren mit seiner Haut verschmolzen. Und nein, diesmal hatte er sich keine Strumpfhose über den Kopf gezogen. Sein Gesicht war nicht zusammengedrückt und verzerrt. Dafür hatte er schreckliche Brandwunden. Aus meiner

Sicht bestand allerdings keinerlei Zweifel daran, dass er der Mann war, der uns überfallen hatte. Außerdem war er der Fahrer des Autos, das Michael verfolgt hatte.

Oh Gott.

Das Herz sackte mir weg, als er die Arme nach Rachel ausstreckte. Er packte sie an den Haaren, zog ihr Gesicht daran unter Wasser und hielt es dort fest.

Ich tauchte zu ihm, schwamm und strampelte.

Sie waren noch immer ein paar Schwimmzüge entfernt.

Rachel wehrte sich verbissen.

Der Mann fletschte die Zähne und fauchte. Er würde sie ertränken. Er würde sie umbringen. Daran bestand für mich nun kein Zweifel mehr.

Hilf ihr. Schwimm zu ihr. Du musst …

Ich sah, wie sie verzweifelt die Hände nach oben ausstreckte, wie sie einmal, zweimal nach der Luft griff. Dann erschlafften ihre Finger.

Mich durchfuhr eine schreckliche Kälte.

Nein. Nicht jetzt. Nicht, wo wir so kurz davorstanden zu überleben.

Ich machte noch zwei weitere Schwimmzüge, dann versetzte ich ihm mit der Faust einen schwachen Schlag gegen die Schläfe. Meine Gelenke krachten, und sein Gesicht wurde unter Wasser gedrückt, aber Rachels Haare ließ er trotzdem nicht los.

Panik wirbelte in meinem Kopf.

Wie lange war sie schon unter Wasser? Dreißig Sekunden? Eine Minute? Aber Zeit hatte im Augenblick keine Bedeutung. Denn jede Zeitspanne war zu lang. Hatte Rachel noch einmal Luft holen können, bevor er sie untergetaucht hatte? Ich hatte keine Ahnung.

Der Mann fauchte noch einmal mit gefletschten Zähnen.

Ich schlug erneut zu. Und dann noch einmal. Immer aufs Auge. Auf den Mund. Eine ganze Serie von Schlägen prasselte auf ihn nieder.

Als Michael und Holly noch klein waren, habe ich ihnen ein aufblasbares Spielzeug gekauft, gegen das sie schlagen konnten und das sich danach immer wieder aufrichtete. Daran erinnerte mich dieser Mann. Vielleicht waren auch einfach meine Schläge zu jämmerlich.

Rachel ließ er nicht los, sondern drückte sie nur noch entschlossener unter Wasser, wobei er auf eine höllische Art grinste, als würde es ihm Spaß machen. Noch einmal holte ich für einen weiteren Schlag aus. Doch bevor ich ihn noch ausführen konnte, knallte es zweimal laut und erschütternd, und der Mann krümmte sich zweimal schnell und ruckartig, als ob ihn jemand an der Schulter gepackt und ihn erst heftig nach links, dann nach rechts gerissen hätte.

Er fiel zur Seite und trieb dann mit dem Gesicht nach unten im Wasser.

Ich drehte mich starr vor Angst um und sah Brodie rechts von mir an der gekachelten Wand lehnen. Mit der einen Hand hielt er sich den blutigen Schenkel, mit der anderen ließ er die Pistole hängen und auf den Boden gleiten.

Es konnte nur ein Sekundenbruchteil gewesen sein – hatte sich aber deutlich länger angefühlt –, dass ich den Toten hatte versinken sehen. Dass ich auf die dünnen scharlachroten Schlieren gestarrt hatte, die von den Wunden in seiner Brust aufstiegen, sowie auf die Stücke verkohlten Plastiks, die im Becken umhertrieben. Dann holte ich tief Luft, tauchte unter, griff nach Rachels Pullover, nach ihren Armen und zog sie, so schnell ich konnte, mit mir an die Oberfläche.

49

Ich habe vorhin bereits erwähnt, wie Rachel meine Hand gehalten hatte, als sie Michael und Holly zur Welt brachte. Was ich dabei verschwiegen habe, war, dass Michaels Geburt sehr schwierig verlaufen ist. Rachel war fast zwei Wochen überfällig, und die Geburt musste eingeleitet werden. Sie lag bereits neun Stunden in den Wehen, und es gab immer noch kein Zeichen, dass das Baby bald kommen würde. Als die Schicht eines neuen Arztes begann, ordnete er sofort einen Kaiserschnitt an. Einige lebenswichtige Organe hatten den Dienst eingestellt. Mutter und Kind schwebten in Lebensgefahr. Nachdem die Epiduralanästhesie eingesetzt hatte, streichelte ich Rachel übers Gesicht und war zum ersten Mal in unserer Ehe damit konfrontiert, dass ich sie eventuell verlieren könnte. Sie war derart schwach, derart verwirrt. Ich stellte mir vor, wie mir die Hebamme das Baby nur Augenblicke nach dem Tod meiner Frau in die Arme legen würde. Mir war klar, dass ich ohne sie nicht klarkommen könnte. Mir war vollkommen schleierhaft, wie es danach hätte weitergehen sollen.

Die Situation jetzt fühlte sich genauso an, nur noch schlimmer. Ich hievte sie aus dem Pool und legte sie auf den Rücken. Ihre Haut war durchscheinend. Sie atmete nicht und fühlte sich so furchtbar schlaff an.

Bitte nicht.

Warum war sie nach mir ins Wasser gesprungen? Das hätte sie nicht tun dürfen. Ich wollte doch, dass sie in Sicherheit war.

In diesem Augenblick lähmte mich die Angst. Ich hatte keine Ahnung, was ich tun sollte. Also blickte ich zu Brodie hinüber. Er starrte mit entsetztem Gesichtsausdruck zurück und schüttelte heftig den Kopf. Kein Team von ausgebildeten Rettungssanitätern war in der Nähe, und Rachel lag reglos auf den kalten Fliesen.

Lass sie mich nicht verlieren. Nicht jetzt.

Es war zu grausam.

Ich kippte ihr Kinn nach oben und hielt ihr die Nase zu. Rachel war die Ärztin. Sie hätte mir eigentlich sagen sollen, wie man das machte. Ich beugte mich vor und begann mit der Mund-zu-Mund-Beatmung und …

Ihre Brust bockte, ihre Kehle schwoll an, und dann hustete sie den halben Pool aus.

Ich wich zurück und sah zur Decke hinauf. Dann begann ich zu weinen. Ich hörte Brodie mit einem schmerzlich erleichterten Stöhnen ausatmen. Schluchzend presste ich Rachels Namen hervor und rollte sie auf die Seite, tätschelte und rieb ihr dabei den Rücken. Sie hustete und spuckte und keuchte und rollte sich zusammen. Ich strich ihr das Haar vom Mund weg. Dann streichelte ich ihr Gesicht. Sie griff nach hinten und drückte ganz fest meine Hand.

Hätte ich sie nicht rechtzeitig aus dem Wasser gezogen … Nun, darüber möchte ich gar nicht spekulieren.

Ich kniete auf den Fliesen und hielt noch immer ihre Hand. Ich ließ den Kopf sinken und schloss die Augen.

Keine Ahnung, wie lange genau ich in dieser Stellung verharrte. Jedenfalls lange genug, dass Rachel nicht mehr hustete und ihr Atem weniger rau klang; lange genug, damit die Fragen in meinem Kopf umherzuwirbeln begannen. Fragen, denen ich mich nicht stellen wollte, von denen ich allerdings wusste, dass sie unausweichlich sein würden.

Ich dachte an Brodie und die Gefühle, die er für meine Frau zu hegen schien. Zwar hatte er die Polizei nicht alarmiert, bevor er hierhergekommen war, aber immerhin war er hier mitten in der Nacht bewaffnet aufgetaucht. Warum? Was hatte er hier anzutreffen geglaubt? Außerdem hatte er einen Mann erschossen. Kaltschnäuzig und gefasst. Als ob es nicht das erste Mal für ihn wäre. Der kleinere Mann war tot, trieb schaukelnd im Pool. Der größere Mann lag tot in der Vorratskammer. Vielleicht hätte ich mich deshalb schlecht fühlen sollen, aber die Wahrheit ist, dass ich es nicht tat. Sie hatten versucht, meine Familie zu ermorden, hatten uns in Angst und Schrecken versetzt. Ich musste an das hämische Lächeln auf dem Gesicht des kleineren Mannes denken, als er versucht hatte, Rachel zu ertränken, daran, wie er meinen Kopf gegen die Fliesen geschlagen hatte, an den chemischen Gestank der Handschuhe des größeren Mannes, als er versucht hatte, mir die Luft abzuschnüren. Noch immer kannte ich keinen der beiden Namen, wusste nicht, warum sie meinen Sohn zu Tode gehetzt hatten oder warum irgendwer überhaupt Michael und Fiona hätte umbringen sollen. Rachel hatte gesagt, sie seien heute Nacht hergekommen, um zu verhindern, dass die Wahrheit ans Tageslicht kam, aber ich fragte mich noch immer, ob nicht mehr dahintersteckte.

Wer hatte hinter Michael in meinem Auto gesessen? In welcher Beziehung stand diese Person zu den beiden Männern, die uns heute Nacht angegriffen hatten?

Womöglich kannten Rachel und Brodie die Antworten auf diese und ein paar andere Fragen. Ich würde darauf bestehen müssen, dass sie dieses Wissen mit mir teilten. Doch zuerst musste ich nun in den Wald laufen, um Holly zu finden. Ich wollte ihr unbedingt sagen, dass sie in Sicherheit war, sie in die Arme schließen und nie mehr loslassen.

»Tom?«

Rachel stemmte sich auf den Ellbogen hoch und beugte sich zu mir herüber. Sie legte die Hand auf meine Brust und dann ihre Stirn gegen meine. Ihre dunklen Augen sahen mich forschend an, als ob sie nach etwas suchten – nach irgendeiner Art von Verständnis oder Vergebung, bei der ich mir nicht sicher war, ob ich sie ihr bereits gewähren konnte. Das würde später kommen. So hoffte ich wenigstens.

Von der anderen Seite des Raumes her bekam ich mit, wie Brodie stöhnte und das Gesicht verzog. Wir sahen beide zu ihm hin. Eine Stelle an meinem Hinterkopf pochte, und es bildete sich eine Beule. Ich sah den ganzen Raum mal schärfer, mal verschwommen. Brodie richtete sich auf, lehnte sich mit dem Rücken gegen die Wand, saß dann mit gespreizten Beinen da, während das Blut aus seiner linken Wade langsam über die Fliesen rann. Sein Gesicht war blau und blutig geschlagen.

»Sie haben uns das Leben gerettet«, sagte ich zu ihm.

Er starrte zurück, aber nicht zu mir. Seine ganze Aufmerksamkeit galt allein Rachel. Da war sie wieder, diese seltsame Spannung. Die Sehnsucht in seinem Blick. Er keuchte schwer, verzog das Gesicht, dann begann etwas in seinem Ausdruck sich zu lösen, er sah aus, als ob er gleich losschluchzen würde, und er schüttelte nur den Kopf, als wollte er sich wortlos entschuldigen.

Wofür?

Eine Hand berührte mich an der Wange. Rachel brachte mich wieder dazu, sie anzusehen. Ich versank in ihren Augen.

»Ich dachte schon, ich hätte dich verloren«, flüsterte ich.

»Das hattest du auch. Aber nur ganz kurz. Und damit meine ich nicht nur heute Nacht.«

Ich spürte, wie sich Liebe in meiner Brust ausbreitete, dann hob ich die Hand und legte sie ihr in den Nacken. Sie schloss die Augen. Eine Träne kullerte ihr die Wange hinunter. Ich zog sie an mich. Ihre Lippen teilten sich. Ich liebte sie. Ich liebte sie so sehr.

Aber wir küssten uns nicht richtig.

Bevor sich unsere Lippen noch berührten, schraken wir beide zusammen und fuhren auseinander. Von draußen her ertönte ein lauter Knall. Es hörte sich an wie eine Schrotflinte.

50

Ich sprang auf. Der Raum drehte sich schwankend um mich. Der ohrenbetäubende Knall hallte in meinem Kopf wider. Er schien dabei immer lauter, heftiger und beängstigender anzuschwellen. Der Schmerz an meinem Hinterkopf pulsierte weiter, aber darum kümmerte ich mich gerade nicht. Ich dachte nur an Holly und den Schuss.

Ich wollte in den Wald hinausrennen, hatte aber solche Angst davor, was wir dort vorfinden würden. Zwei Männer waren uns hierher gefolgt. Zwei Männer hatten uns gejagt. Beide waren nun tot.

Was ging da also vor sich?

»Hast du draußen sonst noch irgendwen gesehen?«

»Nein«, erwiderte Rachel.

Ihre dunklen Augen wirkten leer. Entsetzt. Sie rappelte sich hoch.

»Brodie?«

Er antwortete erst gar nicht. Er war zu sehr damit beschäftigt, Rachel mit offenem Mund und völlig kaputt anzustarren. Er versuchte sich hochzustemmen, seine Ellbogen zitterten dabei heftig. Dann stöhnte er auf, seine Arme gaben nach, und er sank wieder zu Boden.

»Brodie! Hören Sie mir zu. Haben Sie sonst noch wen gesehen?«

»Nein.« Er riss sich zusammen. »Niemanden.«

Rachel wandte sich von ihm ab und starrte hinaus in den

Wald. Sie wirkte, als ob sie in die dunkelsten Ecken ihres Herzens blickte.

»Ich finde sie«, sagte ich.

»Ich komme mit.«

»Nein.«

Rachel war gerade beinahe ertrunken. Ich war mir nicht sicher, ob sie stark genug war, den Raum zu durchqueren geschweige denn mir bei der Suche nach Holly zu helfen.

»Ich komme mit«, bekräftigte sie, diesmal noch etwas nachdrücklicher, und wollte sich an mir vorbeizwängen.

»Warte!«, rief Brodie.

Er plumpste zur Seite und streckte die Hand mit einem heftigen Stöhnen nach seiner Pistole aus. Er streifte den Lauf mit den Fingern. Dann streckte er sich noch etwas weiter, zog die Waffe an seinen Bauch heran und fletschte vor Anstrengung die Zähne, als er an ihrem Griff nestelte und einen Knopf drückte. Das Magazin fiel ihm in den Schoß. Er griff in seine Fleecejacke, zog daraus ein Ersatzmagazin hervor und schlug es mit der Handfläche in die Waffe, dann winkte er Rachel zu sich heran.

Als sie nahe genug bei ihm war, drückte er ihr die Pistole in die Hand und schloss ihre Finger darum. Sie versuchte sich von ihm abzuwenden, aber er hielt sie fest.

»Neun Schuss«, erklärte er ihr. »Du zielst einfach und drückst ab. Okay?«

Ohne ein Wort zu sagen, blickte sie auf die Waffe hinunter.

»Rachel, du schaffst das.«

Genug. Uns lief die Zeit davon. Ich eilte zu ihr hin und zog sie von ihm weg, wobei ich ihr die Waffe abnahm.

»He, Tom, nicht …«

»Komm jetzt, Rachel.«

Sie stolperte und bückte sich, als ich sie hinter mir herzerrte, griff sich ihre rosa Wanderschuhe, die sie vor dem Sprung ins Wasser von den Füßen gekickt hatte. Kurz hielt sie an, um sie anzuziehen, während ich mir bereits einen Weg über die geborstene Glasscheibe hinweg auf die Veranda bahnte.

Der Wind zerrte an uns, das Meer toste und wütete. Der nasse Plastikoverall klebte an meinem Körper, als ob ich darin eingeschweißt wäre. Ich riss ihn in Fetzen von mir, drehte mich dann um und blickte in sämtliche Richtungen, horchte auf das leiseste Geräusch. Von Holly. Von irgendetwas.

Rachel spähte in die Dunkelheit. »Glaubst du, der Schuss kam von der Sternwarte?«

»Keine Ahnung«, entgegnete ich.

Ich schloss die Augen und versuchte, in meiner Erinnerung dem Knall nachzuspüren. Ich schlotterte am ganzen Körper und wusste wirklich nicht mit Sicherheit, wo das Geräusch seinen Ursprung gehabt hatte. Allerdings wollte ich vermeiden, dass wir einfach kopflos in die falsche Richtung drauflosliefen.

Also wagte ich es, richtete mich auf und rief Hollys Namen.

Nichts.

Nur Wind und Wellen. Nur Schweigen. Es wirkte traurig und unheilvoll, den Namen meiner Tochter in die Leere zu brüllen.

Ich tat es erneut.

Der Wald verschluckte meinen Ruf.

Rachel beugte sich nach vorn und bedeckte den Mund mit beiden Händen, als ob sie würgen müsste. Ich hatte das schon vorher bei ihr gesehen – als wir zusammen Michaels Leiche identifiziert hatten. Selbst nachdem man uns darauf vorbereitet hatte und obwohl wir wussten, dass unser Sohn tot war, hatte es wohl keiner von uns beiden wirklich glauben können. Noch immer hatte die lächerliche Hoffnung bestanden, dass es sich vielleicht um eine Verwechslung handelte. Möglicherweise war es ja doch nicht Michael. Aber natürlich war es so nicht gekommen. Wir hatten auf unseren Sohn hinuntergeblickt. Und Rachel hatte ihren Mund damals genauso mit den Händen bedeckt.

Bitte, lieber Gott, wir haben doch schon ein Kind verloren.

»Ich weiß nicht, wo sie ist.« Rachel sackte neben mir zusammen.

Ich streckte die Hand nach ihr aus und stützte sie, während ich weiter in den Wald starrte. Ich fühlte mich hilflos, verloren. War mir nicht sicher, was zu tun war.

Dann platzte ein tiefes, dröhnendes Bellen durch die Nacht, und Buster sauste aus dem Wald südlich des Hauses. Ein bisschen schief und mit heraushängender Zunge sprang er auf uns zu.

Mir brach das Herz. Als er uns sah, kam Buster schlitternd zum Stehen, seine Pfoten suchten kratzend Halt auf der Veranda. Dann wirbelte er herum, bellte noch ein paarmal und sah über seine Schulter zu uns her, bis er dann wieder auf die Bäume zustürmte.

Wir rannten ihm nach. Ich wusste nicht, ob ich hoffen sollte oder nicht. Es erschien mir als ein zu großes Risiko.

Wir konnten nur in die Schwärze laufen. Der Waldboden fühlte sich unter meinen Füßen, die nur in Socken steckten, dicht und dornig an. Die durchnässte Kleidung klebte mir am Körper. Ich hielt Rachel fest und zog sie mit mir. Manchmal konnten wir Buster in den schwachen Flecken des Mondlichts sehen, aber meistens folgten wir einfach dem Lärm, den er verursachte.

Zur Sternwarte.

Einsam und still stand sie an der sturmumtosten Küste. Die Baumwipfel bogen sich und stöhnten. Die silbrige Oberfläche des Gebäudes glänzte dunkel. Ich bibberte vor Kälte.

Busters Umriss zeichnete sich auf einem großen Felsen in der Nähe des Wassers ab, auf dem er mit krummen Beinen zitternd stand.

»Alles gut, mein Junge, alles gut.«

Wir kletterten in der steifen Brise über die Felsen zu ihm hin. Die Sternwarte würde uns ihre Geheimnisse nicht von außen enthüllen. Die verspiegelte Fassade bedeutete, dass es keinerlei Möglichkeit gab, im Inneren etwas zu erkennen. Die tosende See leckte und griff nach der Helling, und ich dachte schaudernd daran, wie Holly vorhin ins Wasser gefallen war.

»Wenn ihr irgendwas passiert …« Rachel zog an meinem Jackenärmel und biss sich auf die Lippe. »Das würde ich mir nie verzeihen, Tom. Es tut mir leid. Mir tut das alles so furchtbar leid. Ich will einfach nur wissen, dass sie in Sicherheit ist.«

Ich starrte Rachel an und spürte, wie sich in mir alles zusammenzog.

»Alles okay«, versuchte ich sie zu beruhigen. »Wir haben die Pistole. Alles wird gut.«

Buster stieß mich von hinten gegen die Waden, schob mich weiter.

»Schon gut, Buster. Wir gehen.«

Wir kletterten auf die überflutete Helling. Die Wellen brandeten heran. Das schwarze Wasser stand uns bis über die Knie und klatschte hallend gegen das feuchtkalte Fundament der Sternwarte.

»Sieh doch.«

Ich folgte mit dem Blick Rachels ausgestrecktem Zeigefinger. Die Holztür hing schräg in ihren Angeln. Ein Krater war in die Wand neben der Klinke gerissen worden. An der Tür war ein Stück abgesplittert.

War das das Ergebnis eines Schusses aus einer Schrotflinte?

Ich dachte fieberhaft nach. Wir hatten nur einen einzigen Schuss gehört. War hierauf geschossen worden?

Licht drang hinter der Tür hervor. Ich hielt die Waffe mit schlotterndem Arm ausgestreckt vor mich. Dann wagten wir uns ins Innere.

Eine schlanke Holztreppe wand sich zu meiner Rechten in engem Radius empor. Ich blickte hinauf, die Pistole im Anschlag. Die Treppe war ebenso steil wie eng. Aus einem Durchgang am oberen Ende fiel Licht. Kein Geräusch. Keine Bewegung. Keine Spur von Holly. Nur das sanfte gelbliche Licht und eine schleichende Angst, die mir ins Ohr flüsterte: *Sie ist tot. Du hast auch sie verloren.*

Ich stieg die Treppe empor. Meine Handfläche um die Pistole war schweißnass. Rachel folgte mir, hatte eine Hand auf meinen Rücken gelegt, ich spürte ihren Atem in meinem Nacken.

Bitte, lass sie noch am Leben sein. Ich tue alles, wenn sie noch am Leben ist. Ich glaube nicht, dass ich damit klarkomme, wenn …

Ein schneller Schritt brachte mich durch den Durchgang, und die Welt über mir öffnete sich. Die Sternwarte war mit einseitig verspiegeltem Glas ummantelt, von innen war es durchsichtig. Der Effekt war atemberaubend, als ob man auf einem Felsvorsprung in den Himmel hinauswanderte. In einer sternenklaren Nacht musste der Anblick spektakulär sein, als ob man durch den Weltraum schwebte. Im Moment war der Anblick der Gewitterwolken am Himmel jedoch eher erdrückend.

»Keine Bewegung.«

Die Stimme kam von irgendwo hinter mir.

Rachel stieß gegen mich.

»Ich hab gesagt: *keine Bewegung.*«

Die Angst breitete sich in meinem Körper aus. Es war eine männliche Stimme. Angespannt vor Stress.

Etwas metallisch Hartes war mir unters Kinn gerammt worden, sodass ich meinen Kopf weit nach hinten neigen musste. Wahrscheinlich der Lauf einer Schrotflinte.

»Tom?«, jammerte Rachel.

»Schnauze«, blaffte die Stimme. »Du. Streck den Arm mit der Waffe aus. Und zwar langsam.«

Meine Knochen wurden bleischwer. Umständlich versuchte ich, den Kloß in meinem Hals herunterzuschlucken, und tat genau, was die Stimme von mir verlangte, aber es schien mich eine unmenschliche Kraft zu kosten, meinen Arm anzuheben.

»Und *du.*« Rachel stolperte an mir vorbei und wäre beinahe hingefallen. Der Mann hatte sie anscheinend gestoßen. »Nimm sie ihm ab. Geh rüber zum Fenster. Und dann wirf sie raus.«

Rachel zögerte.

»Mum, bitte, tu einfach, was er sagt.«

Holly.

Erleichterung durchströmte mich. Ich versuchte, mich zu ihr umzudrehen, aber der Mann drückte mein Kinn mit dem Lauf der Schrotflinte sogar noch weiter aufwärts. Meine Kehle tat weh, und ich stellte mich auf die Zehenspitzen, um so den Schmerz erträglicher zu machen. Es war furchtbar. Ich wünschte mir nichts so sehr, wie zu sehen, dass es Holly tatsächlich gut ging.

»Hör auf deine Tochter«, sagte der Mann. »Mach das Fenster auf und schmeiß die Waffe raus. Sofort. Ich sag es nicht noch einmal.«

Rachels Kiefer bebte, als sie die Hand nach der Waffe ausstreckte. Mit einem Ausdruck verbissener Entschuldigung nahm sie sie mir ab und ging hinüber zu einer der schrägen Scheiben, an deren unterem Ende sich eine Stange aus Aluminium befand. Ganz in der Nähe stand ein Teleskop auf einem Dreibein. Rachel drückte auf die Stange und öffnete so das Fenster. Das schwarze Meer glitzerte unter uns.

Eine kurze Handbewegung, und die Waffe war weg. Ich hörte ein leises Plätschern, das in meinem Bauch Wellen zu schlagen schien.

»Dreh dich um«, wies die Stimme sie nun an.

Rachel wandte sich um und starrte den Mann an. Dann schoss ihr Blick nach links, und ich konnte an dem plötzlich sanften Gesichtsausdruck und den Tränen, die ihr in die Augen traten, erkennen, dass sie Holly sah.

Dann veränderte sich etwas. Eine schreckliche Verwirrung stand ihr ins Gesicht geschrieben. Ihr Blick irrte im Raum umher.

Heiße Panik stieg erneut in mir auf. *Was stimmt nicht? Was hat sie gesehen?*

»Setz dich hin«, knurrte der Mann.

Rachel bewegte sich nicht, sondern starrte nur.

»Ich habe gesagt: *Setz dich hin.*«

»Mum, bitte. Tu, was er sagt.«

Der Mann hielt mir die Schrotflinte weiterhin unters Kinn. Ich würgte. Endlich folgte Rachel seiner Anweisung und schob sich langsam vorwärts.

»Jetzt du«, sagte der Mann. »Dreh dich um.«

51

Die Scheiben leuchteten mit einem schwachen Glanz, als ich mich mit steifem Hals umdrehte und dabei die Hände hochstreckte. Der Lauf der Schrotflinte glitt herum und schmiegte sich jetzt an meinen Hinterkopf. Ich wankte. Der Horizont schaukelte vor mir auf und ab.

Ein neuer Teil des Raums und des Himmels kam so in Sicht. Das mondbeschienene Meer überflutete die Küste. Die Bäume draußen bogen sich hin und her. Dann sah ich Holly, und etwas in mir stürzte in sich zusammen. Es kostete mich große Mühe, aufrecht stehen zu bleiben und mich zu beherrschen. Sie saß auf einem Sofa und hatte die Knie gegen die Brust gezogen. Ihr Gesicht war vollkommen verweint.

Rachel ließ sich neben sie sinken. Sie streckte die Hand nach Holly aus, aber Holly wich zurück. Rachel zuckte zusammen. Hollys Verhalten hatte ihr wehgetan.

»Beweg dich.«

Die Schrotflinte zwang mich, die Hüfte zu beugen. Doch bevor ich mich setzen konnte, bemerkte ich noch die Monitorwand hinter dem Sofa. Mein Herz schlug einen Purzelbaum. Sie sah genauso aus wie die Monitore im Weinkeller. Mit einem entscheidenden Unterschied: Die Monitore hier funktionierten.

Acht hell flimmernde Bildschirme. Acht körnige Bilder, die Orte innerhalb und außerhalb des Hauses zeigten. Unter ihnen gab es ein schräg geneigtes Kontrollpult mit einigen Knöpfen,

Dreh- und Schiebereglern, die mich an das Schnittpult bei einer Filmproduktion erinnerten.

Was zum Teufel hatte das zu bedeuten?

Ich starrte auf die Monitore, einer zeigte einen Ausschnitt des Schwimmbeckens, von der Sauna aus betrachtet. Der tote Mann trieb gut sichtbar im Wasser, und Brodie saß, gegen die Wand gelehnt, da. Auf einem weiteren Bildschirm war ein großer Teil des Wohnbereichs zu sehen, der außer der Plastikplane und den Sporttaschen leer war. Die Kamera in der Küche zeigte das zerbrochene Fenster über der Spüle und die offene Speisekammertür. Die Leiche des größeren Mannes konnte man aus dieser Perspektive nicht sehen. Ein eisiger Schauer lief mir über den Rücken. Hatte Rachel einen Fehler gemacht? Hatte er überlebt? Presste er mir jetzt die Schrotflinte gegen den Nacken?

Mein Magen verkrampfte sich. Ich versuchte, die Angst im Zaum zu halten und mich auf das zu konzentrieren, was ich sah, aber es war nicht zu begreifen. Andere Monitore zeigten den Weinkeller und Rachels Schlafzimmer. Von der Umgebung gab es eine Infrarotansicht des gekiesten Vorplatzes, auf dem Brodies Land Cruiser mit offener Hintertür stand. Außerdem war der überdachte Stellplatz mit unserem Volvo zu sehen. Zu guter Letzt gab es noch eine Ansicht durch den Wald, die Auffahrt hinunter, in Richtung des geschlossenen Tors und des Zauns.

Es war beunruhigend, erschreckend.

»Hallo, Tom.«

»Lionel?« Ich fuhr herum und fühlte mich, als ob der Boden mir entgegenrasen würde.

Das konnte nicht sein.

Und doch war es so.

Er hob die Hand, betastete einen übel aussehenden Bluterguss an seiner Schläfe und zuckte zusammen. Er saß auf einem Einzelbett an der hinteren Wand des Raums, trug ein zerknittertes Flanellhemd, eine abgewetzte Cordhose, dicke Wollsocken und Wanderschuhe. Das graue Haar stand ihm an einer Seite ab, und sein Gesicht war schweißüberströmt. Auf der linken Wange unter dem Auge hatte er einen leuchtend roten Striemen, aus dem Blut rann.

Eigentlich hätte er doch in London sein sollen. Er sollte nicht … Wie war er …?

»Was zum Teufel tust du hier?«

»Ich wollte euch helfen, Tom. Ich habe den Schuss gehört. Ich bin gerade hier angekommen, als Holly …«

»Es stimmt, Dad, so war es. Er hat versucht, sich hinter uns reinzuschleichen.«

»Haltet den Mund«, knurrte die Stimme hinter mir.

Ich spürte, wie sich mir die Nackenhaare aufstellten. Wann war Lionel am Landhaus eingetroffen? Wie lange war er schon hier?

Mir stockte der Atem. Und denken konnte ich auch nicht mehr.

Lionel erwiderte sorgenvoll meinen Blick und presste die Hände fest aneinander, als ob er mich anflehen wollte, es ihn erklären zu lassen.

Mein Chef. Mein Mentor.

Tief in mir drin fühlte ich Zorn aufbrodeln und sich langsam ausbreiten. Die ganzen Heimlichkeiten. All die Lügen. Vielleicht hatte Rachel damit angefangen, aber Lionel spielte eine gewaltige Rolle dabei. Das hier war sein Landhaus. Er war derjenige, der sich an Rachel gewandt und ihr seine Hilfe angeboten hatte, ohne mich auch nur irgendwie einzuweihen. Er hatte Brodie engagiert, um die Umstände von Michaels Tod zu untersuchen; hatte hier ein Wochenende mit Rachel verbracht; hatte mich entweder direkt angelogen oder mir wenigstens wichtige Fakten verschwiegen; hatte davon geredet, meine Familie retten zu wollen, uns aber gleichzeitig auf diesen blutigen Pfad geführt.

Und nun das.

Ich hatte ihm sechs Jahre meines Arbeitslebens gewidmet. Ich hatte meinen Kummer über Michael mit ihm geteilt, meine Sorgen um Rachel. Wie verblendet war ich eigentlich gewesen?

Auf einem kleinen Beistelltisch neben dem Bett stand ein silberner Bilderrahmen. Das Foto darin zeigte Jennifer und war ein Abzug von dem, das ich auf dem Podest bei dem Wohltätigkeitsball gesehen hatte.

Ein schrilles Pfeifen ertönte in meinem Kopf, als ich noch einmal auf die Bildschirme sah und alles zusammenzusetzen versuchte. Da erinnerte ich mich an etwas, was Brodie zu mir über die Sternwarte gesagt hatte, als ich sie ihm gegenüber am Telefon erwähnt hatte.

In einer klaren Nacht kann man von da drinnen aus so ziemlich alles sehen.

War das ein geschmackloser Witz gewesen? Oder sogar Hohn? War Lionel eine Art Voyeur, der seine Gäste gern in seinem Landhaus beobachtete? War all das hier nur irgendein widerlicher Trick?

Nein. Ein Blick auf Lionels zusammengesunkene Haltung und auf den dunkelroten Striemen auf seinem Gesicht sagte mir, dass das nicht der Fall sein konnte.

»Setz dich hin.«

Ein harter Stoß mit der Schrotflinte, ich fiel neben Holly auf das Sofa.

In meinem Kopf pochte es. Mir war schlecht.

Das Tor. Der Sicherheitszaun. Die Kameras.

Was war das hier nur für ein Ort? Was hatte Rachel getan?

Warum war Lionel jetzt hier? Und wer war der Mann mit der Schrotflinte?

Holly lehnte sich gegen mich und schniefte die Tränen weg. Ich legte den Arm um sie und sah dann endlich auf den großen, stämmigen Mann, der sich vor uns aufbaute.

Erst sah ich die blauen Gummistiefel, den weißen Overall, seinen massigen Körper. Doch erst als ich auf seine behandschuhten Hände schaute, begriff ich unseren Fehler. Es konnte nicht der größere Mann gewesen sein, den wir zum Tor hatten gehen sehen. Der Mann, der an uns vorbeigegangen war, hatte eine Taschenlampe in der einen und die Schrotflinte in der anderen Hand gehalten. Wie hätte der größere Mann das mit zwei gebrochenen Fingern tun sollen? Und wie war er so schnell wieder am Haus gewesen, nachdem Brodie es betreten hatte?

Die Antwort war: Nichts davon hatte er tun können.

Denn es hatte nie nur zwei Eindringlinge gegeben. Sondern drei.

Michael betrachtet sich selbst im trüben Licht des Flurspiegels. Er ist sich bewusst, dass er sich in diesem Augenblick verändert, sich in jemand anders verwandelt. In jemanden, der Dinge tun wird, die der frühere Michael nicht einmal in Betracht gezogen hätte.

Dieser neue Michael zieht zum Beispiel die kleine Schublade in der Flurkommode auf und nimmt die Autoschlüssel seines Vaters heraus. Die Schlüssel erscheinen ihm schwerer als gewöhnlich. Zwar zittert Michaels Hand nicht, aber die Luft in seiner Lunge fühlt sich heiß und kratzig an.

Die Schlüssel baumeln an seinem Finger, und er blickt langsam zum Spiegel auf. Eine entsetzliche Sekunde lang kommt es ihm so vor, als ob er auf einen Geist starren würde.

52

Ich fühlte mich, als ob ich versänke, tiefer und tiefer. Der Mann war genau wie die anderen beiden gekleidet, bis hin zu der Kapuze, die er sich über den Kopf gezogen hatte, und die Papiermaske vor seinem Gesicht. Wenn überhaupt wirkte er sogar noch größer als der größere Mann – obwohl dieser Eindruck vielleicht nur dadurch entstand, dass er so dicht vor mir stand. Ich erwiderte fest seinen wütenden Blick. Für Rachel und Holly wollte ich ein bisschen Mut zeigen. Doch innerlich duckte ich mich zusammen.

»Warum tun Sie uns das an? Warum haben Sie meine Familie so ins Visier genommen?«

Ein schnaubendes Geräusch kam hinter der Maske hervor.

»Er weiß nichts«, erklärte ihm Lionel.

Ich erstarrte. »Worüber?«, fragte ich unbehaglich.

Der Mann musterte mich, bevor er zu Lionel sah. »Zeig es ihm.«

Lionel rührte sich nicht.

»Wenn du es ihm nicht sofort zeigst, hau ich dir noch eine runter.«

Der Mann deutete einen Schritt vorwärts an und hob die Schrotflinte wie einen Knüppel. Lionel wich zurück und drehte ihm den Rücken zu, dann erhob er sich langsam und mit beschämtem Gesichtsausdruck und mied meinen Blick. Einen Moment lang zögerte er noch, dann trat er an das Kontrollpult und drückte auf einen Knopf.

»Sieh es dir selbst an«, forderte der Mann mich auf.

Etwas in seinem Tonfall verriet mir, dass mir das, was ich gleich sähe, nicht gefallen würde. Mir war deutlich bewusst, wie Holly und Rachel sich neben mir umdrehten, aber ich wartete darauf, dass Lionel vom Pult zurücktrat und stattdessen mich ansah. Langsam schüttelte er den Kopf, und als er aufsah, konnte ich Bedauern in seinen Augen erkennen.

»Wer ist das?«, fragte Holly.

Meine Haut kribbelte. Nicht so sehr ihre Frage, sondern vielmehr das Zittern in ihrer Stimme veranlasste mich schließlich dazu, mich umzudrehen und hinzusehen.

Die Bilder auf den Monitoren hatten sich verändert. Jetzt zeigten sie unterschiedliche Blickwinkel unterschiedlicher Räume und Ansichten der Umgebung des Hauses. Die Bilder rotierten in regelmäßigen Abständen. Es mussten deutlich mehr als nur acht Kameras im und um das Haus herum angebracht sein.

Das Bild, auf das Holly sich bezog, war auf dem Bildschirm in der rechten oberen Ecke zu sehen. Mit zusammengekniffenen Augen betrachtete ich es und spürte, wie sich in mir ein Abgrund auftat. Das Infrarotbild wurde in flackernden Graustufen wiedergegeben. Es war unscharf, und die Lichtreflexe auf dem Monitor machten es mir schwer, Einzelheiten zu erkennen. Aber ich sah immerhin, dass es sich um die Innenansicht eines Raumes handelte, den ich noch nicht kannte. Darin standen keine Möbel. Der Boden schien aus blankem Zement zu bestehen, die Wände waren schmucklos.

Er wirkte wie eine Gefängniszelle.

Mir stockte der Atem.

Der Abgrund in mir begann sich mit eisigem Wasser zu füllen. Im Vordergrund des Bildes war ein Fleck. Eine Person in einem dunklen Trainingsanzug und hellen Socken lag zusammengerollt und mit dem Gesicht nach unten auf dem Boden.

Offenbar schlief sie.

Oder sie war betäubt worden.

Oder Schlimmeres.

Ich schloss fest die Augen. Die eisige Flüssigkeit stieg mir in die Lunge. Beim Ausatmen fühlte ich eine schreckliche Kälte. Und in diesem Moment, im Hier und Jetzt, wusste ich, dass wir eine Schwelle überschritten hatten. Was auch immer hier vor sich ging – was auch immer hierzu geführt hatte –, ich begriff nun instinktiv, dass es zu etwas noch viel Schlimmerem geworden war.

Wir müssen hier raus. Wir müssen hier weg. Irgendwie. Wir müssen …

»Sie hätten doch noch gar nicht hier sein dürfen!« Rachel wirbelte zu Lionel herum und sprang auf. »Das war so nicht geplant! Dem habe ich nicht zugestimmt.«

Rachels Stimme brach. Alarmiert wandte ich mich ihr zu, und die Furcht presste gegen meine Rippen. *Dem habe ich nicht zugestimmt.*

Oh Gott. Und was *hatte* sie zugestimmt?

»Das weiß ich, Rachel«, entgegnete Lionel. »Denkst du denn, ich weiß das nicht?«

»Du hast gesagt, du wartest, bis ich dir das Go gebe. Du hast versprochen, dass du mich erst mit Tom sprechen lässt.«

Es gibt etwas, worüber ich mit dir reden muss. Etwas Wichtiges.

Oh Gott, bitte, alles, nur nicht das. Das konnte sie nicht getan haben.

Oder doch?

»Mum? Wer ist das? Du musst es uns sagen!«

Aber Rachel gab keine Antwort. Sie grub die Finger nur in

ihren durchnässten Pullover und zog am Stoff, während ihr die Tränen über die Wangen liefen.

Und ich vermutete, dass sie mir gar keine Antwort liefern musste. Ich hatte das schreckliche Gefühl, dass ich auch so begriff.

Ein Mann hatte bei Michael und Fiona im Auto gesessen. Es war der mit der Waffe.

Und drei Männer hatten ihn in einem weiteren Auto verfolgt.

Vier Männer insgesamt.

Zwei Männer lagen inzwischen tot im Haus. Einer richtete eine Schrotflinte auf uns. Meine Vermutung war, dass der vierte Mann sich in dem Geheimraum befand.

Der Zaun. Das Tor. Das abgelegene Landhaus.

Sie hätten doch noch gar nicht hier sein dürfen. Das war so nicht geplant.

Oh nein, nein, nein, nein …

Die eisige Flüssigkeit blubberte mir in die Kehle, bis es sich anfühlte, als ob ich innerlich ertränke. Ich starrte Rachel an, aber sie schüttelte nur den Kopf, ließ sich auf das Sofa fallen und vergrub das Gesicht in den Händen. Als ich mich Lionel wieder zuwandte, war die Wahrheit klarer zu erkennen. Er schloss die Augen, als ob er Schmerzen hätte, und nickte langsam.

Man sagt, mit Geld kann man sich kein Glück erkaufen. Als trauernder Elternteil kann ich das bestätigen. Alles Geld der Welt könnte mich nie dafür entschädigen, Michael verloren zu haben. Aber die Zeit, die ich in Lionels Gesellschaft verbracht hatte, hatte mich doch etwas anderes gelehrt: Ein reicher Mann kann immerhin die meisten Dinge, die er will, auf die Weise, die er sich wünscht, bekommen.

Du weißt, hinter wem wir her sind.

Das hatte der kleinere Mann zu Brodie gesagt, nachdem er ihn an den Stuhl gefesselt hatte.

In jenem Moment war ich davon ausgegangen, dass er über Rachel, über uns, sprach, aber jetzt wurde mir mit Entsetzen bewusst, dass ich mich getäuscht hatte.

53

Rachel hatte geglaubt, dass die Männer hier aufgetaucht waren, um sie daran zu hindern, Michaels Tod näher zu untersuchen, und vielleicht war das auch ein Teil der Wahrheit. Aber es war nicht der einzige Grund. Sie waren auch gekommen, um den Mann zu holen, der in jenem Raum festgehalten wurde.

Erneut musste ich an die Fragen denken, die der kleinere und der größere Mann Brodie gestellt hatten. Sie wollten wissen, wie man in den Weinkeller gelangt. *Weil sie glaubten, dass dieser Mann dort drin mit uns festsaß. Sie wollten ihn befreien.* Als Brodie ihnen jedoch mitgeteilt hatte, dass es keine Möglichkeit gab, sich Zutritt zum Weinkeller zu verschaffen, war der kleinere Mann dazu bereit gewesen, alle zu verbrennen, die sich auf der anderen Seite der Stahltür aufhielten. Und der größere Mann hatte sich damit einverstanden erklärt. Widerwillig zwar, aber er hatte eingewilligt.

Warum? Warum sollte man einen Befreiungsversuch für jemanden starten, den man am Ende bereit war sterben zu lassen?

Mein Blick wanderte zu dem gerahmten Foto von Jennifer. Ich spürte, wie mich ein Schauer durchlief. Ihr Mörder war ohne Strafe davongekommen. Rachel zufolge hatte Lionel nicht gewollt, dass der Tod unseres Sohnes ungeahndet blieb.

Sie hätten doch noch gar nicht hier sein dürfen.

Was war hier also genau los? Hatten Rachel, Lionel und

Brodie vorgehabt, den Mann zu entführen und ihn hier gefangen zu halten? Warum? Damit sie ihn dazu zwingen konnten zuzugeben, welche Rolle er bei Michaels Tod gespielt hatte? Um sein Geständnis in dem Geheimraum mit der Kamera aufzunehmen?

Der Gedanke verursachte mir Übelkeit, aber vermutlich war das eine Möglichkeit. Weit hergeholt? Sicher. Furchtbar unverantwortlich und gefährlich? Ohne jeden Zweifel. Aber möglich, und der kleinere und der größere Mann mussten diese Meinung geteilt haben. Vielleicht waren sie deshalb bereit gewesen, ihn sterben zu lassen. Vielleicht wollten sie um jeden Preis, dass ihr Geheimnis diesen Ort nicht verlassen konnte.

Mir war nicht klar, wie ich auf das reagieren sollte, was ich auf dem Bildschirm gesehen hatte. Angewidert? Bestürzt? Oder ganz anders? Gab es einen winzigen Teil von mir – einen Teil, dessen Existenz ich mir im Moment nicht eingestehen wollte –, der zehn Minuten allein mit diesem Mann in einem geschlossenen Raum verbringen wollte?

Und was war mit Rachel? Was hatte sie sich von all dem erhofft? Neben mir war sie vollkommen zusammengebrochen und raufte sich die Haare. Es tat mir weh, sie so zu sehen. Ein Blick auf sie löste in mir so viele Erinnerungen aus: die Art, wie sie sich sonntagabends unter einer Decke vor dem Fernseher zusammenrollte; die Art, wie sie Hollys Haar nach dem Bad auskämmte; der Duft ihrer Haut, wenn ich die Sommersprossen auf ihrem Hals küsste. Und jetzt … *das hier*.

Der Mann im Overall richtete mit einem Ruck die Schrotflinte auf Lionel, sodass ich aus meinen Gedanken gerissen wurde.

»Du wirst mich jetzt sofort zu diesem Raum bringen.«

»Sie wissen, dass ich das nicht tun kann.«

»Ich könnte dich erschießen.«

»Das könnten Sie.« Lionel nickte und sah zu ihm auf. Lionel war kein kleiner Mann, doch im Vergleich wirkte er so. »Aber wie würden Sie ihn dann finden?«

Mir wurde furchtbar kalt. Rachel ließ die Hände sinken und blickte hoch.

»Lionel«, bat ich ihn inständig. »Sag ihm einfach, was er wissen will.«

»Das kann ich nicht tun, Tom. Verstehst du das nicht? Ich versuche, euch zu beschützen. Euch alle. Du musst mir einfach glauben, dass ich damit nur das Beste für deine Familie will. Das wird für dich im Augenblick vielleicht schwer zu verstehen sein, aber es ist die Wahrheit.« Er sprach, ohne mich dabei anzusehen. Seine Aufmerksamkeit war weiterhin auf den Mann mit der Schrotflinte gerichtet, wie ein Schiedsrichter einen Ringer mitten im Kampf nicht aus den Augen lässt.

»Soll ich Ihnen sagen, was ich glaube?«, sagte er zu ihm. »Falls Sie mich wirklich erschießen wollten, hätten Sie es längst getan. Sie hätten Holly draußen im Wald erschießen können. Haben Sie aber nicht, und ich wette, wenn ich die Aufzeichnungen der ganzen Kameras abspielen würde, würden wir erkennen, dass Sie die meiste Zeit außerhalb des Hauses verbracht haben. Ich bin mir nicht sicher, ob Sie irgendetwas von all dem hier wollen. Und ich frage mich, ob Sie es jemals wollten.«

Darüber dachte ich nach. Wenn meine Überlegungen bis jetzt korrekt waren – wenn der Mann mit der Schrotflinte einer der Männer aus dem silbernen Vauxhall war, der Michael und Fiona verfolgt hatte –, dann musste er derjenige sein, der auf der Rückbank gesessen hatte. Auf dem Bild der Radarfalle waren nur seine Schulter und sein Oberarm sichtbar gewesen, weil er sich nach hinten gelehnt hatte. Er hatte sich nicht etwa nach vorn zwischen die beiden Vordersitze gebeugt. Er hatte nicht mit ihnen geredet. Er hatte an der ganzen Sache nicht wirklich *teilgenommen*. Und anders als der Mann, der mit Michael und Fiona zusammen in meinem Auto gesessen hatte, hatte er keine Waffe auf meinen Sohn gerichtet gehabt.

Eventuell hatte Lionel recht. Vielleicht war der Mann nur widerwillig Teil dieser furchtbaren Sache.

»Übrigens«, sagte Lionel nun zu ihm, »wollte ich heute Nacht gar nicht hier sein. Die Dinge haben sich … unvorhergesehen und unbeherrschbar entwickelt. Zusammen können wir alles in Ordnung bringen. Das hier sind gute Menschen. Sie wissen, was diese Familie durchgemacht hat. Das war traumatisch. Holly ist immerhin erst dreizehn Jahre alt.«

Der Mann sah Lionel misstrauisch an, als ob er nach der versteckten Falle in dessen Worten suchen würde.

»Tom«, raunte Lionel mir zu. »Wahrscheinlich wird es Zeit, dass ich dir ein paar Antworten gebe. Und vielleicht sollte ich damit beginnen, dir unseren Gast hier vorzustellen. Obwohl ihr euch natürlich vorher schon mal begegnet seid.«

54

Schon mal begegnet? Furcht und Verwirrung durchfluteten mich, und ich starrte den Mann im Overall an. Ich bemühte mich, irgendein passendes Bild aus meinem Gedächtnis hervorzukramen. Allerdings konnte ich nur seine Augen, Augenbrauen und Wangen sehen, wie er da vor uns aufragte. Das reichte nicht.

»Glauben Sie denn, ich weiß nicht, wer Sie sind?«, fragte Lionel ihn kopfschüttelnd. »Wer Sie alle sind? Oder vielleicht sollte ich im Fall Ihrer beiden Freunde eher sagen: *waren.*«

Bei Lionels letzten Worten hatte der Mann sich versteift. Er machte einen Schritt auf Lionel zu und bedrängte ihn.

»Lionel«, mahnte ich.

Mir war nicht klar, warum er den Mann so reizte. Auf einmal erschien es mir, als würde er ihn mit Vorsatz provozieren.

Ein unangenehmes Kribbeln lief mir über Arme und Beine. Ich blickte an Holly vorbei auf Rachel. Sie rutschte auf dem Sofa langsam nach vorn, ein Knie gedreht und mit einem Ausdruck gespannter Erwartung auf dem Gesicht.

Oh verdammt.

»Weißt du«, sagte da der Mann zu Lionel, »du fängst wirklich an mir auf die …«

Ich bewegte mich, bevor Rachel es tun konnte, sprang vorwärts vom Sofa, als der Mann einen weiteren Schritt nach vorn machte.

»Dad, nicht!«, schrie Holly.

Der Mann wirbelte herum, und ich geriet in Panik. Zwar hatte ich keinerlei Plan, aber ich war nun fest entschlossen und griff nach der Schrotflinte, schloss beide Hände um den Lauf. Es fühlte sich an, als ob ich zu einem Riesen aufblickte. Mein Herz schlug zum Zerspringen. Meine Hände waren schweißnass. Ich drückte mit den Handballen die Waffe schräg gegen die breite Brust des Mannes und versuchte, ihn gegen die Wand zu schubsen.

Er rührte sich keinen Zentimeter.

Rachel stand auf und beobachtete uns, während sie kleine Trippelschritte vorwärts und rückwärts machte.

»Tom, er schießt gleich!«

Rachels panische Stimme schrillte in meinen Ohren. Der Mann war so viel größer als ich. Es fühlte sich an, als ob ich mit bloßen Händen eine Wand zum Einsturz bringen wollte. Ich spürte seine riesige Kraft, als er Widerstand leistete. Mein Bizeps brannte. Ich versuchte eine andere Art Ramm- oder Stoßbewegung, die ihm die Schrotflinte gegen die Kehle pressen sollte.

Es klappte nicht. Die Schrotflinte bewegte sich nicht.

Dann erfüllte ein gleißend heller Schmerz meinen Kopf, und das Nächste, was ich wusste, war, dass ich auf dem Rücken lag. Für ungefähr eine halbe Sekunde musste ich wohl das Bewusstsein verloren haben, denn ich brauchte einen Moment, um zu verstehen, dass mir der Mann eine Kopfnuss verpasst hatte. Das Knirschen hallte in meinem Schädel wider. Meine Stirn fühlte sich an, als ob sie gespalten worden wäre.

Benommen blickte ich mit pochendem Herzen auf. Ich sah zwei verschwommene Männer in weißen Overalls, zwei Flinten und zwei Läufe, die auf mich gerichtet wurden.

Entsetzen machte sich in mir breit.

Da bemerkte ich eine rosafarbene rasche Bewegung. Ich hörte Hollys aufgeregten Schrei.

»*Stopp!*«, brüllte der Mann und drehte sich schnell mit der Schrotflinte um.

Meine Sicht wurde wieder schrecklich klar. Ein Beben aus reinem Entsetzen erschütterte mich. Holly fiel auf die Knie und hob die Hände. Der Lauf der Schrotflinte war auf ihre Brust gerichtet. Doch der Mann hatte den Abzug noch nicht betätigt. Noch nicht.

»Nicht schießen!«, schrie Rachel. »Oh mein Gott, nicht schießen!«

Die Zeit schien anzuhalten.

Alles – mein gesamtes Leben – schien in diesem einen Augenblick gebündelt zu sein.

Rachel sah mit einem Blick reiner Panik zu Holly hinab. Mein Körper fühlte sich taub an. Mein Herz hörte einfach auf zu schlagen. Jedes Detail wurde deutlich und klar: das Haken und Stocken von Hollys Atem; der lautlose Schrei, der auf ihren Lippen erstarrt war; die Art, wie die Schrotflinte gegen ihre Jacke drückte und ihre Hüfte nach hinten schob; wie der Finger des Mannes sich über dem Abzug krümmte.

Zwischen den Sekunden lagen unendliche Abstände. Es war der Raum, in dem meine schlimmsten Befürchtungen wohnten.

Wir glauben, so viel Zeit im Leben zu haben. Zeit, Fehler zu machen; Zeit, alles wieder in Ordnung zu bringen. Doch immer mal wieder wird es uns schlagartig bewusst – die schlimmsten Dinge geschehen immer dann, wenn wir absolut keine Zeit haben.

Ich sah zu.

Wie gelähmt.

Meine Tochter wagte nicht, sich zu bewegen.

»Baker«, sagte Lionel da in sehr angespanntem Tonfall. »Lautete so nicht der Name, den Sie sich ausgedacht haben?«

Baker?

Der Mann knurrte und schüttelte den Kopf, während er über den Lauf nach unten sah. Seine Finger zogen sich um die Flinte zusammen. Schweiß stand ihm auf der Stirn.

Holly blinzelte. Tränen liefen ihr über die Wangen. Rachel versuchte erneut, die Hand nach ihr auszustrecken, aber als der Mann sie davon abhielt und uns noch einmal fragte, wo sich der Geheimraum befand, machte sie einen Schritt zurück, ihr Gesicht fiel in sich zusammen, und sie schlug die Hände vor den Mund.

Ich blickte zwischen Holly und dem Mann hin und her, der Lauf der Flinte verband sie auf die schrecklichstmögliche Weise miteinander.

Baker.

Meine Gedanken überschlugen sich. Mir wurde klar, dass ich den dritten Mann vorhin für den größeren Mann gehalten hatte, weil – na ja – weil er eben groß war. Breite Schultern. Riesige Pranken. Ein Stiernacken. Ich musste daran denken, wie beeindruckend Baker im Krankenhaus in seiner Uniform gewirkt hatte. Wie er über mir aufzuragen schien. Dieser Mann hatte die richtige Statur, die richtige Größe, das richtige Gewicht.

Und wenn ich jetzt darüber nachdachte, hatte er im Krankenhaus nur mit mir gesprochen, nicht mit Rachel oder Holly. Er hatte mich nicht aufgefordert, irgendeine Aussage zu unterschreiben. Er hatte Hollys Verletzungen nicht fotografieren wollen. Er hatte bei keinem von uns einen Abstrich für einen DNA-Test gemacht.

Weil er den Überfall gar nicht untersucht hat. Er wusste bereits, was passiert war. Er wollte nur herausfinden, wie viel ich *darüber wusste. Er wollte uns davon abhalten, Anzeige zu erstatten.*

Der kleinere Mann hatte Rachel in der Gasse mit einem Messer bedroht. Er hatte Holly geschlagen. Und dieser Mann hier – wer auch immer er war – hatte sich als Constable ausgegeben, um die Angelegenheit anschließend in Ordnung zu bringen.

Es war grotesk. Erschütternd.

Dann fiel mir noch etwas anderes ein. Der Anruf von Baker, den ich über die Freisprechanlage auf unserem Weg hierher im Volvo entgegengenommen hatte. *Kennen Sie irgendwen, der Ihnen oder Ihrer Familie eventuell Schaden zufügen möchte? Haben Sie irgendwelche Feinde?* Erneut hatte er versucht abzuschätzen, wie viel ich wusste. Wie viel unsere ganze Familie wusste.

»Es reicht!« Rachel schüttelte energisch den Kopf. »Es reicht jetzt. Hören Sie damit auf. Ich möchte, dass Sie die Waffe nicht mehr auf meine Tochter richten. Ich bringe Sie zu dem Raum. Ich zeige Ihnen, wo er ist.«

55

Wir kletterten über die Felsen neben der Sternwarte und traten auf einen feuchten Flecken Gras neben dem Wald. Ich hatte Holly auf dem Arm, ihr Gesicht hatte sie an meine Schulter geschmiegt. Sie weinte lautlos. Meine Stirn schmerzte. Mein geschwollenes Ohr brannte. Mein Rücken und meine Arme waren überlastet. Aber das alles war nichts gegen den krampfartigen Schmerz in meiner Brust, der jedes Mal einsetzte, wenn ich daran dachte, wie der Lauf der Schrotflinte gegen den Körper meiner Tochter gepresst worden war. Es war beinahe unerträglich, dass ich sie nicht davon abhalten konnte, weiter zu zittern, egal wie fest ich sie an mich drückte.

Ich bringe Sie zu dem Raum. Ich zeige Ihnen, wo er ist.

Es war genauso, wie ich befürchtet hatte. Rachel wusste sehr viel mehr, als sie uns erzählt hatte. Was würde sich noch offenbaren?

Über den Baumwipfeln im Osten begann sich der Himmel aufzuhellen, die schwarze Nacht verwandelte sich in eine wässrig graue Morgendämmerung. Der Sturm hatte sich gelegt, aber die frühe Morgenluft war feucht und kalt. In meiner durchnässten Kleidung bibberte ich, fühlte mich benommen und besiegt.

Rachel trat neben mich und streckte die Hand nach Holly aus, aber Holly entzog sich ihr erneut. Ich sah, wie sehr Rachel das verletzte. Der Schmerz hallte auch in meinem Herzen wider. Rachel hatte sich so sehr darauf konzentriert,

Michaels guten Namen wiederherzustellen. Vielleicht begriff sie gerade zum ersten Mal, wie sehr Holly deshalb hatte leiden müssen.

»Holly, bitte. Ich habe doch nie gewollt, dass du bei all dem zu Schaden kommst.«

Holly drückte ihr Gesicht an meine Brust, und Rachel sah mich niedergeschlagen an. Ich wusste nicht, was ich ihr sagen sollte. Michaels Tod hatte sie gebrochen. Das hatte ich wohl schon gewusst, aber mir war nicht einmal annähernd klar gewesen, wie sehr. Ich wusste, dass sie für vieles von dem, was heute Abend hier passiert war, die Verantwortung trug, aber ganz ehrlich, auch ich fühlte mich verantwortlich. Wenn ich sie vielleicht ganz zu Anfang dazu gebracht hätte, sich Hilfe zu suchen. Wenn ich für sie da gewesen wäre ...

»Du machst einen Fehler, Rachel.«

Lionel stand nur ein paar Schritte von uns entfernt, der Wind fuhr ihm durchs Haar, und die Schwellung an seiner Schläfe begann sich über der blutenden Platzwunde unter dem Auge langsam gelb zu verfärben. Seit der Mann Holly mit der Schrotflinte bedroht hatte, hatte er mich nicht mehr direkt angeschaut, und ich hatte mich nicht dazu durchringen können, mich ihm zuzuwenden. Sogar nur der Gedanke daran verursachte in mir ein wütendes Zittern.

»Nein«, murmelte Rachel. »Mein Fehler war, dass ich dir vertraut habe.«

»Nicht mir«, erwiderte er und warf ihr einen bedeutungsschweren Blick zu.

Ich wartete ab. Rachel hielt seinem Blick ein paar Sekunden lang stand, dann sah sie auf ihre Schuhspitzen hinab.

»Ich wollte, dass du das tust«, sagte Lionel zu ihr. »Das weißt du. Ich leugne es nicht. Aber ich habe darauf gewartet, dass du dich aus freien Stücken entscheidest. Wie du es wolltest.« Er machte eine Pause. »Nicht alle sind so geduldig gewesen.«

Rachel ließ die Schultern hängen, und ich musste noch einmal daran denken, wie Brodie meine Frau angesehen hatte. Laut Rachel erstattete er ihr seit mittlerweile mehreren Monaten Bericht, machte ihr Hoffnungen und stellte ihr Vertrauen in Michael wieder her. Das war zur selben Zeit geschehen, in der ich meine Familie im Stich gelassen hatte. Es war leicht zu begreifen, wie diese Art von Engagement Rachel für sich gewinnen konnte. Und es war ebenso leicht zu begreifen, dass Brodie sich in meine Frau verliebt haben konnte.

Ich habe Dinge getan, die ich normalerweise nicht tun würde. Dinge, die ich heute bereue.

Ach Rachel.

Rachel hatte mir erzählt, dass Brodie sie gewarnt habe, die Situation gerate außer Kontrolle, als wir hier angekommen waren, aber nur er selbst hatte gewusst, was für eine schreckliche Wahrheit er damit aussprach.

»Sofort, als ich erfahren habe, was passiert ist, bin ich hier raufgefahren«, meldete sich nun Lionel zu Wort. »Ich bin gestern spät am Abend bei Brodie eingetroffen. Ihr könnt euch nicht vorstellen, wie wütend ich war. Ich erklärte ihm, dass wir umgehend zu meiner Hütte fahren müssten. Ich wollte mich mit eigenen Augen überzeugen, dass es euch gut geht. Wir mussten euch mitteilen, was er getan hatte. Das gefiel ihm zwar nicht, aber ich bestand darauf. Ich bin in sein Auto gestiegen, und das Nächste, woran ich mich erinnere …« Lionel fasste sich an den Bluterguss. »Ich vermute, er ist in Panik geraten. Er wollte nicht, dass ich euch irgendwas erzähle, bevor er selbst die Gelegenheit hatte, sich zu erklären. Ich bin auf dem Rücksitz wieder zu mir gekommen. Mehrmaliges lautes Knallen hat mich aufgeweckt. Zuerst hatte ich Angst, Brodie könnte vielleicht etwas Furchtbares getan haben. Ich habe dich mit Holly aus dem Wald rennen sehen. Ich wusste nicht, was ich tun sollte. Dann habe ich den Knall drüben bei der Sternwarte gehört und, na ja …« Er warf einen Blick auf Holly. »Dann bin ich so schnell wie möglich hergekommen. Allerdings nicht schnell genug.«

»Schnauze!« Der Mann mit der Schrotflinte sprang von den Felsen auf den nassen Boden. »Haltet alle die Schnauze und sagt mir einfach, wo wir hinmüssen.«

Rachel musterte Lionel durch zusammengekniffene Augen.

»Tu es nicht«, warnte Lionel sie.

»Zum Haus«, sagte sie ruhig, an den Mann gewandt. »Wenn wir da sind, zeige ich Ihnen, wo es ist.«

Mir lief ein Schauer über den Rücken. Zum Haus? Wirklich?

»Adams«, sagte Lionel nun und reckte das Kinn. »Ihr richtiger Name lautet Ross Patrick Adams.«

»Lionel.« Mit Holly auf dem Arm wandte ich mich ab und versuchte, sie vor dem zu beschützen, was ich als Reaktion befürchtete. »Was soll das denn?«

Der Mann fluchte und stapfte mit der Flinte im Anschlag auf ihn zu. Lionel versuchte, sein Terrain zu behaupten, doch als der Mann ihm immer näher kam, wich er schließlich doch stolpernd zurück und hob die Hände.

»Sie können uns drohen«, sagte Lionel eilig. »Sie können sich diesen Overall anziehen und Ihr Gesicht vor der Kamera verbergen, Handschuhe überziehen. *Es macht keinen Unterschied*. Verstehen Sie denn nicht? Ich bin nicht der Einzige, der weiß, wer Sie sind. Es gibt noch andere. Zum einen meinen Ermittler. Er hat detaillierte Aufzeichnungen angefertigt. Viele Kopien. Für jede Eventualität.«

»Bullshit.«

»Wirklich?« Lionel stieß gegen einen Baum. Er stellte sich auf die Zehenspitzen und wandte den Kopf von dem Gewehrlauf ab. »Sind Sie wirklich bereit, dieses Risiko einzugehen?«

Der Mann beugte sich zu Lionel und schob den Unterkiefer vor, während er ihn eingehend betrachtete. Für ein paar lange Sekunden sagte er gar nichts, dann zog er sich die Kapuze herunter und nahm die Maske ab.

Ich schnappte nach Luft. Lionel hatte recht gehabt. Es war der Mann, der sich mir im Krankenhaus als Baker vorgestellt hatte. Der Mann, der mir versichert hatte, dass ich in der Gasse nichts weiter hätte tun können. Selbst jetzt – nach allem, was vorgefallen war – wurde mir ganz schlecht, wenn ich daran dachte, wie ich mich hatte reinlegen lassen.

Ross Patrick Adams.

Lionel hatte behauptet, alles über ihn zu wissen, aber ich wusste noch immer sehr wenig. Wer war er? Und wer waren die anderen Männer, die mit ihm hierhergekommen waren? Wer war der Mann, der in dem kahlen, zellenartigen Raum gefangen gehalten wurde?

Wie war mein Sohn mit ihnen in Berührung gekommen?

Ich hatte Kopfschmerzen, und zwar nicht nur, weil Adams mir einen Schlag versetzt hatte.

Adams fuhr sich mit einer behandschuhten Pranke übers Gesicht, kratzte an den Druckstellen, die die Maske auf seiner Haut hinterlassen hatte. Lionel streckte sich immer weiter am Baumstamm hoch und presste sein Rückgrat gegen die Rinde.

»Du weißt wirklich nicht, wann du besser den Mund halten solltest, oder?«

»Sie sollten auf mich hören«, sagte Lionel zu ihm. »Sie haben nämlich immer noch die Wahl. Sie können sofort abhauen. Sie sollten einfach gehen. Denn wenn Sie uns töten, garantiere ich Ihnen, dass Ihr Name an die Öffentlichkeit gerät. Sie können sich nirgendwo verstecken. Sie sind hierhergekommen, um etwas geheim zu halten, was nicht länger geheim gehalten werden kann. Aber ich kann Ihnen dabei helfen, dass Ihr Name aus all dem herausgehalten wird.«

»Sie wollen mir helfen? Wirklich?«

»Sie haben mein Wort.«

Stille.

»Sie reden doch nur Scheiß.«

»Ich denke nicht, dass Sie das wirklich glauben. Sie haben immer noch genug Zeit, um auf meinen Rat zu hören.«

Für einen winzigen Sekundenbruchteil sah ich, wie Adams zögerte, und fragte mich: *Denkt er ernsthaft darüber nach?* Konnte Lionel uns wirklich allein durch Überredung aus diesem Chaos manövrieren?

Aber nein, Adams schüttelte den Kopf, zog sich Maske und Kapuze wieder über und zeigte mit der Flinte in Richtung Wald.

»Bewegt euch. Ihr alle.«

Niemand rührte sich, also hob er die Schrotflinte und lud sie durch. Da war es wieder, dieses schrecklich knackende Knirschen. Es schien zwischen den Bäumen widerzuhallen. Holly keuchte auf und klammerte sich nur noch enger an mich. Rachel erschauderte und sah mich verzweifelt an.

»Jetzt komm schon«, drängte ich. »Wir sollten einfach gehen.«

Ich drehte mich um, stapfte in meinen durchnässten Socken voran und drückte Holly dabei an mich. Nach ein paar Sekunden folgten uns auch Rachel und Lionel.

»Wo ist Buster?«, flüsterte mir Holly ins Ohr.

Ich schüttelte den Kopf. Ich hatte keine Antwort auf ihre Frage, und diesmal würde ich sie auch nicht anlügen. Als wir die Sternwarte verlassen hatten, war er nicht mehr draußen gewesen. Ich nahm an, dass er vielleicht schon zum Haus zurückgelaufen war. Oder vielleicht irrte er auch benommen und ängstlich zwischen den Bäumen umher.

»Müssen wir sterben?«

»Nein, Holly, das müssen wir nicht.«

Eine Lüge? Vielleicht, denn tatsächlich hatte ich nicht die leiseste Ahnung, wie alles ausgehen würde. Aber eine Sache wusste ich genau – etwas, was anscheinend alle anderen übersehen hatten: Bevor wir die Sternwarte verlassen hatten, hatte ich einen letzten Blick auf die Monitorwand geworfen. Die Kamerafolge hatte wieder zur Ansicht aus dem Schwimmbad gewechselt. Die Leiche des kleineren Mannes trieb dort noch immer schaukelnd im Wasser. Nur war Brodie nicht mehr da.

56

Mir ging eine ganze Menge durch den Kopf, als wir den Wald betraten. Ich dachte an Rachel und Brodie und daran, was er für sie getan hatte und warum. Als ich dann den Eindruck hatte, ich sollte darüber nicht länger nachgrübeln, dachte ich stattdessen an Holly und daran, wie sehr ich sie liebte und sie beschützen wollte und wie sehr es mir leidtat, dass wir sie auf so vielerlei Weise im Stich gelassen hatten. Rachel und ich konzentrierten uns zu sehr auf unsere eigenen Probleme, darauf, Michael zu vermissen. Als Eltern reden wir uns gern ein, dass unsere Kinder stets an erster Stelle stehen, aber bei Holly war das nicht der Fall gewesen. Dennoch war sie vom Sofa aufgesprungen und hatte versucht mich zu retten, auch wenn, wie ich befürchtete, deshalb ihre Bauchwunde nun wieder blutete. Eine Schrotflinte war auf sie gerichtet gewesen. Sie hatte ihr Leben für mich riskiert.

Ich fragte mich erneut: Was für ein Vater war ich, so ein Kind zu verdienen? Was für ein Ehemann? Was für ein Mensch?

Mein Sohn war tot. Auch für Michael war ich ganz am Ende nicht da gewesen, und – was vielleicht noch schlimmer war –, ich hatte ihn danach nicht verteidigt. Rachel war so sicher gewesen, dass Michael das, dessen man ihn beschuldigt hatte, nicht getan haben konnte, und sie hatte damit recht behalten. Warum hatte ich nicht genauso sehr an ihn geglaubt? Schließlich kannte ich meinen Sohn ebenso gut wie Rachel. Ich wusste, dass er gern Xbox spielte, dass er aus dem Stand einen Rückwärtssalto schlagen konnte, dass er in Erdkunde durchfiel, aber in Mathe ein Ass war, dass er sein Handtuch nach dem Duschen nie aufhängte, dass er in Fiona verliebt war und dass er davon träumte, nach seinem Abschluss ein Jahr lang herumzureisen. Das alles und noch viel mehr wusste ich, und in der Tiefe meines Herzens wusste ich auch, dass ich an ihn hätte glauben und ihm hätte vergeben sollen, wie Rachel mich gebeten hatte, genau wie sie selbst es ganz instinktiv getan hatte.

Rachel war sehr weit gegangen – zu weit –, um die Wahrheit über Michaels Tod herauszufinden und mir die Liebe zu meinem Sohn wiederzugeben. Ich musste daran denken, wie sehr ich ihn vermisste. Wie sehr ich meine Familie vermisste. Und ja, ich fragte mich auch, ob wir hier draußen im Wald sterben würden. Ob dies meine letzten Augenblicke zusammen mit Rachel und Holly sein würden. Ob es das Letzte war, was jeder Einzelne von uns jemals sehen, riechen, fühlen würde. Denn wenn der Mann, nach dem Adams und seine beiden Partner hier gesucht hatten, tatsächlich im Haus gefangen gehalten wurde, was sollte Adams dann daran hindern, uns zu töten und anschließend allein nach ihm weiterzusuchen? Vielleicht würde er auch nur Rachel, Holly und mich erschießen und Lionel dann zwingen, ihm die Wahrheit zu sagen.

Wir betraten nun die Lichtung, auf der sich die Überreste des Lagerfeuers befanden. Ich fühlte mich beobachtet, und zwar nicht nur von Adams. Möglicherweise war es dumm von mir, aber in diesem Moment hätte ich schwören können, Michaels Gegenwart zu spüren. Es kam mir beinahe so vor, als wäre er mit uns zusammen hier, und für diese wenigen, kurzen Sekunden verlor ich fast die Angst. Keine Ahnung, ob ich an den Himmel oder an Gott oder etwas in dieser Art glaube, aber ich weiß, dass ich in diesem Augenblick wieder an Michael glaubte. Als ich anhielt und den feuchten Waldgeruch einatmete, fand ein kleiner Teil von mir Trost in dem Gedanken, dass, falls es das jetzt wirklich gewesen sein sollte, ich ihm vielleicht irgendwie bald wieder begegnen würde.

»Warum bleibst du stehen?«, rief Adams. »Beweg dich.«

Ich nahm die Anspannung in seiner Stimme wahr, und mir wurde mit banger Furcht bewusst, dass dies ein Moment starker Belastung für ihn war. Wenn wir etwas unternehmen wollten, das war ihm sicherlich klar, wäre der beste Augenblick dafür im morgendlichen Zwielicht unter den Bäumen gekommen.

Ich blickte nach vorn, dorthin, wo die strahlend hellen Lichter in und vor dem Haus in durchbrochenen Mustern durch die Kiefernnadeln und das Laub schienen. Ob Brodie wohl auf dem Weg zu uns war oder hier irgendwo lauerte? Zwar hatte er uns heute Nacht wenigstens einmal das Leben gerettet, aber er hatte auch Lionel bewusstlos geschlagen, den Mann in dem Geheimraum entführt und damit diese Männer zu uns gelockt. Wie unberechenbar war er wohl? Wie weit würde er gehen?

»Holly, Liebes, du musst mal kurz selbst laufen.«

Ich setzte sie sanft ab. Sie schwankte und fand dann ihr Gleichgewicht. Als sie sich stabilisiert hatte, knöpfte ich ihre Jacke auf und überprüfte den Verband an ihrem seitlichen Bauch. Ein Blutfilm war dickflüssig und dunkel unter dem Plastiküberzug gefangen. Unter dem Druck meiner Finger bewegte sich das Blut hin und her. Die Kompresse war zwar durchtränkt, aber einen akuten Blutfluss konnte ich nicht erkennen. Vielleicht hatte sich die Blutung verlangsamt, oder das Blut hatte zu gerinnen begonnen.

»Das tut weh, Dad.«

»Tut mir leid.«

Ich machte die Jacke wieder zu und ergriff ihre Hand, dann drehte ich mich um und streckte die andere nach Rachel aus. Von dieser Geste schien sie überrascht zu sein. Ich glaube, mir ging es nicht anders. So viel war zwischen uns falschgelaufen. Vermutlich versuchte ich noch immer, mich an dem festzuhalten, was richtig gewesen war.

Lionel hing ungefähr einen Meter zurück, sein abstehendes Haar und die derangierte Erscheinung ließen ihn verschlafen und verkatert wirken.

Adams schob sich seitwärts links neben uns. Im schwachen Morgenlicht leuchtete sein Overall weiß. Unvermittelt überkam mich der Drang, Holly und Rachel wegzuschubsen und ihnen zuzurufen, sie sollten so schnell und so weit wie möglich weglaufen. Vielleicht konnte ich mich nach hinten werfen und Adams diesmal etwas wirkungsvoller angreifen. Einen Schuss abblocken. Etwas tun – irgendwas –, um sie von hier wegzubekommen.

»Beweg dich, oder ich schieße.«

Die Angst schickte einen Schauder durch mein Rückgrat. Holly drückte meine Hand fester. Ich zögerte noch eine Sekunde, aber ich sah einfach keinen Ausweg. Also stapfte ich ihr nach und zog meinerseits Rachel mit. Ich hörte Lionels Schritte knirschen. Dann Adams'.

Die Bäume schlossen sich allmählich um uns, standen näher beieinander und hatten dichteres Geäst. Bald waren Rachel, Holly und ich gezwungen, uns eng aneinanderzudrücken, um zwischen ihnen hindurchzugelangen. Zwar hätten wir einfach auch die Hand des jeweils anderen loslassen können, aber das wollte ich nicht, und ich spürte, dass sie es ebenfalls nicht wollten.

»Ich liebe euch«, flüsterte ich.

Beide drückten meine Hände. Holly schniefte. Als ich mich

nach Rachel umsah, öffnete sie lautlos den Mund und schüttelte den Kopf, als ob sie keine Worte fände, um das hier zu erklären.

Ein Baum mit breitem Stamm versperrte uns den Weg. Links davon wucherte dichtes Dornengestrüpp. Holly scherte also nach rechts in einen Graben mit kniehoch stehendem Farn aus. Quer über dem Graben lag der Stamm einer vor langer Zeit umgestürzten Kiefer. Verkrüppelte Äste standen davon ab. Eine große Erdscholle war mit der Wurzel hochgerissen worden.

Holly blieb stehen, als wollte sie umkehren, aber ich stieß sie am Handgelenk vorwärts. *Weitergehen.*

Unsicher blickte sie sich zu mir um. Ihr Gesicht wirkte abgespannt, die Pupillen waren stark geweitet.

»Es ist okay«, flüsterte ich, und obwohl ich wusste, dass sie mir nicht glaubte, und mir klar war, wie verängstigt sie war, krampfte mein Herz sich trotzdem noch zusammen, als sie nickte und ein Bein über den Stamm hob, während Rachel von hinten gegen mich stieß.

»Was ist da los? Warum bleibt ihr stehen?«, rief Adams.

»Ein umgestürzter Baum liegt im Weg.«

Ich drehte mich wieder um und betrachtete die Bäume im taufeuchten Zwielicht. Immer noch keine Spur von Brodie. War das ein gutes oder ein schlechtes Zeichen? Mir war nicht klar, wie weit er gehen konnte oder wie viel Blut er über die Wunde an seinem Unterschenkel verloren hatte. Möglicherweise zu viel.

Holly kletterte jetzt über den Baumstamm, und ich verfolgte jede ihrer Bewegungen. Rechts vor uns gab es ein dichtes Gestrüpp aus Brombeerranken und Büschen. Links wand sich ein weiterer Graben, und es gab noch mehr Farndickicht. Blauweiße Rauten aus Licht drangen vom Haus her durch die

Bäume. Rachel stieg hinter mir über den Baumstamm, dann folgte Lionel.

Wir gingen weiter raschelnd durch den Farn, und ich hörte düsteres Gemurmel von hinten, als Adams auf den Baumstamm stieg und auf der anderen Seite wieder heruntersprang.

Wie uns zum Hohn schrie eine Eule von irgendwoher tief im Wald. Während ihr Ruf abebbte, hörte ich ein leises Blätterrascheln aus dem Brombeerdickicht rechts neben uns. Ein Tier, das auf den Ruf der Eule reagierte? Vielleicht einer der Hasen, von denen Brodie mir erzählt hatte? Oder war es Brodie selbst?

»Was zum …?«

Ich drehte mich um und sah an Lionel vorbei auf Adams, der mitten in der Bewegung innegehalten hatte, sein Körper verharrte in einer unnatürlichen Stellung: Beide Arme angehoben, die Schrotflinte hielt er seitlich über seinem Kopf, als ob er bis zur Hüfte durch einen Sumpf watete und dabei versuchte, die Flinte trocken zu halten. Er beugte sich aus der Hüfte nach vorn und verlagerte dabei sein gesamtes Gewicht auf den vorderen Fuß, während sein maskiertes Gesicht verzerrt war und dem hinteren Fuß zugewandt, der ein kleines Stück in der Luft hing und dessen Zehen nach unten wiesen.

Er zerrte das hintere Bein vorwärts, aber es folgte ihm nicht, wurde von etwas zurückgehalten.

Eine Schlinge.

Sie lag um seinen Knöchel.

Mein Herz setzte aus. War das unsere Chance?

Da drang erneut das Geräusch aus dem Gebüsch hervor, inzwischen lauter. Keuchen und Knacken, rechts neben uns. Das Blattwerk erzitterte, bewegte sich hin und her und …

»Niemand rührt sich!«, brüllte Adams. »Keiner von euch!«

Ich hörte zwei vertraute Kläfflaute, als Buster das Gestrüpp durchbrach. Sein Gebell hallte in dem winzigen Waldstück wider, auf dem wir alle uns drängten. Als schokoladenbrauner Blitz sprang er mit aufgesperrtem Maul nach vorn, fletschte die Zähne mit einem urwüchsigen Knurren.

Adams zerrte noch einmal an seinem gefangenen Bein. Als er es noch immer nicht frei bekam, drehte er sich, auf dem vorderen Fuß hüpfend, zu Buster um und senkte die Schrotflinte.

Mein Körper versagte mir den Dienst. Taubheit hatte von mir Besitz ergriffen, und ich konnte nichts anderes tun, als zu starren, als Holly entsetzt aufschrie und etwas Schweres, Dunkles an meinem Gesicht vorbeisauste.

Wie schon erwähnt, spielt Holly am Samstagmorgen immer Hockey. Ihr dabei zuzusehen, wie sie über den Kunstrasenplatz stürmt, ist, wie einer Kriegerprinzessin dabei zuzusehen, wie sie wild entschlossen ist, einen Erzfeind zu skalpieren.

Nun hatte sie einen Ast aufgehoben und ihn in einem Gewitter aus Rindenstücken gegen Adams' Schläfe gedonnert. Er taumelte rückwärts. Ein gleißend heller Blitz stach mir in die Augen. Ein Schuss hatte sich aus der Schrotflinte gelöst. Über unseren Köpfen zerbarsten Äste. Adams stürzte nach hinten über den Baumstamm, wobei er die Schrotflinte fallen ließ und Buster gegen seine Brust krachte. Die Schlinge wurde dabei vollständig aus dem Boden gerissen.

Ich konnte mich noch immer nicht rühren. Ich starrte einfach nur erschrocken auf Adams, der für einen Sekundenbruchteil still dalag – vielleicht bekam er keine Luft –, während Buster ihn anbellte und anknurrte. Dann schlug Adams Buster weg, drehte sich auf die Knie und tastete nach der Schrotflinte.

Doch es war zu spät.

Lionel war ihm zuvorgekommen und sprang mit einer

Behändigkeit, die nicht zu seinem Alter passte, durch den Farn. Als Adams das bemerkte, rappelte er sich auf. Er drehte sich um und rannte taumelnd davon, eine Hand gegen den Kopf gepresst, die Schlinge an seinem Knöchel hinter sich herziehend, während Buster ihm nachbellte.

Lionel trat und wischte hektisch die hohen Farnblätter beiseite. Dann hinkte Brodie aus dem Gestrüpp hervor und stützte sich dabei auf einen Ast. In der Hand hielt er eine Pistole, und ich fragte mich unwillkürlich, wie viele Waffen er wohl in seinem Land Cruiser dabeihatte. Er richtete die Waffe auf Lionels Brust und gestikulierte damit, bis Lionel sich zurückzog und Brodie sich umständlich nach der Schrotflinte bücken konnte.

»Also, du kannst verdammt noch mal aufhören, mit dem Ding da auf mich zu zielen«, sagte Lionel zu ihm. »Tom, Rachel, Holly, warum gehen wir nicht zur Hütte zurück?«

Michael spielt gerade FIFA auf seiner Xbox, als sein Handy vibriert. In seinem Zimmer ist es inzwischen dunkel. Der Fernseher flimmert in der Finsternis.

Er drückt auf Pause. Seit einer halben Stunde sind seine Mutter und Holly jetzt weg. Er erinnert sich daran, dass seine Mutter irgendwas von einer Pizza gerufen hat, die er sich einfach nur in den Ofen schieben müsse. Als er sich sein Handy schnappt, sieht er, dass Fi ihm eine Nachricht über Snapchat geschickt hat.

Fiona: Hi?

Michael: Hey.

Fiona: Es ist was passiert.

Fiona: Etwas Schlimmes.

Michael: Geht's dir gut?

Fiona: Nein. Ich stecke in Schwierigkeiten.

Fiona: Ernsthaft. Du musst mir helfen.

Michael: Wo bist du? Was ist los?

Fiona: Im Parkhaus.

Fiona: Ich verstecke mich.

Michael: Wovor denn? Ich hab dir doch gesagt, du sollst da nicht ohne mich hin.

Michael: Du hast es versprochen.

Für eine knappe Minute kommt keine Antwort mehr. Michael sitzt einfach nur da mit seinem Telefon in der Hand und schaut, ohne etwas zu sehen, auf das angehaltene Fußball-

spiel auf dem Bildschirm. Um ihn herum ist es vollkommen dunkel. Die Dunkelheit ist in seinem Zimmer, und sie ist auch draußen auf der Straße. Michael hat das unheimliche Gefühl, dass die Dunkelheit ihm langsam in die Lunge kriecht. Er hat Leute in dem Parkhaus dealen sehen. Er weiß, dass Obdachlose da schlafen. Er sollte Licht machen. Dann wird er sie anrufen.

Fiona: Ruf mich nicht an.

Michael: Warum nicht?

Fiona: Weil sie nach mir suchen. Sie werden es hören.

Michael: Wer sucht nach dir?

Michael: Was ist passiert?

Michael: Ehrlich jetzt. Bist du okay?

Michael: Oder ist das ein Witz?

Michael steht vom Boden auf. Er geht in seinem Zimmer auf und ab. In seinem Brustkorb flattert ein eingesperrter Vogel.

Fiona: Du musst herkommen und mich holen.

Fiona: Bitte.

Michael: Ich soll heute Abend eigentlich nicht mehr rausgehen.

Fiona: MICHAEL! ICH BRAUCH DICH!

Michael reibt sich über das Gesicht. Er hat es noch nie erlebt, dass Fiona ihn angelogen oder ihm blödes Zeug erzählt hat. Nicht so. Ein Teil von ihm wünscht sich, es wäre anders.

Michael: Was ist mit deinen Eltern?

Fiona: Machst du Witze? Hilf mir!

Fiona: Michael?

Michael: Okay.

Michael: Ich hol mein Rad.

Fiona: Nein. Du musst schnell herkommen.

Fiona: Jetzt sofort.

Fiona: Kannst du nicht das Auto von deinem Vater nehmen?

Wieder blickt Michael von seinem Display hoch. Er hat ein schreckliches Gefühl bei der ganzen Sache. Was sie von ihm verlangt, ist unmöglich. Und doch …

Michael: Warum versteckst du dich?

Diesmal muss er länger warten. Michael fühlt in sich die Zeit ganz langsam vergehen.

Fiona: Die haben wen umgebracht.

Fiona: Ich hab sie gesehen.

Michael: WAS?

Fiona: Die haben so einen Typen bedrängt.

Fiona: Sie haben ihn vom Dach runtergetrieben. Vom obersten Parkdeck aus.

Michael: Ehrlich jetzt?

Fiona: Ja. Ich hab Fotos von dem Auto gemacht. Ich hab mich dahinter versteckt, als sie raufgekommen sind.

Michaels Herz schlägt jetzt noch heftiger, als ob der Vogel verzweifelt rausmöchte. Er weiß, von welchem Auto sie spricht. Auf dem obersten Parkdeck gibt es eine hüfthohe Ziegelmauer, hinter der es drei Stockwerke nach unten geht. Vor zwei Tagen hat Fiona Michael dabei fotografiert, wie er an der Kante langgerannt und dann über einen Kombi gesprungen ist, der da schon seit Wochen herrenlos rumstand.

Fiona: Bitte, hilf mir.

Fiona: BITTE.

Michael: Ruf die Polizei.

Fiona: Nein.

Michael: Du musst.

Fiona: Ich kann nicht.

Michael: Warum nicht?

57

»Du willst mir erzählen, dass diese Männer Polizisten sind?«

Um mich herum schien alles stillzustehen. *Polizisten.* Ich hatte die Männer, die heute Nacht hier aufgekreuzt waren, als Verbrecher betrachtet, als Kriminelle.

Meine Schläfen pochten, und ich bekam das Zittern meiner Hände nicht unter Kontrolle. Wir saßen um den gläsernen Esstisch im Haus versammelt, Lionel mir gegenüber, Rachel links von mir, Holly zu meiner Rechten. Buster lag neben Hollys Stuhl auf dem Boden.

Brodie veränderte hinter uns seine Position. Er saß, gegen die Rückenlehne des nächsten Sofas gelehnt, da und zuckte zusammen, als er das Gewicht von seinem blutigen Bein weg verlagerte. Die Schrotflinte lag neben ihm, die Pistole hielt er in der Hand. Mit einem Geschirrhandtuch hatte er sich einen Teil des Blutes aus dem Gesicht und von der Brust gewischt. Und wenigstens oberflächlich hielt er weiterhin nach Adams Ausschau, aber für mich bestand keinerlei Zweifel, dass er außerdem uns bewachte.

Mir fiel auf, wie Lionel zu ihm hinüberstarrte. Sie überwachten einander, schienen aber eine Art Waffenstillstand geschlossen zu haben. Mir war noch nicht ganz klar, warum, aber vielleicht wollte ich das auch gar nicht so genau wissen.

Holly legte mir unter dem Tisch die Hand aufs Bein. Sie war erschreckend blass. Rachel hatte ihren Zustand und ihren Verband überprüft und Holly gesagt, alles sehe gut aus, aber ich wusste nicht, ob wir uns dennoch Sorgen machen mussten. Rachel hatte den Verband nicht abnehmen wollen, weil sie befürchtete, dass sich die Blutung dadurch verschlimmern würde.

Nun beugte Rachel sich vor und stützte das Gesicht in die Hände. Erneut musste ich an den Moment denken, als sie mich im Wald beiseitegezogen hatte. Wenn ihr klar gewesen war, dass diese Männer Polizisten waren, erklärte das wohl auch ihren Widerstand dagegen, die Polizei zu rufen.

»DC Adams kennt ihr schon«, sagte Lionel nun vorsichtig. »DC Kenny ist der in der Speisekammer, DS Nayler der im Schwimmbecken.«

Ich spürte, wie mir ein kalter Schauer über die Haut lief. »Als sie heute Nacht hierhergekommen sind, haben sie also …«

»Sie haben aus reinem Eigeninteresse gehandelt. Sie sind hier nicht in irgendeiner offiziellen Funktion. Nicht mal annähernd.«

Polizisten. Alle drei. Ich bemühte mich noch immer, das in meinem Kopf zu ordnen. Nichts passte zusammen. Wenn ich dem glaubte, was Rachel mir erzählt hatte, hatten sie Michael zu Tode gehetzt. Und heute Nacht waren sie hergekommen, um meine Familie zum Schweigen zu bringen. Der Gedanke war Übelkeit erregend und verwirrend und machte mich so wütend, wie ich es in meinem ganzen Leben noch nicht gewesen war. Zugleich erklärte es aber auch einiges.

Zum Beispiel warum Rachel in Lionels Plan eingewilligt hatte, Brodie bezüglich des tatsächlichen Tathergangs ermitteln zu lassen. Wahrscheinlich hatten sie sie davon überzeugt, dies sei der einzige Weg, um Klarheit zu erlangen. Und da war doch auch was dran, oder? Die Bilder der Radarfalle waren aus den offiziellen Aufzeichnungen entfernt worden. Polizisten konnten das wahrscheinlich.

Dann waren da noch die Waffen, mit denen die Männer

hier aufgekreuzt waren, die Betäubungspistole, die sie bei Buster benutzt hatten, sogar die Wegwerfoveralls, vielleicht von der Spurensicherung. Das alles war Ausrüstung, die Polizisten zur Verfügung stand. So erklärte sich auch, wie Adams an eine Uniform gelangt war, um mir PC Baker vorzuspielen.

»Sie waren Teil einer speziellen Antidrogeneinheit«, erklärte Lionel weiter. »Ihr Team hat in den letzten Jahren einige ziemlich dicke Fische an Land gezogen. Großen Erfolg gehabt.«

Drogen. Polizei.

Ich hatte Schwierigkeiten zu atmen.

Befand sich der Geheimraum ganz in unserer Nähe? War der Mann darin die ganze Zeit unseres Aufenthalts dort eingesperrt gewesen? Vermutlich. Brodie musste ihn wohl vor unserer Ankunft hergebracht haben. Allein der Gedanke daran versetzte mich in Panik. Zu wissen, dass er hinter einer dieser Wände gefangen gehalten wurde …

Ich erschauderte.

Wie mächtig musste der Mann in dem Raum sein, damit drei Polizisten bereit zu dem waren, was sie heute Nacht getan hatten? Lionel hatte Drogen erwähnt. Waren Adams, Kenny und Nayler korrupt gewesen? War der Mann in dem Raum eine Art Verbrecherfürst oder Drogenbaron?

Und es gab noch eine weitere Frage – von der ich wusste, dass ich sie stellen musste, auch wenn sie mich am meisten von allen ängstigte.

»Was hatten sie mit Michael zu tun?«

»Moment.«

Brodie stemmte sich mit einer Grimasse vom Sofa hoch und hinkte zur Glasschiebetür hinüber. Er ließ den Blick über das Gelände draußen schweifen. Eine Gänsehaut prickelte in meinem Nacken. Ich fühlte, wie ich immer kurzatmiger wurde. Das Tageslicht erhob sich über einem graugrünen Meer.

»Falscher Alarm.« Er schüttelte den Kopf und hinkte mit gefletschten Zähnen zum Sofa zurück. »Er ist unbewaffnet. Ich gehe nicht davon aus, dass er zurückkommt.«

Sein heiles Auge war bei diesen Worten auf Rachel gerichtet, als ob er sie mit Willenskraft zum Aufblicken veranlassen wollte. Wahrscheinlich wusste sie das und hielt den Kopf weiter gesenkt.

Lionel räusperte sich. »Um deine Frage zu beantworten, Tom, sie haben versucht, ein größeres Drogennetzwerk im Londoner Osten zu unterwandern.«

»Michael hatte mit Drogen nichts zu schaffen«, meldete Holly sich zu Wort. Ihre Stimme klang heiser und rau, aber sie hielt Lionels Blick, ohne mit der Wimper zu zucken, stand. Mein toughes, tapferes Mädchen. Sie wusste genauso gut wie ich, dass wir hier nicht länger einfach nur Gäste waren, aber sie verteidigte immer noch ihren Bruder. Ich spürte eine Welle des Stolzes. »Und Fiona auch nicht.«

Brodie ergriff nun das Wort. Als er sprach, drang aus seiner Brust ein Pfeifen, und ich fragte mich, ob er innere Verletzungen hatte.

»Das stimmt«, sagte er. »Der Mann im Parkhaus sollte die Eintrittskarte des Teams in das Drogennetzwerk sein. Sie hatten Pläne, ihn zu einem verdeckten Informanten zu machen. Sie hatten ihn schon eine ganze Weile lang bearbeitet. Vollkommen auf eigene Faust.«

Der Mann im Parkhaus, der – wie Brodie und Lionel uns berichtet hatten – über drei Stockwerke in den Tod gestürzt war. Ich blickte Rachel an. Doch noch immer sah sie nicht auf. Das machte mir Sorgen. Was verheimlichte sie noch?

»Was meinen Sie damit? Wollte er nicht reden?«

»Sie müssen begreifen, wie diese Einheit gearbeitet hat.« Brodies abschätziger Tonfall gab mir zu verstehen, dass ich nicht das Geringste über seine Welt wusste. Dass ich eigentlich über nichts allzu viel wusste. »Sie benötigten die Hilfe dieses Mannes und waren zu allem bereit, um sie sich zu verschaffen. Sie hatten eine Menge Beweismaterial gegen ihn gesammelt. Sollte er sich weigern, mit ihnen zu kooperieren, wollten sie ihm mit einer Anzeige drohen und damit, die Behauptung zu verbreiten, er hätte, um das Strafmaß zu senken, Informationen weitergegeben. Bei der Art professioneller Drogengang, um die es hier ging, hätte das ziemlich sicher sein Todesurteil bedeutet. Er wäre mit einem auf ihn ausgesetzten Kopfgeld inhaftiert worden. Für ihn hätte es keinen sicheren Ort mehr gegeben.«

»Also ist er vom Dach gesprungen?«

»Oder einfach ins Leere getreten.«

Ich spürte, wie sich im Raum plötzlich Kälte breitmachte.

»Fiona hat alles mitangesehen«, murmelte Rachel.

Und sich dann mit Michael in Verbindung gesetzt.

Ich schloss die Augen, als ich an den Anruf bei mir dachte, den ich nicht entgegengenommen hatte. An diese paar Atemzüge am anderen Ende der Leitung.

»Ohne Brodie hätten wir nichts von alledem rausgefunden, Tom.«

Doch das war mir jetzt egal. Ich wollte mehr über den Mann wissen, der zu Tode gestürzt war. »Wer war er?«

»Ist das wichtig?«, fragte Lionel.

Meine Wut kochte wieder hoch. »Ach, keine Ahnung, Lionel. Irgendein Drogendealer springt von einem Dach, und unser Sohn wird deshalb umgebracht. Diese Männer waren genau deshalb heute Nacht hier. Also, ja, alles in allem würde ich sagen, dass es von ziemlich großer Bedeutung ist.«

Lionel wartete kurz ab. Dann zog er eine Augenbraue hoch. »Rachel?«

Endlich hob sie den Kopf, wenn auch nur ein winziges Stück. Ihre Augen waren gerötet und unstet. Sie blickte von Lionel zu Brodie, dann wieder nach unten.

»Lass sie uns … einfach nur zu dem Raum bringen. Sie sollten ihn mit eigenen Augen sehen.«

58

»Setzt euch hin. Alle.«

Lionel zeigte auf die Sitzreihen im Heimkino, während er zur großen Leinwand nach vorn stapfte. Ich geriet kurz hinter der Schwelle ins Wanken, als ob mich eine physische Kraft aus dem Raum drückte. Holly ließ sich in einen der Sitze fallen. Sie wirkte völlig erschöpft, und ihr Gesicht war von einem Schweißfilm überzogen.

Unter anderen Umständen hätte ich darauf bestanden, sie hiervon fernzuhalten. Aber ich befürchtete, dass Adams sich vielleicht Zugang zum Haus verschaffen könnte, und obwohl Buster draußen Wache halten würde, erschien es mir sicherer, dass Holly bei uns blieb.

Rachel schob sich mit gesenktem Kopf in den Raum und wirkte dabei benommen und angespannt. Brodie folgte ihr. Ich hatte mitbekommen, wie er ihr im Gang harsch etwas zugeflüstert hatte, allerdings hatte ich nicht gehört, um was es ging, und war mir auch nicht sicher, ob ich es überhaupt wissen wollte. Er lehnte die Schrotflinte gegen den Türrahmen hinter sich und hielt die Pistole gesenkt neben seinen Oberschenkel. Mein Blick wanderte zu der Schrotflinte. Es wäre sicher nicht leicht, sie sich zu schnappen. Stöhnend lehnte Brodie sich gegen die Wand, neigte dann den Kopf und betrachtete mich mit einem abschätzigen Grinsen.

»Willst du dich nicht setzen, Tom?«, fragte Lionel.

»Ich stehe lieber.«

Lionel nickte, als könnte er das sehr gut verstehen. Das brachte mich erneut in Rage. Im Moment wollte ich weder Lionels Verständnis noch sein Mitgefühl.

In der Hand hielt er eine Fernbedienung. Er drückte auf einen Knopf, und die Wandleuchten verbreiteten ein schwaches Licht. Dann drückte er auf einen weiteren Knopf, und über unseren Köpfen erhob sich ein tiefes, elektrisches Brummen. Holly zuckte zusammen und sah auf, und auch ich sah mit immer stärker wachsendem Entsetzen zu, wie die Kinoleinwand in einem Schlitz in der Decke verschwand.

Meine Knie gaben nach. Hinter der Leinwand befand sich eine Glasscheibe mit einem Graustich. Dahinter herrschte tiefe Finsternis. Lionel klopfte gegen das Glas.

»Extra verstärkt und vollkommen schalldicht.«

Meine Familie hatte sich hier drin einen Film angeschaut. Und dabei Knabberzeug gegessen.

Ich schluckte den galligen Geschmack herunter, der sich in meiner Kehle breitmachte, und versuchte mich gegen das zu wappnen, was als Nächstes folgen musste. Lionel schickte sich an, auf einen weiteren Knopf auf der Fernbedienung zu drücken, als es aus Rachel herausplatzte: »Warte!«

Sie wandte sich mir zu und streckte mir die Hand entgegen. Ich zögerte kurz, bevor ich sie ergriff und mich von ihr beiseiteziehen ließ. Mir war bewusst, dass Brodie uns beobachtete. Ganz offensichtlich gefiel ihm nicht, was er sah. Mir war das egal. Rachel senkte den Blick, während sie um Fassung rang, doch als sie endlich aufsah und meinen Gesichtsausdruck wahrnahm, wurde sie aschfahl. Mein Herz fühlte sich genauso an.

Alles, was heute Nacht hier passiert ist, ist deshalb passiert, weil ich dich so sehr liebe.

Das Seltsamste – vielleicht auch das Schwierigste – war,

dass Rachel das vermutlich genauso meinte, als sie es vorhin gesagt hatte.

»Er war achtundzwanzig, Tom. Er hatte eine kleine Tochter.« Sie zog an meiner Hand. »Nicht nur sein Leben stand auf dem Spiel, als er vom Dach sprang. Er hatte keine andere Wahl. Mit diesen Drogengangs ist nicht zu spaßen.« Rachel machte eine Pause und blickte zur Seite. »Brodie kann dir noch eine ganze Menge darüber erzählen.«

In meinem Herzen fühlte ich ein dumpfes Dröhnen. Es war erneut die Erinnerung daran, dass Brodie Rachel die Antworten geliefert hatte, die ihr sonst niemand hatte liefern können. Brodie hatte unseren Sohn entlastet. Was auch immer heute Nacht hier passiert war, wohin auch immer er uns gedrängt hatte, ich spürte, dass Rachel ihm dafür ewig dankbar sein würde.

»Er wusste, dass sie sich seine Tochter holen würden, Tom. Er hat sich von diesem Dach gestürzt, um sie zu retten.«

Ich spürte eine schwere Last in meiner Brust. Die überwältigende Liebe eines Vaters zu seinem Kind. Das war etwas, was ich nachempfinden konnte. Und man musste sich ja nur Rachel ansehen und das, was sie billigend in Kauf genommen hatte, nur aus Liebe zu unserem Sohn.

Ich musste an das denken, was dieser Mann getan hatte. Ob ich wohl mutig genug gewesen wäre, das Gleiche zu tun? Hätte ich ruhig und beherrscht von einem Dach springen können, um Holly damit vor Schaden zu bewahren?

»Wie hieß er, Rachel?«

Sie zögerte.

»Sag es mir einfach.«

»James Finch«, antwortete sie leise.

Wo unsere Hände sich berührten, fühlte ich ein eisiges Prickeln. Dieser Name. Daran, wie sie ihn aussprach, wurde mir bewusst, dass er für Rachel eine Bedeutung hatte. Und dass er auch für mich eine haben sollte.

Fieberhaft dachte ich nach.

Es durchzuckte mich wie ein Krampf, als ich die Verbindung schließlich herstellte.

Rachels Rede auf der Wohltätigkeitsveranstaltung. James Finch war der Name des Wiederholungstäters gewesen, der am selben Tag Selbstmord begangen hatte, an dem Michael gestorben war. Allerdings musste Rachel zu diesem Zeitpunkt bereits gewusst haben, dass es sich nicht um einen einfachen Selbstmord gehandelt hatte. Ihr war klar gewesen, dass sein Tod mit dem Michaels in Verbindung stand.

Sie blickte auf und sah mir dabei zu, wie ich den Zusammenhang herstellte. In ihren Augen erkannte ich Angst und Scham.

»Du hast nicht einfach nur eine Rede gehalten, stimmt's?« Ich fühlte mich wie ausgehöhlt, fassungslos. »Jemand auf der Veranstaltung kannte die Wahrheit. Genau wie du sie kanntest. Es war nicht einfach eine Rede. Sondern eine Provokation.«

Verzweifelt schüttelte sie den Kopf. »Es war ein Test, Tom, nur ein Test. Ich versuchte noch immer, eine Entscheidung zu treffen. Über all das. Über ...«

»Du hast zu mir gesagt, dass du es wolltest«, knurrte Brodie. »Und du willst es noch immer.«

Sie schloss mit einem schmerzlichen Ausdruck im Gesicht die Augen. Ich starrte sie an und konnte selbst nicht glauben, was ich gleich zu ihr sagen würde.

»Es hat den Überfall provoziert, oder nicht? Die haben uns angegriffen, weil du diesen Namen hast fallen lassen. Sie haben uns gejagt, weil du klargemacht hattest, dass du Bescheid weißt.«

»*Mum*«, flüsterte Holly, und in diesem einen Wort steckten

so viel Verletztheit und Entsetzen über den Verrat, dass Rachel kreidebleich wurde.

»Ihr müsst mir glauben. Ich habe nicht eine Minute daran gedacht, dass irgendwas von all dem …«

Schluchzend brach sie zusammen, und ich stützte sie und spürte, wie eine gewaltige Last auf mein Herz drückte. Meine Kehle brannte. Tränen verschleierten meinen Blick. Ich blickte zu Lionel hinüber und fühlte mich wie ein Ertrinkender, der keine Ahnung hatte, ob Lionel mir einen Rettungsring zuwerfen oder mich untergehen lassen würde.

Er lächelte dünn, dann drückte er auf einen weiteren Knopf auf der Fernbedienung.

Grelle Scheinwerfer flammten in dem Raum hinter der Glasscheibe auf.

Er war größtenteils kahl. Eine metallene Kloschüssel ohne Brille war an eine Wand genietet. Der Zementboden war leicht abschüssig, hin zu einem Abflussgitter in der Mitte. Die Wände waren in einem glänzenden Weiß gestrichen.

Meine Lunge versagte mir den Dienst, und das Herz hämmerte mir gegen die Rippen.

Die Gestalt auf dem Boden erwachte erschrocken und rollte sich umgehend in Embryonalstellung zusammen, dann hob sie ganz langsam den Kopf.

Ich hatte einen weiteren Fehler gemacht. Es war ein weiteres entscheidendes Missverständnis.

Die Gefangene war eine Frau.

59

Zusammengekauert und verängstigt, kniff sie die Augen vor dem grellen Licht zusammen. Ich bemerkte, wie sie abwesend auf die Glasscheibe starrte, und hatte den Eindruck, dass mir der Boden unter den Füßen weggezogen wurde. Das kurze Haar, die langen Gliedmaßen, die markanten Gesichtszüge.

»Einseitig verspiegeltes Glas«, erklärte Lionel, obwohl seine Worte inzwischen seltsam verzerrt für mich klangen. »Und ja, Tom, ihr seid euch vorher schon einmal begegnet.«

Auf der Wohltätigkeitsgala. Lionel hatte uns einander vorgestellt. Bei ihrer Rede hatte Rachel von ihrem Podest aus nicht zu mir hergesehen, wie ich nun bemerkte. Wenigstens nicht ausschließlich. Sie hatte diese Frau angeschaut.

In ihrer Galauniform.

DCI Kate Ryan.

Mir stockte der Atem, und in meinem Kopf erhob sich auf einmal ein Summen, das immer lauter, immer wilder wurde.

Das Gleiche muss für Brodie gegolten haben, dachte ich. Er hatte nicht mich oder Lionel von der anderen Seite des Raumes aus beobachtet. Er hatte auf Ryans Reaktion geachtet, als Rachel James Finchs Namen hatte fallen lassen.

Eine riesige Welle aus bislang unterdrückter Wut dehnte sich nun in meiner Brust aus. Kate Ryan war die verschwommene Gestalt gewesen, die auf dem Bild der Radarfalle in meinem Wagen hinter Michael und Fiona gesessen hatte.

Sie hatte meinen Sohn mit der Waffe bedroht. Sie hatte

Michael solche Angst eingejagt, dass er gegen einen Baum gefahren war. Zwar hatte sie nicht auf den Abzug gedrückt, aber sie hätte es genauso gut tun können. Andernfalls wäre mein Sohn noch immer am Leben.

Und doch wusste ich zugleich: Worum auch immer es hier ging, dass sie dort lag, war nicht richtig.

»Das ist so verkorkst«, sagte nun auch Holly.

Ich starrte Lionel an, fühlte Verzweiflung angesichts der Tragweite des Fehlers, den er gemacht hatte. »Du kannst niemandem auf die Weise ein Geständnis abpressen. Du musst doch wissen, dass das vor Gericht nicht zählt.«

Lionel runzelte die Stirn. »Wofür brauchst du denn ein Geständnis, Tom? Wir kennen doch sämtliche Fakten des Falls. Wer hat hier irgendwas von einem Gericht gesagt?«

Das Summen in meinem Kopf wurde noch lauter, als ich Kate Ryan anstarrte. Eine Polizistin, die Großes vorgehabt hatte. Sie legte die Handflächen gegen die Glasscheibe und sah ausdruckslos nach draußen. Verwirrt. Vollkommen verängstigt.

»*Justice For All*, Tom«, sagte Lionel nun vorsichtig. »Hat Rachel dir erzählt, dass ich ihr einen Posten im Vorstand angeboten habe?«

Ich sah wieder zu Rachel. Sie stolperte von mir weg und drückte sich gegen die Wand. Mein Herz zog sich zusammen.

»Du weißt ja, wie der Vorstand im Augenblick aufgestellt ist«, fuhr Lionel fort.

Das stimmte, auch wenn ich darüber gerade nicht nachdenken wollte. Im Vorstand von *Justice For All* saßen elf Leute. Sieben von ihnen – wenn man Lionel als Vorsitzenden mitrechnete – waren geschäftsführende Mitglieder, das wusste ich, weil ich dabei geholfen hatte, die Verwaltungsrichtlinien der Stiftung zu erstellen. Ich hatte mich auf ehrenamtlicher

Basis um die Vorstandsprotokolle und andere Verwaltungsaufgaben gekümmert.

Mir war bewusst, dass die sieben geschäftsführenden Mitglieder praktisch alle wichtigen Entscheidungen für den Betrieb der Stiftung fällten. Sie alle hatten etwas gemeinsam, was sie überhaupt erst in Berührung mit *Justice For All* gebracht hatte: Jede einzelne dieser Personen war Opfer eines ungelösten Verbrechens geworden. Manche waren selbst die Leidtragenden gewesen, bei anderen war es ein Familienmitglied. Vergewaltigung. Fahrerflucht. Mord. Schwere Körperverletzung. Stalking.

Während sich ihre individuellen Geschichten in den Einzelheiten unterschieden, kannten sie doch alle wenigstens einen Teil des Leids, das Lionel erfahren hatte. Und nun waren Rachel, Holly und ich aufgrund der Handlungen von Kate Ryan und ihren Polizistenkollegen einer ganz ähnlichen Qual ausgesetzt gewesen. Dann war da noch Brodie. Trieb ihn nicht auch weiterhin um, welches unbekannte Entsetzen auch immer seine Schwester heimgesucht hatte?

»Jedes neue geschäftsführende Vorstandsmitglied suche ich mit extremer Sorgfalt aus, Tom. Es gibt einen strengen Begutachtungsprozess. Damit jemand einen Sitz im Vorstand erhält, muss ich wissen, dass die Kandidatin oder der Kandidat angemessen engagiert ist – und wohl auch, dass wir dieselbe Weltsicht teilen.«

Ich holte Luft. Es fühlte sich an, als ob ich trockenen Reis inhalierte. Worin genau bestand denn diese Weltsicht? Ich ahnte allmählich, dass es nicht nur darum ging, dass sie alle Opfer eines ungelösten Verbrechens waren. Es musste mehr dahinterstecken. Noch beunruhigender war, dass meine Frau – verletzt und gebrochen, wie sie war – diese Weltsicht inzwischen anscheinend teilte.

Lionel hob die Fernbedienung und drückte auf einen weiteren Knopf. Überrascht trat Rachel von der Wand weg. Hinter der Stelle, an der sie gestanden hatte, war die Vertäfelung vor einem verborgenen Fach aufgeglitten.

Ich sah hinein und hatte dabei das Gefühl, in die finstersten, kaputtesten Ecken von Lionels Geist zu blicken.

Glaubt ihr, dass Lionel vielleicht 'nen Therapeuten braucht?

Ich mein doch nur, nach dem, was mit seiner Frau passiert ist, hatte Holly gesagt.

Ich begann tatsächlich zu zittern. Der Bronzeglanz. Die elegante Linienführung. In dem Fach befand sich die Statuette einer tanzenden Ballerina. Mir kam der furchtbare Verdacht, dass es sich dabei um den Degas handelte, der in der Nacht, in der Jennifer ermordet worden war, aus Lionels Haus verschwunden war.

Oh nein. Nein. Nicht das. Nein.

In diesem Moment fühlte es sich an, als ob in meinem Kopf eine Tür zugeknallt worden wäre und eine andere sich dafür auf ein gähnendes schwarzes Loch hin geöffnet hätte. Ich hatte das Gefühl, umzukippen und unendlich tief zu fallen.

Der abgelegene Ort. Der abgeschirmte Raum. Die Zäune. Das Tor. Klang das nicht sehr nach einem Gefängnis?

Sieben geschäftsführende Vorstandsmitglieder. Sieben Familien, die von einem Justizsystem enttäuscht worden waren, dem es nicht gelungen war, diejenigen zu bestrafen, die für so schreckliches Leid die Verantwortung trugen.

Das Summen in meinem Kopf wurde zu einem ohrenbetäubenden Brüllen.

Der Raum hinter der Glasscheibe war nicht einfach eine Arrestzelle. Und das hier war etwas viel Abgründigeres als ein Heimkino.

»Tony Bryant ist nie bis nach Spanien gekommen, Tom. Er war der Erste.«

Ich streckte die Hand aus, um nicht das Gleichgewicht zu verlieren, während der Raum um mich herum sich abzusenken und zu drehen schien.

Oh Gott, nein. Bitte nicht.

Das hier war ein Zuschauerraum.

Und der Geheimraum war eine Hinrichtungskammer.

60

Ich sah Rachel an. Es fühlte sich an, als ob mir jemand das Herz aus dem Leib gerissen hätte. Sie wirkte so zerbrechlich, so elend. Ich wollte zu ihr gehen. Gleichzeitig wollte ich nur weg. Ich wusste nicht, was ich tun sollte.

»Sag mir, dass du dem nicht zugestimmt hast«, sagte ich. »Bitte sag mir, dass du das nicht getan hast.«

Tränen liefen ihr über die Wangen. »Ich wollte Antworten, Tom. Ich brauchte Antworten. Und du brauchtest sie ebenfalls, wenn du ehrlich bist.«

»Nein, so nicht.«

»Das kannst du nicht sagen.« Ihre Stimme überschlug sich. »Es ist ja nicht so, als ob es eine andere Möglichkeit gegeben hätte. Ich wollte unsere Beziehung kitten.«

»Indem du jemanden umbringst?«

»Vielleicht. Ich dachte mir, wenn ich alle Puzzleteile beisammenhätte, könnte ich uns wieder zusammensetzen. Als Familie. Vielleicht hätten wir damit abschließen können.«

Damit abschließen.

Ich entgegnete nichts, sondern schüttelte nur den Kopf und trat einen Schritt zurück. Ich fühlte mich schwerelos. Losgelöst, wie nicht im Körper anwesend

»Und ich habe mich ja noch gar nicht entschieden. Ich habe immer noch versucht, zu einem Entschluss zu kommen. Ich wollte mit dir darüber reden. Wir wollten doch darüber reden, erinnerst du dich?«

Ein stockendes Schluchzen bemächtigte sich ihrer. Ihre Schultern bebten. Sie streckte eine Hand nach mir aus, aber ich machte nur einen weiteren Schritt nach hinten.

»Sie hat unseren Sohn umgebracht, Tom.«

Ich spürte, wie sich mir die Kehle zuschnürte. Diesen Teil verstand ich.

Als ich so dastand und an Michael dachte, fühlte ich ihn gleichzeitig auch, in all dem Schrecken, dem er ausgesetzt gewesen war. Mein Auto, das durch den Wald raste. Der Baum, der vor ihm aufragte. Die Angst, die er verspürt haben musste. Der Schmerz, den er wohl gefühlt hatte, so befürchtete ich.

Dann kamen noch andere Erinnerungen. Wie helle Blitze.

Die ersten paar Sekunden nach Michaels Geburt. Die erste Nacht, in der ich ihn als Baby auf dem Arm gewiegt hatte. Seine ersten Schritte. Wie ich ihn an der Hand in die Grundschule gebracht hatte. Wie wir im Garten zusammen Kricket gespielt hatten. Sein Lachen. Sein Lächeln.

All das waren Momente, die ich mit Rachel auf die eine oder andere Weise geteilt hatte.

Ich sah sie an und spürte, wie mir das Herz brach. Einfach so.

»Er muss solche Angst gehabt haben, glaubst du nicht? Michael muss solche Angst gehabt haben.«

Wieder schüttelte ich den Kopf und fühlte mich benommen. In mir pulsierte ein Schmerz, der sich bis in meine Finger und Zehen hinein ausbreitete. Mein ganzer Kummer. Meine ganze Wut. Damit abschließen zu wollen war falsch. Das wusste ich. Ich wusste es, weil ich außerdem wusste, dass mein Kummer unendlich sein würde. Vielleicht würde er über die Jahre hinweg abebben. Vielleicht stimmt es, was die Leute sagen, und der Schmerz verblasst mit der Zeit, obwohl mir diese Erfahrung noch bevorstand. Aber ich wusste, dass er mich immer begleiten würde – unerschöpflich, bodenlos. Und das wäre immer noch so, selbst wenn die Wahrheit darüber, was Michael und Fiona wirklich zugestoßen war, herauskam und an die Öffentlichkeit gelangte. Es wäre noch immer so, auch wenn wir Kate Ryan kaltblütig töteten und nie einer Menschenseele davon erzählten.

Jetzt betrachtete ich sie, wie sie die Handflächen gegen die Scheibe presste, Angst und Schrecken standen ihr deutlich ins Gesicht geschrieben. Ich richtete mich auf und stieg die Treppe zu ihr hinunter.

Lionel machte Platz. Ich streckte die Hände denen Ryans entgegen und suchte etwas in ihrem Blick, keine Ahnung, was genau. Schuld? Bedauern? Sie erwiderte meinen Blick – tatsächlich sah sie durch mich hindurch. Denn sie wusste ja nicht, dass ich hier war.

Du hast meinen Sohn getötet.

Dieser Gedanke war zu groß. Zu absurd.

»Ich weiß, es ist ein Schock, Tom.« Lionel berührte mich an der Schulter. »Und ja, Brodie war voreilig. Er hat überstürzt gehandelt. Er hat emotional auf den Überfall reagiert. Ich glaube, du weißt, warum. Das hätte er nicht tun sollen. Aber es ist nun mal geschehen. Und wenn du darüber nachdenkst – *wirklich* darüber nachdenkst –, wirst du doch sicher einsehen, dass das auch sein Gutes hat.«

Ich sagte nichts, sondern starrte ihn nur an.

»Du hast meinem Urteil doch früher vertraut, Tom. Warum jetzt nicht?«

Wieder blieb ich ihm die Antwort schuldig.

»Hinterher wirst du dich so viel besser fühlen, Tom. Mir ist es so gegangen. Du kannst dir nicht vorstellen, wie heilsam es ist.«

Meine Hand schoss nach vorn, bevor ich mir dessen vollständig bewusst war. Ich presste Lionel gegen die Glasscheibe. Meine Hand lag an seiner Kehle.

»Hey!«, rief Brodie. »Hey, lassen Sie das!«

Ich ließ es nicht, sondern drückte zu.

»Ist schon okay«, keuchte Lionel. Er grapschte nach meinen Händen. Mir war nicht klar, ob er mit mir oder mit Brodie sprach. »Stell es dir als das Wiederherstellen der Gerechtigkeit vor, Tom. Für Michael.«

In diesem Augenblick schrie ich auf. Ich konnte nicht anders. Ich wollte den Namen meines Sohnes nicht aus Lionels Mund hören, aber irgendwie schlüpften seine Worte in meinen Kopf. Und als ich darüber nachdachte, was er über Michael gesagt hatte, stürzte eine weitere Erinnerung auf mich ein.

An einem unserer letzten gemeinsam verbrachten Tage, vielleicht zwei Wochen vor Michaels Tod, hatte ich ihn den ganzen Tag bei mir im Büro gehabt. Michael sollte für die Schule nämlich eine Woche irgendwo hospitieren, aber wie schon so oft in der Vergangenheit hatte mein schlampiger Sohn sich um nichts gekümmert. In letzter Minute hatte ich mich eingemischt und ihm vorgeschlagen, er könne die Woche bei Webster Ventures hospitieren. Dort könne er mir und ein paar meiner Kollegen über die Schulter blicken.

Michael hatte keine Lust darauf. Ich verstand ihn, und mir war klar, dass er sich langweilen würde. Aber es gab dann eine Situation am ersten Morgen in meinem Büro, in der es mir plötzlich vorkam, als ob wir einander nahestünden. Michael hatte mich gefragt, warum ich Anwalt geworden sei, und eine Sekunde lang hatte ich mit dem Gedanken gespielt, ihm die Wahrheit zu sagen: dass ich einen guten Abschluss gemacht hatte, dass ich seine Mutter liebte, sie heiraten und den Rest meines Lebens mit ihr verbringen wollte und dass ich deshalb geglaubt hatte, ein gut bezahlter Job würde uns dabei helfen, uns eine gemeinsame Zukunft aufzubauen. Stattdessen hatte ich dann aber gelogen. Ich hatte ihm die olle Kamelle erzählt, dass mich ein brennendes Bedürfnis nach Gerechtigkeit zum Jurastudium gebracht habe, dass ich helfen wollte, den Unterschied zwischen richtig und falsch zu verteidigen und zu definieren. Natürlich war das Unsinn. Und Michael wusste das wohl auch. Ich war ein angestellter Wirtschaftsanwalt. Mein Job war es am Ende des Tages, Lionel, der sowieso schon unglaublich reich war, noch reicher zu machen. Und dennoch spulte ich Michael gegenüber diese Phrase ab, und obwohl ich auf seinem Gesicht einen Anflug von etwas sah, das möglicherweise Enttäuschung hätte sein können, hakte er nicht nach.

Und jetzt stand ich hier und drückte mit zitterndem Arm Lionels Kehle zu, dachte über Gerechtigkeit und Rache nach und darüber, was richtig und was falsch war. Michael war tot. Unser sechzehnjähriger Sohn war uns entrissen worden. Seine Zukunft war ihm von einer Frau genommen worden, die nur wenige Zentimeter von mir entfernt stand und die zu töten Lionel mir anbot.

Und ganz ehrlich? Ich kann nicht bestreiten, dass ich nicht versucht war. Denn aufgrund der Beweise, die mir vorgelegt worden waren, und aufgrund der Erklärungen, die man mir gegeben hatte, glaubte ich, dass Kate Ryan tatsächlich verantwortlich für den Tod meines Sohnes war. Sie hatte meine Familie zerstört, und wofür? Aus beruflichem Ehrgeiz? Aus der Verzweiflung heraus, einen eigenen großen Fehler zu vertuschen? Aus Skrupellosigkeit? Ich wusste es nicht.

Also ja, ein Teil von mir war versucht. Eine sterile Hinrichtungskammer an einem einsamen Ort, die Gelegenheit, meinen Sohn zu rächen, ohne fürchten zu müssen, erwischt zu werden. Wer wäre da nicht versucht gewesen?

»Wie hättest du sonst die Gerechtigkeit wiederherstellen

wollen, Tom?« Lionels Stimme war nur noch ein ersticktes Flüstern. »Sieh sie dir doch an. Denk daran, was sie bereits getan hat, um das alles zu vertuschen, und wozu sie vielleicht sonst noch bereit ist. Michael war erst sechzehn. Sie ist eine hochdekorierte Polizistin, die von hochrangigen Beamten geschützt wird. Ein Liebling der Medien. Und sieh dir die Männer aus ihrem Team doch an, die heute Nacht hergekommen sind. Sieh dir nur an, was sie bereit waren zu tun, um ihr Geheimnis zu wahren.«

In diesem Moment sah ich sie mir tatsächlich an, wie sie zu mir zurückstarrte, mein eigenes Spiegelbild in der getönten Glasscheibe schien hinter ihr zu schweben, als wäre es in dem Raum mit ihr eingesperrt.

»Ihre Leute wären nicht hier aufgekreuzt, wenn Brodie die Frau nicht entführt hätte.« Meine Stimme schien von weit weg zu kommen, als würde sie zu jemand anderem gehören.

»Vielleicht hast du recht, Tom. Aber glaubst du wirklich, du wärst in Sicherheit gewesen? Du hast doch gesehen, wie sie Holly in der Gasse zugerichtet haben. Und inzwischen muss dir auch klar sein, dass Rachel Glück hatte, mit dem Leben davongekommen zu sein.«

Erneut drängte sich mir eine Erinnerung auf: Lionel hatte mit Rachel nach dem Vorfall im Krankenhaus gesprochen. Hatte er ihr in diesem Moment seine Argumentation dargelegt? Vielleicht war Brodie es gewesen, der am Ende Nägel mit Köpfen gemacht hatte, aber für mich war überdeutlich, dass Lionel diesen Gang der Dinge für den richtigen hielt.

»Tom?«

Das war Rachel. Ich konnte die Dringlichkeit in ihrer Stimme hören, aber ich drehte mich nicht zu ihr um. In diesem Moment hielt ich mich nicht für stark genug, ihr in die Augen zu sehen.

»Tom, bitte. Es ist wegen Holly.«

Ich ließ Lionel los – er taumelte keuchend rückwärts – und wirbelte herum. Ich konnte Holly nicht sehen. Wenigstens nicht gleich. Ich sprang die Stufen zu dem Platz hoch, wo Rachel über sie gebeugt dastand. Es fühlte sich an, als ob ich eine Rolltreppe verkehrt herum hinaufliefe. Dann sah ich sie. Sie war zusammengesackt und leichenblass, ihr Blick war leer und unstet.

»Es tut jetzt richtig weh, Dad.«

»Ihr Kreislauf bricht zusammen«, erklärte mir Rachel. »Ihr Blutdruck ist im Keller, und ihr Puls ist ganz schwach.«

»Was hat das zu bedeuten?«

»Ich vermute, dass sie eine innere Blutung hat. Vielleicht hat sie sich etwas aufgerissen, als sie ...«

Sie musste es nicht aussprechen. Ich schloss die Augen und dachte daran, wie Holly mit dem schweren Ast nach Adams geschlagen hatte. Sie hatte uns gerettet, aber um welchen Preis?

»Wir müssen sie in ein Krankenhaus bringen«, sagte Rachel. »Und zwar sofort.«

Ich sprang nach vorn, um Holly auf die Arme zu nehmen. Aber bevor ich die Hände unter sie schieben konnte, herrschte Brodie mich an, ich solle aufhören.

Mir wurde kalt. Langsam hob ich den Kopf. Er zielte mit der Waffe auf mich.

»Niemand geht von hier weg. Noch nicht.« Seine Hand zitterte nicht. Sein Griff war steinhart. Aber sein Blick zuckte zu Lionel. »Du weißt, dass ich recht habe. Tu nicht so, als wäre es anders.«

Man kennt ja die Beschreibung, dass der Lauf einer Pistole sich öffnet wie ein Tunnel. Nun, das hier kam mir vor, als starrte ich in den schwärzesten Tunnel, der zu dem furchtbarsten Ort überhaupt führte. Und Lionels Stimme klang dazu wie das schrille Pfeifen des heranrasenden Zugs.

»Tut mir leid, Tom, aber Brodie hat recht.«

Ich schüttelte den Kopf.

»Es muss jetzt passieren. Wir haben keine Wahl. Das verstehst du doch, oder? Du verstehst, was ich sage. Wir sind schon zu weit gegangen.«

Ich taumelte, als hätte er mir in den Magen geboxt. Wie viele Leichen lagen wohl in diesem Wald begraben? Wie viele Menschen hatten in diesem Raum ihr Leben gelassen?

Lionel wollte mir klarmachen, wozu die Männer, die hierhergekommen waren, bereit gewesen wären, um ihr Geheimnis zu schützen. Allerdings hatte ich keinerlei Zweifel, dass Lionel und Brodie ebenso skrupellos ihr eigenes Geheimnis bewahren würden.

»Es ist ganz einfach, Tom. Bring sie um, dann kannst du gehen.«

Mit blutigen Händen.

Während ich weiter auf Brodies Waffe starrte, wanderte sein Blick zu Rachel.

»Du hast es so gewollt.« Er verzog das Gesicht. »Wir haben uns darüber unterhalten. Du weißt Bescheid.«

Ich drückte Hollys Hand. Sie weinte. In diesem Raum schien es nicht genug Luft zu geben. Ich wollte nichts weiter, als sie auf die Arme zu nehmen und sie ins Krankenhaus zu bringen. Ich sah mich um und suchte nach irgendeinem Ausweg. Ich sah, dass Brodie die Tür mit der Pistole in der Hand versperrte. Ich sah, dass Lionel sich über den Hals rieb und so zu tun versuchte, als ob das hier vollkommen vernünftig wäre. Dann sah ich Kate Ryan, die sich furchtbar verängstigt gegen die Glasscheibe drückte.

»Ich mache es«, flüsterte Rachel, und das Zittern in ihrer

Stimme verbreitete sich wie dunkle Wellen in meinem Herzen.
»Ich hab uns in diese Lage gebracht, also sollte ich uns auch daraus befreien.«

61

Der Raum war so kalt wie der Weinkeller. Oder vielleicht war das auch nur mein Eindruck.

Ich schob mich hinter Rachel hinein. Jeder Schritt war eine Qual. Wenn ich ein Bein hob, fühlte es sich an, als ob ein Sandsack an meinem Knöchel hinge.

Die Luft hier drin roch abgestanden, vermischt mit einem Hauch von Bleiche und adrenalinreichem Schweiß. Das grelle Halogenlicht wurde mit einem schimmernden Gleißen vom Zementboden und dem Spiegelglas reflektiert. Ich kniff die Augen zusammen, bis ich mich daran gewöhnt hatte. An der Wand entdeckte ich blasse rostrote Flecken.

Oh Gott.

Ryan erkannte uns sofort wieder. Sie machte zwei schnelle Schritte nach vorn, hielt dann inne und wich zurück, als Rachel den Arm ausstreckte. Die Pistole in Rachels Hand schien wie ein Fisch zu zappeln. Brodie war die Treppe hinuntergehinkt und hatte ihr die Waffe auf der Schwelle zu dem Raum in die Hand gedrückt. Die Tür war hinter der weiteren Wandvertäfelung verborgen gewesen. Sie war aus Metall und hatte ein Kontrollfeld in der Mitte, genau wie die Kellertür.

Brodie war inzwischen wieder halb die Treppe hinaufgestiegen und überwachte Holly, an die Wand gelehnt auf dem Boden sitzend, eine Hand auf den Rippen. Er saß zu einer Seite geneigt da und schwitzte, als ob er Fieber hätte. Sein Gesicht war aufgeplatzt und blau geschlagen, sein Bart wirkte fettig und blutverklebt. Ich war mir sicher, dass sein Bein ihm furchtbare Schmerzen bereitete, ganz zu schweigen von seinen anderen Verletzungen. Auch er musste ins Krankenhaus.

Lionel beobachtete uns von der Tür aus. Brodie hatte ihm die Schrotflinte zugeworfen, bevor er die Stufen hinabgestiegen war. Jede Hoffnung, die ich vielleicht noch gehabt hatte, dass Lionel seine Meinung ändern und uns gehen lassen würde, hatte sich in Luft aufgelöst, als er die Schrotflinte auf uns gerichtet und dabei entschuldigend mit den Schultern gezuckt hatte, während Brodie uns seine Pistole ausgehändigt hatte.

»Das passiert jetzt vielleicht früher als geplant, Tom, aber ich glaube wirklich, dass es so das Beste ist. Wir stehen doch alle auf derselben Seite.«

Nur taten wir das eben nicht.

»Bitte«, flehte Kate Ryan. Sie verschränkte die Arme vor der Brust und beugte sich aus der Hüfte nach vorn. Ihr kurzes Haar stand an einer Seite ab. Der Trainingsanzug hing schlaff an ihrem Körper. Die Augen waren eingesunken. »Ich weiß, wer Sie sind. Und ich verstehe, warum Sie hier sind. Wirklich. Und es tut mir leid. Ehrlich. Aber es ist ein Unfall gewesen. Das schwöre ich Ihnen. Wir hatten nie vor, dass Ihr Sohn oder seine Freundin sterben sollten. Wir wollten nur mit ihnen reden. Sie haben Angst bekommen. Sonst nichts. Es ist ein Unfall gewesen.«

»Den Sie vertuscht haben.«

Das Zittern in Rachels Stimme war gar nichts, verglichen mit dem ihrer Hand.

Kate Ryan machte einen weiteren Schritt rückwärts, in eine Ecke des Raumes hinein. Ihr Atem ging stoßweise, als sie gegen die Wand und das Spiegelglas stieß.

»Bitte. Ich bin zu allem bereit. Ich sage aus. Ich lege ein Geständnis ab. Ich …«

Sie verstummte, als Rachel zu wimmern begann und die Waffe ruckartig in ihre Richtung bewegte.

Mir blieb das Herz stehen.

Rachels Ellbogen war nun wie eingerastet, aber in den langen, schmerzhaften Sekunden, die folgten, begann der Pistolenlauf erneut zu schwanken, als ob ein unsichtbarer Draht daran befestigt wäre, der ihn herabzog.

Kate Ryan kauerte sich hin. Rachel biss die Zähne zusammen und stöhnte auf. Mit der freien Hand versuchte sie die Waffe zu stabilisieren. Es machte keinen großen Unterschied. Die Kringel, die der Pistolenlauf in die Luft malte, wurden immer größer, immer wackliger, gerieten immer mehr außer Kontrolle.

»Hören Sie mir zu«, bettelte Ryan. »Sie wissen, wer ich bin. Sie wissen, dass man nach mir suchen wird.«

Das war der falsche Text. Anscheinend spürte Ryan das. Rachel scharrte mit dem Fuß über den Boden und machte einen kleinen Schritt nach vorn. Sie richtete die Pistole abwärts, doch wieder begann sie zu zittern, noch schlimmer als vorher.

Ich sah unser Spiegelbild in der Glasscheibe, den kalten Raum, in dem wir uns befanden, die hilflose Frau, die sich vor uns duckte, Rachel mit einer Waffe in der Hand und mich selbst – fast hätte ich mich nicht erkannt. Mit roten Augen, zerzaustem Haar, einem ovalen Bluterguss an der Stirn und einem vollkommen entsetzten Ausdruck im Gesicht.

Ich hatte zugelassen, dass dies alles meiner Familie zustieß, dass der ganze Schaden angerichtet wurde. Ich hatte sie nicht beschützt. Ich hatte sie allein gelassen. Und jetzt das. Wenn Rachel auf den Abzug drückte, würde sie für den Rest ihres Lebens mit den Konsequenzen zu leben haben. Und ich war mir nicht sicher, ob sie stark genug dafür wäre. Sollte ich also die Verantwortung übernehmen? Ihr die Waffe aus der Hand nehmen? War ich mutig genug für diesen Schritt, auch wenn ich wusste, dass er falsch war?

Und ja, Rachel hatte heute Nacht bereits einen Mann getötet. Aber dieser Mann hatte mich in der Speisekammer angegriffen. Er hätte mich sonst erdrosselt. Rachel hatte spontan gehandelt, ohne nachzudenken. Das hier war etwas anderes. Kate Ryan war vollkommen verängstigt und wehrlos.

Und Holly sah uns zu.

»Mum!« Ihre krächzende Stimme klang wie Sirenengeheul in meinem Kopf. »Tu das nicht. Michael würde es nicht wollen. Du weißt das.«

Rachel schluchzte auf und bedeckte ihren Mund mit der freien Hand. Wir mussten Holly beschützen. Wir mussten sie in ein Krankenhaus schaffen. Aber wenn Rachel den Abzug drückte, würde unsere Tochter uns nie mehr mit denselben Augen betrachten, und das wussten wir wohl beide.

Kate Ryan blickte auf, als hätte sie diese winzige Chance gespürt. »Hören Sie auf sie«, flehte sie. »Ich bin Polizistin, um Himmels willen. Wissen Sie denn nicht, was das für Sie bedeutet?«

»Mum, bitte. Ich halte das nicht aus. Ich kann nicht mehr.«

»Tu es, Rachel«, schaltete Lionel sich ein. Seine Stimme klang beschwichtigend und ruhig. »Wir kümmern uns um alles, wenn es erst mal vorbei ist.«

Rachel fletschte die Zähne und spannte die Schultern gegen das Zittern an, das sie zu überwältigen drohte.

»Bitte, Mum«, wiederholte Holly immer und immer wieder. »Bitte, Mum. Bitte, Mum. Bitte …«

Mein gesamter Körper schmerzte. Beim Schlucken hatte ich den Eindruck, Scherben hinunterzuwürgen.

»Es ist in Ordnung, Rachel«, sagte ich. »Ich verspreche dir, alles wird gut.«

Sie versuchte so sehr, weiter zu zielen. Sie stieß ein lautes Jammern aus, und ich sah, wie sich ihr Finger um den Abzug krümmte. Dann schloss sie die Augen.

Ich wartete darauf, dass sich die Zeit wieder verlangsamen, dass alles anhalten würde. Aber das geschah nicht. Stattdessen beschleunigte sich alles: mein Herzschlag, meine Atemfrequenz, der Luftzug im Raum. Alles schwoll immer weiter an, wurde immer schneller, der Raum drehte sich und schwankte, und mein Kopf drehte sich mit, bis …

»Es tut mir so leid, Tom.«

Rachels Knie rutschten nach vorn, und ich konnte sie gerade noch rechtzeitig auffangen, bevor sie zu Boden sackte.

62

Kate Ryan richtete sich langsam auf. Ich riss Rachel die Pistole aus der Hand und richtete sie auf die Frau. Mein Finger tastete nach dem Abzug, und mein Herz schlug in meiner Brust Purzelbäume. Kate Ryan streckte mir verzweifelt die schweißglänzenden Handflächen entgegen.

Rachel weinte. Ich zog sie mit dem linken Arm an mich.

»Ist schon okay«, sagte ich zu ihr. »Alles wird gut.«

»Wir müssen Holly ins Krankenhaus bringen«, flüsterte sie.

»Das werden wir.«

Mein Finger schmerzte. Ich hatte furchtbare Angst, aus Versehen auf den Abzug zu drücken. Ein winziges Zucken würde genügen. Ich wollte das alles so sehr in Ordnung bringen. Aber ich wusste nicht, wie.

Lionel schob sich langsam hinter uns in den Raum, die Schrotflinte gegen die Hüfte gepresst.

»Tom?«

Meine Ohren rauschten. Das Blut floss mir zäh und träge durch die Adern. Ich warf ihm über die Schulter hinweg einen Blick zu. Mein Chef. Mein Freund. So lange hatte ich geglaubt, dass ich Lionel bei allem vertrauen könnte. Aber in dieser Angelegenheit konnte ich es nicht.

Denk nach. Finde einen Ausweg. Egal wie.

Aus dem Augenwinkel sah ich, wie Kate Ryan sich leicht vorbeugte. Die Hände hatte sie zu losen Fäusten geballt, als wollte sie sich auf mich stürzen. Oder auf Lionel.

Ich sah zwischen ihnen beiden hin und her, als Lionels Blick auf die Waffe in meiner Hand fiel. Sein Blick verfinsterte sich. Ich glaube nicht, dass er befürchtete, ich würde ihn erschießen. Noch nicht. Wahrscheinlich kannte er mich gut genug, um zu begreifen, dass ich auf niemanden schießen wollte. Weder auf Lionel oder Brodie noch auf Kate Ryan.

Oh, ich verabscheute, was sie getan hatte. Aber sie zu töten würde Michael nicht zurückbringen. Es würde meinen Kummer nicht lindern, auch nicht Rachels oder Hollys. Auge um Auge – es gab einen Grund, warum sich zivilisierte Gesellschaften von diesem Prinzip entfernt hatten. Ich musste an Michael und all das denken, was ich in dieser Nacht über ihn gelernt hatte. Mein Herz blühte auf wie eine Blume. Er hatte Fiona zu helfen versucht. Er hatte sie befreit. Also, nein, auf keinen Fall würde ich zulassen, dass dieser schmuddelige Hinrichtungsraum zum Vermächtnis meines Sohnes würde. Er war so viel besser als das hier.

»Warum gibst du mir nicht die Waffe, Tom?«, sagte Lionel.

Ganz langsam senkte ich die Pistole. Ryan beobachtete die Bewegung und atmete geräuschvoll aus. Sie machte einen unsicheren kleinen Schritt in den Raum hinein, stoppte dann aber und erstarrte, als Lionel die Schrotflinte auf sie richtete.

»Daran sollten Sie nicht mal denken«, empfahl er ihr. »Die Sauerei, die eine Schrotflinte hier drin veranstaltet, mag ich gar nicht, aber Sie sollten nicht mal eine Sekunde lang glauben, dass es das erste Mal wäre.«

Sie presste die Lippen fest aufeinander und schüttelte immer wieder den Kopf, als ob sie das Unvermeidliche zu leugnen versuchte.

»Tom«, mahnte Lionel nun erneut.

Ich sah ihn an. Er blinzelte, lächelte traurig und schüttelte den Kopf.

»Ich liebe deine Familie, Tom. Im Moment glaubst du das vielleicht nicht, aber es stimmt. Du kannst mir die Waffe geben. Bring Holly ins Krankenhaus. Ich bin bereit, dir in dieser Sache zu vertrauen, Tom. Aber du musst mir ebenfalls vertrauen. Lass mich das für dich und Rachel erledigen.«

Eine selbstlose Tat? Möglicherweise. Aber ich hatte den Eindruck, dass mehr dahintersteckte. Inzwischen waren meine Fingerabdrücke auf der Waffe. Rachels ebenfalls. Ich blickte zur Kamera in der Ecke des Raumes auf. Vielleicht zeichnete sie noch auf, aber wenn ich an die ganze Ausrüstung in der Sternwarte dachte, begann ich zu begreifen, wie leicht Lionel Aufnahmen, die hier gemacht wurden, löschen oder manipulieren könnte. Falls wir es bis zum Krankenhaus schafften und versuchen sollten, dort die Polizei zu kontaktieren, könnte er ganz einfach behaupten, ich hätte den Abzug gedrückt. Oder Rachel. Sein Wort stünde gegen unseres. Und unsere Fingerabdrücke befanden sich auf der Pistole.

»Tom, wir haben nicht viel Zeit. Holly hat nicht viel Zeit, das weißt du.«

Er machte eine Geste, ich solle ihm die Waffe geben – ein leichtes Zucken mit den Fingern.

Ich sah mich zu Kate Ryan um, dann schob ich eine Hand unter Rachels gesunden Arm, um ihr aufzuhelfen.

Ryan beobachtete uns aufmerksam. Ich konnte sehen, dass sie hin- und hergerissen war. War das jetzt ihre Gelegenheit? Oder hatte sie sie bereits verstreichen lassen?

Wir bewegten uns weiter auf Lionel zu. Er streckte die Hand aus. Ich hielt die Pistole noch eine Sekunde länger fest, dann legte ich sie in seine Hand. Lionel nickte mir zu.

»Das war die richtige Entscheidung, Tom.«

Wirklich? Ich warf einen letzten Blick auf Kate Ryan. Bereute sie ihre Tat nun?

Die Tür befand sich direkt vor uns. Ich führte Rachel dorthin, und als wir hindurchtraten, hatte ich das Gefühl zu fallen, als ob wir als Tandem aus einem Flugzeug abspringen würden.

»Daddy!«

Ich sah zu Holly auf und fühlte, wie sich ein warmes Gefühl in meiner Brust ausbreitete. Sie war zwar schwach, lächelte mich aber durch die schweißbedeckten Blutergüsse auf ihrem Gesicht hindurch an, hob die Arme und wartete darauf, dass ich sie wegtrug.

Ich stellte den Fuß auf die erste Stufe und half Rachel neben mir hinauf. Zu meiner Linken gab es vier leere Kinosessel. Brodie lehnte, auf den Ellbogen gestützt, auf der nächsten Stufe. Es war schwer, seinen Zustand einzuschätzen, weil seine Augen so stark geschwollen waren. Er sah zu Rachel hoch, als ob er in ihrem Gesicht nach etwas suchte, was er verloren zu haben fürchtete.

Versuch nicht, uns aufzuhalten. Versuch nicht, uns aufzuhalten. Versuch nicht …

Wir stiegen die zweite Stufe hoch. Links von uns gab es weitere vier Kinosessel.

»Tom?«, rief Lionel mir zu. »Ich glaube, du solltest dir das ansehen.«

Nein. Nicht jetzt. Zu früh.

Ohne Atem zu holen, drehte ich mich um und starrte entsetzt durch die einfach verspiegelte Scheibe, als Lionel drei schnelle Schritte in den Raum hinein machte, die Pistole vor sich ausgestreckt und die Schrotflinte an seiner Seite. Kate Ryan warf sich nach vorn.

Lionel drückte ab.

Ein trockenes Klicken.

Rachel zuckte zusammen.

Brodie knurrte und drückte sich von der Wand weg.

Lionel keuchte auf und drückte noch einmal auf den Abzug.

Noch ein trockenes Klicken.

Vielleicht weiß ich nicht viel über Waffen, aber ich lerne schnell. Ich hatte dabei zugesehen, wie Brodie im Schwimmbad das Magazin aus seiner anderen Waffe entfernt und wieder eingesetzt hatte. Als ich vorhin die Pistole gesenkt hatte, hatte ich auf einen Knopf an der Seite gedrückt, und das Magazin war herausgefallen. Nun war es sicher in meiner Hosentasche verstaut.

Kate Ryan schnellte nach vorn und stürzte sich auf Lionel. Sie schlug ihm die Waffe aus der Hand. Dann entwand sie ihm die Schrotflinte, drehte sie um, rammte ihm den Schaft in den Magen, das alles in einer fließenden, kraftvollen Bewegung. Lionel klappte zusammen, und die Luft wurde ihm aus der Lunge gepresst.

All das geschah so schnell. Zu schnell.

Kate Ryan stieß Lionel beiseite und rannte aus dem Raum. Dabei hob sie die Schrotflinte an. Ich hörte Brodie etwas rufen, keine Ahnung, was genau. Vielleicht war es »Abhauen!«. Das würde ich gern glauben, aber ich könnte mich auch täuschen.

Meine Instinkte übernahmen nun das Kommando. Ich drehte mich aus der Hüfte und beugte mich nach links. Ich hechtete in Deckung zwischen die Kinosessel und zog Rachel mit mir nach unten. Dann knallte es. Eine heftige Detonation. Die Luft vibrierte vor Hitze.

Rachel schrie auf.

Ich hörte Schritte. Rufe. Noch einen Schrei.

Ich presste mich gegen Rachel. Zwischen den Sitzen war es eng. Hastig drückte sie sich von mir weg. Beißender Gestank hing in der Luft, außerdem ein Nebel aus blauem Rauch. Meine Ohren klingelten.

Ich stemmte mich auf die Knie hoch und hielt mich dabei an

den Sesseln fest. Beinahe wäre ich wieder umgekippt. Rachel kniete neben Brodie. Ihre Hände waren blutverschmiert. Seine Brust war ein klaffendes Loch.

Er krängte seitwärts, das Leben verließ ihn langsam, sein Atem kam in verzweifelten Zügen. Er führte eine Hand zu ihrem Gesicht. Dann begann die Hand abzurutschen.

»Für dich«, flüsterte er noch. »Das alles. Alles für …«

Er sackte zusammen. Rachel konnte ihn nicht festhalten. Und ich wusste nicht, was ich tun sollte.

»Tom!« Lionel hielt sich den Bauch und stolperte aus dem Raum hinter der Leinwand. Er zeigte auf das obere Ende der Treppe.

Ich drehte mich um.

Oh nein. Nein, nein, nein.

Ich wuchtete mich vorwärts und erklomm die Stufen.

Nein.

Holly war fort.

Ich starrte auf ihren leeren Platz. Dann rannte ich los.

Ich rannte wie ein Verrückter, stürmte durch die Tür und krachte gegen die gegenüberliegende Wand. Buster bellte wie wild geworden im Wohnbereich. Ich sprintete zu ihm, holte alles aus meinen Beinen heraus. Der Korridor neigte sich und zuckte, meine Sicht verschwamm.

Ich schlitterte in die Küche, drehte mich nach links. Und bremste ab.

Oh nein. Bitte nicht.

Kate Ryan hatte einen Arm um Hollys Hals geschlungen. Sie zerrte sie rückwärts. Die Schrotflinte hatte sie gegen Hollys Seite gedrückt.

»Bleiben Sie, wo Sie sind!«, schrie sie.

Ich starrte Holly an. Sie starrte zurück. Ich dachte wieder an den Überfall in der Gasse, musste daran denken, wie ich ihr damals nicht geholfen hatte. Jetzt wollte ich ihr so verzweifelt helfen.

Buster bellte und knurrte. Dann sprang er vorwärts, genau wie er es im Wald getan hatte. Er riss das Maul auf und warf sich auf Kate Ryan.

Holly schrie. Der stechende Schmerz in meiner Brust wurde schlimmer.

Ryan trat Buster mit einem ihrer langen Beine in die Seite.

Er jaulte auf und hinkte davon, wobei seine Pfoten auf dem Holzboden wegrutschten.

Holly brüllte auf und zog an Ryans Arm, biss sie in die Hand. Es hatte keinen Effekt. Ryan knurrte einfach nur und rammte Holly den Gewehrkolben unter das Kinn.

Ich erstarrte. Hörte auf zu atmen.

Hollys Hals und ihr Kinn waren überdehnt. Ich konnte die Adern in ihrer Kehle pochen sehen.

Hinter mir stolperte Rachel ins Zimmer. »Holly!«, schrie sie.

Buster lief benommen im Kreis. Seine Beine gaben nach, und er krachte zu Boden.

Ryan schob sich mit Holly langsam rückwärts, in Richtung der gläsernen Schiebetür.

»Daddy!«

Tränen brannten mir in den Augen. Das Herz hämmerte mir gegen die Rippen.

Ryan hielt die Schrotflinte weiterhin unter Hollys Kinn, während sie sie nach draußen auf die Veranda zerrte. Ich stolperte ihnen nach, in das schwache morgendliche Sonnenlicht und den Kieferduft hinein.

Das Leben des eigenen Kindes ist so kostbar. Das hatte ich auf unvorstellbar schlimme Weise erfahren müssen. Ich hatte bereits Michael an diese Frau verloren. Nicht einmal ansatzweise kann ich beschreiben, wie lähmend die Furcht war, dass ich auch Holly an sie verlieren würde.

»Tom, tu was. *Bitte.*«

Rachel klammerte sich an mich. Hinter uns hörte ich langsame Schritte. Lionel tauchte auf und hielt sich die Seite, die Pistole hatte er in der Hand. Er reichte sie mir.

Ich kramte in meiner Tasche nach dem Magazin, aber Ryan bemerkte es und drückte die Schrotflinte nur noch fester unter Hollys Kinn.

»Nicht.«

Ich erstarrte, löste den Blick aber keine Sekunde von Holly. Ich wollte, dass sie wusste, dass ich in diesem Moment bei ihr war. Ich wollte, dass sie wusste, wie sehr ich sie mit mir in dieser Welt behalten wollte.

»Es tut mir leid«, flehte Rachel. »Es tut mir so leid. Es tut mir so leid. Bitte.«

»Lassen Sie sie los!«, schrie ich. »So muss es doch nicht enden.«

Ich ballte die Faust um das Magazin in meiner Hosentasche. Lionel stand so nah bei mir. Es hätte kaum eine Sekunde gedauert, ihm die Waffe abzunehmen, noch eine weitere Sekunde, das Magazin hineinzuschieben. Aber selbst wenn ich davon ausging, dass ich das irgendwie schaffte, ohne dass Holly inzwischen erschossen würde, hatte ich bereits bewiesen, was für ein miserabler Schütze ich war. Auf keinen Fall konnte ich riskieren, auf Kate Ryan zu schießen, während sie Holly so dicht an sich presste.

Ich musste hilflos dabei zusehen, wie sie Holly quer über die Veranda zerrte. Der Wind wehte böig vom bewegten Meer herein. Er verfing sich in Hollys Haar und blies es ihr vor die Augen. Holly verzog das Gesicht. Sie sah mich an und schüttelte den Kopf. In diesem Moment hatte ich das Gefühl, als ob sie Lebewohl sagte, und ich spürte etwas in mir nachgeben und einstürzen.

Sie kamen jetzt sehr nah an die Hausecke. Kate Ryans Blicke schossen hin und her, während sie versuchte sich zu orientieren.

»Bitte«, sagte ich. »Sie ist mein Kind.«

Mir fiel nichts anderes ein. Meine Gedanken überschlugen sich. Und trotzdem hatte ich keine Idee. Vielleicht sollten wir uns ganz zurückziehen. Abwarten und darauf hoffen, dass sie Holly gehen lassen würde. Aber warum sollte sie das tun? Wir alle kannten inzwischen die Wahrheit. Sie hatte so viel zu verlieren …

Plötzlich blitzte etwas Weißes auf, dann folgte ein scheußliches Krachen. Ryans Kopf peitschte in einem verrückten Winkel seitwärts. Alle Luft wurde aus meiner Lunge gepresst. Ihr Körper erschlaffte. Dann fiel ihr die Schrotflinte aus der Hand, sie krachte erst auf die Knie und landete schließlich mit dem Gesicht nach unten auf der Veranda.

Seitlich an ihrem Kopf klaffte eine grässliche Kerbe.

Holly schrie auf und machte einen Satz von ihr weg, presste sich die Hände vors Gesicht.

Stocksteif stand ich da, unfähig mich zu bewegen. Stattdessen starrte ich nur auf den Mann im weißen Plastikoverall hinter Holly.

Er zog die Kapuze und die Maske herunter.

Adams.

Elektrische Schläge prickelten mir durch die Arme. Erneut dachte ich an die Pistole, die Lionel mir hinstreckte. An das Magazin in meiner Hand.

Rachel schrie auf, als Adams den rechten Arm hob. In seiner Hand erkannte ich das blutige Radkreuz aus unserem Volvo. Ich starrte Holly an, war so weit von ihr entfernt.

»Es ist vorbei«, sagte er und öffnete dann die Faust. Das

Radkreuz fiel zu Boden. Es hüpfte scheppernd wie in Zeitlupe über die Veranda. »Erklären Sie mir, was wir jetzt tun.«

Mein Herz brauchte ein paar Sekunden, bevor es wieder zu klopfen begann, und auch meine Lunge arbeitete nicht sofort wieder.

»Tom!«, rief Lionel.

Ich sah ihn an. Er streckte mir wieder die Pistole hin.

»Das ist wahre Gerechtigkeit, Tom. So funktioniert sie.«

Aber nicht für mich. Nicht für uns.

Es war vorbei.

Das war schwer zu glauben. Und es war schwer, ihm zu vertrauen. Wir würden irgendeinen Kompromiss mit Lionel schließen müssen.

Aber das hatte Zeit.

Mit dem Magazin in der Hand drehte ich mich um und warf es ins Meer. Holly schüttelte den Kopf, als ich zu ihr trat. Ihr Gesicht war tränenüberströmt. Als ich sie dann umarmte, verschwand schlagartig alles andere. Ich zog meine Tochter an mich, umschlang sie fest, roch an ihrem Haar und bedeckte ihr Gesicht mit Küssen. Ich wollte sie nie mehr loslassen. Keine Ahnung, wer von uns beiden zuerst auf die Knie sank oder ob wir es gleichzeitig taten. Ich weiß, dass wir so nur für ein paar Sekunden verharrten, bevor Rachel zu uns kam. Wir weinten und küssten einander. Dann hörte ich ein weiteres Geräusch. Das langsame Kratzen von Pfoten auf den Holzbohlen. Wir drehten uns zu Buster um, der an Lionel vorbei auf uns zuhumpelte, einen verlorenen Blick in seinen kastanienbraunen Augen. Er hob eine Pfote an, wir lächelten durch unsere Tränen hindurch und öffneten die Arme für ihn, zogen ihn an uns, in die erste Familienumarmung, an die ich mich erinnern konnte.

Epilog

Mehr als drei Wochen sind inzwischen vergangen. Ich sage das, obwohl es unmöglich erscheint. In manchen Momenten fühlt sich das, was in dem Landhaus stattgefunden hat, wie etwas an, was einer anderen Familie zugestoßen ist. Doch dann gibt es wiederum Momente – wenn mein Puls rast, meine Atmung sich verändert und sich die Wände meines Zuhauses wieder in jenen Wald verwandeln –, in denen ich das Gefühl habe, noch immer gejagt zu werden, gerade als wäre mein Leben seit jener Nacht nichts weiter als eine grausame Illusion.

Und vielleicht ist es das gewissermaßen auch: eine Illusion, von der Rachel, Holly und ich vorgeben, sie wäre die Realität.

Ich wohne jetzt wieder zu Hause. Wir sind wieder eine Familie, aber nicht irgendeine. Die ganze Zeit nehmen wir einander in die Arme und versichern einander, dass wir uns lieben. Wir essen gesunde, ausgewogene Mahlzeiten zusammen und reden, ohne auf unsere Handys zu starren. Wir bleiben bis spätnachts auf, zusammengekuschelt auf dem Sofa, und schauen uns diese romantischen Komödien auf Netflix an, die Holly so sehr mag. Auch Buster ist Teil des Ganzen. Wir gehen nun immer zu dritt mit ihm Gassi, aber wenn wir ihn im Park von der Leine lassen, rennt er nicht los, sondern bleibt lieber in unserer Nähe.

Im Moment kann ich so ein Leben führen, aber ich mache mir Sorgen. Sorgen über all die Dinge, die wir einander nicht mitteilen. Sorgen darüber, wie lange wir die Dunkelheit eindämmen können.

Holly geht es den Umständen entsprechend gut. Mit Brodies Auto haben wir sie fast unmittelbar nach den Ereignissen im Landhaus ins Krankenhaus gefahren. Wir behaupteten, sie habe einen frühmorgendlichen Unfall gehabt, wäre hingefallen, als sie mit Buster im Wald spazieren war. Es stellte sich heraus, dass Hollys Milz gerissen war. Sie musste sofort operiert werden, und die Milz wurde ihr entfernt. Holly muss nun für den Rest ihres Lebens Antibiotika nehmen. Rachel versichert mir, dass es viel schlimmer hätte ausgehen können – dass sie gestorben wäre, wenn wir noch viel länger bis zur Notaufnahme gebraucht hätten. Dazu nicke ich, obwohl wir natürlich beide wissen, dass es auch sehr viel besser hätte laufen können. Die Blutergüsse auf ihrem Gesicht sind inzwischen fast vollständig verheilt. Die inneren Narben werden länger brauchen.

Holly macht alles richtig, aber ich weiß, dass sie böse auf uns beide ist. Und das sollte sie auch. Zu lange hat sie nur die zweite Geige hinter ihrem Bruder gespielt, vielleicht noch mal mehr nach seinem Tod. Als Holly im OP lag, habe ich mir geschworen, dass ich, sollte sie die Operation überstehen, solange ich lebe, alles dafür tun würde, ihr ein so glückliches und sicheres Gefühl wie möglich zu geben. Jeden Abend setze ich mich zu ihr ans Bett und warte, bis sie eingeschlafen ist. Sie lässt immer ein Licht brennen. Das macht mir großen Kummer. Und jeden Morgen stehe ich auf, gehe ins Bad und erinnere mich an meinen Schwur. Wenn ich dann Holly sehe, zerspringt mir fast das Herz, und mir wird bewusst, dass ich alles tun würde, um ihr weiteren Schmerz zu ersparen.

Manchmal glaube ich, Rachel fragt sich, ob ich nur deshalb wieder zurückgekommen bin. Und manchmal frage ich mich das ebenfalls. Bin ich wegen Holly wieder zu Hause, oder weil ich wirklich dort sein will? Die Zeit wird es zeigen.

Ich liebe Rachel immer noch. Tief in meinem Herzen weiß ich, dass sich das nie ändern wird. Wir schlafen im selben Bett. Wir lieben uns. Wir küssen uns und albern herum wie Teenager. Vielleicht ist das eine Reaktion darauf, wie knapp es war und dass wir einander beinahe verloren hätten. Oder es ist ein weiteres Zeichen dafür, dass wir uns zu sehr anstrengen, die Risse in unserer Beziehung zu überdecken.

Zwischen uns gibt es eine Menge aufzuarbeiten. Wenn ich an die Risiken denke, die Rachel eingegangen ist, an die Gefahr, in die sie uns damit gebracht hat, an die Geheimnisse, die sie vor uns hatte … Nun, dann werde ich genau wie Holly wütend.

Doch dann atme ich durch und erinnere mich daran, warum sie es getan hat. An das Gefühlschaos, in dem sie steckte. An Michael – und es wird viel komplizierter.

Rachel ist in einen Plan verwickelt worden, der unmoralisch und verrückt war, und na ja, vielleicht bin ich schon wieder naiv, aber ich glaube ihr noch immer, wenn sie behauptet, dass sie es für mich getan hat. Ich bin für Holly wieder heimgekommen. Rachel hat uns für Michael beinahe auseinandergebracht. Wahrscheinlich liegt darin irgendeine Art von Symmetrie.

Vielleicht kommt die Frage auf, ob es mir hilft zu wissen, wie mein Sohn ums Leben gekommen ist. Tröstet es mich zu wissen, dass er versucht hat, Fiona zu retten, und dass die Frau, die ihn mit einer Waffe bedroht und so den Unfall provoziert hat, nun selbst tot ist?

Vielleicht macht mich das zu einem schlechten Menschen, aber ja, es tröstet mich. Doch andererseits muss ich sagen, dass sich mein Herz noch immer schmerzlich nach dem Sohn sehnt, den ich nie mehr zurückbekommen werde; nach dem jungen Mann, auf den ich so unglaublich stolz bin.

Michael ist für immer fort – das weiß ich –, aber auf eine Weise habe ich ihn wiederbekommen: Ich kann nun ohne dieses lähmende Gefühl der Scham an ihn denken. Dafür muss ich Rachel dankbar sein. Und das sage ich ihr auch sehr oft. Und dennoch wäre ich diese Aufgabe nie so angegangen, wie Rachel es getan hat, und das ist etwas, von dem ich auf lange Sicht nicht weiß, ob wir jemals darüber hinwegkommen werden.

Heute ist Samstag. Holly hat in einer Stunde Hockeytraining. Rachel und ich werden ihr zusehen. Und ich bereite gerade ein Picknick für uns alle vor, mit dem wir uns danach in den Park setzen können – und zwar unter Busters Argusaugen. Ihm geht es übrigens gut. Er zeigt keine längerfristigen Beschwerden wegen des Betäubungsmittels, das ihm verabreicht wurde. Und wie die in Hollys Gesicht sind auch seine Blutergüsse verheilt.

Rachel kommt in die Küche. Als sie lächelt, habe ich wieder diese gemischten Gefühle – Liebe und Dankbarkeit und ja, auch Traurigkeit –, und an ihrem Blick kann ich erkennen, dass es ihr ähnlich geht.

»Hast du heute Morgen die Nachrichten gesehen?«, fragt sie mich und senkt den Blick.

»Nein«, erwidere ich.

»Sie bringen die Geschichte noch immer. Ich wünschte, sie würden damit aufhören.«

Aber das werden sie nicht. Noch nicht. Der Feuersturm des Medieninteresses ist zu intensiv gewesen. Und wer würde das Geheimnis um vier vermisste Polizisten nicht aufregend finden?

Im Augenblick ist die vorherrschende Version die, dass die

vier heldenhaften Mitglieder der Eliteeinheit der Londoner Polizei wohl einer der Drogengangs zum Opfer gefallen sein müssen, die sie dingfest machen wollten. Kate Ryan steht, wenig erstaunlich, im Zentrum der Berichterstattung. Seit die Geschichte zuerst vermeldet wurde, hat die Polizei zahlreiche Verdächtige verhört, doch im Moment gibt es noch keine belastbare Spur. Jeder Schmierfink und alle Kriminalfall-Blogger scheinen sich darüber einig zu sein, dass man die Leichen niemals finden wird. Und natürlich wird man das auch nicht.

Anfangs habe ich die Geschichten verfolgt. Das schien mir eine notwendige Vorsichtsmaßnahme zu sein, bevor der damit zusammenhängende Stress zu groß wurde. Also weiß ich, dass Detective Sergeant Nayler, der kleinere Mann, den Brodie im Schwimmbad erschossen hat, geschieden war und zwei Kinder hatte. DC Kenny, der größere Mann, der in der Speisekammer ums Leben gekommen ist, hat zwei liebende Eltern hinterlassen, die seither durch die Boulevardpresse tingeln und ein Foto ihres einzigen Sohnes in Uniform in den Händen halten. DCI Ryan ist als außergewöhnliche Teamleiterin und tragische Heldin gefeiert worden, und zwar von niemand anderem als Assistant Commissioner Richard Weeks. DC Adams war alleinstehend. Beide Eltern sind gestorben, als er noch ein Teenager war. Manchmal frage ich mich, ob das etwas damit zu tun hatte, dass er aus seiner Deckung im Wald auftauchte, um Kate Ryan zu erschlagen. Vielleicht brauchte es jemanden, der seine eigene Familie verloren hatte, um zu erkennen, wie wichtig es war, meine zu retten.

»Ich mache mir immer noch Sorgen, dass sie ihn finden könnten.«

»Ich auch, Rachel.«

Ich bin mir ziemlich sicher, dass wir uns von nun an immer Sorgen machen werden, ob man Adams aufspürt. Das ist nur ein Teil des Preises, den wir für die Nacht zahlen müssen sowie für den Pakt, den wir alle mit Lionel geschlossen haben. Oh, letztendlich konnte er Adams' Namen nicht aus allem raushalten, aber er hat ihm dabei geholfen, zu entkommen und unterzutauchen. Undercover ein Flug in ein anderes Land. Ein neuer Name, ein neuer Ausweis und üppige finanzielle Mittel auf einem brandneuen Bankkonto.

Oder vielleicht auch nicht.

Rachel und Holly habe ich davon nichts erzählt, aber ich hatte den Verdacht, dass Lionel eine viel einfachere und verlässlichere Lösung für ihn in petto hatte. Lionel hat bereits bewiesen, dass er in der Lage ist, einen Menschen zu töten, die Leiche in jenem Wald zu vergraben und damit durchzukommen, was könnte ihn also daran hindern, noch einen weiteren umzubringen?

Ich hoffe, ich täusche mich diesbezüglich, aber die Wahrheit ist, dass ich es nicht mit Sicherheit weiß und bezweifle, dass ich es je erfahren werde. Manchmal hält mich der Gedanke nachts wach, manchmal nicht. Das ist wohl eine weitere Last, die wir werden tragen müssen.

Was Brodie betrifft, weiß ich auch nicht so recht, was ich von ihm halten soll. Er hat mir das Leben gerettet, und dafür werde ich ihm ewig dankbar sein. Außerdem hat er dabei geholfen, die Wahrheit über Michael ans Licht zu bringen. Doch indem er Kate Ryan entführt und eingesperrt hat, hat er den ganzen Albtraum im Landhaus in Gang gesetzt. Ist er deshalb eher Verbrecher als Held? Keine Ahnung. Vielleicht ist es auch nicht so einfach, denn keiner von uns ist unbeschädigt aus dem Haus entkommen.

Andererseits ist es wohl kein großes Geheimnis, warum Brodie so gehandelt hat, wie er es tat. Rachel hat mir erzählt, dass die beiden in den Wochen und Monaten von Brodies Ermittlungen viel Zeit miteinander verbracht haben. Es gab eine Phase, in der er Kate Ryan und ihre Kollegen überwacht hat und meine Frau spätnachts darüber auf dem Laufenden hielt. War es mehr als eine einseitige Schwärmerei? Auch das weiß ich nicht. Doch irgendetwas hat Brodie zum Handeln veranlasst. Sicher, es gab den Überfall, aber manchmal muss ich an das Wochenende denken, das Rachel allein mit Brodie und Lionel im Landhaus verbracht hat. Ist zwischen den beiden etwas gewesen? Vielleicht. Und vielleicht habe ich meine Lektion noch nicht gelernt, aber diese Frage habe ich Rachel nicht gestellt. Anscheinend gibt es Geheimnisse, die ich lieber nicht kennen will.

Es klingelt an der Tür. Ich höre, wie Holly nach unten gerannt kommt.

»Ich geh schon!«, ruft sie.

Sie denkt wahrscheinlich, es ist der Postbote. Er kommt immer ungefähr um diese Zeit. Ich höre, wie sich die Tür öffnet, dann folgen einige Sekunden Stille. Aber die Tür schließt sich nicht wieder.

Rachel und ich horchen auf den Umgebungslärm von der Straße draußen, doch als die Spannung in der Luft zunimmt, werfen wir einander einen besorgten Blick zu.

Nicht schon wieder. Nicht jetzt.

Ich lasse den Käse fallen, den ich gerade reibe, und eile in den Flur hinaus. Da steht Holly, und eine Welle der Erleichterung überrollt mich, als ich sie sehe. Etwas in ihrem Blick verrät mir allerdings, dass etwas nicht in Ordnung ist.

»Dad? Ich glaube, es ist für dich.«

Ich trete an die Tür. Draußen steht niemand. Doch das Tor steht offen. Ein schwarzer BMW parkt am Straßenrand. Unvermittelt überläuft mich ein kalter Schauer. Eine der hinteren Türen des Autos steht offen.

Ich weiß, dass ich versuchen könnte, es zu ignorieren, aber ich weiß ebenfalls, dass ich mich dem nicht ewig werde entziehen können, ganz egal wie viele Anrufe, Sprach- und Textnachrichten ich blocke oder lösche.

»Tom?« Rachel sieht das Auto und versucht mich wegzuziehen. »Tu das nicht.«

Beinahe gebe ich nach. Doch dann schaue ich zu Holly, bemerke die Angst in ihrem Blick und erinnere mich an meinen Schwur.

»Es dauert nicht lange«, sage ich zu ihr und weiß nicht, ob das stimmt. »Wir haben immer noch genug Zeit, um zum Training zu fahren, Holly, einverstanden?«

Und dann gehe ich den Weg hinunter zu dem Auto und fühle mich dabei wie jemand, der ins Meer hinauswatet und in den Sog einer unsichtbaren Rückströmung gerät.

»Steig ein, Tom«, fordert Lionel mich auf.

Er trägt einen maßgeschneiderten Anzug und eine Krawatte, ist frisch rasiert und hat akkurat geschnittenes Haar. Auf seinem Gesicht gibt es nicht den kleinsten Makel. Das erschüttert mich. Ich kenne Lionel seit über sechs Jahren, aber mittlerweile ist er zu einem Fremden geworden.

Ich schiebe mich zögernd ins Auto. Jeder Instinkt in mir brüllt mir zu, ich solle es nicht tun. Ein mir unbekannter Fahrer sitzt hinterm Steuer und tut so, als ob er nichts mitbekäme.

»Wohin fahren wir?«, frage ich. »In irgendein Waldstück? Ist das eher eine einfache Fahrt?«

Das ist unfair von mir, und Lionels Blick bestätigt mir das. Vielleicht bilde ich es mir nur ein, aber ich meine, Verletztheit darin zu erkennen.

»Damit ist es jetzt vorbei, Tom.«

»Wirklich?«

Er nickt ruhig. Gern würde ich sagen, dass ich ihm glaube,

aber das wäre gelogen. Oh, ich glaube ihm durchaus, dass er seine Hütte in Schottland eingemottet hat, aber was hindert ihn denn daran, irgendwo anders einen neuen *JFA*-Hinrichtungsraum einzurichten?

»Du bist nicht mehr zur Arbeit gekommen, Tom.«

»Ich habe gekündigt. Hätte ich dir das etwa schriftlich mitteilen sollen?«

Diesmal gibt es keinerlei Zweifel daran, dass sein Blick schmerzvoll ist, doch dann schüttelt er meinen Kommentar ab, lehnt sich vor und sieht den Weg zu meiner Haustür hoch, von der aus Rachel und Holly uns beobachten. Eine winzige Sekunde lang wird sein Gesichtsausdruck ganz sanft. Ein Lächeln umspielt seine Lippen. Ein Leuchten tanzt in seinen Augen. Er hebt eine Hand, um zu winken.

Ich halte sein Handgelenk fest.

»Nicht.«

Er hält inne und sieht mich vorwurfsvoll an, senkt dann den Blick, und ich spüre, dass er weiß, was ich gleich sagen werde.

»Du warst mein Freund, Lionel.«

»Glaubst du denn, ich hätte das alles getan, wenn ich nicht dein Freund gewesen wäre?«

Ein langes Schweigen entsteht zwischen uns.

»Du kannst hier nicht mehr herkommen, Lionel. Ich möchte nicht, dass du zu meiner Familie jemals wieder Kontakt aufnimmst. Auch nicht heimlich. Überhaupt nicht. Verstehst du mich?«

Er braucht so lange, bis er wieder zu mir aufsieht, dass ich über die Tränen in seinen Augen erschrecke.

»Ich habe dir doch gesagt, dass der Trip zu meiner Hütte deine Familie wieder ins Lot bringen würde, Tom. Also sag mir: War es wirklich so falsch?«

Darauf gebe ich ihm natürlich keine Antwort, denn das

kann ich nicht. Tatsächlich ist die Beziehung zwischen mir und Rachel, soweit das möglich ist, wieder gekittet. Oh, vielleicht nicht aus den Gründen, von denen Lionel ausgeht, aber das Ergebnis bleibt dasselbe, und das verstört mich fast so sehr wie meine Erinnerung an die Ereignisse in dem Haus.

»Ich habe etwas für dich, Tom.«

Ich muss mich sehr stark bemühen, mein Zittern im Zaum zu halten. Hat Lionel die anderen geschäftsführenden Mitglieder von *Justice For All* auf diese Weise für den Vorstand gewonnen? Hat er sie erpresst mit den Beweisen für die Verbrechen, die sie begangen hatten? Oder waren sie von Anfang an willige Vollstrecker? Ich muss wieder an die Videokameras und das ganze Equipment im Haus zurückdenken.

»Worum auch immer es sich handelt, ich will es nicht haben.«

Er hebt eine braune Papiertüte auf seinen Schoß. Sie ist ungefähr so groß wie ein Leitz-Ordner. Ich sehe ihm dabei zu, wie er über das Papier streicht.

»Hast du dich nie gefragt, was mit Fionas Kamera passiert ist, Tom? Die Polizei hat zwar ihr Handy gefunden. Auch das von Michael. Aber nicht die Kamera. Findest du das nicht seltsam?«

Nicht wirklich. Ich war wohl einfach davon ausgegangen, dass sie entweder beim Unfall zerstört oder Fionas Eltern zurückgegeben worden war. Und im Anschluss an ihren Tod waren ihre Eltern nicht gerade scharf darauf gewesen, mit uns in Kontakt zu treten.

»Weißt du, was nach dem Unfall passiert ist, Tom? Du hast nie danach gefragt. Wir glauben, dass Adams, Nayler und Kenny gleich nach dem Aufprall dort gewesen sind. Sie haben Kate Ryan von der Rückbank deines Wagens gezogen. Sie war natürlich schwer verletzt, aber nicht in besorgniserregendem

Zustand. Sie haben bis zum nächsten Morgen gewartet, bevor sie sie ins Krankenhaus brachten. Brodie hat eine Kopie ihrer Krankenakte in die Finger bekommen. Darin steht, dass Ryan auf einer Klettertour, die als Teambildungsmaßnahme angesetzt gewesen war, abgestürzt ist. Adams hat Fionas Kamera versteckt. Er glaubte, es bestünde ein Risiko, dass sie sie alle abgelichtet hätte. Und seinen Kollegen traute er nicht. Er wollte sich schützen.«

Ich entgegne nichts. Wahrscheinlich könnte ich es auch gar nicht, denn ich bekomme kaum mehr Luft.

»Nimm du sie, Tom.« Er reicht mir das Päckchen, und diesmal leiste ich keinen Widerstand.

Dann stehe ich irgendwie wieder auf dem Gehweg und blicke das allerletzte Mal auf Lionel, wie er sich abwendet und wie sein Wagen davonfährt. Das Päckchen halte ich im Arm. Rachel und Holly beobachten mich stumm, als ich wieder zu ihnen komme. Zitternd gehe ich an ihnen vorbei, wie ein Mann, der in sein eigenes Haus geht, während eine Bombe um seine Brust geschnallt ist.

Ohne ein weiteres Wort versammeln wir uns um den Küchentisch. Meine Hände schlottern so stark, dass ich mich auf sie setzen muss, um sie ruhig zu bekommen. Rachel reißt das Päckchen auf.

Das Fotoalbum ist in hellgraues Leder gebunden. Die Seiten bestehen aus dickem cremeweißem Papier. Auf jeder Seite gibt es wenigstens ein, manchmal auch zwei Bilder. Die meisten sind Farbfotos, andere schwarz-weiß.

Beim Anblick des ersten Bildes bricht mir das Herz. Es zerschellt einfach. Tränen laufen mir übers Gesicht. Das Bild von Michael und Fiona zusammen ist so perfekt – und sie wirken darauf so vollkommen glücklich –, dass ich auch Rachel unterdrückt schluchzen höre, während Holly meinen Arm ergreift.

Michael küsst Fiona auf die Wange. Sie presst sich beide Hände auf den Mund, ihre Augen leuchten und sind weit aufgerissen, während sie so tut, als wäre sie schockiert und überrascht. Danach gibt es noch eine Reihe von Hintergrundfotos. Ein Hochhaus. Ein leeres Einkaufsviertel. Das oberste Deck eines mehrstöckigen Parkhauses mit einem kaputten Kombi darauf.

Alle anderen Fotos zeigen Michael in Bewegung. Es gibt Bilder von ihm, auf denen er kraftvoll über Mauern springt, auf Geländern balanciert, gerade einen Salto schlägt. In diesen Fotos liegt so viel Energie, so viel Anmut und Lebenskraft. Staunend sitzen wir beisammen, blättern die Seiten durch, und während mir das Herz aufgeht und Tränen mir den Blick verschleiern, wird mir bewusst: Diese Fotos zum ersten Mal zu betrachten, nachdem ich von ihrer Existenz gar nichts wusste, ist fast so, als ob mir ein paar kostbare Sekunden geschenkt würden, in denen mein Sohn noch am Leben ist.

Vierzehn Tage vor dem Unfall hospitiert Michael eine Woche lang im Büro seines Vaters. Er freut sich nicht darauf. Er weiß zwar noch nicht, was er mit seinem Leben mal anfangen will, aber das ist es sicher nicht.

Um sieben Uhr morgens steht er in einem überfüllten Pendlerzug in einem zu großen Anzug seines Vaters, den er über Hemd und Krawatte seiner Schuluniform trägt. Der Zug schaukelt und rumpelt. Alle um ihn herum wirken müde und gestresst, auch sein Vater.

Michael gähnt und muss an seine Mutter denken, daran, wie sie ihn heute früh zum Abschied geküsst, ihm durchs Haar gewuschelt und ihm sein Pausenbrot in die Hand gedrückt hat. Wie sie ihm vom Haus aus nachgewinkt hat. Mit einem Lächeln auf dem Gesicht. Und er muss an Holly denken, wie sie ihm von ihrem Fenster aus die Zunge rausgestreckt hat, weil sie weiß, dass er es hassen wird – dass er sich zu Tode langweilen wird.

Und so kommt es auch. Den ganzen Morgen über. Er sitzt im Büro seines Vaters an einem kleinen Tisch und liest nicht mal den Schriftsatz, den er eigentlich durchblättern soll. Dann und wann blickt er draußen auf die Hochhäuser, die überall in Canary Wharf in den Himmel ragen. Er muss an all die anderen Menschen in ihren Büros denken. Abgestumpft, umgeben von Papierstapeln, genau wie sein Dad.

So eine Zukunft wünscht sich Michael für sich nicht. Er

möchte mit seinen Freunden abhängen, Zeit mit Fiona verbringen, Parcours trainieren, nächstes Jahr vielleicht mal nach Cornwall zum Surfen fahren, im Jahr darauf als Rucksacktourist herumreisen. Sein ganzes Leben liegt noch vor ihm. Die Welt ist so groß. Michael möchte alles erkunden.

Sein Dad legt auf, lehnt sich in seinem Stuhl zurück und reibt sich die Schläfen. Er starrt auf die Arbeit, der sich vor ihm auftürmt – wie ein Mensch, der so viel in so kurzer Zeit zu tun hat, dass er keine Ahnung hat, wo er anfangen soll.

Ganz spontan überkommt Michael das Gefühl, er müsse seinen Vater vor all dem retten, wenn auch nur für eine Sekunde. Also fragt er ihn, warum er Anwalt geworden ist.

Sein Dad blinzelt überrascht – fast so, als hätte er vergessen, dass Michael überhaupt da ist –, dann fängt er an zu reden. Tatsächlich hört Michael gar nicht richtig auf das, was sein Dad ihm erzählt. Aber er denkt nach. Er muss an den schrecklichen Arbeitsweg heute Morgen denken. Und er sieht sich jetzt im Büro um, und ihm fällt ein, wie sein Dad bei ihrer Ankunft hier körperlich zu schrumpfen schien.

Plötzlich begreift Michael, dass sein Vater auch lieber raus in die Welt ziehen und sie erkunden würde. Das ginge jedem so. Er ist nur hier wegen Michael und Holly. Weil er ihnen eine Wahl eröffnen will. Eine Zukunft geben. Ein Leben.

Mein Dad ist mein Held, *denkt er, und dieser Gedanke ist so überwältigend und neu, dass Michael seinen Vater beinahe unterbricht und es ihm sofort in diesem Augenblick sagt. Er spürt, wie die Worte sich ihren Weg bahnen und fast schon aus ihm herausplatzen:* Ich liebe dich, Dad.

Aber er sagt es nicht. Denn das sind keine Worte, die Söhne im Teenageralter zu ihren Vätern sagen oder umgekehrt. Also wartet Michael, bis sein Vater zu Ende geredet hat, und sagt ihm dann: »Ich mag dein Büro, Dad. Es ist ziemlich cool.«

In den darauffolgenden Sekunden – während er seinem Vater in die Augen blickt und sieht, wie ein verwirrtes Lächeln sich auf dessen Gesicht in etwas wie Wehmut verwandelt – denkt Michael, dass sein Dad versteht, was er ihm eigentlich mitteilen will. Wenigstens hofft er das. Andererseits ist eins klar, nämlich dass sein Dad nirgends hingeht. Er hat also noch jede Menge Zeit, ihm in den kommenden Jahren zu sagen, dass er ihm viel bedeutet.

Danksagung

Hinter jedem Buch steckt ein Team, und ich habe wirklich unglaubliches Glück, dass das Team hinter diesem hier so fantastisch ist. Ich schulde den folgenden Personen einen Riesendank:

Vicki Mellor, meiner Lektorin, außerdem Matthew Cole, Charlotte Cole, Samantha Fletcher und allen in Vertrieb, Marketing und der Presseabteilung von Pan Macmillan, die so hart für dieses Buch gearbeitet haben.

Camilla Bolton, meiner Agentin, und allen bei der Darley Anderson Literary Agency, inklusive Roya Sarrafi-Gohar, Sheila David, Mary Darby, Kristina Egan und Georgia Fuller sowie Sylvie Rabineau von WME.

Nicola Anderson, James Cavanagh, Ann Cleeves, Merilyn Davies, Clare Donoghue, Vivien Green, Lucy Hanington, Stav Sherez und Tim Weaver für ihren Input und ihre Unterstützung.

Mum und Allie für alles, was ihr tut, Jessica und Jack dafür, dass ihr mich meistens (nicht immer) die Bürotür zumachen lasst, und – wie immer – Jo, die das alles erst möglich macht.

Leseprobe

aus »Etage 13 –
Es gibt kein Entkommen, und deine Zeit läuft ab«
von C. M. Ewan

Eine Faust schlägt gegen eine Glasscheibe.

Schlägt erneut.

Auf einer Seite der Scheibe ist alles mucksmäuschenstill.

Auf der anderen Seite hallen Rufen und Lärm durch die Luft.

Vierzig Meter weit oben, mitten in einer Neunmillionenstadt – und niemand hört oder sieht etwas.

LEBENSLAUF

Kate Harding
17b Beaumont Street, Balham, London
kharding@mycontact.com

Ich bin eine erfahrene PR-Managerin, habe an der University of London studiert und mit 2,0 in Kommunikations- und Medienwissenschaft sowie in Soziologie abgeschlossen. Früher habe ich als Flugbegleiterin gearbeitet, bin begabt in Kundenbetreuung und Problemlösung. Ich möchte gern zur Senior-PR-Managerin aufsteigen, sodass ich meine kreativen und kaufmännischen Kenntnisse verfeinern und mehr Verantwortung in einer dynamischen, marktführenden PR-Agentur übernehmen kann, die sich auf den Reisesektor spezialisiert.

BERUFLICHER WERDEGANG

- Account Managerin bei Simple PR & Communications (September 2021 bis heute)

Bei Simple habe ich ein Kundenportfolio betreut, das Coachman European Travel, HomeSense Holidays und Scandinavian Getaways umfasste.

- PR-Executive, später PR-Managerin bei MarshJet Aerospace Engineering (September 2014 bis März 2021) PR-Assistentin bei MarshJet (September 2013 bis September 2014)
- Flugbegleiterin bei Global Air (September 2009 bis September 2013)

AUSBILDUNG

- Abschluss in Kommunikations- und Medienwissenschaft sowie in Soziologie an der City University of London (2,0)
- Ausbildung zur Flugbegleiterin, Stufe 2
- Mittlere Reife, Schnitt 2,1

HOBBYS UND SONSTIGE FÄHIGKEITEN

- Ich spreche fließend Französisch und Spanisch und habe ein gutes Niveau in Deutsch.
- Ich habe einen Fortgeschrittenenkurs für Erste Hilfe am Arbeitsplatz absolviert.
- Ich jogge regelmäßig und schwimme gern.

1

Freitag, 17:03 Uhr

Das Schlimmste, was einem beim Vorstellungsgespräch passieren kann, ist, bei einer Lüge ertappt zu werden. Die kleine Lüge in meinem Lebenslauf war ein weiterer Stressfaktor für mich, als ich versuchte, das imposante Gebäude 55 Ludgate Hill zu betreten.

»Komm schon, komm schon.«

Die gläserne Drehtür bewegte sich viel zu langsam. Angst machte sich in mir breit. Stockend ging es vorwärts, dann war ich endlich frei und eilte zum Empfang. Drei Sicherheitsleute hatten Dienst, eine Frau und zwei Männer. Hinter ihnen befand sich ein Raum, in dem ich eine Wand aus Überwachungsmonitoren flimmern sah.

»Ich bin Kate Harding«, keuchte ich völlig außer Atem. »Ich bin zu spät, ich hatte um fünf einen Termin bei Edge Communications.«

»Aha.« Der Wachmann, der mir am nächsten saß, nahm das Telefon ab. Er wirkte steif und geschäftsmäßig, war Anfang sechzig, hatte schütteres Haar und einen Schnurrbart und trug einen marineblauen Blazer mit glänzenden Messingknöpfen. »Ich sage Bescheid. Sie können sich solange ins Gästebuch eintragen, bitte.«

Ich schnappte mir einen Stift und schrieb meine Daten auf.

Mir zitterte die Hand. Trotz der kalten Luft im Empfangsbereich konnte ich fühlen, wie mir Schweiß in den Nacken trat.

Hatte ich es schon vermasselt? Nachdem ich buchstäblich den ganzen Tag gewartet hatte, hatte mich eine verspätete U-Bahn gezwungen, von der Haltestelle Blackfriars hierher zu rennen. Ich hatte vorher schon Angstträume darüber gehabt, zu spät zu meinem Vorstellungsgespräch zu erscheinen, und jetzt passierte es wirklich.

Außerdem war da noch mein Lebenslauf. Warum hatte ich das mit dem Schwimmen hinzugefügt? Es war zwar keine totale Lüge, früher bin ich sehr gern geschwommen. Vor langer Zeit war ich sogar mal in einem Verein. Es war eine sehr viel geselligere Art gewesen, mich fit zu halten, verglichen mit dem strapaziösen Joggen im Morgengrauen, das ich mir im Park von Tooting über die letzten neun Monate zur Gewohnheit gemacht hatte. Aber wenn die mich fragen würden, wann ich zum letzten Mal schwimmen gewesen bin, hätte ich keine Antwort darauf. Es war, bevor mein Leben auf den Kopf gestellt worden war. Wie für alles andere auch, gab es fürs Schwimmen ein Davor und ein Danach.

Der Wachmann legte den Hörer auf. »Sie schicken jemanden runter, aber sie sind selbst ein bisschen in Verzug und bitten Sie, zu warten.«

Er zeigte hinter mich, und ich drehte mich um und betrachtete zum ersten Mal das großzügige Atrium. Es war riesig. Überall Glas und Stahl. Mehrere Hektar Kalksteinfußboden. In der Ferne stand neben drei glänzenden Aufzugtüren eine Sitzgruppe aus schwarzem Leder.

»Gehen Sie einfach da rüber. Sie werden dann abgeholt.«

Neben den Aufzügen plätscherte Wasser eine unebene Schieferwand hinab in einen Infinity-Pool. Die andere Seite war bepflanzt. Davor liefen Angestellte in Businessanzügen hin und her. Manche hielten sich ein Handy ans Ohr, andere hatten Aktentaschen oder Dokumentenmappen dabei. Die meisten schienen zum Ausgang zu eilen, vermutlich ins Wochenende.

Du warst mal genau wie sie, dachte ich. Aber irgendwie gab mir das nur noch mehr das Gefühl, eine Hochstaplerin zu sein.

»Und, Miss, wenn Sie gestatten: *Toi, toi, toi.*«

Ich zuckte zusammen. »Sieht man es mir an? Wie nervös wirke ich denn?«

Die beiden Kollegen des Wachmanns blickten von ihrer Arbeit auf, und alle drei schenkten mir ein nachsichtiges Lächeln.

»Weniger als viele andere«, antwortete er. »Vielleicht wollen Sie das lieber nicht hören, aber die Vorstellungsgespräche laufen schon den ganzen Tag. Allerdings, Edge Communications? Ich würde sagen, da passen Sie sehr gut rein.«

Schön wär's. Früher vielleicht mal, aber im Moment fühlte ich mich eingeschüchtert. Das glamouröse Atrium war nicht einfach nur beeindruckend, sondern imposant. Und allein von den anderen Bewerbern zu hören reichte, um meine Zweifel schlagartig wieder zutage zu fördern.

Nicht zum ersten Mal dachte ich, ich hätte Nein sagen sollen, als Maggie, meine Personalberaterin, dieses Vorstellungsgespräch anberaumt hatte. Ich musste zugeben, sie hatte mir mit der Behauptung geschmeichelt, dass meine letzten Kampagnen das Team bei Edge beeindruckt hätten. Inzwischen fragte ich mich, ob Maggie diesbezüglich gelogen hatte. Und … *Oh Gott.* Was, wenn das Team tatsächlich noch nie etwas von mir gehört hatte und das alles hier nur eine riesige Zeitverschwendung war?

Nein, rief ich mich zur Ordnung. *Konzentrier dich.*

Ich wusste, dass ich dazu neigte, mich verrückt zu machen, dass der Strudel aus negativen Gedanken mich erfassen und mitreißen würde, wenn ich nicht aufpasste. Im stillen Zentrum meines Verstandes versuchte ich, Gelassenheit heraufzubeschwören, das beruhigende Mantra meiner Psychotherapeutin, einer weisen und lebenserfahrenen Mutter von zwei Kindern, zu der ich alle zwei Wochen fuhr: *Das ist jetzt nicht der richtige Moment für Hysterie.*

Und das stimmte ja wirklich. Ich bewegte mich hier zwar aus meiner Komfortzone heraus – es hatte ja keinen Sinn, so zu tun, als wäre das anders –, allerdings hatte ich mich früher in dieser Welt ganz selbstverständlich bewegt. Das konnte ich wieder. Musste es einfach können.

»Miss? Darf ich sonst noch etwas für Sie tun?«

»Nein, alles gut. Aber danke für Ihre Hilfe.«

Langsam entfernte ich mich vom Empfangstresen, das Klappern meiner Absätze hallte durch die Leere. Juni in London. So viel Sonnenlicht strömte ins Atrium, dass ich die Hand heben musste, um nicht geblendet zu werden.

Ein Putzmann in einem grauen Overall polierte mit einer lauten Maschine den Boden. Ich konnte das Putzmittel riechen, das er versprühte – ein süßlicher Duft, der eine Erinnerung in mir weckte, die ich gerade überhaupt nicht gebrauchen konnte. Für einen schwindelerregenden Augenblick hatte ich das Gefühl, wieder durch eine Flughafenhalle zu einer Pressekonferenz zu eilen. Das Blitzlichtgewitter. Die durcheinandergeschrienen Fragen. Die aufwallenden Gefühle, die mir die Kehle zuschnürten.

Ein Vorstellungsgespräch.

Warum tat ich mir das an?

Mein Bauch sagte mir, dass ich die Antwort auf diese Frage kannte. Ich tat es, weil dieses Vorstellungsgespräch vielleicht alles ändern würde – vielleicht aber auch nicht.

Wenn Sie wissen möchten,
wie es weitergeht, lesen Sie

C. M. Ewan
Etage 13
Es gibt kein Entkommen, und deine Zeit läuft ab
ISBN 978-3-7645-0813-5 /
ISBN 978-3-641-29690-2 (E-Book)
Blanvalet

Damals ist sie spurlos verschwunden.
Nun ist sie wieder da.
Aber kannst du ihr trauen?

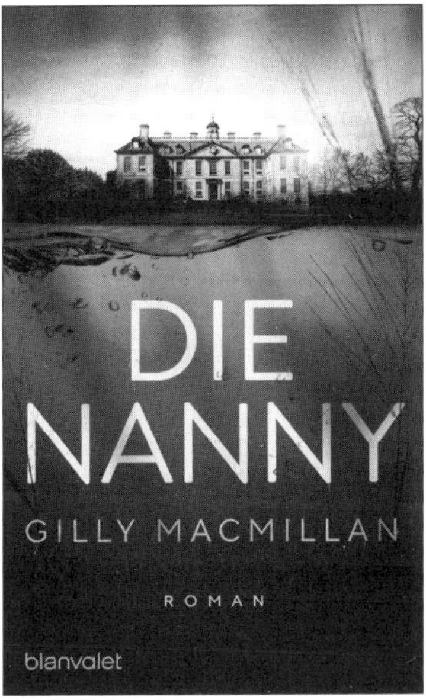

480 Seiten. ISBN 978-3-7341-1072-6

Die siebenjährige Jo wächst im Luxus auf, doch Wärme und Zuneigung erfährt sie nur von ihrer geliebten Nanny Hannah. Bis die eines Nachts ohne jede Erklärung verschwindet. Dreißig Jahre später kehrt Jo nach England in das Anwesen am See zurück. Das Verhältnis zu ihrer Mutter ist nach wie vor angespannt, und so ist Jo überglücklich, als eine ältere Dame auftaucht und sich als Hannah vorstellt. Doch Jos Mutter ist misstrauisch. Denn sie weiß – Hannah ist tot, seit der Nacht vor über dreißig Jahren. Wem soll Jo glauben? Ihrer Mutter oder der Frau, die damals das einzig Gute in ihrem Leben war? Und will Jo die Wahrheit überhaupt wissen?

Lesen Sie mehr unter: **www.blanvalet.de**

Liebe Leserinnen und Leser,

ihr liebt Bücher und verbringt eure Freizeit am liebsten zwischen den Seiten? Wir auch! Wir zeigen euch unsere liebsten Neuerscheinungen, führen euch hinter die Verlagskulissen und geben euch ganz besondere Einblicke bei unseren AutorInnen zu Hause.
Lasst euch inspirieren, wir freuen uns auf euch.

Euer

Blanvalet Verlag

blanvalet.de

@blanvalet.verlag

/blanvalet